The Secret Mistress
by Mary Balogh

夏色の初恋

メアリ・バログ
島原里香[訳]

ライムブックス

Translated from the English
THE SECRET MISTRESS
by Mary Balogh

Japanese translation published by arrangement with
Maria Carvainis Agency, Inc
through The English Agency (Japan) Ltd.

夏色の初恋

主要登場人物

アンジェリン・ダドリー……………公爵家の令嬢
エドワード・エイルズベリー…………ヘイワード伯爵
ジョスリン・ダドリー…………………トレシャム公爵。アンジェリンの長兄
フェルディナンド・ダドリー…………アンジェリンの次兄
ロザリー（レディ・パーマー）………アンジェリンのまたいとこ
レナード・フェナー……………………ロザリーの弟
チャールズ・ウィンドロー……………アンジェリンの兄たちの友人
ユーニス・ゴダード……………………エドワードの友人
ロレイン…………………………………エドワードの義姉。前ヘイワード伯爵夫人
アルマ……………………………………エドワードの長姉
オーグスティン・リンド………………アルマの夫
ジュリアナ………………………………エドワードの次姉
クリストファー・ギルバート…………ジュリアナの夫。オーヴァーマイヤー子爵

1

レディ・アンジェリン・ダドリーは、レディング東部の宿〈ローズ・クラウン・イン〉にあるパブの窓辺に立っていた。大胆にも、たったひとりで。ほかにどうすればいいというのだろう？　泊まっている部屋の窓から見えたのは田舎の風景だけだった。美しいことは美しいけれど、彼女が求めていたものではない。見たいのは来訪者の馬車が入ってくる前庭で、そこを見渡せるのはこのパブの窓だけなのだ。

アンジェリンがしびれを切らしながら待っている相手とは、彼女の兄であり保護者でもあるトレシャム公爵ことジョスリン・ダドリーだった。予定ではとっくに来ているはずの兄を待つことかれこれ一時間半、まだ到着の気配がない。なんてひどい話だろう。これまで長年、ミス・プラットを最高峰とする家庭教師たちから、レディは決して自分の感情をあらわにしないものと教えられてきた。けれど、待ちに待った社交界デビューを控え、大人の女性としての新たな人生の幕開けに胸をときめかせ、いよいよロンドン入りしようというときに、どうやら兄にすっかり忘れられて、いつまで足止めを食わされるかわからない。これでどうして平気な顔をしていられるというの？

たしかにアンジェリンは、いくらなんでも早く着きすぎた。兄のはからいでここまではアイゼア・クームズ牧師一家の世話になり、夫妻やふたりの子どもたちと馬車に同乗させてもらった。なんでも夫人の親戚に祝いごとがあるとかで、一家はここから別の方角へ向かう。そしてアンジェリンはロンドンから迎えに来る兄に託されることになっていた。牧師夫妻は毎朝夜明けと同時か、それよりも早く起きた。ふたりの子どもがあくびをしながら、もっと寝ていたいと文句を言うのもかまわず出発し、ふつうの人ならまだ支度をしている頃に一日の旅程を終えてしまうのだった。

牧師夫妻は、アンジェリンを無事に公爵に引き渡す代わりに謝礼をもらうことを当てにしているとみえ、宿でいったん荷をほどき、公爵の到着まで殉教者のように辛抱強く待つつもりのようだった。だが、アンジェリンは自分を置いて先に行くよう夫妻を説得した。だいたい、この〈ローズ・クラウン・イン〉にどんな危険があるというのだろう？　どこから見てもきちんとした宿だし、そもそも兄がここを選んだのだから安全に決まっている。それに彼女はひとりでいるわけでもない。メイドのベティがついている。実家であるアクトン・パークの厩舎からは屈強な厩番がふたり、お供でついてきている。そのうえ屋敷から腕力に自信のある従僕もふたり。何より、兄が今にも到着するだろう。

いつもは慎重なクームズ牧師も、アンジェリンのもっともらしい言葉に心が揺れたようだった。日暮れまでに残りの旅程を終えられるかどうかを心配する妻、これ以上ぐずぐずしていたら、いとこたちと遊ぶ時間がなくなってしまうと訴える一一歳と九歳の子どもたちにも背中を押される格好になった。

　旅のあいだ何かあるたびにうるさく騒ぐ幼い姉弟に悩まされたアンジェリンとしても、このあたりが我慢の限界だった。

　アンジェリンは宿の客室で服を着替え、メイドのベティに髪をとかしてもらい、髪型も変えた。疲れきっている様子のベティに、しばらくのあいだ休憩しなさいと声をかけると、メイドはすぐさまアンジェリンのベッドの裾に置かれた脚輪付きの補助ベッドで休んだ。アンジェリンのほうは、この部屋の窓の位置では兄の到着を見ることができないと気づき、もっとよい向きの窓を探すことにした。部屋を出てみると、アクトン・パークからついてきた四人の従者たちが廊下に勢ぞろいし、侵入してくるかもしれないあらゆる敵から大切な令嬢を守ろうと見張っていた。そこでアンジェリンは、あなたたちも何か飲んでひと息入れてきなさいと四人を追い払った。心配しなくても大丈夫、この宿の周辺に追いはぎや強盗なんて見なかったわ、と言いながら。

　ようやくひとりになることができ、アンジェリンは自分の目的にかなう窓を見つけた――それがこのパブだ。本当は付添人（シャペロン）もなくこんなところにいていいはずがない。でも、ほかには誰もいないし平気だ。この程度のことなら誰にもわからない。もし兄以外の誰かが前庭に入ってきたら、部屋に引っ込んで相手がいなくなるまで待てばいい。もし兄が到着したら、そのときは一目散に部屋へ駆け戻り、兄が建物に入るのを待って、改めて階段をおりてこよう。うしろにベティを従え、兄が到着したかどうか問いあわせるために、たった今部屋からおりてきたような顔をして。

ああ、じれったいのとわくわくするのとで、思わず跳ねまわりたくなってしまう。一九歳のアンジェリンにとって、アクトン・パークから五〇キロ離れるのも今回がほぼはじめてのことだ。彼女は極端な箱入り娘だった。しつけに厳格で過保護だった父と、父の跡を継いだものの長らく領地を不在にしている同じく過保護な兄、自分はしょっちゅう旅行に出かけておきながら、娘をロンドンにもバースにもブライトンにも連れていってくれなかった奔放な母のおかげで。

アンジェリンの夢は、一七歳で社交界デビューをすることだった。しかし、彼女に対して権限を持つ人々にその思いを伝え、説得したり働きかけたりする間もなく母がロンドンで急逝し、一年間アクトン・パークで喪に服すことになった。ようやく昨年、一八歳で満を持してお披露目するはずが、今度は脚を骨折してしまった。兄のトレシャムは、松葉杖をつきながらどうやって女王陛下にお辞儀をするんだ、そんな姿で社交界デビューするのを許すわけにはいかないとにべもなかった。

一九歳になった今、すでに化石も同然の気分だ。それでも胸の中は希望に満ちている。とにかく早くロンドンへ行きたい。

馬の蹄（ひづめ）の音だわ！

アンジェリンは窓枠に肘を置き、前のめりになって外に耳を澄ませた。

それに車輪の音もする！

あれは決して空耳などではない。

たしかに空耳ではなかった。ほどなく門のところに馬車が現れ、敷石に大きな音を響かせながら前庭の奥へ駆け込んでいった。

ただし、それがトレシャムの馬車でないことはすぐにわかった。兄の馬車にしてはずいぶん古びて傷んでいる。それに、御者が踏み段を置きもしないうちに客車から飛びおりた紳士は、兄とは似ても似つかなかった。目を凝らして見つめる価値のある人かどうか判断する間もなく、耳をふさぎたくなるほどうるさい角笛の音が聞こえ、またしても馬車が走り込んできて、パブの入り口近くに停車した。

これもトレシャム公爵ではなかった。ひと目でわかる。こちらは駅馬車だ。

しかし、アンジェリンは思ったほどがっかりしなかった。市井の人々を観察することは物珍しく、楽しいものだ。御者が客車の扉を開いて踏み段を置くと、次々に乗客が姿を現し、不安定な踏み段を危なっかしくおりた。彼らは飲み物を求めて、今からいっせいにパブへなだれ込んでくるだろう。それならここにいてはまずいと気づいたものの、もう遅かった。表玄関が開く音とともに大勢のがやがや言う声が聞こえ、そのわずか数秒後には人々がパブに入ってきた。

アンジェリンは思った。今出ていけば、ここにとどまるよりかえって目立ってしまう。もう少しここにいたい気持ちもあった。それに自分の部屋に引っ込んで駅馬車が去るまで待っていたら、兄が到着するところを見逃してしまうかもしれない。なぜかアンジェリンは、その瞬間をどうしても見たかった。アクトン・パークでの母の葬儀以来、兄とは二年も顔を合わせていない。

彼女はパブにとどまり、うしろめたい気持ちをごまかすように店内に背を向けたまま、あいかわらず窓の外を眺め続けた。背後では人々が思い思いにビールやパスティ（肉や野菜やジャムなどを入れて焼いたパイ）を注文し、ひとりふたりが給仕の女性にもたもたするなと文句を言った。言われた女性も負けていなかった――こっちだって腕は二本しかないのよ。だいたい、あんたたちの駅馬車が予定より一時間も遅れて、半時間の休憩が一〇分になってしまったのがあたしのせいだっていうの？

なるほど駅馬車が到着してから一〇分後、乗客たちは置いてきぼりにされたくなかったらさっさと馬車へ戻れと御者に告げられ、まだビールが半分以上残っているのにと文句を言いながらもあたふたと出ていった。

やがて、パブはもとどおり静かになった。自分がいたことを誰にも気づかれずにすみ、アンジェリンはほっと胸を撫でおろした。一年前に別の屋敷に雇われていったミス・プラットなら、自分の教え子が人だらけのパブの窓際にひとりで立っているのを目にして卒倒しただろう。兄のトレシャムが見たら、それよりはるかに恐ろしいことになったはず。

でも平気よ。誰にもわかりっこない。

それにしても、お兄さまは本当に来るのかしら？

ため息をついたとき、外で駅馬車の御者が、ひかれたくなかったら道を空けろと言わんばかりに、近くにいる人や犬や鶏に向けてふたたび角笛を吹いた。駅馬車は大きな音とともに門をくぐって出ていき、やがて見えなくなった。

例の紳士の馬車はまだ奥に停まっているが、新しい馬につなぎ替えられていた。ということは、あの人はまだ中にいるのだ。きっと別の個室で飲み物を飲んでいるに違いない。

アンジェリンは窓枠に置いた両肘に体重をかけて楽な姿勢を取り、ロンドンで待っているすばらしいシーズンに思いを馳(は)せた。

ああ、もう待ちきれない。

お兄さまは本当に間違いなくロンドンを出発したのかしら?

庭の奥に停まっている馬車の持ち主は、別の個室で飲み物を飲んでいたわけではない。ほかの人々と同じく、パブの背の高いカウンターに肘をついてビールを飲んでいた。アンジェリンが気づかなかったのは、彼が行儀悪く音を立てて酒をすすったり、ひとりごとを言ったりする人間ではなかったからだ。

ヘイワード伯爵ことエドワード・エイルズベリーは、先ほどから居心地が悪かった。そんな状況に陥った自分に腹を立ててもいた。明らかにレディとおぼしき若い女性と、パブでふたりきりになってしまったのだ。しかも彼女はひとりらしい。両親でも、夫でも、誰でもいい、そばについているべき人間はいったいどこだ?　いくらまわりを見まわしても、自分たち以外には誰もいない。

はじめのうちエドワードは、その女性を駅馬車の乗客だと思っていた。しかし表で乗車を急かす合図が聞こえても女性がまったく動こうとしないことから、彼女が旅行用の服装をしていないのに気づいた。ということは、この宿に泊まっている客なのか。それにしても、用もないのにこんなところにいられては迷惑だ。こちらはロンドンへ向かう途中に一杯のビールとつかのまの休憩を楽しみたいだけの、なんの下心もないまっとうな旅人だというのに。

しかも具合の悪いことに――そう、実に困ったことに――先ほどその女性が窓枠に置いていた両肘にぐっと体重をかけたため、背中がしなやかにそり、ヒップがうしろに突きだされたのだ。おかげでエドワードは、自分がさっきからビールを口に運んでいるのは長旅で渇いた喉を潤すためではなく、じわじわ熱くなっていくわが身を冷やすためだったのだと気づいてしまった。

それほどまでに、そのヒップは魅力的だった。

さらによくないことに、上質なモスリンのドレスの生地が彼女の体に優雅にまとわりついて、女性的な曲線を際立たせていた。しかも、まじめな男にとっては刺激的すぎる部分を。ドレスの色は、ドレスにせよ何にせよこれまでエドワードが見たこともないような、目もくらむほど鮮やかなピンク色だった。だが、それすら問題ではない。これほどすてきなヒップなら、二〇キロ離れた場所からでも見つけられる。そして、彼はそれよりずっと近いところにいた。

自分がその女性に――少なくとも彼女の体の一部分にいかがわしい視線を向けているとい

う事実に、エドワードはいっそうの腹立たしさを覚えた。だがそうしているあいだにも、頭の中をよからぬ妄想が駆けめぐってしまう。どちらもまったく許しがたい――もちろん彼女のこともだ。自分はこれまで、レディにはいつも最大限の敬意を払っていると自負してきた。レディだけではない、すべての女性を尊重してきた。これまで何度も長い会話を交わした女性、ユーニス・ゴダードは、あるときこう言った――教会や法律がどれだけ逆のことをほのめかそうと、世の中の女性は誰しも血の通った生身の人間で、男性の欲求を慰めるために存在するただの道具ではない、と。

まったくそのとおりだとエドワードも思っていた。聡明なユーニスはふだんから幅広く本に親しみ、世間のこともよく見聞きしている。エドワードはそんな彼女と結婚したいと思っていた。が、自分がもはやただのエドワード・エイルズベリーではなく、ヘイワード伯爵となった今、家族がその選択に失望するであろうこともわかっていた。

どうやら馬車の準備が整ったらしい。それにしても恥ずかしいほどおんぼろの馬車だ。ロンドンにいる母が、どうしてもそれを持ってきてほしい、新しい馬車の乗り心地にはとても慣れそうにないからと泣きついてきたのだ。窓の外に見えるその馬車を、例のピンクのレディの頭越しに眺める。ふたたび出発する前に何か食べて腹ごしらえをするつもりだったのに、この女性のせいで予定が狂ってしまった。ここにふたりきりでいるのはよくない――とはいえ、人が見たら眉をひそめたくなる場所に彼女が身を置いているからといって、こちらが責められる筋合いはないのだが。ついでに言わせてもらえば、次第に募っていく興奮をビールが一向に静めてくれないことについても。

いや、これについてはユーニスが反論するだろうか。あの女性は意識してこちらを挑発しているわけではない。ただ目にも鮮やかなピンクのドレスに包まれた愛らしいヒップを突きだしているだけだ。それに、何か食べたければ食堂に移動すればいいのだ。ただしそうなると、正式な食事を一式注文するはめになりそうだが。

まだ中身が残っているビールグラスをできるだけ静かにカウンターに置くと、エドワードは背筋を伸ばした。例の女性への恨みごとは内心にとどめ、この場を去ることにしたのだ。そもそも彼女の顔さえ見ていない。ひょっとしたら、とんでもなく醜い女かもしれないじゃないか。

なんて程度の低いことを考えているんだ。

エドワードはうんざりして頭を振った。

しかし、誘惑その他もろもろの不都合から解放してくれるはずの扉に向かって足を踏みだそうとしたとき、パブの扉が開いてひとりの男性が入ってきた。

それが誰かエドワードはすぐにわかったが、相手はこちらに気づいていないようだった。驚くことはない。そもそもエドワードは地味で目立たない質(たち)だし、伯爵の地位も、自分よりはるかに自信に満ちて注目を集めていた兄、モーリスが亡くなった一年前に受け継いだばかりだ。それにエドワードは、喪中はずっとシュロップシャーのウィムズベリー・アビーで過ごしていた。そこで自分に新しく託されることになった役割を学び、来るべき新生活に備えていたのだ。春になったら生活の拠点をロンドンに移し、貴族院の議会に出席する。さらには結婚相手も決める予定だった。エドワードはまだ二四歳だが、親族の女性たちはそうすることを当然と考えている。兄のモーリスとその妻のロレインのあいだには娘がひとりいるだけなので、なんとしても跡取りが必要だったのだ。エドワードは彼の代における唯一の爵位継承者だった。女きょうだいはふたりいるが、彼の下に男のきょうだいはいない。

入ってきたのはウィンドロー卿だった。兄のかつての遊び仲間のひとりで、その中でもとりわけ素行の悪さで知られている。背が高くハンサムなウィンドローは――どちらをとってもエドワードはかなわない――いつも気だるそうにして、今にもうたた寝しそうな重いまぶたの下から、斜に構えたまなざしで世間を見ている。

エドワードとしては、愛想よくうなずきかけて、さっさとその場を去りたかった。だが、彼は迷った。ピンクのドレスのレディはまだ窓際にいて、さっきと同じ姿勢を取っている。自分ですら彼女にみだらな目を向けていたとしたら、果たしてウィンドローはどんな行動に出るだろう?

ウィンドローがどうしようと関係ない、とエドワードは自分に言い聞かせた。全身ピンクのレディについては言うに及ばずだ。軽率なふるまいがどんな結果を招こうが、彼女自身が引き受ければいいことだ。もしくは彼女をほったらかしにした家族が面倒を見ればいい。しかもここは、ごくまっとうな宿に設けられた公共のパブだ。彼女になんらかの実害が及ぶことはまずないだろう。

エドワードはそのまま立ち去ろうとした。

にもかかわらず、気づくと彼はふたたびカウンターに肘をつき、ビールグラスを持ちあげていた。

まったく。妙なところで、いつもの責任感が顔を出してしまった。ユーニスなら褒めてくれるかもしれないが、そう思ったところで慰めにもならない。

宿の主人がカウンターに入ってきて、ウィンドローにビールジョッキを渡し、ふたたび奥へ引っ込んだ。

あたりを見まわしていたウィンドローが目ざとくレディを見つけ、瞳をきらりと光らせた。目が見えないのでもないかぎり、当然だ。彼はカウンターに背中を預け、ジョッキを手にしたまま、カウンターに両肘をついた。そして口笛を吹くように唇をとがらせた。

そのあまりに下品な目つきを見て、エドワードはさっきまで自分もそっくりの目をしていたに違いないと思い、いっそう不愉快になった。

「かわいいきみ（スウィートハート）」ウィンドローが猫撫で声で呼びかけた。エドワードを完全に無視することにしたか、それとも本当に彼の存在に気づかなかったのかもしれない。「ぼくのビールを一緒に飲まないか？ それにパスティも分けあって食べるというのはどうかな？ 見たところ、ここには座り心地のよさそうな椅子が暖炉のそばにひとつあるきりだ。なんならぼくの膝にのって、ふたり一緒に座ってもかまわないよ」

エドワードは顔をしかめてウィンドローを見た。相手がレディだとわからないのか？ いくら派手な色とはいえ、あのいかにも上質なモスリンのドレスや上品に整えられた黒髪から一目瞭然だろうに。失礼な言葉を浴びせられた女性が身をこわばらせていることを予想して、エドワードはちらりと目を向けた。しかし、彼女はあいかわらず窓の外を見ていた。今の言葉は別の誰かに向けられたものだと思っているのか——そんなことは考えにくいが——それとも、まったく耳に届いていないかだ。

今度こそ出ていこうとエドワードは思った。立ち去るなら今だ。

それなのに、気づくと彼は口を開いていた。

「あのレディとはなんの面識もないだろう。だったら、スウィートハートと呼ぶべきじゃない。不適切かつ無礼だ」

おまえはつくづく面白味のない男だと、かつて兄のモーリスに呆れられたものだ。堅苦しいせりふと一緒に口から埃が舞い飛ぶのが見える気がしたが、もう手遅れだった。どのみちいったん口にした言葉を引っ込めるつもりはない。自分を守るすべを知らない純情な女性に代わって、誰かが声をあげるべきなのだ。あくまでも彼女が実際に純情な女性であればの話だが。

ウィンドローがゆっくりとエドワードのほうを向き、いかにもばかにしたように頭から爪先までを見た。そんなふうにじろじろ見られたところで、エドワードはまったく動じなかった。

「ひょっとして、今のはぼくに向かって言ったのか?」ウィンドローが尋ねた。

今度はエドワードがゆっくりと周囲を見まわした。

「きっとそうだろうな。見たところ、ここにいるのはわれわれとレディだけのようだし、ぼくにひとりごとを言う習慣はない」

相手の顔にかすかな笑みが浮かんだ。

「レディだって？　ということは、彼女はそちらの連れでもないんだな。つまりひとりだ。彼女が本物のレディなら、さぞよかったろうに。ここにいれば、ロンドンの舞踏室やどこかの応接間にいるより少しは退屈せずにすむからな。いいから残りのビールを片づけて、自分のことだけ考えていろ」

ウィンドローはふたたび女性のヒップに目を向けた。彼女は姿勢を変えていた。今度は窓枠に肘をつき、両手で顔を隠している。あろうことか胸が前にせりだし、ヒップも反対方向へいっそう突きだされる形になった。

エドワードは思った。もし彼女がここまでさがってきて、今の自分が他人からどんなふうに見えているか知ったなら、金切り声をあげてパブを飛びだしたきり二度と戻らないだろう。たとえシャペロンが一ダースついていたとしても。

「おそらくあのレディは、ぼくが注文するビールとパスティを、ぼくの膝に座って一緒に食べたいと思っているだろう」ウィンドローは小ばかにしたように言った。「違うかい、スウィートハート？」

エドワードは心の中でため息をつき、しぶしぶながら強い態度に出ることにした。引きさがるにはもう遅い。

「あのレディには、およそ紳士を名乗る人間なら誰からでも相応の敬意を払ってもらう権利がある。世の中のすべての女性と同じように」

われながら大仰な物言いだと思った。だが、それのどこがおかしい？　自分はふだんからこういう話し方をするのだ。

ウィンドローがふたたびこちらを向いた。今度こそ、あからさまに楽しげな表情で。

「喧嘩がしたいのか？」

窓辺のレディは、自分が背後のいさかいの原因になっていることにようやく気づいたらしい。上体を起こしてこちらを振り向いた。すらりとした美しい体と、細面の端整な顔立ちの女性だった。黒い目を大きく見開いている。

なんてことだ。ヒップから予想していた以上の、まれに見る美女じゃないか。だが、気を取られている場合ではなかった。質問に答えなければならない。

「ぼくはこれまで、拳を振るってまで自分の育ちのよさや礼儀正しさを表明したいと思ったことはない」エドワードは微笑みながらおだやかに言った。「だいたい、そういうことは理屈に合わない行為だと思うね」

「なるほど」ウィンドローが言う。「だったら、きみは口だけ達者な腰抜けということだ。きみの第二の名前として進呈しよう」

なんともご丁寧に侮辱されたものだ。しかし、ろくでもない人間相手に自分が本物の男であることを証明しようとして、まんまと挑発に乗るほど愚かではない。相手がそうしなかったときに立ち向かう人間を腰抜けと呼ぶのか？」エドワードは静かに尋ねた。

ふたりのあいだを行き来していた女性の視線が、今やこちらに釘づけになっているのがわかった。彼女は何やら甘い衝撃でも受けたように、胸の前で両手を組みあわせている。さっきまで浮かんでいた恐怖の表情も消えていた。

「つまり」ウィンドローが言った。「ぼくのことを紳士に値しないと言うんだな。もし今、手袋を持っていたら、その鼻持ちならない顔に叩きつけて、庭先に出ろと言ってやるところだ。そっちも口だけ達者な腰抜けと言われて黙っているわけにもいくまい。こうなったら拳で勝負をつけてやる。表に出て、正々堂々と勝負しろ」彼は庭のほうを親指でぞんざいに指し示した——ひどく不愉快な薄笑いを浮かべて。

ふたたび、エドワードは心の中でため息をついた。

「それで勝ったほうが本物の紳士だとでもいうのか？」彼は言った。「申し訳ないが断らせてもらう。ただし出ていくきみに代わって、こちらのレディに謝罪しておいてやろう」

エドワードは改めて女性に目を向けた。彼女はあいかわらず、まじまじと自分を見つめている。

わかっていたことだが、やはり窮地に立たされてしまった。ウィンドローとの殴りあいは避けられそうにない。相手が鼻から血を流し、両目のまわりにあざをこしらえてロンドンへ向かうか、それとも自分がそうなるかだ。両方かもしれない。

まったく、くだらない。何かといえばすぐに殴りあいばかり。自分のことを紳士と思っている連中にかぎって、こういうふるまいを紳士らしいと思っている。残念ながら、兄のモーリスもそのひとりだった。

「レディに謝罪だと？」ウィンドローが静かに笑いながらすごんでみせた。

そのとき、援護射撃があった。しかも、まったく無言の。

彼女が背筋をぴんと伸ばしたとたん、室内の空気が変わった。れっきとした誇り高い貴婦人のたたずまいで、彼女はウィンドローに冷ややかなまなざしを向けた。相手の頭から爪先まで、心底から軽蔑したように。

まったく見事な演技だった。それとも、日頃からこういうことに慣れているのか。

ウィンドローは薄笑いを浮かべて彼女を見つめ返したが、自分に向けられた無言の非難がそれなりに応えたようだった。いや、それともあの薄笑いは敗北感の表れだろうか？

「ひょっとして、ぼくはとんだ失礼を働いたのかな？」ウィンドローが尋ねた。「きみはここにたったひとりで、楽園の小鳥みたいに鮮やかな色のドレスを着て、所在なさげに窓にもたれていた。それなのに一緒にビールもパスティも楽しめないのか？　ぼくの膝にものってくれないのか？　残念だよ。しかもこの腰抜け男と拳で勝負をつけることすら、かなわないとはね。今朝起きたときは、今日がすばらしい一日になることを期待していたんだが。しかたない。ふたたび退屈な旅に戻り、明日は今日より少しはましであることを祈ろう」

もたれていたカウンターから身を起こし、空になったジョッキを置くと、ウィンドローはそれ以上話すことも振り返ることもなく、ぶらぶらと出ていこうとした。だが、あるものに行く手を阻まれた。扉の前にエドワードが立ちふさがったのだ。

「ひとつ忘れているぞ」エドワードは言った。「レディに謝りたまえ」

ウィンドローは目を丸くして、ふたたび薄笑いを浮かべた。それからパブの奥に引き返し、女性にわざとらしくお辞儀をした。

「うるわしき人よ。ぼくの賛美の言葉がきみの心を傷つけたのだとしたら、とても残念だ。どうかお許しを」

彼女はその言葉を受け入れも拒みもしなかった。肩を怒らせたまま、冷たい目で見返している。

ウィンドローがウインクした。「いつかきみと正式に知りあえる日を楽しみにしているよ。その日がそう遠くないことを願っている」

彼は扉の前から退いたエドワードに視線を移した。

「それから、きみともな。なんだか面白いことになりそうだ」

エドワードが短くうなずくと、ウィンドローは出ていった。

こうして、エドワードはふたたび彼女とふたりきりになった。しかも今は彼女にじっと見つめられているため、けしからぬ妄想を抱いていたという事実を心の中で否定することも、自分をひそかに罰することもできなかった。改めて怒りがこみあげてくる――彼女に対して、そしてウィンドローとのくだらない茶番につきあってしまった自分自身に対しても。

五分後、エドワードは馬車に揺られながら、ふたたびロンドンに向かっていた。一〇分ほどして、とても立派な馬車が――もちろん自分のよりみすぼらしい馬車など、まずお目にかからないだろうが――無謀とも思われる速さで反対方向に駆け抜けていった。すれ違いざま、扉に刻まれた紋章が一瞬だけ目に入った。トレシャム公爵家の紋章だ。エドワードはため息をついた。少なくとも、〈ローズ・クラウン・イン〉でウィンドローに加えてあの男にも鉢合わせする事態は避けられたわけだ。もしそんなことになっていたら、悪夢と言うほかない。

エドワードはトレシャム公爵のことが嫌いだった。公平に言えば、相手も間違いなくエドワードのことが嫌いなはずだ。公爵も、やはり兄のモーリスの友人のひとりだった。兄は公爵と二輪馬車のレースをした際に事故で亡くなったのだ。図々しくも、公爵は兄の葬儀にやってきた。そのときエドワードは、自分が相手のことをどう思っているか面と向かって言ってやったのだ。

ウィムズベリー・アビーにとどまれたらよかったのに、と改めて思わずにはいられない。けれども果たすべき使命がロンドンで待っている。救いもないわけではなかった。ユーニスもロンドンにいるのだ。彼女はおばにあたるレディ・サンフォードの屋敷に滞在している。訪ねていけば、また会えるだろう。

ふと、トレシャム公爵がロンドンとは反対方向へ向かったことを思いだした。おそらく領地のアクトン・パークに戻ったのだろう。そのまま春が終わるまで、あちらで過ごすのかもしれない。だとしたらありがたいが。

それにしても、さっきの宿にいたあの女性は何者なんだ？　誰か彼女に世間の常識というものを教えてやってほしい。

とはいえ、めったに見ないほどの美人だった。

そこまで考えて決まりが悪くなり、エドワードは身じろぎをした。

美人なら非常識でもいいということはない。むしろ美しいからこそ、いっそうの分別が求められるべきだ。

どういう家柄の女性にせよ、エドワードは彼女になんの親しみも感じなかった。ウィンドローと違って、ロンドンで正式に知りあいたいとも思わない。それればかりか、二度と会いたくなかった。できればロンドンではなく、どこか別の場所に向かってほしいくらいだ。

たとえばスコットランドの高地地方とか。

2

胸の前で両手を組みあわせたまま、アンジェリンはパブの扉を見つめていた。なんという名前なのかもわからない。彼は行ってしまった。アンジェリンに何も言わせず、自分からも何も言わないまま。でも、あの人はまさに紳士だった。話し方やふるまいからも、それは明らかだ。こちらに話しかけなかったのは当然のことだろう。お互い正式に紹介されているわけでもないし、誰もいない部屋にふたりきりでいてはいけないのだから。そもそも、自分がここにいたこと自体がもってのほかだった。

あの男性はいったい誰かしら？　ロンドンに行く途中だったのか、それともロンドンからよそへ向かう途中だったのか、それすらもわからない。ひょっとしたら、この先二度と会うこともないかもしれない。

もう一方の男性がパブの扉に近づいてくるのが見えたときは、部屋へ戻るにはすでに遅すぎた。しかたなく、相手に気づかれないことを願いながら、その場にとどまった。駅馬車の乗客には気づかれなかったのだから、今度も大丈夫かもしれないと思って。だから店内に背を向けて窓辺に立ち、知らん顔をしていた。

それなのに声をかけられてしまい——あのときはどれほど怖く、腹が立ったことか！——何も聞こえなかったふりをして、相手があきらめて去ってくれるよう必死に祈っていた。やがて別の声がした。そのときになってようやく、パブに男性がふたりいることに気がついたのだ。つまり声をかけてきた男性が入ってくる前から、もうひとり別の男性がいたということ。

ああ、恐ろしい！

でも、あの声は……。

〝あのレディとはなんの面識もないだろう。だったら、スウィートハートと呼ぶべきじゃない。不適切かつ無礼だ〟

それは耳に心地よく物静かな、丁寧で洗練された言葉づかいの声だった。

アンジェリンは一瞬で心を奪われてしまった。

男性たちに顔を見られぬよう、彼女は窓枠に肘をつき、両手で横顔を隠した——せめて相手がふたりしかいませんように、と祈りながら。街道に通じる前庭の門に目を凝らし、ここへ着いてからはじめて、兄がもうしばらくのあいだ来ませんようにと念じた。こんな状況を目にしたら、トレシャムは間違いなくふたりの紳士を歯が折れるまで叩きのめすだろう。ひとりにしてみればいくらなんでもひどい目に遭わされすぎだし、もうひとりにしてみればとんだとばっちりだ。もちろんアンジェリンも罵倒されるに違いない。兄がその気になると、その舌はまさに凶器と化すのだ。

最初に声をかけてきた紳士がさらにいやらしいことを言い、もうひとりの紳士がふたたびかばってくれた。すると最初の紳士は――そう、多くの男性の例にもれず――殴りあいで勝負をつけようと言いだした。

ここまで大ごとになってしまったというのに、身を隠すことも、透明人間になることもかなわない状況だった。ただアンジェリンは、背後で起きていることに、この期に及んで知らん顔をしているわけにはいかないとも思った。先ほどまで感じていた恐怖は、いつの間にかすさまじい怒りに変わっていた。いつまでもおびえてばかりいる性格ではない。うしろにいる紳士たちがどんな顔をしているのか見てみたかった。

アンジェリンは振り向いた。思ったとおり、そこにいたのはふたりだけだった。カウンターの端と端に、まるで一対のブックエンドのように向かいあって立っている。ただし、ふたりの外見はずいぶん異なっていた。どちらがどちらのせりふを口にしたのか、彼女にもすぐわかるほどに。

ひとりはカウンターにゆったりともたれてうしろに肘をつき、乗馬ブーツに包まれた脚を余裕たっぷりにくるぶしあたりで交差させていた。失礼なことを言ってきた男性は間違いなくこちらだ。背の高さ、引きしまった体つき、身につけている衣装などから、この男性が自信家で傲慢で怖いもの知らずなこと、自分より立場の弱いあらゆる人間を――もちろん、そこにはすべての女性も含まれる――見下しているのがわかる。真っ赤な髪の下からのぞく顔はハンサムだが、まぶたが半分閉じかけ、いかにもこの世に退屈しきったような気だるいいまなざしをしていた。

アンジェリンはこういう男性をよく知っていた。まず、父が同じ種類の人間だった。トレシャムもそうだし、次兄のフェルディナンドもそうだ。それに彼らの仲間たちも。何かと無茶をしでかすものの、ふだんは誰に迷惑をかけるわけでもない愛すべき青年たちだ。ただ、アンジェリンはそういう男性に心を動かされたことはない。興味すらなかった。結婚したいなどとは夢にも思わない。

ふたり目の男性は、最初の男性とほぼ同じくらいの身長で、同じく引きしまった体つきだが、まったく違う感じだった。身だしなみはきちんとしているものの、洒落(しゃれ)っ気を感じさせる装飾類をいっさいつけていない。茶色の髪は短くさっぱりと切りそろえられている。顔は特にハンサムでもなく、醜くもない。彼もカウンターに片肘をのせているけれど、もたれかかってはいなかった。

彼はいわば……ごくふつうの紳士だった。もちろん侮辱ではないし、無視していいという意味でもない。アンジェリンにはひと目でわかった。自分を守ろうとしてくれたのがこの人だと。

彼女の推測は間違っていなかった。

〝ぼくはこれまで、拳を振るってまで自分の育ちのよさや礼儀正しさを表明したいと思ったことはない〟その男性は言った。〝だいたい、そういうことは理屈に合わない行為だと思うね〟

そう言いながらも、彼は少しも怖じ気づいたように見えなかった。なのに相手の男性は、彼を腰抜け呼ばわりした。いざとなればあの紳士は戦ったはずだ。その証拠に、彼は最後にある行動に出た。赤毛の男性が引きさがって出ていこうとしたことに満足せず、扉の前に立ちふさがり、あくまでも丁寧な言葉づかいで謝罪を求めたのだ。

そう、彼は戦いから逃げたわけではない。もし本当に殴りあいになっていたら、ふつうなら相手との体格差からまず勝ち目はないところだが、アンジェリンはそうは思わなかった。彼なら、きっと勝っていたはずだ。

あんなすばらしい男性に、どうして恋をせずにいられるというの？

ふたりが出ていった扉を見つめながら、アンジェリンはそう自問した。わずか数分のあいだに、彼は理想の男性とはどういうものかを示してくれた。あれこそ本物の紳士だ。彼は自分が地味であることになんの引け目も感じていなかった。アンジェリンの知る男性たち——といっても、そう多くないが——と違って、歩くたびにいちいち男らしさや腕っぷしの強さを見せつけようとする人間ではなかった。

あの人はごくふつうの紳士などではない。それどころか、並外れてすばらしい人だ。

もうすっかり夢中になってしまった。

そうだわ、あの人と結婚しよう——もう二度と会うこともないかもしれないのに、アンジェリンはそう心に誓った。

愛があればなんとかなるはずよ。

妙に都合のいい理屈で自分を納得させたところで現実に引き戻された。これ以上ここにいたら、また誰かに——間違いなく男性に——声をかけられてしまう。客室からおりてきたときと様子が違い、あたりにちらほら客の姿が見えた。こんなところを兄に見つかったらどうなるか……。

とても試してみる気にはなれなかった。部屋へ戻って、兄の馬車の音が聞こえてくるのを待とう。本当に来てもらえるならの話だけれど。

さっきの男性の瞳はブルーだったと、アンジェリンは階段をのぼりながら考えた。よくあるグレーがかったブルーではなく、夏空のように明るく鮮やかなブルー。考えてみれば、それが彼の最も目を引く特徴だったかもしれない。

ああ、なんとかしてもう一度あの人に会えないかしら……。

ロンドンに到着したとたん、エドワードは親族の女性たちにぐるりと取り囲まれた。彼を心から愛し、その将来の幸せを何よりも願い、それを実現するためにあらゆる手助けをしようと集結した女性たち。

つまり災厄だ。

ある日突然長男に先立たれた不幸な母は、痛手から立ち直るために、ここ数カ月は実家のベッキンガム侯爵家で暮らしていた。エドワードの祖父母にあたる侯爵夫妻も今回ロンドン入りしており、母も新しい馬車の乗り心地の悪さに耐えながらついてきた。現在、母はひとり息子になってしまったエドワードとポートマン・スクエアのエイルズベリー・ハウスにいる。モーリスの死によって寡婦となり、父親の田舎で喪に服していた義姉のロレインもすでにロンドンへ戻り、娘のスーザンを連れて、やはりエイルズベリー・ハウスに滞在していた。もちろん彼女にはそうする権利がある。エドワードが独身なので、ロレインは今もヘイワード伯爵夫人の地位を保持しているのだ。エドワードは義姉を以前から好きだったし、兄との最高とは言いがたい結婚生活について彼女を気の毒に思っていた。ロレインとスーザンには好きなだけ屋敷にいてもらいたい。

エドワードのふたりの姉もロンドンに来ていた。長姉のアルマは政府閣僚の夫、オーグスティン・リンドや娘のメリッサと一緒だ。息子もふたりいるが、今はどちらも寄宿学校に行っている。もうひとりの姉のジュリアナは、夫のオーヴァーマイヤー子爵ことクリストファー・ギルバートと一緒だった。彼らにも一〇歳に満たない子どもが三人いるけれど、実際は四人いるようなものだろうとエドワードはかねがね思っている。クリストファーは年がら年じゅうあれこれ病気をしてばかりで、ジュリアナの献身的な世話がなければ回復することも、もしくは回復して次の病気にかかることもできないようなありさまだから。

祖母、母、ふたりの姉と義姉の五人は、来るべき社交シーズンで、あるひとつの目的を遂げようと一致団結していた。エドワードに花嫁を見つけるのだ。そこに議論の余地はいっさいなかった。万が一エドワードが跡継ぎを残すことなく死んでしまったら、爵位も領地も財産もすべていとこのアルフィー（本名はアルフレッドだが、彼がその名前で呼ばれるのをエドワードは聞いたためしがなかった）の手に渡ってしまう。アルフィーはイングランドのはるか北部に母親と暮らしており、おつむに少々問題があるというのが親族たちの一致した意見だった。

この段階でユーニス・ゴダードの名前を出すのは無益と思われた。彼女はたしかに良家の生まれではある。エドワードがケンブリッジ大学で学んでいたときに尊敬してやまなかった教授の娘で、幸運にも一七歳で裕福な男爵に見初められて嫁いだレディ・サンフォードの姪にあたる。ヘイワード伯爵の弟、エドワード・エイルズベリーの花嫁としてなら、ユーニスは周囲に受け入れられたかもしれない。ただし、モーリスとロレインのあいだにひとりでも息子がいたとすれば。エドワード・エイルズベリー個人の妻としては問題なくとも、ユーニスがヘイワード伯爵夫人として理想的であると親族を説得するのは、そう簡単ではなさそうだった。

だが、いずれなんとかしてみせるさ。エドワードには自信があった。これほど若くして結婚するのは気が進まないが、もし誰かと結婚するなら、どんなことでも話ができて、ほかの誰より一緒にいて心地よいユーニスがいいと昔から思っていた。そればかりか、エドワードが二一歳で彼女が一九歳のとき、将来家庭を持つことを真剣に考える時が来たら結婚しないかと尋ねたことさえある。その話が出る以前、ユーニスはできればずっと結婚したくない、でも父がいつまでも生きていてくれるわけではないし、死ぬまで兄のお荷物になるのもいやだから、いつかは誰かと結婚しなければならないと言っていた。彼女はエドワードの提案を気に入り、そうしましょうと言ってくれた。ふたりで誓いの握手さえした。

うっとりするようなロマンティックな話でないことはわかっている。むしろロマンティックからはほど遠いと言っていい。それでもロンドンに着いてからというもの、エドワードの胸の中に、自分はユーニスのことが好きなのだという思いがふくらんでいた。知りあいのほかのどの女性よりもユーニスが好きだ。ただ正直に言えば、身内の女性たちに対する愛情のほうがそれよりさらに強いけれど。

そもそも、自分はこういうことに向かないのだ。

別にいいじゃないか。ユーニスはぼくにとって間違いなく親友だ。親友と結ばれるほど幸せな結婚が世の中にあるだろうか?

もちろん、できればそもそも結婚などしたくない。少なくとも今はまだ。だが、しなければならない。それが伯爵としての自分の務めだ。どのみち誰かと結婚しなければならないなら、ユーニスとしたい。ほかの誰かとするよりずっといい。

とはいえエドワードは、親族にユーニスの話をするのを待った。彼女の存在は知られていないわけではない。ユーニスとその父親が、エドワードの大学時代からの友人であることは家族もよく知っていた。それだけでなく、今回ユーニスもロンドンに来ており、エドワードが到着して二日もしないうちにさっそく彼女を訪ねていったことも。

ユーニスはレディ・サンフォードの屋敷の応接室で温かく迎えてくれた。レディ・サンフォードは、姪がかつての自分をしのぐ良縁に恵まれるかもしれないと察知するや、自分が応接室を出ていくべき口実を思いつき、ヘイワード伯爵をくれぐれも丁重におもてなしするのよとユーニスに言いおいて部屋をあとにした。

ふたりきりになると、エドワードはユーニスの両手を取り、片方ずつキスをした。彼の挨拶としては、かなり心がこもっている。とはいえ最後に彼女に会ってから、もう一年以上の月日が経っているが。

「ミス・ゴダード、とても元気そうだね」

「あなたのほうこそ、ヘイワード卿」ユーニスはどこか遠慮がちに呼びかけた。「これからはあなたにもこんなふうに、正式に呼びかけるべきなのかしら？　わたしもお世辞を言われて喜んだりしないといけないの？」

エドワードは彼女に微笑みかけ、両手をきゅっと握ってから放した。

「また会えてうれしいよ、ユーニス。去年一年ウィムズベリーで過ごしたとき、ただひとつ困ったのは、きみと話ができないことだった」

「伯爵としての新たな責任が負担になりすぎなければいいけれど。あなたのことだから、きっと全力で取り組むんでしょうね」

「貴族院の議会に出なければならないんだ」エドワードは言った。「討論を聞くのは楽しみだし、できれば自分も論戦に加わりたいと思っているよ。ただ心配なのが、最初の日に処女演説をしなければならない」

「あなたは見事にやってのけるわよ」ユーニスはそう言いながら、彼が椅子に座れるよう先に腰をおろした。「もともと頭もいいし、これまでいろいろと見識を広げてきたんですもの。何について話すかはもう決めてあるの?」

「いや、まだなんだ」ため息をつく。「じきに決めるよ。できれば人々の記憶に残る、いい演説がしたい」

「きっとできるわ」ユーニスは言った。「お母さまはどんなご様子? 息子に先立たれるのは女性にとっていちばんつらいことだと聞くわ。もちろん男性にとってもそうだけれど」

「かなり長いあいだ、今にも倒れてしまいそうなありさまだった。今でも苦しんでいるよ。だが、どうやら新たな目標を見つけたようだ。ぼくのためにふさわしい花嫁を探そうとしている」

エドワードはユーニスを見つめながら弱々しく微笑んだ。

彼女は微笑み返さなかった。

「立派だわ。あなたは早く結婚するべきだもの。それが伯爵としての務めよ」

表情からも、たたずまいからも、ユーニスが何を考えているのか読み取ることはできなかった。彼女はごく自然にくつろいで見えた。膝の上に置かれた両手も、関節が白くなるほど強く組みあわされているわけでも、震えているわけでもない。

「でも、ぼくはもう相手を決めている」

ユーニスはしばらくのあいだ黙って彼を見つめ、やがて言った。

「ひょっとして、わたしのことを――お互いに未成年だった、四年前のあの約束のことを言っているの？　あのことに縛られる必要はないのよ、エドワード。わたしに伯爵の妻になる資格はないわ」

「なぜ？」

「資格がないとまでは言わないけど」彼女は少し考えて言った。「わたしも一応レディだから。爵位や財産のあるなしにかかわらず、どんな紳士の花嫁にもなれることはなれる。問題は資格があるかどうかではなく、望ましいかどうかね。もしくは、非の打ちどころがないかどうか。わたしはあなたにとって非の打ちどころのない相手ではないわ、エドワード」

「ぼくは非の打ちどころのない相手など求めていないよ」

「わかってる」ユーニスは言った。「あなたはものごとの表側ばかり気にする人ではないわ。でも、今のあなたは自分以外のことにも責任を負っているのよ。あなたは結婚しなければならない。それもしかるべき相手と。求められているのは、ただの花嫁ではなく伯爵夫人なのよ。お母さまやお姉さまたちが、いちばんふさわしいお相手を見つけてくださるでしょう」

「祖母や義姉も一緒になって？」

「まあ」彼女は気の毒そうに微笑んだ。「そんなに大勢で？　まるで軍隊ね。かわいそうに、エドワード。でも、きっと最高の相手を見つけてもらえるわ」

「ぼくにとって？」彼は尋ねた。「それともヘイワード伯爵にとって？」

ユーニスが真剣な顔になった。

「亡くなったお兄さまに代わって爵位を継いだときから、あなたは自分のことを優先できる立場ではなくなったの。それはとっくにわかっているはずよ。あなたは自分の責任を投げだすような人ではない。それもわたしがいつもあなたを尊敬している理由のひとつよ。とにかく、あの約束のことはもう気にしないで。あなたのほうの事情が完全に変わってしまったんですもの」

「だが、きみは？」彼は尋ねた。「ユーニス、ぼくと結婚することについて、きみ自身はどう思っているんだ？」

「四年前、わたしはこう言ったはずよ。未婚でいることが兄や自分自身にとって重荷になるまでは誰とも結婚しないと。二三歳の今は、まだその時期ではないわ。この際あの約束はなかったことにして、お互い自由になりましょうよ。こんなことを切りだして気まずくならないか心配だけれど」

「本当にそれがきみの望みなのか？　そこまで誰にも縛られたくないというのかい？　相手がぼくでも？」

「人生は」ユーニスは言った。「多くの場合、思いどおりにならないわ、エドワード。みんな自分が心から望むことではなく、するべきことをしながら生きていくの。自分のまわりの人のことも考えて」

　エドワードは深いため息をついた。どこかはぐらかされている気がする。ユーニスはあの約束をずっと悔やんでいたのだろうか？　取り消すためのうまい口実が見つかって、内心喜んでいるのか？　いや、先に身を引くことで自尊心を保とうとしているのかもしれない。もしくは、ただ理性的に考えてそれがいいと思ったのかも。

対する自分の気持ちはどうだろう？　自由にしてあげると言われた今、何を感じる？　失望？　それとも安堵？　実際のところ、よくわからない。おそらく両方かもしれない。

「そういうことなら、きみは自由だ」エドワードは言った。「そしてきみが求めるとおり、ぼくも自由になろう。しかし、きみとの友情まで失うつもりはないよ、ユーニス。それに、ひょっとしていつかまた――いや、やはり言わないでおこう。きみの負担になってしまう」

「あなたの考えや意見がわたしの負担になることはないわ、エドワード」ユーニスが言う。「どんなときも、あなたはわたしのいちばん大切な友人よ」

このあたりが潮時だった。屋敷をあとにしながら、エドワードは自分が落ち込んでいることに気づいた――やはり安堵より失望のほうが大きい。自分が早く結婚しなければならない状況はわかっていたし、そうするつもりだった。相手がユーニスなら、なんの文句もなかったのだ。それなのに、ぽっかりと空席ができてしまった。ユーニスと結婚できないなら、いったい誰とすればいいんだ？　どこかのよく知りもしない女性に求愛し、結婚し、身ごもらせるというのか？　いや、今さら問うまい。ぼくはまさしくそれを求められている。議会に出る以外に、のどかで平和なウィムズベリー・アビーからロンドンへ出てきた理由がもうひとつある。春のロンドンは結婚相手を探すための場だ。エドワードも、まさにそのために来たのだった。

もう一度考え直してほしいと、なんとかユーニスを説得できないものか。約束を取り消すことについて、彼女はこちらの質問に正面から答えず、本音を明かさなかった。本当は、約束は絶対に取り消さないと言ってほしかったのでは？

親族の女性たちの手による恐ろしく長い花嫁候補のリストが完成するまで、さほど時間はかからなかった。そこから特に見込みのある数名が選ばれるのは、さらに早かった。最終的には全員一致で、ある女性に白羽の矢が立った。

レディ・アンジェリン・ダドリー。

まさにどこをとっても非の打ちどころのない、完璧な相手だった。

彼女は今年はじめて社交界に出る。しかも、お披露目の舞踏会はもうすぐだった。奇しくも、エドワードが貴族院で処女演説をする日だ。公爵家の令嬢であり、現公爵の実の妹にあたり、おそらく持参金も莫大な額になるだろうとささやかれている。これまでずっと静かな田舎の領地に暮らし、超一流の家庭教師たちのもとでレディの教育を受けてきたとの触れ込みだ。彼女は今年最も注目される花嫁候補だった。これほどすばらしい女性なら、お披露目がすみ次第、数週間、いや数日のうちにも誰かにさらわれてしまうかと思われた。

ただ、彼女について、エドワードはひとつだけ引っかかることがあった。それもかなり都合の悪いことだ。レディ・アンジェリン・ダドリーはトレシャム公爵の妹なのだ。

もちろん、何かと世間を騒がせている兄の行状について妹が責められるいわれはない。父親である先の公爵の無軌道ぶりも、二年ほど前にロンドンで急死した母親の公爵夫人の奔放な恋愛遍歴も、レディ・アンジェリンに罪はない。

むしろ彼女は同情されるべきなのかもしれなかった。

いずれにせよ、親族の女性たちが期待する理想の結婚に向けて、エドワードは迅速な行動の第一歩を踏みだすことになった。まず、ロレインがレディ・パーマーを訪問した。レディ・パーマーはレディ・アンジェリンのまたいとこにあたり、今回彼女の大切なお披露目の世話人として、いっさいを取り仕切っていた。訪問の結果、レディ・アンジェリンの最初のダンスのパートナーをエドワードが務めてはどうかという話になった。彼女の人生で最も大切と言っていい、最初のダンスで。

ロレインのすばらしい行動力を、親族のほかの女性たちは口々に賞賛した。離れた場所にいたエドワードのところにまで、これほど格式ある両家が結婚式を挙げるとしたらハノーヴァー・スクエアのセント・ジョージ教会しかないわね、という祖母の華やいだ声が聞こえてきた。もちろん、彼はあえて聞かなかったことにした。

レディ・アンジェリン・ダドリーのはじめてのダンスパートナーに指名されるのは、たいそう栄誉なことだった。当然ながら、レディ・アンジェリンにとっても同じのはずだ。何しろエドワードは、今年最も注目されるべき独身男性なのだから。社交界は彼が積極的に花嫁を探していることをちゃんとわかっている。

なんとも気持ちの萎えることだった。

一年前の自分なら、社交界のどんな催しに顔を出そうと、誰の記憶にも残らなかっただろう。次男というのは驚くほど注目されないものなのだ。

エドワードは考えた。レディ・アンジェリン・ダドリーはどんな外見なのだろう？　人柄はどうか？　どちらもそう遠くないうちにわかることになりそうだった。なんとも決まりの悪いことに、エドワードは彼女の最初のダンスパートナーを務めることについて、兄のトレシャム公爵の許可をもらうべく、公爵邸を正式に訪問させられたのだ。そう、残念ながら相手はロンドンに戻っていた。そしてもちろん公爵は、妹とエドワードが踊るのを許可した。黒い瞳で無遠慮にエドワードを眺めまわしたあげく、彼はそっけなくこう言った——レディ・アンジェリンの最初のダンスの相手にヘイワード伯爵がふさわしいと世話人のレディ・パーマーが考えるなら、自分が口出しすることなど何もない。

まったく！　これであの男から結婚の許可までもらわなければならなくなったら、どうすればいいんだ？　考えただけでぞっとする。もちろんそうなったとしても、相手の目をまっすぐ見返してやるつもりだが。

こうしてエドワードとレディ・アンジェリンが踊ることが正式に決まり、親族の女性たちは手を取りあって喜んだ。女性たちだけではない。オーグスティン・リンドは、エドワードもとうとう足枷（あしかせ）をはめられることになりそうだとうれしそうに軽口を叩いた。オーヴァーマイヤーまでが、この脚の不具合が少しでもよくなって——不具合があるのは脚ではなく頭のほうだろうとエドワードは冷静に分析していたが——なんとかダドリー・ハウスの舞踏会に出席し、義弟と未来の伯爵夫人が運命の出会いを果たすところを見てみたいものだと言った。

運のいいことに、エドワードはオックスフォード・ストリートでレディ・サンフォードとユーニスに偶然会い、ふたりが例の舞踏会に来ると聞いてほっとした。社交界の浮かれ騒ぎを日頃から軽蔑しているユーニスも、おばを悲しませないために行くことにしたらしい。もしかしたら彼女は一曲くらい踊ってくれるかもしれない。たとえこちらがダンス嫌いでも。より正確に言えば、下手くそでも。実際のところ、エドワードの右脚は、右脚のように見えるが実は左脚なのだ。少なくとも自分の感覚ではそうだった。特に、流行りの複雑なステップを踏まなければならないときには。

別にダンスでなくてもいい。一曲流れるあいだ、ユーニスと座って話ができるかもしれない。天候がよければ庭を一緒に散歩できるだろう。ものの半時間くらいダンスを逃しても、彼女なら気にするまい。

エドワードは秘書を雇い、ロンドンでの伯爵の務めと、不在にしているシュロップシャーの領地管理の仕事に取り組んだ。それと並行して、貴族院のほかの議員たちが言葉も出ないほど感心するようなすばらしい処女演説をするために草稿を練った。

やがて、エドワードは夜によく眠れなくなった。急に冷や汗が出たり、てのひらが汗ばんだりする症状にも悩まされるようになった。

3

アンジェリンは、ロンドンに着いたらすぐさま女王陛下に挨拶をするものと思っていた。到着してすぐとは言わないまでも、少なくともその日のうちか、次の日くらいには。それさえ終われば憧れの社交界に飛び込むことができ、連日繰り広げられるさまざまな催しをシーズン最後まで存分に楽しめると思っていた。

もちろん、実際はまったく違った。ひとつには、彼女のロンドン入りがかなり早かったこともある。街ではほとんどなんの催し物もはじまっておらず、社交界の人々の半分はまだ田舎にいて、タウンハウスに持っていくための衣装や帽子入れの荷造りをしている時期だった。

もうひとつは、デビューのための支度期間が相当長く必要だったことだ。お披露目やそれに続くありとあらゆる舞踏会、パーティー、音楽会のために用意するべきものが無数にあった。

そうしたことを、兄のトレシャムはロンドンへ向かう馬車の中で説明してくれた。妹をデビューさせるのが面倒でたまらないといった、さも退屈そうな口調で。彼は客車の隅にもたれかかり、ブーツに包まれた片足を向かいの席に投げだしていた。この見るに堪えないほど退屈な妹に比べれば、この世のすべては刺激的で美しいとでも言いたげな態度だ。それでも、背が高く男性的な黒い髪と瞳を持つ兄は、いつもながら魅力的ではあった。アンジェリンはすねたようにトレシャムをにらんだ。

男きょうだいというのは、女きょうだいに対する接し方をまるでわかっていない。

「ロザリーがおまえをなんとか見られるようにしてくれるだろう」兄は言った。「何を着て何をし、どこへ行って誰と知りあい、女王陛下にどのくらい深くお辞儀をすればいいかまで教えてくれる」そこであくびをひとつ。「そのあいだにぼくは、ダドリー・ハウスで開かれるお披露目の舞踏会の準備に追い立てられる。そんなものはこれまで催したことがないし、この先も催すつもりはない。だからせいぜい感謝してくれ。求婚しにやってくる男たちの相手もしなければならないだろう。おまえが花婿を探しているとわかったとたん、屋敷の前に長い列ができそうだ」

そこで兄は、愛情がこもっていると言えなくもない目でちらりとアンジェリンを見た。そうした瞬間は、よほど注意しておかないと簡単に見過ごしてしまう。

ロザリーことレディ・パーマーは父方のまたいとこで、シーズンのあいだアンジェリンの世話人兼シャペロンを務めることを快く引き受けてくれた。喜んでお世話をさせてもらいます、と彼女はトレシャムに言った――夫のパーマーはウィーンに赴任したきりで、わたしにも来てほしいとせっついてくるの。ウィーンだろうとどこだろうと、わたしは外国へ行くのはいや。夫のところへ行かなくてもすむならなんだってするわ。

アンジェリンがダドリー・ハウスに到着した翌朝、さっそくロザリーがやってきた。

「まあ、またずいぶん背が高くなったこと」これが彼女の第一声だった。

「ええ」アンジェリンはおとなしく応え、ほかにもいろいろ欠点を指摘されるだろうと身構えた。

だが、ロザリーは短くうなずいた。

「仕立屋がきっと喜ぶわ。衣装は何ひとつないわよね、アンジェリン？　これまでずっと田舎にいたでしょう？　お母さまはあなたを一度もロンドンに連れてこなかったもの。別に衣装なんて、なくてもかまわないのよ。野暮ったい二級品を山ほど持ってこられるよりよほどいいわ。あなたの衣装のことはトレシャムからすべて任されているの。そうしてもらえることはわかっていたけれど」

「色やデザインは自分で選んでもいいかしら？」アンジェリンは言った。

「かまいませんとも」

「わたしは明るい色が好き」

「そのようね」ロザリーはアンジェリンが着ているドレスに目を落とした。裾のあたりがブルーとグリーンの縞(しま)模様になった、真昼の太陽のように鮮やかな黄色のドレスだ。ほんの一瞬、ロザリーが何かの痛みに耐えるような表情をした。「もちろん宮廷拝謁の際に着るドレスは、女王陛下の謁見を賜る若い女性にふさわしいように特に指定された色とデザインになるわ。かなり古風で着心地が悪いけれど、それについてわたしたちがどうこう言うことはできないの。女王陛下のご機嫌を損ねるわけにはいかないから。それと、お披露目の舞踏会で着るドレスは例外なく白と決まっているわ。それが結婚前の若い女性のしきたりよ」

「白なの？」アンジェリンは悲痛な声をあげた。白は最も苦手な色だ。いや、白は色ですらない。特に自分が身につけたときは。

ロザリーが手をあげて制した。

「それ以外のドレスや帽子については好きなだけ鮮やかにすればいいわ。なんなら虹みたいなドレスでもいいのよ。たぶんわたしはやめておきなさいと言うでしょうけど、でもあなたがダドリーの人間なら、人の言うことに耳など貸さないでしょう」

「わたしはいつも人の助言には従うわ」アンジェリンはうれしくなって言った。ロザリーのことは好きになれそうだ。八歳くらいのときに彼女の結婚式に出て以来、これがはじめての再会だった。

「アンジェリン、わたしは今回のことがとてもうれしいの」ロザリーが言う。「ヴィンセントが生まれたときは最高に幸せだったわ。エメットが生まれたときも、同じくらいうれしかった――跡継ぎのほかに次男もいてくれれば心強いし、パーマーが息子をふたりほしがっているのもわかっていたから。もちろん、そのあと生まれたコリンもジェフリーも、どの息子のことも心から愛しているわ。でも、わたしはどうしても女の子がほしかったのよ。だから、今こうしてあなたのお披露目を手伝えるなんて夢のよう。トレシャムに頼まれたときは本当にうれしかったわ」

「あなたをがっかりさせてしまわなければいいけれど」アンジェリンは言った。

「大丈夫よ」ロザリーがきっぱりと言う。「それにわたしは、あなたが甘えたしゃべり方をする小柄でおとなしいブルーの瞳のブロンド娘でなくてよかったと思っているの。それこそ、あなたのおか――」

ロザリーはそこで急に咳き込んだ。

あなたのお母さま、と言いかけたの？　アンジェリンは不思議に思った。まさか。お母さまは甘えたしゃべり方なんてしなかったわ。それに本当に美しい人だった。何から何まで、まさに完璧だった。娘のわたしはまるで正反対だけど。

「ああ、苦しかった」ロザリーは胸をさすった。「そろそろひと雨ほしいところね。空気がひどく乾いてしまって。ええと、なんの話だったかしら？　そうそう、明日は早起きして買い物に出かけますからね。次の日も、そのまた次の日も。とびきり楽しいわよ、アンジェリン」

意外にもロザリーの言ったとおりだった。アンジェリンはそれまで買い物というのをしたことがなかった。まもなく彼女は、買い物こそこの世で最も楽しいことだと確信するようになった。少なくとも、もっと楽しいことが出てくるまでは。

宮中拝謁の日取りが決まった。同じ日の夜、ダドリー・ハウスでお披露目の舞踏会が開かれることになった。トレシャムはすでに手配をすべて整え、次兄のフェルディナンドは――彼はダドリー・ハウスに到着したアンジェリンを正面玄関の前で抱きあげ、妹がうれしそうな金切り声をあげて抵抗するのもかまわず敷石の上でたっぷり二回転させた――舞踏会ではダンスの相手がひと晩じゅう途切れないようにしてやるよと請けあった。

「もちろんぼくが手をまわすまでもなく、そうなるだろうがね、アンジー」フェルディナンドは言った。「おまえにダンスを申し込む男たちの列が舞踏室からあふれて階段に続き、じきに屋敷の外へ出てしまうだろうよ。彼らのために、兄上は舞踏会を三日間延長することになるだろう。そしておまえは、全部の足の指と左右のかかとにたこができ、そのままシーズンが終わるまで踊れなくなったらどうしようか？　ところで旅はどうだった？　退屈だったか？」

　あわただしく日が過ぎていき、アンジェリンのために大量のドレスが仕立てられた。ドレス以外にも靴、室内履き、扇、手さげ袋（レティキュール）、ほかにも数えきれないほどたくさんの品が。これほど多くをベティがどうやって収納するのか、心配になってくるほどだった。

　こうしてアンジェリンの支度がほぼ整ったとき、とうとうその日は訪れた――宮中拝謁、そしてお披露目の舞踏会の日だ。ダンスの相手が総勢何人になるか、フェルディナンドの予想の結果がいずれ明らかになるが、少なくともひとりいることはたしかだった。先日ヘイワード伯爵未亡人がロザリーを訪問し、そのあとロザリーがトレシャムを訪問し、さらに伯爵未亡人の義弟である現ヘイワード伯爵がトレシャムを訪問して、話がまとまった――彼がアンジェリンの最初のダンスの相手を務めると。

　はじめての舞踏会の、はじめてのダンスの相手。

アンジェリンはヘイワード伯爵の背が少しでも高く、髪と瞳が黒く、ハンサムであることを願った。口の悪いトレシャムは〝枯れ木みたいに無味乾燥な、つまらない男だ〟と言った。ロザリーは〝伯爵はまだお若いのよ〟と兄の言葉を否定しつつも、本人に直接会ったことがあるかどうか覚えがないらしかった。ということは、やはり伯爵は兄の言うとおり、つまらない人なのかもしれない。

でも、ダンスはあくまでもダンスだ。たとえそれが人生で記念すべき、大いに期待されるダンスであっても。

当日、アンジェリンはおかしなほど早々と目が覚めた。午前七時過ぎには、裸足のナイトガウン姿で寝室の開いた窓枠に両肘を置いてもたれていた。霧雨の降る薄暗い朝の景色にも心は沈むことなく、むしろ満ち足りた喜びのため息がもれる。

とうとう今日だわ。あと数時間のうちに、わたしの本当の人生がはじまるのね。

もうすぐ女王陛下の謁見を賜る。胸の奥がかすかに震えていた。緊張しているのかもしれない。謁見が終われば、晴れて自由の身。シーズンじゅうあちこちに出かけ、思う存分楽しめる。そして夢の男性を見つけるのだ。

アンジェリンはふたたびため息をついた。今度のため息はさっきよりも切なげだった。

夢の男性ならすでに見つけた。でも、あの〈ローズ・クラウン・イン〉で出会って以来、彼の姿を見ることはなかった。たぶんこの先もないだろう。このまま死ぬまであの人のことを想い続けて生きるのはさぞかしロマンティックに思われるが、まるで現実味がない。オールドミスになり、さんざん遊び尽くしたトレシャムがようやく結婚してもうけた赤ん坊たちの子守にされ、こき使われるのが落ちだ。そのうち干しぶどうみたいなしわくちゃのおばあさんになって、甥や姪、さらにはその子どもたちや孫のお荷物として生きるのだ。一九歳の春に出会った生涯の想い人の、薄れゆく思い出だけを支えに。

そんな人生はとんでもなくみじめだ。とにかく……とんでもなさすぎる。

あの紳士のことは今この場できっぱり忘れてしまおう。よし、忘れたわ。今夜は新しい出会いがあるだろう――フェルディナンドの言葉が本当だとしたら、数えきれないくらい多くの出会いが。今夜から、わたしは新しい恋に目覚めるのよ。

しかし、窓の下のグローヴナー・スクエアでざわめきがして、思考が中断された。アンジェリンは身を乗りだして窓の外を見おろした。

屋敷の馬丁、マーシュが馬を引いて立っていた。馬は朝駆けを待ちかねたように落ち着きなく馬銜(はみ)をかんでいる。そこへ、ぴったりした黒い乗馬服に身をかためた脚の長いトレシャムが、乗馬用の手袋をはめながら踏み段を足早におりてきた。兄はすばやく鞍(くら)にまたがって馬をおとなしくさせ、そのまま出かけていった。

アンジェリンの胸に、なんとも言えないうらやましさがこみあげた。

兄はきっとハイドパークへ朝駆けに行ったのだろう。一緒についていけるなら、どんなことでもするのに。今朝は肌寒く、風もあり、霧雨まで降っている。こんなひどい天気を見たら、か弱いレディは外出などめっそうもないと首を横に振り、雲間から太陽が顔を出してくれるまで何があっても屋内にとどまるだろう。

だが、アンジェリンはか弱いレディではなかった。

謁見のための衣装をベティがアンジェリンに着せるのを、ロザリーは何時に確認に来るか言わなかった。おそらくどんなに早くても一〇時だろう。ということは、あと三時間は好きにしていていいことになる。つまり……。

だめだわ、髪が濡れてしまう。

いいえ、あの古い帽子を――今でもいちばんのお気に入りの、あの乗馬帽をかぶればいい。それに髪は濡れてもすぐに乾く。

きっと頬もバラ色になるはず。

今年一緒にお披露目をする若い女性たちがしおれかけのユリみたいに見える中、自分だけ生き生きと輝いて見えるかもしれない。目立つことは少しも悪くはないのだ。宮廷へ向けて屋敷を出発する頃には、鼻の頭や頬のほてりもおさまっているに違いない。

馬丁のマーシュは、トレシャムの許しがないかぎり馬を出してくれないだろう。そう、絶対に無理だ。だから昨日から決まっていたことのように言わなければならない――なんですって？　わたしのための馬も用意するよう、前もってお兄さまから指示がなかったの？　失礼しちゃうわね！

これで誰にも迷惑はかからないはずだ。こうでもしないと、ひとりであと三時間も暇をつぶせない。謁見でうまくお辞儀ができるか、裾を引っかけて転ぶことなく前を向いたまま女王陛下のもとをさがれるか、不安になってしまう。そんな失敗をするかもしれないなんてこれまで思いつきもしなかったのに、急に心配になってきた。これでは宮殿を無事に出るまで、ずっと不安なままに違いない。

こういうときの気分転換に、まさに乗馬がうってつけなのだ。馬丁をひとり連れていけばいい。いくらなんでも付き添いもなくひとり泣きながら兄を追いかけていくほど、自分は愚かではない。マーシュだって、誰か信頼できる人間が一緒でなければ、廏舎から馬を一歩も出さないだろう。

トレシャムなら、わたしがついていっても迷惑がったりしないはず。いえ、ひょっとしたら迷惑がるかもしれない。でも、お兄さまはわたしの父親じゃない。ただの保護者にすぎないし、しかもこれまでのところ、そう熱心な保護者ぶりも示してこなかった。一七歳で公爵になったとたん、妹のわたしのまわりを厳格な家庭教師と召使いでがっちりとかためただけ。そして〈ローズ・クラウン・イン〉へ迎えに来たときは、クームズ牧師夫妻が先に行ってしまったこと、わたしが階段を駆けおりてきたとき四人の従者の姿が近くになく、そればかりかメイドまでが部屋で眠りこけていたことを知って激怒した。そして今度は、世話人兼シャペロンとしてロザリーを押しつけてきた。もちろんロザリーのことは嫌いではないけれど。お兄さまも今日ぐらいはわたしを叱らずにいてくれるんじゃないかしら？　少なくとも公の場では。いいえ、人のいないところでも。だって今日はわたしにとって特別な、おそらく人生でいちばん大切な日。そんな日に、妹にいやな思いをさせたくないはずよ。

それにこれ以上どうしようか迷っていたら、行く時間がなくなってしまう。アンジェリンは窓枠から身を起こして窓を閉めた。神経を静めるのに乗馬がいいと思いついた以上、そうしなければいよいよ気が休まらない。

実際はそうでもないかもしれない。でも、そういうことにしておこう。

彼女は心を決めて着替え室に向かった。


ついに今日だ――目を覚ましたエドワードは、できることならもう一度眠りに戻りたかった。

今日は貴族院で処女演説がある。原稿は三度書き直した。読む練習も重ねた。にもかかわらず、昨夜突如として――いや、それまでの二週間とまったく同様に――自分の演説が非常にくだらないものに思えた。議会でことごとく笑い物にされ、同胞たちからつまはじきにされてしまうに違いないという恐怖に打ちのめされた。

ふだんのエドワードは、それほど豊かに想像力を駆使するほうではないというのに。

しかも夜にはダドリー・ハウスで舞踏会があり、レディ・アンジェリン・ダドリーと踊らなければならない。たかがダンスじゃないかと何度も思おうとした。とはいえ、社交界にお披露目する若い女性のはじめてのダンスだ。舞踏室に集う人々全員の視線が――つまり社交界そのものの視線が――自分たちに注がれる。せめてもの願いは、自分ではなく彼女だけに注目が集まることだった。なんといっても彼女は今年最も注目される花嫁候補なのだし、人々はまず女性に目をとめるものだから。

だが、とりあえずダンスのことを考えるのはあとだ。エドワードはハイドパークへ朝駆けに出た。空には雲が垂れ込め、肌寒く、細かい霧雨がしつこく降って、何もかもがじめじめしていた。けれどもこの国で天気を気にしていたら、たとえ運がよくてもせいぜい二週間に一、二度くらいしか乗馬を楽しめない。それに彼はふたりの古い友人に会う約束をしていた。おそらく彼らは雨の中でもやってくるだろう。がっかりさせるわけにはいかない。

やはり、ふたりは来ていた。

エドワードは胃のあたりがむかむかしていたし、いつもと同じ不快な夢を見たせいで疲れてもいた。とはいえ仮に夢を見なかったとしたら、それはつまり眠れなかったということで、やはり同じくらい疲れていたことになるだろうが。最近よく見る夢のひとつは、貴族院で立派に演説をはじめたはいいが、途中で自分が服を一枚も着ずに屋敷を出てきたことを思いだすというもの。もうひとつは、演台に立ち、人々の尊敬のまなざしが自分に注がれるのを意識しながら口を開こうとした瞬間、原稿が手元にないことに気づき、言うべき言葉が何ひとつ浮かばないというもの。

「まったく」三人で公園内を駆けていたとき、エドワードの隣でサー・ジョージ・ヘドリーが言った。「今日ぐらいは誰もいないだろうと思ったのに。思う存分馬を走らせて、二日酔いを覚ましたかったよ。弟が二一歳になるのが一度きりでよかったよ」

たしかに乗馬用道路(ロットン・ロー)は意外なほど混んでいた。ある馬はゆるやかな並足、ある馬は早足、中には無謀にも——芝は雨に濡れて滑りやすく、土が露出したところはぬかるみになっている——全速力で駆けているのもいる。

「われわれもひと駆けするとしよう」反対側の隣にいたアンブローズ・ポールソンが道路(ロー)に馬を乗り入れた。「少し顔色が悪いようだな、エド。なおさら新鮮な空気と運動が必要だ。飲みすぎたのはジョージのほうなのに。それはそうと、今日はエドの処女演説の日だな。ぼくたちも聞きたかった」

「そうでもないだろう」エドワードは言った。「おそらく議員の連中は、ぼくが原稿の二段落も読まないうちにいびきをかきだすよ」

「いい休息になったと礼を言われるさ」ジョージが返し、三人は笑った。

顔を伝う不快な滴を気にしないようにしながら、エドワードは新鮮な空気を胸いっぱいに吸い込んだ。ほんの少し気分がよくなり、仲間たちとの心地よい沈黙に身を任せつつ、頭の中でもう一度演説の中身を反芻(はんすう)した。

不意にジョージが声をあげた。

「おい」急に馬を止めようとするので、ほかのふたりもあわてて速度を落とさなければならなかった。「あれはいったいなんだろう?」

友人の視線をたどったエドワードの目に女性が見えた。一瞬、彼は娼婦(しょうふ)だと思った。女性は輝くような笑みを浮かべ、エドワードがまったく知らない若い男性たちのほうに馬を走らせていく。少し距離を置いて馬丁がついていった。こんな時間にひとりで、しかもこのひどい天気の中を外出するような女性が娼婦以外にいるだろうか？

口には出さなかったその問いに、すぐさま答えが浮かんだ。

同じような女性なら前にも見た。ピンクのモスリンのドレスを着て、たったひとりパブの窓辺に立ち、あろうことかうしろにいるふたりの男性のほうにヒップを突きだして外の景色を眺めていた女性。

待てよ。あれは同じような女性どころじゃない。

まさに本人じゃないか。

エドワードが呆然（ぼうぜん）と口を開けて見つめていると、女性は男性たちの輪の中に飛び込んだ。しかも、そのあいだずっとしゃべりどおしだ。

「……きっとよそへ行くことにしたんだわ、本当にいけ好かない人。あきらめて屋敷に引き返そうと思ったときに、ちょうどあなたが目に入ったの。もう最高にうれしかった。でも、絶対に内緒にすると約束して。でないとあとで八つ裂きにされてしまうわ。それにしても、いまいましいったら。てっきりここにいるとばかり思って来たのよ。馬に乗ったら、ふつうは誰でもここへ来るものでしょう。こうなったら代わりにご一緒させてもらうわ。かまわないわよね？」

そこで彼女はまぶしい笑みを振りまいた。男性たちが、もちろんだよと声をそろえる。エドワードは顔をそむけながら、友人たちとそばを通り過ぎた。

どうやら〈ローズ・クラウン・イン〉にかぎらず、彼女はあちこちで非常識なことをしているようだ。いったいこの連中のことをどれだけ知っているのだろう？　ここへ来るときも、誰にも付き添ってもらわなかったに違いない。こんなところへひとりでのこのこやってきたとわかったら、さぞかし怒る人間がいるだろうに。自分ならきっと怒る。誰かは知らないが気の毒な人だ。

今度こそ巻き込まれるものか、とエドワードは思った。あの女性がそこまで非常識な人間なら――今となっては明らかだ――それこそ自分にはなんの関係もない。彼女の体がどれほどすらりとしなやかで、鞍とくっついて生まれてきたように自然で美しく見えたとしても。その笑顔を目にしたとき、今日が晴れた美しい朝でないことをつい忘れそうになったとしても。

エドワードは少しうろたえ、赤くなった。もし彼女がこちらを見たら？　自分に気づいて挨拶するかもしれない。そんなことをされたら大変だ。

「あれは」自分たちの話し声が例の一団に聞かれなくなるまでじゅうぶん距離を置いてから、アンブローズが先ほどのジョージの問いに答えた。「おそらく乗馬帽だろう。少なくとも女性の頭にのっていたからな。もし鳥の巣だとしたら、あれよりはるかにこざっぱりしているはずだ」

アンブローズとジョージが同時に吹きだした。

「帽子か」ジョージが言う。「きみの言うとおりだ、アンビー。あんなにびしょ濡れでなければ少しは見られたかもしれない」

帽子など、エドワードにはほとんど見えていなかった。だが、改めて目にする機会がすぐに訪れた。背後で馬の蹄の音が響き、驚いた三人が端によけるなり、五組の人馬が周囲のあらゆるものに泥と水しぶきをはねかけながら全速力で追い越していったのだ。ほどなく六番目がそのあとを追っていった。例の女性の馬丁だった。

二番目に追い越していったのが、今朝の雨をものともしない、くだんの跳ねっ返りだった。さもうれしそうに叫び声をあげている。女性としての作法など、一度も教わったことがないかのようだ。ひょっとしたら本当にないのかもしれない。

彼女の帽子は、太古の昔に絶滅した鳥の翼から厳選したような、目にも鮮やかな大量の羽根で飾り立てられていた。それが馬の動きに合わせてぽんぽん跳ねている。

最初に彼女を娼婦と思ったのは、おそらくあの帽子のせいだ。

エドワードは、無数の泥はねが飛び散った自分の淡黄色の乗馬用膝丈（ブリーチズ）ズボンと黒い乗馬ブーツに目を落とした。どちらも先週新調したばかりで、今朝はしみひとつなかったのに。彼は頬についている汚れらしきものを、手袋をはめた指先でぬぐった。

「あの女性は誰だろう？」自分が本当に知りたがっているのかどうか確信が持てないまま、エドワードはそう口にした。

しかし、友人はふたりとも知らなかった。

誰であろうと、この先彼女と鉢合わせする危険は冒したくない。

「そろそろ戻って、議会へ行く支度をするよ」エドワードは言った。

ふたたび胃の具合が妙なことになってきた。彼は馬の向きを変えてロットン・ローから離れようとした。

そのとき、楽しそうな笑い声とともに馬と人がうしろを駆け抜けていった。振り返るまでもなく、彼女の馬がまた全力疾走で戻ってきたのだとわかった。今度はどうやら一団の先頭を切っているらしい。またしても自分の上着のうしろに泥がはねたことに、エドワードは気づいた。

ふと何かを感じ、彼はよく考えもせずに振り向いた。

彼女がちょうど馬を止めているところだった。馬は勢い余ってうしろ足で跳ねていたが、乗り手は楽々と制御している。生まれてこのかた、ずっとそうしてきたかのように。連れの男性たちはずっと先へ行ってしまった。馬丁だけが少し離れたところで主人を待っている。

彼女は目を大きく見開いてエドワードを見つめていた。うれしそうに唇を開きかける。

これはまずい!

今にも大声で呼びかけられそうだった。ふたりの距離からして、まわりに聞かれてしまうだろう。もちろんアンブローズやジョージにも。

エドワードは鞭(むち)の柄で帽子の縁に触れて軽く会釈し、すばやくその場を去った。

彼女は呼び止めなかった。

なんということだ。彼女はロンドンにいたのか。するとまたどこかで会うかもしれない。

場合によっては今夜にも。あのいまいましいトレシャムの舞踏会に、彼女もやってくるかもしれない。

エドワードは顔をしかめた。どうやら今日はいい一日ではなさそうだ。はじまりからこんな調子では、先が思いやられる。

4

アンジェリンは謁見を無事に終えた。ドレスの裾を引っかけて転ぶこともなかったし、今年お披露目をするほかの令嬢たちとも顔を合わせ、言葉を交わすことができた。そのうちの何人かとは、ぜひ仲よくなりたいと思った。

これまでアンジェリンには親しい友人がいなかった。そう認めるのは決まりが悪いものの、みじめだと思ったことはない。幼い頃は兄たちが遊び相手だったし、ふたりともアンジェリンの尊敬すべき英雄だった。もう少し大きくなってからは、近隣に住む年齢の近い子どもを含め、アクトンの住人すべてと知りあいだったし、誰とでも仲よくしていた。とはいえ、やはり人々はアンジェリンに遠慮がちだった。彼女が当時のトレシャム公爵の娘にして、次代の公爵の妹だったのだから無理もない。そんなわけでアンジェリンには、思っていることをなんでも打ち明けられるような本当の意味での友人はいなかった。

けれども今、同じ境遇の輪の中から親友が見つかるかもしれない。

それに結婚を申し込んでくれる人も。

アクトン近辺に暮らす男性たちは、老いも若きもこぞってアンジェリンを畏れていた。トレシャム公爵の日頃のふるまいが過激であることが知れ渡っていたため、そんな兄に歯を折られる危険を冒してまで妹に馴れ馴れしくしようとは誰も思わなかったのだろう。

だからこそ、アンジェリンはようやくロンドンに出てこられたことがうれしくてしかたがなかった。女王陛下にきちんとお辞儀をすることができ、今はこうしてお披露目の舞踏会のためのドレスに着替えている。あふれんばかりの喜びで胸をいっぱいにして。

着替えのほうはすでに終わり、複雑に結いあげられた髪の最後の手直しをベティがちょうど終えた。自分の頭にこれほどたくさんの巻き毛が、これほどすてきにあしらわれるとは想像もつかなかった。形が崩れる心配もまずなさそうだ。はじめにおっかなびっくり、それから少し強めに頭を振ってみたが、ほどけた巻き毛が肩にこぼれ落ちてくることはなかった。もちろん、見えないところにヘアピンが山ほどさしてあるのだ。

アンジェリンは立ちあがり、窓と窓のあいだに据えられた細長い姿見に映る自分の姿をじっくりと点検した。変えようのない決定的な問題がふたつあるわりにはきれいだ。ひとつは、ドレスの色が白でなければならないということ。もうひとつは、彼女が肌の色が白くないうえに、のっぽだということだ。アンジェリンは不幸にも、その容姿を母ではなく父から受け継いだ。兄たちも同様だが、彼らの場合はなんら問題ない。なんといっても、ふたりは男性なのだから。

でもこの際、そんなことは気にしていられない。今夜は思いきり楽しまなくては。

誰にも邪魔させはしない。

アンジェリンはベティが差しだした扇を受け取り、広げて顔をあおいだ。

「どうかしら？　わたしはなんとか見られそう？」

「今までの中でいちばんすてきですよ、お嬢さま」ベティが言った。お世辞ではないはずだ。もし反対のことを考えていたら、ベティは正直に言うだろうから。彼女は日頃から、アンジェリンの服の選び方にしょっちゅう口出しをする。

アンジェリンは鏡の中の自分と目を合わせた。

あの人はいったい誰なのかしら？

ロットン・ローへ全速力で戻るときに通り過ぎた相手が例の紳士だと気づいたときは、心臓が三回転したかと思うほどうれしかった。

あの人だわ。

とうとう会えた。

彼は姿勢よくしなやかに鞍にまたがっていた。服のあちこちに泥はねをつけて。

アンジェリンは声をかけようと思った。でも彼はあの宿のときと同じように、こちらに気づいたことを示すため軽く会釈をしただけで、そのまま走り去った。

ふたりがまだ正式に紹介されていない以上、彼のしたことはもちろん完全に正しい。その場を去ってくれたおかげで、アンジェリンは公共の場所で見知らぬ他人に声をかけるという非常識なふるまいをせずにすんだのだ。妹がそんなことをしたとトレシャムの耳に入ったら、ただごとではすまされない。フェルディナンドですら、顔をしかめただろう。けれどフェルディナンドはそのとき仲間たちと競走していて、ローのずっと先にいた。そんなわけで、あの場で一緒だった男性陣の誰ひとりとして、アンジェリンの心にくすぶり続けている問いに答えられる人間はいなかった。

いったいあの人は誰なの？

彼女は扇をせわしなく動かし、ぱちりと閉じた。

また会えるかしら？

ひょっとして、あの人も今夜ここにやってくるかも？

短いノックの音がして、アンジェリンは姿見から振り向いた。ベティが扉を開けると、トレシャムとフェルディナンドが立っていた。ふたりとも黒の夜会服と白いリネンのシャツという正装に身を包み、とびきり魅力的だ。

フェルディナンドが大きく微笑んだ。

「アンジー、どちらがおまえを迎えに行くかで兄上と揉めたよ。で、結局一緒に来ることになった。それにしても、まるで五ペンス硬貨みたいに輝いているじゃないか」

彼は心から感心したようにアンジェリンを眺めまわした。

「ありがとう。フェルディナンドお兄さまもすてきよ」

一年前にオックスフォードから戻ってきたフェルディナンドは現在二一歳で、兄のトレシャムにならって放蕩貴族への道を着々と歩んでいる――少なくとも噂ではそうなっているし、アンジェリンもそのとおりだと思っていた。ついでに言えば、彼があらゆる女性たちの目になんとも魅力的に映り、そのことを当人が自覚しているのもまず間違いない。

一方、トレシャムはいつものごとくハンサムで、いつものごとく世の中に退屈しきっているように見えた。

「フェルディナンド、これが本当にぼくらの妹なのか？」彼はわざとらしく驚いてみせた。

「なんともしとやかで品があって、どこから見てもすばらしいじゃないか」

トレシャムからまともな賛辞をもらおうと思ったら、一〇年は待つ覚悟がいる。その日が訪れたら天の恵みと感謝すべきなのだ。しかし、今日のアンジェリンには兄の言葉が腹に据えかねた。

「しとやかですって？　品がある？　それはつまり、ふだんは手がつけられなくて品もないということ？　もう、いったいわたしの何を知っているというの、トレシャムお兄さま？　お兄さまが一六でわたしが一一だったときから今回のわたしのロンドン入りまでに、たった二回しか顔を合わせていないのよ。しかもわたしはお父さまの葬儀でも、お母さまの葬儀でも、何ひとつ粗相をしなかったわ。お兄さまはある日突然わたしを置いて屋敷を飛びだした。それ以来、お兄さまがわたしについて知っていることといえば、一方的に押しつけた家庭教師が手紙で告げ口していたことだけでしょう。しかもあの人たちはそろいもそろって、レディとして完璧ではないわたしのことが不満だったのよ。でも、そんなのしかたないじゃない？　そうでしょう？　だって、わたしはダドリーの人間なのよ。それにしたって、手がつけられないとか品がないなんてことはないわ。ほんと、失礼しちゃうわ」

トレシャムは何を考えているのかよくわからない黒い瞳で妹を見つめた。

「それでいい、アンジェリン。頬に赤みが差したおかげで、頭のてっぺんから爪先まで救いがたい白ずくめではなくなった。そろそろ階下に行くか？　それとも、自分が主役の舞踏会に遅刻していくか？」

フェルディナンドが微笑んでウインクし、肘を差しだす。

ああ、わたしはこんなお兄さまたちのことが心から好きなんだわ。ふたりと腕を組み、招待客を迎える主催者の列に並ぶために階段をおりていきながら、アンジェリンは改めて兄たちに対する自分の思いをかみしめた。いつも悔しい思いをさせられてばかりだが、それでもふたりのことが好きでたまらない。フェルディナンドは学校が休みになると家に帰ってきていたとはいえ、ここ七年は兄たちとほとんど一緒に過ごさなかった。ただ、ふたりの噂だけはやたらと耳にした。危険で無謀なレース、殴りあいの喧嘩、愛人、それにトレシャムの決闘……これは二度聞いた。いずれも相手が先に撃って狙いを外し、そのあと兄が相手をばかにしたように虚空に向けて発砲したそうだ。どちらの決闘も、兄と先方の妻の火遊びが発端だった。幸いにも、アンジェリンが耳にしたのはずいぶんあとになってからだった。決闘の原因を聞いて兄に憤りを感じたが、妻に裏切られた気の毒な夫を撃つことなく虚空に向けて発砲したことは誇らしかった。それでも、知らせを受けたときはあまりの衝撃で神経が参ってしまい、もう二度と立ち直れないだろうと思ったものだ。

玄関ホールで待っていたロザリーが、階段をおりてくるアンジェリンを見てうれしそうに微笑んだ。

「とても際立って見えるわ、アンジェリン。白を着るとほかのお嬢さんたちは顔がぼやけてしまうのに、あなたの場合は……完全に制圧しているわね」

何を言われても気にしないけれど、〝際立って見える〟は〝きれい〟とは違うということだけはわかった。

不意に、亡くなった母なら今夜の自分をなんと言うだろうと思った。兄たちのように〝すばらしい〟と言ってくれるだろうか？　やはりロザリーのように〝際立って見える〟と言う？　ベティのように〝すてき〟と言うのか、それとも〝きれい〟と言ってくれる？　ひょっとしたら、しぶい顔になるかもしれない。いつだったか、背が高く痩せっぽちで、髪が真っ黒で、肌を日焼けさせた一三歳のアンジェリンを見たときのように。眉の形をもっと女性らしく見せられないの、と嘆いたときのように。

あれは母がアクトン・パークに滞在していたときだった。父はすでに他界していたから避ける必要もなかったのに、母が屋敷で過ごすことはますます珍しくなっていた。アンジェリンは暇さえあれば鏡をのぞき込んで、母のように眉を優雅なアーチ形に動かす練習をしたものだ。その成果を披露すると、母は〝驚いた野ウサギみたいね〟と言った。ついでに〝気をつけないと三〇歳になる前に、額にしわが寄ってしまうわよ〟とも。

お母さまは白を着たわたしを褒めてくれるかもしれない、とアンジェリンは思った。白はいつも母が着ていた色だった。やっぱり褒めてはくれないだろうか。娘が自分と似ても似つかないこと、思い描いていたような理想の娘ではないことを改めて突きつけられて、がっかりするかもしれない。今のわたしはもうただの痩せっぽちではないけれど、身長は一三歳のときよりさらに伸びている。それに眉の形はあいかわらず優美とはほど遠い。

でも、そんなことをくよくよ悩んで今夜という日を台なしにしたくなかった。アンジェリンは兄たちと腕を組んだままロザリーに輝くような笑みを向け、そこから四人で舞踏室に入っていった。

あたりはまるで細長い屋内庭園のようだった。ユリ、バラ、ヒナギク——さまざまな白い花と緑の葉やシダがいっせいに視界に飛び込んでくる。植物は舞踏室をぐるりと四角く囲み、柱にも優雅に絡みついていた。壁のあちこちに取りつけられたバスケットも花であふれ、緑の葉がみずみずしく垂れさがっている。それらが織りなすさわやかな香りが部屋じゅうに満ちていた。

数日前から床におろされていた三つの大きなシャンデリアは、銀とクリスタルガラスの細部まで念入りに磨きあげられ、ろうそくが取りつけられていた。今はすべてのろうそくに火が灯り、金箔（きんぱく）張りの天井近くまで高く引きあげられている。天井には古代ギリシア神話の各場面が描かれていた。壁につけられた燭台（しょくだい）にもろうそくが立てられ、すでに火が灯されている。

木の床はつややかな光沢を放っていた。長い壁一面に並んだ両開きのガラス扉はすべて開放され、人々がテラスへ自由に行き来できるようになっている。部屋の奥に据えられた高座では、楽団が楽器の音合わせをはじめていた。反対側では広い客間に通じる扉がすべて開かれ、招待客が好きに出入りでき、糊（のり）の利いた白いテーブルクロスのかかる台から飲み物や軽食をつまめるようになっていた。

そこにあるものすべてが……とにかく目を見張るほど豪華だ。

これまではアクトンの比較的裕福な住人が開いた気軽なダンスパーティーか、田舎のホテルが開催したパーティーに行ったことがあるだけだった。

胸の前で両手を握りあわせ、感激のあまり泣きたくなるのを懸命にこらえながら、アンジェリンは舞踏室に足を踏み入れた。

これだわ。ひとりぼっちで過ごしたアクトン時代、わたしはずっとこの日を夢見ていたのよ。

ふと彼女の胸に、それまで経験したことのない寂しさがこみあげた。

同時に、息もできないくらい強烈な喜びと興奮も。

トレシャムが隣にやってきて、何も言わずにアンジェリンの腕をふたたび自分の腕に絡め、反対の手を彼女の手にやさしく重ねた。

このときほど、兄を好きだと思ったことはなかった。

貴族院では、エドワードの処女演説に熱烈な拍手喝采を送った人間はいなかった。だが、野次を飛ばした者もいなかった。エドワードが見たかぎり、演説の途中で居眠りをはじめた者もなかった。何人かの議員があとから握手を求めてきた。トランペット形の大きな補聴器を持参しながら一向に使う気配のなかったある高齢の公爵が、なかなか立派な演説だったよと感想を述べてくれた。その公爵の肩をひとりの若手議員がうしろから叩き、この閣下は過去五一年、処女演説を終えた新人議員に同じことを言い続けているんだと言って、エドワードにウインクをしてみせた。

それを聞いて、エドワードはその場にいた人々と一緒になって笑った。それが彼にとって最もうれしかった瞬間だった。自分が晴れて同胞として受け入れてもらえた気がした。

ひとつ大仕事が片づいたおかげで、ずいぶん気持ちが楽になった。

このあと自宅に帰って残る時間をのんびり過ごすか、それとも劇場か〈ホワイツ〉あたりへ足を運んで気楽に過ごせたらどれほどいいだろう。しかし、あいにくトレシャム公爵邸での舞踏会が待っている。しかも最初のダンスで公爵の妹のパートナーを務めなければならない。

少なくともユーニスが来ることになっているのが救いだ。次のダンスを申し込み、あわよくば踊るのをやめて、彼女と座って話ができるかもしれない。そうなってはじめて、長く疲れる一日をなんとか無事に終えた実感がわき、心の底からゆったりした気分になれるだろう。

ダドリー・ハウスへは母やロレインとともに到着した。長らくふさぎ込んでいたふたりが楽しそうにしているのを見るのはうれしいことだ。ふたりとも、すでに喪が明けていた。母は社交界に復帰し、長男の思い出は胸の奥に大切にしまって、これからは次男のことに心血を注ぐつもりでいるようだ。ロレインは以前よりいくぶん体重が戻ってふっくらし、健康そうに見えた。頬に赤みが差して、髪にもつやが戻っている。それらはすべて、モーリスが生きていた頃すでにロレインが失ってしまったものだった。今はふたたび年齢相応に見える。ロレインはまだ二三歳で、義姉といってもエドワードよりひとつ年下だ。今夜の彼女は昔の輝くような美しさを取り戻していた。

エドワードはいつもロレインの幸せを願っていた。義姉のことは以前から好きだったし、彼女もエドワードのことを心安く思ってくれた。頻繁ではないものの、ロレインはモーリスが生きていた頃から、エドワードに悩みを打ち明けることがあった。そのことで、彼は何度か兄をいさめようとしたこともある。だが、いつも〝くそまじめ〟と一蹴されて終わった。

エドワードは母と義姉を左右にエスコートしながら、ダドリー・ハウスの階段をのぼっていった。今夜はシーズン最初の大規模な舞踏会だ。おそらく招待されたすべての客がすでに屋敷に入っているか、表玄関の外で長い行列を作っている馬車の中だろう。階段も人でいっぱいだった。一列に並んで出迎える主催者側と言葉を交わす順番を待っているのだ。

おかしなものだな――舞踏室へ通じる扉が少しずつ近くなり、執事からうやうやしく称号を呼ばれたとき、エドワードは思った。ただのエドワード・エイルズベリーだった頃は、誰にも目をとめられることなく好きな場所へ自由に出入りできた。しかしヘイワード伯爵になったとたん、どこへ行っても下にも置かぬ扱いを受ける。中身はあいかわらず平凡な男のままなのに。もしくは、誰かが言ったとおりの〝くそまじめ〟か。

「レディ・パーマーだわ」ロレインが微笑んだ。「今夜は彼女の弟も——フェナー卿も来るそうよ。もういらしているかしら？」

エドワードは興味深げに義姉を見つめた。フェナーの名前を彼女が口にしたことに深い意味はあるだろうか？　フェナーはエドワードより二、三歳ほど年上で、なかなか感じのよい男だが。

「それがわかるのは、出迎えの列を過ぎてからおそらく一、二時間後じゃないかな」エドワードは言った。「それにしても、今夜の舞踏会は大変なにぎわいだね」

「当然よ」ロレインが言う。「ダドリー・ハウスの舞踏会に招待されて来ない人がいると思う？　トレシャム公爵は絶対に舞踏会を開かないことで有名なのよ」

つまり今日は妹のために特別に開くというわけか。そして自分はその妹とダンスを踊らなければならない。こんなことなら母に頼んで屋敷の居間のピアノを弾いてもらい、ロレインか姉たちにステップの練習相手になってもらえばよかった、とにわかに後悔の念がわいた。けれども真の問題は、自分がごく基本的なダンスのステップすらうろ覚えであることではない。二本の左脚だ。これればかりは、どれだけ練習しようと直しようがない。

主催者の列は短かった。手前にレディ・パーマーがいて、その隣にトレシャム公爵がいる。その向こうにいるのがおそらくレディ・アンジェリン・ダドリーと思われたが、エドワードにはよくわからなかった。手前にトレシャムがいたし、自分の前にいる女性たちのほとんど全員が髪に羽根飾りをさしており、それらがゆらゆら揺れて視界をさえぎっていたからだ。

エドワードはレディ・パーマーにお辞儀をし、相手の挨拶に礼儀正しく応じた——ええ、まったくです。午前中はずっと雨だったのに、こんないい夜になったとは実に運がいいですね。

エドワードの母は慎ましく微笑み、招待されたことに対して簡単な礼を述べた。ロレインは満面の笑みを浮かべ、今この場にいるだけで今夜の舞踏会が大成功をおさめるとはっきりわかりますわ、とレディ・パーマーに賛辞を贈った。

エドワードはトレシャム公爵にぎこちなく頭をさげた。公爵も同じように会釈を返し、エドワードの母と義姉に礼儀正しく声をかけた。驚いたことに、女性ふたりはモーリスが死ぬことになったレースの競争相手に対して、なんの恨みも感じないようだった。おそらくそれが正しいのかもしれない。トレシャムでなかったとしても、いずれ誰かがモーリスの相手になっていただろうから。また、トレシャムがあの事故の直接の原因を作ったわけでもなかった。彼は急なカーブの直前でモーリスの馬車を追い越し、そのままカーブを曲がり、その先にあった障害物をよけた。一方モーリスは、カーブの死角で見えなかったその障害物に——干し草を積んだ大きな荷馬車だった——まともに突っ込んでしまった。

トレシャムが右を向き、対するエドワードと母と義姉は左を向いた。

「これが妹のレディ・アンジェリン・ダドリーです」トレシャムが言った。

なんだって!

トレシャムが手短に紹介を終えるまでのあいだ、エドワードは彼女に、彼女はエドワードに目が釘づけになっていた。

　今夜の彼女には非の打ちどころがなかった。白いドレスは簡素で控えめなデザインながら、着ている本人の身長の高さを品よく引き立てている。背筋はぴんと伸び、実に姿勢がいい。彼女は控えめな微笑みを浮かべていた。頬を上気させ、黒い瞳をきらきらと輝かせて――。

　これまで見た中でいちばん美しかった。とはいえ、顔立ちといい、髪や瞳の色といい、彼女にはおよそ繊細と言えるところがいっさいない。

　まさかこんなことが。

　エドワードがお辞儀をすると、彼女も膝を曲げてお辞儀を返した。ただし、エドワードから視線をそらすことはなかった――一秒たりとも。

「はじめまして、レディ・アンジェリン」エドワードは低く呼びかけた。

　頼むから何も言わないでくれ。

　もちろんこんなことは頼むまでもない。だが実際、彼女は〈ローズ・クラウン・イン〉でも、今朝のハイドパークでも、話しかけてこようとした。

「はじめまして、ヘイワード卿」

　なるほどそういうことか。あのとき自分は一〇分差でトレシャム公爵と行き違ったのだ。相手は珍しく大型馬車に乗っていた。誰もがロンドンへ行こうとしているとき、反対方向へ向かっていた。あれは〈ローズ・クラウン・イン〉へ妹を迎えに行く途中だったのだ。今にして思えば証拠だって目の前にあった。こちらをまじまじと見つめていた彼女の顔は、公爵と驚くほどそっくりだったじゃないか。あのときはそれが頭の中でつながらなかった。よりによって彼女と踊らなければならないのか。まさにダドリーの人間そのものとも言うべき、とんでもない跳ねっ返りの令嬢と。

気づくと彼女がエドワードの母に微笑みかけていた。うしろでは人の列がつかえはじめている。舞踏室に入らなくては。

「最初のダンスを楽しみにしています、レディ・アンジェリン」エドワードは言った。

彼女は輝くような笑顔になった。口元から美しい歯並びがのぞく。

「まあ、わたしも楽しみにしていますわ、ヘイワード卿」

エドワードたちが舞踏室へ入るときに母が言った。「どうやら彼女は母方より父方の血を受け継いだようね。お気の毒に」

「そうとも言えませんわ、お義母さま」ロレインが言う。「あの容姿だと、亡くなった公爵夫人と比べようがありませんもの。少なくともそれは救いでしょう。母親がどれほどたぐいまれな美女だったとしても、傷つかずにすみますから。それに、わたしはレディ・アンジェリンも決して美しくないわけではないと思います。あなたはどう思う、エドワード？」

「あんなに美しい女性は見たことがない」そう言いながら、エドワードはばかばかしさと腹立たしさを感じた。こんな言い方をするつもりはなかったのに。彼女を賛美する気持ちなど露ほどもない。むしろその逆だ。なのに、まるでひと目で恋に落ちたみたいに間抜けな返事をしてしまった。

母と義姉が興味津々のまなざしを向けた。

「たしかに印象的な女性ね」母が言った。「人を引きつけるものがあるわ。はじめてお披露目するお嬢さんにしては、珍しく強さを感じさせるというか。しかも彼女はあなたに会えて明らかにうれしそうだったわよ、エドワード。ずっとあなたのことを見つめていたもの。今夜のあなたは本当に立派に見えるわ。ねえ、そう思わない、ロレイン?」

「彼はいつだって立派に見えます」ロレインがうれしそうに言う。

エドワードは心の中でため息をついた。一時間だ。あと一時間もすれば、舞踏会は幕を開け、最初のダンスは終わっている。それさえすめば、ようやくひと息つけるのだ。

とはいえ、その一時間が永遠のように長く感じられるのだろうが。


三〇分もすると、アンジェリンにとって永久に続くかと思われた人の列が次第に細くなり、やがて途切れた。高座では楽団が、演奏開始時刻が刻々と近づいているのを示すように音合わせに余念がない。このあとの三〇分は、生涯で最もすばらしく、今後の人生に決定的な意味を与える時間になるだろう。まさしく本当の意味での人生の門出と言っていい。

輝かしき人生の門出。

あのとき、兄のトレシャムがこちらを向き、対するふたりの貴婦人もそうした。そのふたりと一緒にいた紳士に目を向けたとき、アンジェリンは……。

まったく言葉が出なかった。

その少し前に執事が先方の名前を告げたので、最初のダンスを一緒に踊ることになったヘイワード伯爵が来たのだということまではわかっていたけれど……。

まさか。

本当に頭の中が真っ白になってしまった。

いや、実は真っ白にはなっていなかった。あることに気づいて心臓が止まりそうになったのだ。

「ヘイワード伯爵夫人ですって?」アンジェリンは次の客に挨拶をしようと向きを変えたトレシャムに、せっぱ詰まった声で問いかけた。「わたしはお披露目の舞踏会の最初のダンスを既婚男性と踊るの?」

相手が結婚しているかもしれないなんて、たった今まで頭になかった。

「伯爵夫人は彼の義姉だよ」兄が説明する。「彼女の夫が前ヘイワード伯爵だったんだ。とてもいい男だった」

そうだわ、思いだした。喪が明けたヘイワード伯爵未亡人のために、ロザリーは最初のダンスの相手を考えていたのだった。

もうひとつ、気がかりなことが頭に浮かんだ。

枯れ木みたいに無味乾燥な、つまらない男?

すでにトレシャムは次の客に挨拶をし、アンジェリンを紹介しようとしている。ああ、覚えなければならない顔と名前の数のなんて多いこと。彼女は途中であきらめた。

あの人がヘイワード伯爵なのね。

しかも独身。

これから一生、彼と踊り続けたい。

ふたりでいつまでも幸せに暮らしたい。ただの夢物語かもしれないけれど。

なぜか今、彼とならそうなれると心から信じられる。

今から三〇分はわたしの時間。

そう、わたしと彼のための時間よ。

アンジェリンが両脇をトレシャムとロザリーに付き添われて舞踏室に入っていくと、まもなくヘイワード伯爵が滑るように近づいてきた。ひどく真剣な顔つきで。まるでこれからの時間が人生を左右する一大事であるかのように。

ひょっとしたら、本当にそうなのかもしれない。

アンジェリンは胸の前で両手を握りあわせて立ち止まった。彼だけに意識を集中させても、自分がその場にいる全員に注目されているのがわかる。そう、ひとり残らず全員から。これはうぬぼれでもなんでもない。この舞踏会の主役は自分であり、その自分が今から最初のダンスを踊ろうとしているのだ。しかも、今年ロンドン社交界で最も注目される花嫁候補として。現トレシャム公爵の実妹として。

ヘイワード伯爵が目の前までやってきてロザリーとトレシャムに頭をさげ、アンジェリンをまっすぐ見つめた。鮮やかなブルーの瞳が美しい。

「ぼくと踊っていただけますね、レディ・アンジェリン」

彼はてのひらを下に向けて差しだした。

まるで強い向かい風を受けながら一〇キロくらい走ってきたばかりのような気分だった。でも、扇は広げないことにして微笑み返す。これ以上はどんな風もいらない。

「はい」アンジェリンは言った。「ありがとうございます、閣下」

差しだされた手の甲に自分の手を重ね――たくましさとぬくもりが伝わってくる――誰もいないダンスフロアに踏みだした。

彼に導かれて。

招待客のあいだからため息がもれ、オーケストラが音合わせをやめた。

まるで自分の体の中に蝶の大群がいて、それらがいっせいに舞い飛んだような気分だった。これは緊張？ 興奮？ それとも両方なの？

ヘイワード伯爵はアンジェリンを楽団の高座のそばまで導き、そこから少し離れて立った。それが合図となって、ほかの客も最初のダンスを踊るために次々と出てきた。向かいあわせに並ぶ男女の長い列がダンスフロアにできあがった。

アンジェリンがヘイワード伯爵の顔を見あげると、相手もまっすぐ見つめ返してきた。

彼の服装は、こざっぱりとしながらも洒落ていた。余分に飾り立てたようなところはまったくない。もう少しで瞳に刺さりそうなほど高い襟のシャツを着ているわけでも、コルセットで体を締めあげているわけでもなかった。飾りポケットからのぞく懐中時計の鎖もないし、ベストに派手な刺繍が入っているわけでもない。何かの名前がついているような髪型——たとえば〝ブルータス風〟とか——にしているわけでもない。

極めつけに、ヘイワード伯爵は笑みすら浮かべていなかった。

それはつまり、アンジェリンとのダンスは彼にとって真剣勝負ということだ。

浮ついたところのない人なんだわ。

おそらく彼はトレシャムの対極に位置する人なのだろう。トレシャムだけでなく、フェルディナンドとも。それから父とも。三人の家族のことは心から愛しているけれど、夫になってほしいと思ったことはない。同じたぐいの男性も願いさげだ。自分にだって防衛本能というものがある。

わたしはヘイワード伯爵のような男性と結婚したいわ。

ああ、そうじゃない。

ヘイワード伯爵と結婚したい。

彼はまだこちらの思いに気づいていない。けれど、必ずかなえてみせる。

相手と不自由なく言葉を交わすには、少し距離がありすぎた。かといって、こんなばかなことで声を張りあげたくはない。ほかの男女は何人か、そうしているけれど。

伯爵も口をつぐんでいる。

楽団の音が鳴りだし、人々のおしゃべりがやんだ。アンジェリンの体の中で、蝶の群れがふたたび舞い飛んだ。女性の列の中でただひとり、みなに先立って膝を曲げてお辞儀をする。

するとヘイワード伯爵も、男性の列でひとりだけお辞儀を返した。音楽がはじまり、ふたりは踊りだした。複雑なステップを踏む躍動的なカントリーダンスだ。すぐに見せ場がやってきた――手拍子を打つ男女の列のあいだを、主役であるふたりが回転しながら通り抜けるのだ。

蝶の羽ばたきはいつしか消えていた。あまりにも幸せで、アンジェリンはほとんど泣きそうになっていた。

とはいえ、やがて現実が戻ってきた。しかも、ある驚きと衝撃を伴って。

ステップを間違えないようにしようとするあまりだろうか、ヘイワード伯爵はダンスがぎこちなかった。余裕が感じられず、優雅さのかけらもない。ほかの人の動きを見てから動いているせいなのか、音楽とも合っていなかった。ところどころではまったく動けずにいる。

気の毒に、彼はダンスができないのだ。いや、できないというわけではない。でも明らかに向いていない。しかもまったく楽しそうに見えない。顔は仮面のように無表情。しかもその無表情の中に、かすかな緊張が見て取れる。公の場で恥をかくまいと必死なのだろう。

そんな状況で、ふたりは今夜の主役として最も注目を浴びていた。ほかの人は踊るのをやめ、ふたりをじっと見守っている――おそらくは、明日どこかの屋敷の客間で話の種にするために。

ああ、なんて気の毒なの。この人は今、ちっとも楽しくないんだわ。

こんなはじまり方ではなかったはずよ。これがわたしたちの――わたしたちの、なんのはじまり？　恋？　求婚？　永遠の愛？

ともかく、こんなはじまり方ではなかったはず。

そこでちょうど一曲目が終わり、少しあいだを置いて次の曲がはじまった。最初の部分を聴いただけで、それが一曲目よりさらに速いリズムであることにアンジェリンは気づいた。ヘイワード伯爵にしてみれば、絞首台に向かって階段を一歩一歩のぼってきたのが、今まさに落とし戸と首吊り縄が待ち構える壇上に立ったようなものだ。

こうなったらしかたがない。やるしかないわ。

アンジェリンは足首をひねり、派手によろめいてみせた。

5

アンジェリンはいつも衝動的だった。考えるより先に行動してしまい、あとから悔やむことになる。家庭教師たちからさんざん言われたものだ。賢いレディというのは何か言ったりしたりする前にまずひと呼吸置いて、それがどんな結果をもたらすか考えてみるものだと。でも、いくら注意されても効果はなかった。

そうして彼女は今回もやってしまった。つまり考えるより先に行動したのだ。足首にけがはなかった。少しは痛かったが、放っておけばすぐにおさまってしまう程度で、大騒ぎするほどでもない。

とはいえ、その夜はなんといってもアンジェリンが主役の舞踏会だった。しかも、お披露目の最初のダンスだ。誰もが彼女に注目していた。ダンスフロアにいた人はもちろん、演奏していた楽団員さえも。そういう場面で、彼女は去年骨折した脚とは反対側の足首をひねった。ぐらりとよろめき、さも痛そうに鋭く息をのんで……。

見ていたまわりの人々も息をのみ、音楽が中断された。アンジェリンが床に倒れる前に抱き止めようと、踊っていた人も見物していた人もいっせいに駆け寄ろうとした。

ヘイワード伯爵がいちばん早かった。アンジェリンが倒れる寸前——といっても、そこまでするつもりは彼女にもなかったが——ウエストに片腕をまわして抱き止めた。

すべては一瞬の出来事だった。力強い男性の腕に、たとえつかのまであっても抱かれたことは——まあ、抱かれたと言っても差し支えないはずだ——アンジェリンにとって何物にも代えがたい未知の喜びだった。しかも、ほかの誰でもないヘイワード伯爵に助けてもらったのがうれしかった。ああ、彼の体からふと香ったあのすてきなコロンはどこのものだろう?

けれどもそんな彼女の気持ちをよそに、周囲は驚きと心配と戸惑いの声に満ちていた。

「レディ・アンジェリン!」

「けがをしたの?」

「けがをしたようだ」

「床に寝かせるんだ。動かしちゃいけない」

「テラスのところまで運んで新鮮な空気を吸わせてあげて」

「いったい何があったんだ?」

「わたしの気つけ薬を取って」

「誰かに医者を迎えに行かせるんだ」

「気を失ったの?」

「音楽が速すぎたんだ。さっきからそう言っているだろう?」

「床の磨きすぎだわ」

「足首を捻挫したの？」

「骨折したのか？」

「なんて運の悪い」

「本当、かわいそうに」

「で、いったい何があったんだ？」

「自分の足の親指につまずいたのさ。そうだろう、アンジー？」これはフェルディナンドがふざけて言った。

以上は、耳に届いた騒ぎのごく一部だ。まさかここまで大事になるとは思っていなかった。

「わたしったら」アンジェリンは本気で恥ずかしくなり、頬が熱くなるのを感じた。「なんて無様なの」

「そんなことはありませんよ。おけがはないですか？」ヘイワード伯爵が気づかってくれた。

「平気です」彼女は笑った。

しかし、これは正しい答えではない。とりわけ、アンジェリンの言葉を聞きもらすまいと固唾をのんで見守る人々に聞かせるべき答えではなかった。ひねったほうの足を床につけながら、彼女が痛そうに顔をしかめてみせると、誰もが同じ表情をした。

「やっぱり少し痛いわ」アンジェリンは言い直した。「しばらくのあいだ休んで、またあとで踊ることにします。驚かせてごめんなさい。わたしのことはどうぞ気になさらないで」

人だかりに弱々しく微笑みかけてみたものの、できれば大きな穴に吸い込まれてしまいたい気分だった。そのとき、トレシャムが言った。

「ありがとう、ヘイワード。アンジェリンを控え室に連れていって、しばらく休ませる。ダンスを続けてくれ」兄の黒い瞳は落ち着き払っていた。その場を完全に取り仕切るつもりらしい。

ヘイワード伯爵は彼女のウエストにまわした腕から力を抜いていたが、まだ完全には離していなかった。

「レディ・アンジェリンはぼくのパートナーです」伯爵はトレシャムと同じくらい冷静な声で応えた。「あそこにあるソファまでぼくがお連れして、しばらく様子を見ることにします。そのあと具合がよくなって、また踊ろうと思うか、やはりやめておこうと思うか、彼女が自分で判断できるでしょう」

アンジェリンは兄とヘイワード伯爵の顔を交互に見つめた。ふたりのあいだには、およそ対決と言えるほどの険しい空気はない。でもそこには、かすかにではあるが、ふたつの意志のぶつかりあいのようなものが感じられた。しかもあの〈ローズ・クラウン・イン〉のときと同じように、あくまでも静かで礼儀正しい口調のヘイワード伯爵がその場を制した。トレシャムは少々長く伯爵の顔を見つめたのち、眉をあげ、楽団の団長にうなずいてみせた。

すべてはせいぜい二分ほどのあいだの出来事だった。もっと短かったかもしれない。ヘイワード伯爵がアンジェリンに、今度は手の甲ではなく肘を差しだした。彼女はそこに自分の腕を絡め、それらしく見えるように少しだけ相手に体を預けた。彼はソファへとアンジェリンを導いた。そのソファは楽団の高座のすぐ隣に据えられていて、舞踏室のほかのどの席からも離れていた。

楽団がふたたび陽気な曲を奏で、人々が踊りだした。アンジェリンが少し残念そうに見つめる中、ヘイワード伯爵は高座の陰に半分隠れていたブロケード張りのスツールを取りだし、アンジェリンが足をのせられるよう前に置いてくれた。彼女はそこに足をのせ、ため息をついた。

「ああ、楽になったわ。ありがとうございます、ヘイワード卿」

伯爵はうなずき、アンジェリンの隣に座った。ソファが狭いため、とても近くに。とはいえ、彼はふたりのあいだに適切な距離を保った。

「わたしは踊ることが本当に好きなんです」アンジェリンは扇を広げ、ゆっくりと顔をあおいだ。「あなたもきっとそうでしょう？　わたしのせいで踊れなくなってごめんなさい」

「とんでもない」彼は言った。「それにぼくはダンスが好きではないんです」

伯爵の体の熱と、あのなんともすばらしいコロンの香りにふたたび包まれたアンジェリンは大胆に想像した。今ならうっかり腕に触れられても、手にキスをされてもかまわない。手ではなく唇でもいい。これまで誰かにキスをされたことは一度もなかった。今ここでされてみたい。相手はほかの誰でもなく……。

この舞踏室はどうやら暑すぎるようだ。

「それは」実は踊れないことをパートナーに見破られたのではないかと勘ぐらせては気の毒

だと思い、アンジェリンは言った。「これまでにさんざんダンスをしてきたせいで、飽きてしまわれたということでしょう？」

「とんでもない」ヘイワード伯爵が繰り返す。「とにかく下手なんです。これまではどうにか避けてきましたが。伯爵の弟という気楽な立場でしたし、兄は結婚して順調に巣作りにかかっていたので、なんとかなっていたんです。ところが去年兄が亡くなり、人生が一変してしまいました」

ああ、なんて正直な人かしら。ダンスが下手だと自ら認めるなんて。世の中にこれほど正直な人は多くない。特に自分の弱点については。

「そして今は、何かあるたびにダンスをすることを期待されてしまっているのね」アンジェリンは微笑みかけた。「わたしと踊るよう無理強いされたのでしょう？」

「レディ・アンジェリン、ぼくは無理強いなどされていませんよ」彼は驚いたように目を見開いた。眉がすてきなアーチ形を描いた。額にしわも寄らない。「あなたと踊れて、とても光栄です」

あら、いつも正直というわけではないのね。彼女はますます笑顔になった。

「ということは、去年はずっと喪に服していらしたのね？」かまわず問いかける。「わたしも同じです。去年ではなく一昨年ですけど。母が亡くなったので。だから本当は去年、お披露目をするはずだったんです。なんだか不思議だわ。もし去年そうしていたら、あのレディングの〈ローズ・クラウン・イン〉や今朝のハイドパークであなたにお会いすることもなかったんですもの。お披露目の舞踏会でも、誰か別の人に踊ってもらったんでしょうね。そしてあなたはどこか遠くで、ひっそりとお兄さまの死を悼んでいらしたことでしょう。運命ってわからないものね」

おそらく伯爵は自分たちの出会いを運命的なものとは思っていないだろう。少なくとも、よい意味では。たとえ思ったとしても口には出さないはず。アンジェリンがちらりと目を向けると、案の定ヘイワード伯爵は唇をかたく引き結んでいた。

それにしても、なんてテンポの速い、激しいダンスかしら。アンジェリンは彼の肩越しにダンスフロアへ目をやった。トレシャムがヘイワード伯爵未亡人と踊っている。フェルディナンドがリード役を務めているのは、小柄なブロンド美人のレディ・マーサ・ハメリンだ。彼女とは今朝セント・ジェームズ宮殿で長く話し込んだ。フェルディナンドはちゃっかりと、今夜いちばんの美女を選びだしたのだ。

これまで自分がずっと探し求めてきた親友にレディ・マーサがなってくれたら、どんなにいいだろう。

「本当は去年お披露目するはずだったのに」アンジェリンは話の続きに戻った。「脚を骨折してしまったの」

そう言いながら、視線を下に落とした。ブロケード張りのスツールに自分の足がのっている。左足が。さっきダンスフロアでひねったのは右足だった。いけない。でも、今さら変えるわけにはいかなかった。そんなことをしたらヘイワード伯爵に気づかれてしまう。そしてこの部屋にいる半数以上の人々にも。先ほどから、たびたびこちらへ目を向けられていることに気づいていないわけではない。

「レディ・アンジェリン、あなたはひょっとして事故に遭いやすいのですか？」彼が尋ねた。

「そのときは木から落ちたんです」アンジェリンは説明した。「雄牛のいる牧草地を通り抜けようとしていたの。屋敷に戻るのが遅くなってしまって、少しでも早く帰りたかったし、牛がいるという注意書きもなかったので。ちゃんと用心したのよ。誰だって、牧草地の真ん中で虫の居所の悪い体重二トンの雄牛と鉢合わせなどしたくないですもの。いったいどこに潜んでいたのか、今でもわからないわ。でもとにかく、目の前にいきなり一頭の雄牛が現れて。きっとどこかに身を伏せて、わたしみたいな格好の標的が通りかかるのを待っていたんでしょう。その牛に追いまわされて、無我夢中で猿みたいに木によじのぼって、しばらくじっとしていたんです。一時間くらいはそうしていたような気がするわ。でも実際には、一〇分もなかったでしょうね。牛のほうはなんとかわたしを仕留めようと、木のまわりをうろついていたわ。相手の集中力が長く続かなくて本当に助かりました。でないと、一週間でもそこにいなくちゃならなくなったでしょうから。牛がようやく興味をなくして向こうへ行ってくれたときは心からほっとしたわ。それで、向こうがまた戻ってこないうちに大急ぎで帰ろうとしたんです。というのも、その日はお客さまが来ることになっていたから。急がないと、わたしよりお客さまのほうが先に屋敷に着いてしまいそうだったの。だからつい焦って、木からおりるときに足元をよく見ていなかったから、下のほうの枝を踏み外してしまって。左足から着地したとき、本当にぽきっと骨の折れる音が聞こえたの。自分でもなんてばかなことをしたんだろうって、心から情けなくなったわ。でも場合によっては、もっとひどいことになっていたかもしれませんね。頭から真っ逆さまに落ちるとか。それに考えてみれば、地面を這(は)っていって境界の柵をくぐり抜けるまで牛が戻ってこなかったのも奇跡だった――とまあ、そういうことだったんです」話し終えると、アンジェリンは扇でせわしなく顔をあおいだ。

ヘイワード伯爵は彼女のほうに顔をまっすぐ向けていた。彼のブルーの瞳を見ていると、このままその瞳の中で溺れてしまいそうな気がする。

「願わくは」彼が口を開いた。「あなたはその一件から、約束の時間を守る大切さを学んだんでしょうね、レディ・アンジェリン？　もう二度と立入禁止の危険な牧草地に入ろうなんて思わないように」

彼女はわずかに首をかしげ、考え込むように伯爵を見つめた。

「わたしはあなたに笑顔になってもらいたくて、この話をしたのよ。ほかの男性はみな膝を叩いて大笑いしたわ。女性も扇で顔を隠しながら、おかしそうに笑っていたのに」

「それはいかがなものだろう」伯爵が言った。「これがもし不慮の事故でこの世を去った妹にまつわるトレシャム公爵の談話だとしたら、誰もが同じように大笑いしただろうか？」

「ヘイワード卿」アンジェリンは言った。「あなたはひょっとして、ちょっぴり頭のかたい方ですか？」

ああ、まただわ。考える前に言ってしまった。もう取り消せない。

伯爵の鼻孔がわずかにふくらんだ。もちろんアンジェリンに腹を立てたのだ。今さら驚くまでもないことだけれど。

彼女としては、相手を侮辱するつもりはまったくなかった。批評する気すらない。ヘイワード伯爵が頭のかたい人でも、ちっともかまわなかった。今のこの状況ならば。脚を骨折したときの話はこれまでもいろいろな人にしてきたが、ひとつ間違えれば悲劇になっていたかもしれないと考えた人は、たぶんひとりもいなかった。

〝頭のかたい人〟ではなく〝とてもまじめな人〟と言うべきだったのだ。それなら、よい意味にも取れるから。

「あなたがそう言うのなら」ヘイワード伯爵は言った。「きっとそのとおりなんでしょう。ぼくは雄牛が突進してくる話を聞いて笑う気にはなれない。同じように、シャペロンを連れていないレディが宿のパブで無礼な男に言い寄られて窮地に立たされる話も笑えない。人によっては、そういうことを面白おかしく感じるのかもしれないが。一般人が何も知らずに使っている狭い道路で、命知らずの男たちが二輪馬車のレースをするのだって、刺激を求める野次馬連中にとってはひどく愉快なことなんだろう。どれほど頭がかたいと言われようと、ぼくは平気だ。たとえどんなに退屈だとしても、世の中には跳ねっ返りや放蕩者のようにふるまって、自分や他人を危険な目に遭わせるよりもまっとうな生き方がある」

アンジェリンはヘイワード伯爵を見つめた。

そして考えた。

この人のお兄さまは、ひょっとして二輪馬車のレースで亡くなったの？ まさに彼の言う〝命知らず〟だったの？ 〈ローズ・クラウン・イン〉では紳士らしくふるまって守ってくれたけれど、もしかして彼はわたしを責めているの？ シャペロンを連れていなかったことを？ そもそも、あんな場所にいたことを？

雄牛に追いかけられた一件では、はっきりとがめられてしまった。約束の時間にいいかげんだったことを。

いつものアンジェリンなら、非難がましいことを言われると思わずかっとなってしまう。特に、説教をしてくる相手がトレシャムの場合は。いや、相手がフェルディナンドでも。もしくはかつての家庭教師、ミス・プラットでも。

けれども今回、アンジェリンは彼女としては珍しく、うわの空で扇を動かしつつ考えた。

もし牧草地のちょうどあの場所に木がなかったら、自分は本当に死んでいたかもしれない。左足ではなく頭から落ちていたとしても同じことだ。雄牛があれから引き返してきたとしても。パブで遭遇したあのハンサムな赤毛の男性だって、誰かが彼女に代わって声をあげていなければ、ひどいことをしてきたかもしれない――そんな危険な目に遭うことなど、まったく頭になかった。それだけではない。もしあのとき相手が謝らなかったら、ヘイワード伯爵は宿の庭で戦うことになって、二度と起きあがれないほど叩きのめされていたかもしれないのだ――あのときはその可能性に気づきもしなかった。考えてみれば、たとえヘイワード伯爵が目のまわりに青あざを作るだけですんでいたとしても、その責任はいくらか彼女にもあるはずだった。いるべきでないところに、わざわざひとりで立っていたのだから。伯爵から見れば、わたしは思慮もレディらしさもまるでない、ただの浮ついたおしゃべり娘に違いない。おまけにとんでもない跳ねっ返り。

彼がわたしのことをそう見立てたとして、それは間違っていると言えるかしら？ ミス・プラットなら、まったくそのとおりですと言うに決まっている。

けれど、たとえそのとおりだとしても、それが本当にわたしのすべてなの？ そんなはずはない。たしかにわたしにはそういうところがある……というか、それがわたしそのものだと思う。支離滅裂な、なんとも表現のしようがない娘だから。だいたい自分でも自分のことがわからない。だからといって、自分がただの非常識でおしゃべりな跳ねっ返りでしかないとは思わない。

それに外見のこともある。このわたしがいったいどうやってマーサ・ハメリンのような美人と容姿で張りあえるというの？ そんなの無理に決まっている。わたしはいつだって、わたしらしくあるしかないのよ。

ああ、あまり多くのことを一度に考えられやしない。

ふと気づくと、手元の扇が台風でも引き起こしそうな勢いで動いていた。

「わたしのことを認めていないのね」アンジェリンは言った。実際には認めていないどころの話ではないだろう。相手にすっかりのぼせている身には、かなり堪える。そのとき今朝ハイドパークで会った彼の姿が頭に浮かび、アンジェリンははっとした。

「わたし、ひょっとして今朝ハイドパークであなたに泥をはねかけてしまったかしら？　あそこへ行ったのは、何週間もずっと買い物しかしていなかったせいで活力があり余っていて、馬を思いきり駆けさせたくなったからなの。宮中拝謁を控えて緊張していたのもあるわ。ドレスの裾を引っかけて転ぶんじゃないかと不安でしかたがなくて。想像すると今でもぞっとするの。幸い、そんなことにはならなかったけれど。それでトレシャムお兄さまを探しに公園まで行ったのに、どこか別の場所へ行ったらしくて姿が見当たらなかったのよ。運よくフェルディナンドお兄さまがいてくれたので本当に助かったわ。でなければ、ひとりで屋敷に戻ることになって、兄がわたしと会う予定などなかったと馬丁のマーシュに知られてしまったでしょう。さぞかしマーシュにいやな目で見られて、もっとのっぽになったような気がしたと思うわ。それで、わたしはあなたに泥をはねかけたの？」

「ほんの一瞬のことでしたよ」伯爵は言った。もちろんこれは〝イエス〟の遠まわしな言い換えだ。「服についた泥は乾けば簡単に落ちる。それにぼくは、いかにもあなたを嫌っているかのような印象を与えるほど無礼な接し方はしていないはずだ、レディ・アンジェリン。ぼくは相手がどんな女性であろうと批判しようとは思わない」

彼女は扇で顔をあおぎながら、寂しそうに微笑んだ。

「もし本当に嫌いでないなら、そんなまわりくどい言い方をせず、ただ強く否定すればいいだけよ。でも、いいんです。わたしに対するあなたの見方を変えてみせますから。これまでのわたしはもうおしまい。おてんば娘は卒業して、今日からレディになるの――優雅で洗練された、慎ましくて物静かな、レディとして必要な要素をすべて満たした女性に生まれ変わるの。完璧なレディであり続けるわ。シーズンの終わりまで――いいえ、人生の終わりまでよ。今夜から。そう、今この瞬間から」

ヘイワード伯爵が彼女を見た。彼の唇の両端がわずかにあがり、瞳が愉快そうにきらめいて――右頬の口のすぐそばに小さなえくぼができた。なんともいえず魅力的な微笑み――少なくとも、微笑みに近い表情だった。アンジェリンは座っていたからよかったものの、もし立っていたら膝が崩れてしまっただろう。

「そうはいっても」彼女は言い直した。「あまり焦ってもだめね。完璧なレディではなく、完璧に近いレディを目指します。そのうちあなたは、わたしを誤解していたと認めざるをえなくなるわ」

「レディ・アンジェリン、ぼくは」伯爵が言った。「決してあなたを誤解するつもりはないし、そもそもあなたがどんな女性か決めつける気もない」

「まあ、ひどい。それではわたしにまったく興味がないと言っているのと同じだわ」

それを聞いた彼の顔から、微笑みらしき表情が跡形もなく消えた。

ああ、今の言葉は大胆すぎた。彼にしてみれば聞きたくもなかったでしょうに。何しろわたしはのっぽで肌も浅黒く、パブにひとりで立っているような非常識な娘だもの。うれしそロ―に馬を走らせながら泥をはねかけ、さっきはダンスフロアで盛大に転びそうになり、しかも雄牛に追いまわされたあげく骨折するなんて失敗談まで披露して。しかものっぽで肌も浅黒く――これはさっきの繰り返し？　ほかに何があるかしら。彼は間違いなくお金持ちで、社会的地位も高く――何しろ伯爵だもの――わたしが公爵家の娘でどれほどお金があろうと、なんとも思わないはず。

ああ、なんだか先の見通しが暗くなってきたわ。

いいえ、違う。これは挑みがいがあるということよ。

でも、今はひたすら恥ずかしかった。ヘイワード伯爵はわたしの軽はずみな言葉になんの反応も示してくれない。それでいてわたしから視線を外すわけでもなく、じっと見つめている。

幸い、舞踏室の扉付近で動きがあって緊張が解けた。今になって何人かが到着したのだ。どんな舞踏会でも必ず遅れてくる客はいる。主催者の出迎えはとうに終わっているのに。やってきたのは三人の紳士で、全員がとても若く、魅力的だった。ということは、若い女性たちの魅力的なパートナーが三人増えたということだ。女性の数に比べて男性の数が少ないことがさっきから気になっていた。ロザリーにそのことを言ったら、はじめのうちはそういうものだと教わった。時間が経つにつれて徐々に男性が増えてくるのだと。なるほど、こういうことなのだ。

そのときアンジェリンは目を見開き、閉じた扇をうっかりヘイワード伯爵の腕に落としてしまった。三人の男性のうち、いちばん背が高くハンサムな――それほど近くないので断言はできないが――濃い赤毛と眠たげな重いまぶたの紳士に見覚えがある。

「ちょっとご覧になって」彼女は言った。「あの人よ」

伯爵は舞踏室の扉のほうを振り返った。

「ウィンドローのことですか？」彼は言った。「レディ・アンジェリン、あの男は今夜の主役がまさかあなただとは知らないと思いますよ。一時間前のぼくと同じでね。知ったら、きっと恥じ入るでしょう。いや、そうでもないか」

「ウィンドロー？」

「ウィンドロー卿です」伯爵は訂正した。「いずれ、あなたの兄上の友人のひとりだとわかるでしょう」

「どちらの兄かしら？」

「トレシャム公爵です」彼はアンジェリンのほうに向き直った。「紳士たるもの、友人の妹には礼儀正しく接するべきだ。もしあなたが彼に罰を受けさせたいなら、ぼくから例の件をトレシャム公爵に報告してもかまいませんよ」

アンジェリンはヘイワード伯爵の腕から扇を拾いあげ、ふたたび彼を見つめた。

「罰を受けさせる？　あの人はもうじゅうぶん罰を受けたと思うわ。あなたと殴りあいができなかったんですもの。もしそんなことをしていたら、あなたを腰抜け扱いしたことで手痛いしっぺ返しを食うことになったでしょうけれど。あの人は男性としての体面を保ったかもしれない。でもあなたは紳士として立ち向かい、謝罪を求めたわ。パブから出ていくとき、彼はきっと内心で自分を恥じていたはずよ。口では威勢のいいことを言っていたけれど」

しかもウインクまでして。

最初のダンスがそろそろ終わろうとしていた。同時に、アンジェリンにとって貴重なヘイワード伯爵との三〇分も。今夜はもう、彼と一緒にいられる機会はないだろう。なんてことかしら。悲しすぎるわ。

とはいえ、人生最高の夜はまだまだ続く。伯爵の心をつかみ、最終的に求婚してもらうための時間だって、この先いくらでもあるはずだ。

「レディ・パーマーのところまでお送りしましょう」ヘイワード伯爵が立ちあがり、アンジェリンに手を差しだした――肘ではなく手を。「次のダンスのお相手を選びたいでしょう。どうやらあなたはもっと踊りたそうだ――今度はまともに踊れる相手とね。そろそろ左足をスツールからおろしてもいいんじゃありませんか。もうじゅうぶん休憩できたはずです。あとは右足の痛みがましになっているといいのですが」

ああ！　やっぱり気づかれていた。芝居だと見透かされていたのだ。でもその動機について、彼は誤解しているのではないかしら？　不器用でぎこちない相手とのダンスを早く切りあげたくて、そんな芝居をしたと思っているのでは？　けれど、そんなことをまともに尋ねるわけにもいかない。

「もちろん、夜どおし踊るつもりでいます」アンジェリンは立ちあがって彼に腕を絡めた。

「大勢の男性がパートナーに名乗りをあげてくれていますもの。それにもちろん、わたし自身ダンスが好きだから。でも、ひとつはっきり言わせてくださいね、ヘイワード卿。このあと誰と踊ることになっても、たぶんあなたとのダンスの半分も楽しくないでしょう」

ここまで言えば思いが通じるかしら？

「あなたのお相手ができて、まったく光栄でしたよ、レディ・アンジェリン」伯爵はかすかに皮肉めいた声で言った。

ああ、やっぱり誤解されていた。しかも今の言葉は嘘だと思われている。

握った彼の手は温かくて力強かった。

ふんわりと包み込むようなコロンの香りが漂う。

恋に落ちるというのは、なんてすてきな気分だろう。たとえ、幸せな結末までの道のりがどんなに困難であったとしても。

挑みがいのない人生に意味などないわ。

6

「レディ・アンジェリンが、そんなにひどく足首を傷めていなければいいけれど」エドワードの母が言った。「それにしても彼女の態度は立派だったわ。ほかの人がダンスを続けられるよう、すみやかにフロアから離れようとして。たいていの若い女性なら泣いたり甘えたり、これでもかと大騒ぎをして、運びだされるまでみなの注目を集めたでしょうに」

「しかも彼女は、最近の若い女性のようにただ無口でおとなしいだけでもないわね」アルマがつけ足した。「なんだかずいぶん話が弾んでいたようじゃないの、エドワード。なんといっても、要職についている男性の妻は知的な会話ができなくてはね」

知的な会話だって？

「それにすばらしく背が高いわ」ロレインがため息まじりに言った。「なんだか妬ましくなるほど。彼女は最初に見たときの印象よりずっと美人だわ。顔立ちというより、表情が魅力的なのね。生き生きと輝いて見えるもの。きっと求婚者が大勢押し寄せるわよ。それも、必ずしもトレシャム公爵の妹だからという理由ではなく」

「エドワード」ジュリアナが彼の腕をさりげなく扇で叩いた。「ミセス・スミス＝ベンがお嬢さんを連れて近づいてくるわ。あの夫人はブラックロック卿の娘よ」

やはり自分の人生は大きく変わったのだと、舞踏会開始から一時間もしないうちに思わずにいられなかった。最初のダンスが終われば得られるはずだった自由も安らぎも、まだお預けなのだ。なんといっても自分は有力な花婿候補であり、ここは結婚相手を見つけるための社交の場。シーズンはじめの今から動かなければ、よい縁談はあっという間になくなるとあとで思い知ることになる。少なくとも、そう脅された。もちろんこれは男女双方に言えることだ。結婚相手を探しているのは男だけではない。

実際のところ、母も姉も義姉もエドワードのダンスの相手を必死に探さなくともすんだ。彼も周囲に真剣に目を凝らす必要はなかった。ユーニスを探しに行くことも、さりげなくカード室に逃げ込むこともできなかった。母親に連れられた娘たちが、エドワードにダンスの相手になってもらおうと次々に押し寄せたのだ。相手はまずエドワードの女性の親族に声をかける。すると身内が彼を紹介する。そこで彼は期待されたとおりの行動に出る。つまり、相手の娘たちにダンスを申し込むのだ。すべてがあまりにも簡単だった。

次のダンスで、エドワードは金髪でブルーの瞳の小柄で華奢なミス・スミス＝ベンと踊った。その次は、見事な黒髪だが歯並びに少々難があるミス・カートライトと。その次は、そばかすはあるがまずまず美人で始終にこやかなレディ・フィオナ・ロブソンと。ダンスのほうも、なんとかさまになってきた。といっても、笑いものにはならずにすんだという程度だが。三人の女性たちも、足を傷めたふりをしない程度の礼儀はあった。突進してくる雄牛について延々としゃべったり、わけのわからない話に笑わなかったからといって〝頭がかたい〟などと言ったりもしなかった。

それにしても……頭がかたいとは。

〝ヘイワード卿、あなたはひょっとして、ちょっぴり頭のかたい方ですか？〟

たとえそのとおりであったとしても、失礼な発言をしていいということにはならない。どちらの足首をひねったかさえ覚えていないようなお粗末な芝居を打ったあとでは、なおさらだ。

ようやくユーニスのところにたどりつけたのは、夜食前のサパー・ダンスがはじまる前のことだった。レディ・フィオナを母親のもとに返したあと、エドワードは親族のところへ戻らなかった。今夜はもうじゅうぶんに務めを果たした。このあたりでひと息つきたかった。誰にも文句はないだろう。舞踏室からいなくなるわけではないし、ちゃんとダンスもするのだから。

ユーニスはさっき一度だけ踊っていた。しかしそれ以外はほとんど席に座り、おばとその知人とおぼしき年配女性たちと話をしていた。どの女性も豪華なドレスや羽根飾りや宝石で着飾っている。エドワードが近づいていくと、彼女たちは一様に顔を輝かせた。

「なんていい夜でしょうね、ヘイワード卿」レディ・サンフォードが声をかけてきた。「やはりトレシャム卿の手腕はお見事だわ。これほど立派な舞踏室がありながら、今まで一度も舞踏会を開いたことがなかったなんてもったいないこと！　レディ・アンジェリン・ダドリーも、これで無事に社交界入りが果たせたわね。まあ、あそこまで背が高いのはお気の毒だけれど」

「それにあの肌は浅黒いとしか言いようがないわね」ミセス・クーパーがつけ加える。「もしお母さまが存命中なら、さぞかし嘆かれたでしょう」

「ヘイワード卿がお気を悪くなさるわよ」エドワードの知らない貴婦人が、いたずらっぽく微笑んだ。「伯爵閣下はレディ・アンジェリンと最初のダンスを踊って、なんだか彼女に興味がおありのようだもの」

「ぼくは彼女をとても美しいと思いましたよ」エドワードは言った。「もっとも、今夜は美しい女性がほかにもいますが。ミス・ゴダード、次のダンスでぼくのお相手をしていただけますか？」

そう言われて立ちあがったユーニスをレディ・サンフォードが誇らしげに、ほかの女性たちは興味ありげに見守った。エドワードが差しだした手にユーニスが手を重ねた。

「かわいそうな人、エドワード」彼女が歩きながら言った。「あなたに無理をさせるつもりはないわ。別にわたしと本当に踊ったりしなくてもいいのよ。ここは人が多くて息が詰まりそうだし。そう思わない？」

「それなら一緒にテラスへ出てくれるかい？」彼はほっとした。「そうしてもらえると本当に助かる」

ユーニスが静かに笑った。

「さっきはうまくほのめかしたわね」彼女は言った。「わたしも今夜の美しい女性のひとりだと。伯爵ともなるとお世辞が上手になるのかしら」

ユーニスは淡いブルーのドレスを着ていた。特に洒落ているわけでもなければ野暮ったくもなく、新しくも古くもなく、美しくも醜くもない。こういうドレスを選ぶのは、これ以外に何着も衣装をあつらえるつもりがなく、どこへ行こうがすぐに気づかれるような目立ち方をしたくないという気持ちの表れだろう。決して安物ということはない——彼女の父親はとびきり裕福とは言わずとも、娘のためにじゅうぶん金をかけている。ユーニスは宝石などの装飾品もつけていなかった。茶色の髪は後頭部ですっきりとまとめられ、こめかみと首筋のあたりに少しだけ巻き毛がこぼれて、それがいくぶん和らいだ雰囲気をかもしている。身長は高くも低くもなく、ほっそりとして清楚(せいそ)だ。顔立ちも整っているが、彼女を何より美しく見せているのはグレーの瞳にきらめく聡明さだった。

「ほのめかしではなく、実際にそう思って言ったよ」

「まあ、ありがとう」開いたガラス扉からテラスに出ながら、ユーニスは言った。「でも、あなたはレディ・アンジェリン・ダドリーについて正しいことを言ったわ。彼女は本当に美しいもの。じっくり観察したら、細かい欠点はいろいろあるかもしれない。けれど、それは誰だって同じじゃね。完全な美なんてこの世に存在しないわ。彼女の美しさは外側ではなく内側からにじみでている。わたしは同じ女性として見ることしかできないけれど、男性の目から見たら、彼女はほかの女性が思うよりずっと魅力的のような気がするわ。ねえ、そうではなくて？」

並んでゆっくりと歩きながら、エドワードはユーニスを見おろした。これがほかの女性なら、こんな質問をするからには隠れた動機があるはずだ。たとえば、レディ・アンジェリンなど少しも魅力的ではない、ぼくにとってはきみこそがたまらなく魅力的だと言ってほしがっているとか。だが、ユーニスにかぎってそういうことはない。

「彼女はたしかに魅力的だと思う」彼は言った。「しかしあまりにも軽薄だよ、ユーニス。ぼくのような不器用な男とダンスをしたくないあまりに、彼女はわざと足首をひねった。しかも、ぼくが置いてやったスツールにうっかり逆の足をのせたんだ。あの場にいた何人が気づいたかは知らないが」

「まあ」エドワードを見つめ返したユーニスの瞳は、どこか笑っているようだった。「わたしは気づかなかったわ。でも、彼女はそそっかしいのね」

「しかも延々とわけのわからない話をするんだ」エドワードは続けた。「去年、猛り狂った牛から逃げるためにのぼった木から落ちて、脚の骨を折ったとか。危険な牧草地をわざと突っ切ったというんだよ。客が屋敷に来る時間までになんとか帰ろうと焦って。そんな話で笑うことを期待されても困る」

「そう。でも、たしかになんとなく笑える話だと思うけど？」

不意にエドワードの頭にある光景が浮かんだ。レディ・アンジェリン・ダドリーが牛に追いかけられながら牧草地を突っ走り、木の幹にしがみついて死に物狂いによじのぼる。言葉で聞くより映像として思い浮かべてみると、それはたしかに滑稽だった。それに、彼女に対してひとつ認めるべきことがある。平気で自分自身を笑い飛ばせるところだ。多くの人にとって、これはなかなか難しい。

「ああ、そうかもしれない」彼は言った。「雄牛に突き飛ばされたり、木から落ちたときの打ちどころが悪かったりで死んだかもしれない可能性を考えなければね」

「もし死んでいたら、彼女だってその話をあなたやほかの誰にもできないでしょう」ユーニスがもっともな点を突いた。「つまり、笑える話か笑えない話かという問いそのものが成り立たないわ」

「たしかに」とエドワード。「しかし彼女は今朝のハイドパークにいたんだ、ユーニス。ぼくがヘドリーやポールソンと朝駆けへ行ったときに。彼女はひとりで馬に乗っていた。まあ、馬丁はいたが。そして兄に――トレシャムではなく次兄のフェルディナンド・ダドリー卿にいたまたま出会っていた。彼は仲間と一緒だったんだが、彼女もそこに加わり、先頭を切ってロットン・ローを全力疾走していたよ。泥はねが飛び散るのもかまわず、さも楽しそうに声をあげて。しかも、見たこともないような変てこな帽子をかぶっていた。まるでこの世に存在するすべての色をぶちまけたようなやつをね」

「少なくとも馬丁を連れていたんでしょう」ふたりは石の欄干のところで立ち止まり、眼下の庭を見た。木々の枝間にランプの明かりがぼんやりと揺れている。

やれやれ、ぼくはユーニスに言われて、ようやく本当に頭がかたいとわかる始末なのか？

しかし、正式なお披露目もすませていない若い女性が公共の場に姿を見せるべきではない。だいたい、兄の仲間のうちたったひとりとでも面識があったのか？　まあ、それはともかく、どんな場合でも他人のいいところを見つけようとするのはいかにもユーニスらしい。さっきまで一緒に座っていた口さがない婦人たちとは大違いだ。かわいそうなユーニス。彼女が社交界になじめないのも無理はない。

「エドワード」ユーニスが言った。「あなたは彼女に求愛すべきだわ」

「えっ？」エドワードは驚いて横を向いた。

「彼女はとても影響力のある女性よ」ユーニスは続けた。「まわりを見ればわかることでしょう。今夜ここへ来ていない男性はいないくらいじゃない？　その理由は、ここがダドリー・ハウスで、主催者がトレシャム公爵で、今夜の舞踏会の目的が彼の妹のお披露目だからよ。そして当人は、まさに今から夫となる相手を探そうとしている」

「だが、ユーニス――」

彼女はエドワードにそれ以上言わせなかった。

「それに彼女はとてもかわいらしくて、生き生きと楽しそうだわ。おそらくあなたの人生に欠けているものを持っている人よ」

あまりにも唐突すぎて、エドワードはしばらく言葉が出てこなかった。

「たとえ何かが欠けていたとしても、ぼくは問題なくやっていける」ふたたび声が戻ったとき、彼はかたくなに言った。「彼女はダドリー家の人間だよ、ユーニス。彼女の兄はトレシャムだ。きみは覚えているかどうか知らないが、彼はモーリスの仲間のひとりだった。ふたりそろって向こう見ずで、無責任な人間さ。モーリスが死ぬことになった二輪馬車レースの相手はトレシャムだった」

「レディ・アンジェリン・ダドリーはトレシャム公爵ではないわ。そしてあなたはモーリスではない」ユーニスが言う。「それに公爵はまだ独身だし、あなたとほとんど変わらないくらい若いわ。結婚してどんな夫になるかは誰にもわからない。まったく別人になる可能性だってあるわ。そういう男性は多いのよ、特に奥さんのことを大好きになるとね。残念ながら、あなたのお兄さまは結婚で更生することはなかった。でも、お兄さまのことを真に理解せず一方的に批判してはだめよ。もちろんあなたはわたしより、そうする権利があるでしょうけれど。お兄さまはあなたという人間を変えてしまったのよ、エドワード。少なくとも強い影響を与えたはず。お兄さまが破天荒にふるまえばふるまうほど、あなたは正反対の方向へ行った。そこまで極端にまじめであることは、あなたにとって必ずしも幸せなことではないような気がするの。何ごとも行きすぎはよくないものよ。あなたはお兄さまのような夫にはならないと心に決めているでしょうけれど、もしかしたら……」

そこでユーニスは言葉を切った。まさかこちらが間違っていると言いたいのだろうか？　義務や世の中の常識を気にしすぎてはいけないというのか？　まともであってはいけないと？　まさか。ユーニスにかぎって！

「もしかしたら？」彼は続きを促した。

「いいの、気にしないで。とにかく彼女との結婚をまじめに考えてみるべきよ、エドワード」

彼は深く息を吸い、ゆっくりと吐いた。

「ぼくは今でもきみと結婚したいと思っている」エドワードは言った。その思いが自分の中で不意に強い切望になった。これ以上、引き延ばしたくない。すぐに特別許可を取ろう。そうすれば、もうなんの不安も感じなくてすむ。

ユーニスがため息をついた。

「あのときはわたしにも、それが正解のように思えたわ」そっとささやく。「今だってそうよ……何かに頼れるのはとても安心できること。完全な自由はどこか孤独だわ。でもね、エドワード、わたしはものごとにはすべてそうなる理由があると思っているの。あなたがヘイワード伯爵になったという事実は、わたしたち双方に大きな変化をもたらしたわ。もうお互い、これまでみたいな関係に安住できなくなってしまった。でも、おそらくそれがわたしたちの運命だったのよ」

「きみは」エドワードはかたい声で言った。「今や重要人物となったぼくが、きみとは結婚できないと内心では考えていると言いたいのか?」

「そうじゃないの」彼女は暗い庭に向かって微笑んだ。「ああ、エドワード。あなたがそんな薄っぺらな人でないことくらいわかっているわ。けれど、たしかにあなたはわたしと結婚できないほどの重要人物になったと思うわよ。重要人物という言葉は必ずしも適切ではないかもしれないけど」

「ぼくは何も変わっていない」エドワードは抗った。

「いいえ、変わったわ」ユーニスが悲しげに言う。「あなたの中身が変わったというわけじゃない……立場が変わったの。あなたはヘイワード伯爵よ、エドワード。その称号があなたを否応なく変えたの。そしてそれは正しいことよ。あなたは決して自分の義務や責任から逃げたりしないから」

エドワードは開け放たれたガラス扉を振り返り、その向こうの舞踏室に焦点の合わないまなざしを向けた。ふたりが踊るはずだったダンスが終わりに差しかかっていた。なんとも言えない悲しみが胸にこみあげてくる。もう一度ユーニスを説得できないだろうか？　きみ以外の女性との結婚など考えたこともない、結婚することで心のつながりや慰めを得られると断言できる相手はきみだけなのだと。

心のつながりや慰め？

結婚することで？

つまり、それ以外のものは結婚に期待できないということか？

いや、安心感がある。ついさっきもその言葉が頭に浮かんだじゃないか。

安心感？

そう、結婚に安心感は必要だ。そうだろう？

舞踏室にぼんやりと向けていた目の焦点が合い、そのとたんエドワードの思考が断ち切られた。

「なんだあれは」

「なあに?」ユーニスも舞踏室に目を向けた。

「よりによって、ウィンドローが彼女と踊っている」

「ウィンドロー?」とユーニス。「彼女って——?」

そこでエドワードはロンドンまでの道中の出来事を話した。ただし、言う必要のない部分は少し表現を変えて。たとえば、レディ・アンジェリンはヒップを突きだしていたのではなく、ただパブの窓際に立っていたというふうに。

「いかにもあなたらしいわね」聞き終わって、ユーニスが言った。「お行儀の悪いレディを、もっとお行儀の悪い紳士から守るために身を危険にさらしたなんて。しかもそのときには彼女と面識さえなかったのに。でも、相手の男性は謝ったのね。少なくともそのくらいの分別は残っていたということでしょう。もちろん、だからといって紳士らしからぬふるまいが許されるわけではないけれど」

「そのウィンドローが今、レディ・アンジェリンと踊っているんだ」エドワードは言った。「しかもみだらな目をして。これがどんなに言語道断なことか、この場で知っているのはぼくだけだ。彼女はとてもいやがっている」

ちょっと待て。いやがっていると自分が思いたいだけだろうか?　実際、レディ・アンジェリンは微笑みを浮かべている。

「当然だわ」ユーニスが言う。「彼女のシャペロンはレディ・パーマーでしょう。とても立派な夫人よ。でもさっきの話を聞いていないのなら、ウィンドロー卿がレディ・アンジェリンにダンスを申し込んだときに断ることはできなかったでしょうね」

「それにトレシャムは」エドワードは歯を食いしばった。「ウィンドローの友人だ。あの男には、ああいうどうしようもない仲間が大勢いる」

「それはどうかしら。トレシャム公爵だって、ウィンドロー卿が宿で自分の妹に言い寄って侮辱したと知ったら、とうてい友人とは思わないはずよ」

エドワードは鼻孔をふくらませた。といっても、今から舞踏室に入っていってウィンドローに近づき、レディ・アンジェリンから手を離しておとなしくダドリー・ハウスから出ていくよう告げるわけにもいかなかった。片手に剣をひるがえす白馬の騎士となり、レディ・アンジェリンをさっと抱きあげて、悪の手から救いだすわけにもいかない。自分にはまったく関わりのないことだ。今夜は彼女に危険が及ぶ心配はない。もっとも、ウィンドローが彼女にどんなことを話しているのかわかったものではないが。あの男はたしかに何か言っている。

「ダンスはもうすぐ終わりそうだ」エドワードは言った。「しかし、これはサパー・ダンスだ。あいつは彼女を軽食堂までエスコートするつもりかもしれない」

「考えられなくはないわね」ユーニスが言う。「彼女がどういう立場の女性かはっきりわかったことだし、改めて謝罪したかもしれないわ。そしてレディ・アンジェリンも許したのかも。わたしならきっと許さないけれど。少なくとも、そう簡単にはね。彼は地面に這いつくばって許しを請うべきだわ。でも、レディ・アンジェリンは彼とのダンスを楽しんでいるみたい。夜食の席で隣りあわせに座ることも期待しているかもしれないわ」

たしかにそうかもしれない。つまりレディ・アンジェリンは繊細な花ではないということだ。むしろ正反対。ふたりの兄と同じく、とんだ食わせ者なのだ。その言い方は少々ひどすぎるだろうか。彼女はウィンドローと再会できて案外喜んでいるかもしれない。とはいえ、あの男が舞踏室の扉のところに現れたとき、彼女は腹を立てていたが。

「でも、やはりそうではないかもしれないわよ」ユーニスがそう言ったとき、音楽が終わって、舞踏室の中の人のざわめきが大きくなった。招待客たちが軽食堂を目指していっせいに扉へと向かう。「レディ・アンジェリンが波風を立てたくないと思うばかりに無防備な状況に置かれるのを放ってはおけないわ。行きましょう、エドワード。あのふたりについていって、できれば同じテーブルにつきましょう。彼もあなたが聞いているところで失礼な発言はしないはずよ。あなたの前で、すっかり恥じ入るんじゃないかしら」

エドワードは気が重くなった。〈ローズ・クラウン・イン〉で腰抜け呼ばわりした男の姿が目に入ったら、ウィンドローは間違いなく動揺するだろう。しかし自分は本当にこの件にはなんの関係もない。それはユーニスも同じだ。彼女をウィンドローのような男のそばに近づけたくはない。

だがユーニスはエドワードの腕を取り、軽食堂へと引っ張っていった。

ヘイワード伯爵とのダンスのあと、アンジェリンはふたりの若い紳士と踊り、それからもうひとり年配の男性と——ただし侯爵だ——踊った。彼女はどのダンスも満喫した。歯の浮くようなお世辞を懸命に並べていた侯爵が次第に苦しげに息を切らし、夜会服の下でコルセットを窮屈そうにきしませても。ダンスの合間の短い休憩時間も、ほかの客たちと楽しく会話を交わした。レディ・マーサ・ハメリンやマリア・スミス＝ベンとは特に話が弾み、明日三人でフッカム図書館へ出かける約束さえした。

こうして、アンジェリンに新しい友だちがふたりできた。

これでヘイワード伯爵がサパー・ダンスを申し込んでくれたらすてきなのに——アンジェリンは心からそれを願った。紳士がひと晩に同じ相手と二回踊ったとしても少しもおかしくはないと、ロザリーが言っていた。でも、とびきり裕福で強力なうしろ盾のある若い女性のお披露目の舞踏会では、男性のほとんど全員がダンスを申し込む。そんな状況では、やはり例外的かもしれない。それにヘイワード卿がこちらを快く思っていないことはわかっている。それを責めたりできるだろうか？　なんといっても、彼に〝頭がかたい〟などと言ってしまったのだ。親しみをこめたつもりで言ったのだけど、向こうには通じなかったようだし、それはそれでしかたがない。彼はアンジェリンがわざと足首をひねったことを見破っていた。しかも、自分みたいに不器用な男と踊っているところをまわりに見られたくないからそうしたのだと誤解した。

ともかく、アンジェリンは心から願った。彼ともう一度踊ることができたら、人生最高の日の最高の締めくくりになるはず――いえ、別に踊らなくてもかまわない。ふたり並んでテラスを歩き、軽食堂で隣りあわせに座ることができたら。そうすれば、彼の目に映る自分の印象をもう少しよくすることができるかもしれない。彼と会話を交わすために何かふさわしい話題を考えよう。最近読んだ本は何かあったかしら？　何も読んでいない？　それなら、明日フッカム図書館で利用者登録をするつもりだと言ってみようか？　これまでまわりにろくな本がなかったのですっかり読書に飢えているんです、何かお勧めの本はありませんかと尋ねてみるとか？

そのとき、がっかりすることがふたつも重なった。ひとつはがっかりするというより頭にくることだったが。まずヘイワード伯爵が、一緒に踊っていた女性を母親のもとに返し、舞踏室の端をまわるようにしてこちらへ向かってきた。なのに、ある女性の一団のところで止まった。しばらくしてその場を離れたとき、ひとりの女性に肘を貸し――その一団の中でいちばん若い女性だった――そのまま彼女と連れ立ってテラスに出てしまったのだ。

相手の女性が誰なのかはわからない。でも、舞踏室の外で招待客を迎えたときに彼女に挨拶したことは覚えていた。教えてもらった名前と顔をその場ですべて覚えるなんて、とうてい無理だ。正直に言って、ほとんど覚えられなかった。マリア・スミス＝ベンとレディ・マーサ・ハメリンのふたりは覚えているけれど、それは今朝宮殿で彼女たちに出会ってすっかり仲よくなったからだ。それにもちろんヘイワード伯爵と、伯爵夫人、伯爵未亡人も覚えた。フェナー卿ことレナードも。ロザリーの弟で、大昔にロザリーの結婚式で会ったはずだ。それから今朝一緒に朝駆けした、フェルディナンドのふたりの仲間の名前は教えてもらわなくても思いだせた。そのあたりが限界だった。これからもっと頑張って覚えなければならない。一日ひとり覚えるよう努力しよう。いや、一日一〇人くらいに増やさなければいけない？

そんなに覚えられるかしら？

そのとき、ひとつ目の失望がおさまらないうちに、ふたつ目のがっかりすることが――頭にくることが――トレシャムと一緒にやってきて、アンジェリンの目の前で止まった。ウィンドロー卿だ。まるで今夜はじめて彼女に会ったかのように温かい笑みを浮かべている。自分の膝にのってビールとパスティを一緒に食べようと持ちかけたことなど、嘘だったかのように。

記憶に残っていたとおり、ウィンドロー卿は背が高かった。濃い赤毛はろうそくの光を受けて赤銅色に輝いている。ハンサムな顔、半分閉じた気だるそうなまぶたの下からのぞくグリーンの瞳。そういえば、さっき誰かが〝寝室の目〟という刺激的な言葉を使っていた。誰かは知らないが、きっとこういう目のことを言ったのだろう。

ウィンドロー卿の目はまさに〝寝室の目〟だった。本人はこの目で女性をめろめろにできると思っているに違いない。男性なんて本当に愚かだ。

「ロザリー、アンジェリン」トレシャムが言った。「ウィンドロー卿に紹介を頼まれた。ウィンドロー、こちらはまたいとこのレディ・パーマー、こちらは妹のレディ・アンジェリン・ダドリーだ」

相手がロザリーに何か歯の浮くようなことを言って手にキスをするあいだ、アンジェリンは爆発しそうな怒りをこらえていた。やがてウィンドロー卿は彼女のほうを向き、礼儀正しく頭をさげ、お披露目したばかりの友人の妹に対してちょうどいいと思われるくらいの微笑みを浮かべた。ただし、アンジェリンの手にキスしようとはしなかった。

「もしまだ手遅れでなければ、ぜひマダムのご了解をいただきたいと思います」彼はロザリーに丁重に切りだした。「次のダンスにレディ・アンジェリン・ダドリーをお誘いしてもよろしいでしょうか？　お許しいただければこのうえなく光栄です。ぼくにとって、トレシャムは特に仲のよい友人ですから」

別に驚きはしないわ。アンジェリンは内心で苦々しく思った。兄が宿のパブに女性がひとりで立っているのを見つけ、自分の膝にのって飲み物を分けあわないかと持ちかけるところを想像するのはさほど難しくない。アンジェリンはその場でウィンドロー卿を拒絶することも考えた。だが、彼はアンジェリンに直接ダンスを申し込んだのではない。世話人兼シャペロンであるロザリーに許可を求めたのだ。あたかもアンジェリンが自分の意志で存在していないかのように。

ロザリーはしばらく前から焦っていた。そろそろサパー・ダンスがはじまるというのに、相手を務めさせてほしいと申し込んでくる多くの男性を、アンジェリンが片っ端から断っていたからだ。ロザリーはさっきからずっと言い続けていた——今頃ほとんどの男性が、あなたにはもう有望な相手が見つかったのだとあきらめてしまったんじゃないかしら。このままではお披露目の舞踏会で壁の花になってしまうかもしれないわ。しかも大切なサパー・ダンスで。

どうやら若い女性にとって、それ以上に悲惨なことはこの世にないらしかった。もちろんアンジェリンは、ヘイワード伯爵がサパー・ダンスを申し込んでくれるのを祈るような気持ちで待っていたのだが。

「もちろんレディ・アンジェリンは喜んでお受けするでしょう」ロザリーはうなずいた。おそらく心の中で大きな安堵のため息をついたに違いない。

トレシャムは自分のパートナーを見つけに行ってしまった。今のところ、兄はすべてのダンスを踊っていた。ひとえに主催者の義務でそうしているだけで、本人はまったく楽しくないようだ。ただし、ダンスの相手の女性とその母親には天にものぼるような喜びを提供している。

アンジェリンはまったく喜んでなどいなかった。けれど、ここでまた騒ぎを起こすわけにもいかない。騒ぎなら、すでに足首をひねって起こしてしまった。兄の招待客の前でウィンドロー卿をすげなく拒んだりしたら、明日から一〇年後くらいまで、ロンドン市内のあらゆる応接間で噂の種にされてしまう。

アンジェリンはウィンドロー卿の袖に手をかけ、宿で見せたのと同じく軽蔑しきった冷ややかな表情を浮かべることでよしとした。

「美しい人よ」彼女をダンスフロアに導きながら、ウィンドロー卿は図々しくも顔を近づけてささやいた。「きみと正式に知りあえる日を楽しみにしていると言ったが、これほどすてきなこととは思わなかった。まさかきみがトレシャムの妹だったとはね」

「あなたがわたしにどんなことを言ったか兄が知ったら、あなたの鼻をつぶして、前歯を折り、両目に青あざを作るわよ」

「ああ、まったくだ。おまけに肋骨も一本残らずへし折るだろう。ただしそれは、あいつがぼくの両足に枷をはめ、両手をうしろで縛って柱にくくりつけ、目隠しをすることができればの話だが」

男というのは、いつもこんなふうにろくでもない強がりばかり言う。

「知らなかったんだよ」ウィンドロー卿は申し訳なさそうに言った。「きみを身分の低い女と勘違いしてしまった」

アンジェリンが冷たい目を向けると、彼は笑いだした。

「まったく、ぼくの目が節穴だったな。あの腰抜けに間違いを指摘してもらって、よかったのかもしれない」

「ヘイワード卿は腰抜けではないわ」アンジェリンは言った。「彼は誰に命令されることもなく、自分の意志でわたしを守ろうとあなたに立ち向かったのよ。あなたと同様、わたしの素性をまったく知らないままにね。あなたが去ろうとしたときも、彼は進んで目の前に立ちふさがって、わたしに謝るよう言ってくれたわ」

ウィンドロー卿がにやりとした。

「だったら、あいつはただの腰抜けというだけではなく、愚か者でもあるということじゃないか」

彼女は苦いものをのみ込むように口を閉じた。これ以上、言いあいをするのはやめよう。とりあえずこちらの言いたいことは言った。

「ぼくが舞踏室に入っていったとき、きみはあいつと並んで座っていたね。遅れたことを後悔したよ」ウィンドロー卿が言う。「きみは足首をひねって、最初のダンスの途中で引っ込むことになったと聞いた。これほど早く、しかもすっかり回復して本当によかった。それとも足首を傷めたというのは何かの芝居かい？　さっき気づいたんだが、ダンスをしているときのあの男の脚は、まるで木でできているみたいにこちこちだな」

「わたしがヘイワード卿と並んで座っていたのは、わたしがそうしたかったからよ」

折よく音楽がはじまり、アンジェリンはそれ以上気分を害されずに踊りだした。幸い、そのダンスは相手と離れて踊ることが多く、ウィンドロー卿と言葉を交わす機会はほとんどなかった。それでもまわりに聞かれることなく話ができるとき、彼はアンジェリンにお世辞を山ほど浴びせた。どの言葉も、さっきエクスウィッチ侯爵に言われたお世辞よりずっと愉快だった。

どうやらウィンドロー卿は本気でアンジェリンを笑わせるつもりらしかった。というのも、曲がはじまる前から彼女はすでに微笑んでいたから。人々の目には少しも不自然ではなかっただろう。むしろ彼女がさっき急に不機嫌になったことのほうが、妙な憶測を呼んだかもしれない。

ヘイワード伯爵がまだテラスにいることに気づき、アンジェリンは心の中でため息をついた。彼はまだ例の青いドレスの女性といる。ふたりは石の欄干にもたれて立ち、生まれたときから知りあいだったかのように、何やら熱心に話し込んでいた。

アンジェリンの胸にうらやましさがこみあげた。

できることなら……。

そのとき彼女は、今踊っているのがサパー・ダンスで、このあとウィンドロー卿と隣りあわせに座り、彼に愛想よくしなければならないことに気づいた。

人生はときとして残酷だ。

泣きたい気分だった。

それでも、今日はこれまでの人生で最高の日。それに実際のところ、自分さえこの怒りを忘れることができれば、ウィンドロー卿は実に滑稽で愉快なパートナーであることは間違いなかった。しかも彼はダンスがすばらしく上手だ。

ウィンドロー卿はトレシャムに似ている。フェルディナンドにも。それから今朝一緒に朝駆けした、フェルディナンドの仲間たちにも。世の中にはこの手の男性が存在するのだ。気楽で、軽くて、とびきり愉快な男性。少しも怖くない。

そう、ウィンドロー卿のことなどまったく怖くはない。いくらお世辞を言われても、なんの興味もわかない。厚かましくダンスを申し込んできたことについては今でも不愉快だった。

よりによってロザリーやトレシャムの目の前で申し込むなんて、まったく失礼で図々しい人だ。

それにしても、あの青いドレスの女性は誰かしら?

7

やめたほうがいいとエドワードは思った。レディ・アンジェリン・ダドリーが誰とダンスをしようと、自分がどうこうする筋合いなどないのだから。何しろ今夜は彼女の保護者とシャペロンの両方がそろって目を光らせている。危険が及ぶ心配などまったくない。このうえなく正式な場にいるのだし、ほかにも大勢の目がある。

今夜はこれ以上、レディ・アンジェリンのそばにいるところを誰にも見られたくなかった。親族の女性たちに、妙な誤解をされたくない。実際、それは誤解なのだ。彼女たちは、じきに次なる候補者へ目を向けることになるだろう。あるいはおとなしく引きさがり、エドワードに自分の意志で花嫁を選ばせるのが賢明だ。

ユーニスもさっき認めていた。四年前の口約束を取り消してお互い自由の身になったことについて、少し孤独を感じていると。あくまでも誇り高くあろうとしているが、こちらを自由にするべきだと思って、やむなくそうしたのだ。伯爵はもっと身分の高い女性と結婚するべきだと考えて。そしてその女性がレディ・アンジェリン・ダドリーというわけだ。いかに聡明なユーニスといえども、この点は間違っている。ユーニスは伯爵夫人の地位にじゅうぶんふさわしい。彼女は生まれも育ちも立派なレディだ。何より彼女は妻として最適だ。自分たちには似たところがたくさんある。

考えれば考えるほど、結婚するならユーニスしかいないと思えてきた。なんとか彼女を説得して、同じ考えになってもらおう。親族は少しがっかりするかもしれないが、大反対することはないだろう。みな、自分のことを愛してくれている。彼の幸せを何より望んでくれているのだから。

軽食堂では、ウィンドローがレディ・アンジェリンを小さなテーブルに導いていた。これは褒められた行動ではない。今夜の舞踏会は彼女が主役なのだから、ウィンドローは当然彼女を大きなテーブルへ導くべきなのだ。とはいえ、彼女のお披露目の目的はふさわしい夫を見つけるということでもある。そしてウィンドローが由緒ある旧家の生まれで大金持ちであることは、誰もが知るところだ。

おそらくレディ・アンジェリンの親族はそろって息を詰め、ふたりのテーブルに邪魔者が入らないよう祈っているかもしれない。

だが、ユーニスはエドワードを容赦なく引っ張っていった。そろそろ埋まりかけてきた各テーブルのあいだを縫うようにして、ずんずん進んでいく。

「見て、エドワード」ついに彼女が言った。「このテーブルにふたつ席が空いているわ。あの、ご一緒させていただいてもかまいませんこと?」

最後の言葉はウィンドローとレディ・アンジェリンに向けられた。

見たところ、ウィンドローはまったくうれしくなさそうだった――ただし、彼の視線がユーニスからエドワードに移ったとたんに表情が変わった。ウィンドローはたちまち笑顔になって立ちあがり、ユーニスのために椅子を引いた。

「ヘイワード」彼は言った。「この美しいレディをぜひ紹介してくれないか」

「こちらはウィンドロー卿だ、ユーニス」エドワードは腰をおろしたユーニスに言った。「ウィンドロー、ミス・ゴダードだ。レディ・サンフォードの姪御さんだよ」

「まあ」レディ・アンジェリンが顔を輝かせる。「ミス・ゴダード、これであなたのお名前を忘れてしまったことを隠さなくてもよくなったわ。何しろ今夜は何十人も紹介されたんです。しかもほとんど初対面の人ばかりなので、名前を聞いても右から左に抜けてしまって。もちろん、わたしだっていいかげんに聞いていたわけではないんですよ。最後の家庭教師のミス・プラットは――家庭教師は全部で六人いたのだけど、レディの素質のひとつはどんなときも相手の顔と名前を忘れないことだと教えてくれました。たとえ相手が召使いでも、ですって。ミス・プラットは特にその部分に力を入れたわ。きっと彼女自身が人に使われる身だから、それまでいろんなところで顔を覚えてもらえないことが多かったんでしょうね。わたしは彼女の言ったことは正しいと思っているんです。ただしいくらミス・プラットでも、これほど盛大な舞踏会に出て、そこで会った人の顔と名前をすべて覚え、次に会ったときに完璧に認識できるよう求められたことはなかったと思うわ。だから、わたしがあなたの名前を思いだせなかったことをどうか許してくださいさい。もう完全に覚えました」

しかしまあ、なんともよくしゃべるものだ。エドワードは席につきながら思った。彼女が〈ローズ・クラウン・イン〉でずっと黙っていたのは例外的だったらしい。

「あなたの家庭教師の助言はもっともなことですわ、レディ・アンジェリン」ユーニスが言った。「けれど、もちろんたった一度の簡単な紹介で招待客の名前をすべて覚えるなんて不可能でしょう。そんなことは誰も期待していませんわ。大切なのはつねに最善を尽くすこと。この世でわたしたちに求められることは、結局それに尽きると思います」

ユーニスが話しているあいだ、ウィンドローはエドワードに視線を移し、ふたたび彼女を見つめた。いかにも楽しそうな瞳の輝きがいっそう増している。

「来世ならかまわないということかな、ミス・ゴダード？」彼が言った。

「えっ？」ユーニスが眉をあげてウィンドローを見た。

「来世では」彼は言い直した。「最善を尽くそうなんて考えず、気楽にしていればいいのかな？」

「ウィンドロー卿、わたしは来世を信じていません。それでも仮に来世があるとすれば、この世で最善を尽くしたご褒美をもらえると思います」

「もしくは」ウィンドローが言う。「もらえない」

「えっ？」ユーニスは繰り返した。

「ご褒美をもらえない。この世で最善を尽くさない人間はね。彼らは別の場所へと送られる」

「地獄のことかしら？　それについても、わたしはかなり疑わしいと思っていますけど」

「どんなに疑わしくても絶対に存在しないとは言えない。レディ・アンジェリン、地獄に落ちないよう、招待客の名前を覚えるのにとにかく最善を尽くしたほうがいいようだ」

レディ・アンジェリンが笑いながら言った。「本当におかしな人。どうもありがとうございます、ミス・ゴダード。あなたのすばらしいお言葉を覚えておきますね。大切なのはつねに最善を尽くすこと。でもわたしの尽くす最善は、ミス・プラットには——というより、どの家庭教師にも通用しなかったけれど。わざと手を抜いていると思われていたんです。どうやらわたしは理想的な生徒ではなかったみたい」

「そして向こうも理想的な家庭教師ではなかったのかもしれません」ユーニスが言った。「家庭教師としていちばん大切なことは、生徒のやる気をくじくことではなく、励ましてやる気を出させること。完璧さを期待したり、ましてや要求したりするなんて、もってのほかです。この世に完璧な人間なんていないもの」

「だからこそ、われわれには天国が必要なんだ」とウィンドロー。「少なくとも最善を尽くしたご褒美をもらえるように」

「そうですね」ユーニスはウィンドローのいたずらっぽいまなざしをはねつけるように、相手を冷ややかに見据えた。「しょせんはそれも人間の希望的観測にすぎないでしょうけれど」

「ミス・ゴダード、きみがそれを証明してくれたら、ぼくは二度と自分が最善を尽くさなければならないと思わずにすむよ」

そのとき、メニューに書かれている軽い食べ物をのせたいくつもの皿がテーブルに運ばれてきた。あとから別の給仕がやってきて、テーブルの各人に紅茶を注いだ。姉が満足そうにうなずきかける。

あたりをすばやく見まわしたエドワードは姉のアルマと目が合った。姉が満足そうにうなずきかける。

エドワードは続いてレディ・アンジェリンを見た。彼女は楽しげに目を輝かせて見つめ返してきた。

「あなたはどうですか、ヘイワード卿?」彼が差しだした皿からロブスターのパテをつまみながら、レディ・アンジェリンが尋ねた。「つねに最善を尽くすことは、あなたにとって大切かしら?」

さっきこちらを〝頭がかたい〟と言ったことの、さらなる証拠がほしいのか?

「それは時と場合によりますね」エドワードは答えた。「やり遂げなければならないとわかっていることは、たとえば、もちろん最善を尽くしますよ。だが、どんなに頑張ってもできないことはあります。たとえば、どこかの夜会で歌ってほしいと頼まれたとしましょう。もちろん引き受けて精一杯頑張ることはできる。しかし、何も知らずに聴かされた客は、そろって耳がおかしくなってしまうでしょうね。それなら下手に頑張ろうなんて思わないほうがいい。むしろ最初から引き受けないのが賢明かもしれない」

「まあ。あなたの歌はそんなにひどいんですか?」

「救いがたい音痴です」

レディ・アンジェリンは笑いだした。

「でもエドワードは、わたしの父が教授を務めるケンブリッジ大学でそれは熱心に勉強したのよ」ユーニスが言った。「それにここ一年は、ヘイワード伯爵として新しい仕事に打ち込んできたわ。彼は責任を果たすことを何よりも優先する人なんです。貴重な時間や能力を不埒な目的に使う人ではないわ。彼と同じ立場の多くの紳士は、それを自分のすべきことと勘違いしているようですけれど」

やれやれ。ユーニスはレディ・アンジェリンをけしかけるのと、ウィンドローに説教をするのを同時にやってのけている。エドワードはケーキの皿をまわした。

「不埒な目的？」ウィンドローが肩をすくめた。「そんなことをたくらむ紳士がいるのかい？いったい誰なのか教えてくれませんか、ミス・ゴダード。そいつに夜明けの決闘を申し込むことにしよう」

「不埒な目的」ユーニスは彼を見据えながら繰り返した。「それから、責任と礼儀と思いやりが求められる場面で顔を出す、子どもじみた暴力趣味」

「ミス・ゴダード」レディ・アンジェリンが言った。「あなたとわたしはとてもよく似ているわ。男の人って本当に愚かだと思いません？　まったく侮辱に値しないようなことでも、すぐに決闘を持ちだして強がってみせるのよ。でも、わたしたちには通用しないわね」

エドワードがウィンドローとテーブル越しに目を合わせると、相手は片方の眉をぴくりとあげてみせた。

エドワードはすっかり退屈してしまった。そもそも自分は不埒な目的を抱いたりしないし、侮辱されたからといって簡単に暴力に訴えたりもしない。

ユーニスとレディ・アンジェリンは、昼と夜と言ってもいいほど正反対だ。レディ・アンジェリンは豪華なドレスに身を包み、髪型も凝っている。生き生きとした笑顔に黒い瞳を輝かせている。それにとてもおしゃべりだ。遠慮も物怖じもしない。派手な色の服を好んで着る。そして、深みがない。対するユーニスは、ドレスも髪型もすっきりしている。物腰には落ち着きと品があるし、知的な会話をする。非常にまじめな性格でもある。そんな対照的なふたりだが、不思議と馬が合うようだ。

「ミス・ゴダード」ウィンドローが言った。「きみの世界から少なくともひとり、不埒な紳士を減らしてあげるというぼくの提案を反対されて衝撃を受けたよ。同時に、男女の本質的な違いに関するきみの深い洞察に驚かされた。これはぜひとも、ぼくの姿をきみの脳裏に焼きつけておかなければ。次のダンスはぼくと踊ってもらうよ」

ユーニスは涼しげなまなざしで彼を見つめた。

「それは命令かしら？」

ウィンドローは胸に手を当てて、ため息をついた。「ヘイワード、どうやらわれわれは女性についてもっと学ぶ必要がありそうだ。ミス・ゴダード、あなたを次のダンスにお誘いしてもかまいませんか？　それとも、レディ・サンフォードのお許しをもらうべきでしょうか？」

「わたしはもう大人ですから」ユーニスが言う。「ありがとう、喜んでお受けします。エドワード、そのお皿を取ってくださる？　海老のタルトがとてもおいしいわ」

エドワードは心の中で嘆いた。かわいそうに、ユーニスはレディ・アンジェリンを遊び人の毒牙から守ろうとして、代わりに自分が捕まってしまった。だが、本当にいやなら断ることもできたはずだ。それに彼女なら、なんの問題もなく自分の身を守れるだろう。

「さっきのダンスのとき、テラスに出ていらしたわね、ヘイワード卿」レディ・アンジェリンが言った。「とてもうらやましかったわ。舞踏室は空気がこもっているんですもの。食堂も同じ。たぶん今夜のお客さまがとても多いせいね。外は気持ちがいいですか？」

まったくよくわからない女性だ。さっきは明らかにこちらのことをよく思っておらず、〝頭がかたい〟と言い、踊らなくてもいいように茶番まで演じた。そのくせ最後には、あなた以外の誰と踊っても半分も楽しくないだろうなどと言った。そして今度は、なんとも厚かましいことに……。

「ええ、とても」エドワードは答えた。「次のダンスのお相手が迎えに来てくれるまで、一緒にテラスを歩きますか？」

「次の相手はいないの。少なくとも今はまだ。でもダンスがはじまれば、きっとどなたかが相手をしてくれると期待しているんです」

「そういうことなら」彼は言った。「次の三〇分はぼくと散歩をしませんか？」

「なんてすてき。あなたは本当にご親切ね。でも、まずロザリーのところへ行って許しをもらってこないと。もちろん反対されたりはしないでしょうけれど。むしろ、とても喜ばれると思うわ。ほら、見えます？　彼女は弟さんのフェナー卿や、あなたのお義姉さまのレディ・ヘイワードと一緒に座っているでしょう。三人ともこちらを見ながら、なんだか満足そうにうなずきあっているわ」

「ぼくが行ってきましょう」エドワードは立ちあがり、ユーニスのほうへ申し訳なさそうに目をやった。

　レディ・アンジェリンの言ったとおり、彼女をテラスに連れだしたいというエドワードの申し出をレディ・パーマーは快諾した。ロレインも満面の笑みを浮かべていた。

　まずいことになったぞ。二分後にレディ・アンジェリンを軽食堂から連れだしながら、エドワードは思った。彼女のお披露目の場で最初のダンスパートナーを務め、軽食堂では小さなテーブルに同席し、そのうえまだ多くの人々が舞踏室に戻ってもいないうちからテラスに連れだそうとしている。自分たちに関心がある人々の目には――つまり、ここにいるほぼ全員ということだが――エドワードがレディ・アンジェリンを外に誘いだして、次のダンスのあいだじゅう独占するつもりでいると映るに違いない。彼の義姉も彼女のシャペロンもそろって喜んでいる。まるですべてが前もって決められた計画どおりに進んでいるかのように。

　はたから見れば、これはまさしく求愛のはじまりだ。このままでは罠にかかって身動きが取れなくなるのは目に見えている。

青いドレスの女性はミス・ゴダード。ヘイワード伯爵は彼女に〝ユーニス〟と呼びかけた。彼女は〝エドワード〟と呼んでいた。しかも彼女の見た目は――そして話し方も――いかにも聡明なレディだった。しかも美人だ。

アンジェリンは、ミス・ゴダードのことをもっと嫌いになるだろうと思っていた。けれども実際は違った。

「ウィンドローは」誰もいない舞踏室を横切ってテラスに通じるガラス扉のほうへ向かいながら、ヘイワード伯爵が言った。「もうあなたを侮辱したりしなかったでしょうね、レディ・アンジェリン？」

「大丈夫」彼女は言った。「あの人なら、ずっと冗談ばかり言っていたわ。でも今夜はわたしに近づいたりせず、他人が見ていない場所で正式に謝るべきだったのよ。もっとも、そんなことにほとんど意味はないわね。だってあの人、わたしがトレシャム公爵の妹という立場でなかったら、絶対に自分から謝ったりしなかったでしょうから。まあ、実際のところ謝ったことは謝ったけれど。だけどそれは、パブの出口をふさがれたからでしょう。あなたは本当に勇気がおありなのね」

彼の腕はさっきと同じように、たくましく温かかった。身長はアンジェリンより五センチほど高い。横顔がハンサムに見えた。鼻筋がまっすぐなせいだろう。またコロンが香った。

外のテラスは空気がひんやりと心地よく、それでいて寒くはなかった。

ヘイワード伯爵は、本当はわたしを連れだしたりしたくなかったのだろう。お披露目早々に男性の気を引くはしたない娘だったとは、いったいまわりの誰が想像したかしら？　そういうことをこれまで練習する機会もなかったし、考えたこともなかった。だいたい、ミス・プラットはそんなことを教えてくれなかった。それでも自分は伯爵がテラスへ連れだしてくれるように仕向け、ほんの五分ほどのつもりで彼が引き受けたとたん、すかさずサパー・ダンスのあいだじゅう一緒にいてくれるように仕向けた。

われながら、これほどいけない娘だったなんて驚きだ。

「本当はわたしをここへ連れてきたくなかったんでしょう？」アンジェリンは尋ねた。

テラスに沿ってゆっくりと歩きながら、ヘイワード伯爵が彼女のほうを向いた。テラスの明かりは舞踏室よりほの暗く、ロマンティックだった。おかげでアンジェリンの顔が赤くなっていることは、相手に気づかれずにすんだ。彼がわずかに顔をしかめたのは見えてしまったけれど。

「そういう質問にぼくが答えられると思いますか？」彼が言った。

「そんなことはないって、きっぱり言えばいいのよ。でもそれは嘘だし、あなたがそう言ったとしても、わたしは見破ったでしょうけれど」

「少なくとも、あなたをウィンドローから救いだすことができてよかった」伯爵は言った。

「きっとそれがあなたの宿命なのね。わたしをウィンドロー卿から守ることが。あなたの墓石には、たくさんの賛辞のあとにこんな言葉が刻まれるでしょう。〝彼はレディ・アンジェリンを幾度も邪悪な放蕩者の魔の手から救いだした……〟」

ああ、また。横目でこちらを見るヘイワード伯爵の頬に、あのえくぼが現れた。えくぼというより、縦じわに近い。より男性的だった。彼の唇の端がわずかにあがった。

アンジェリンは笑いだした。

「ウィンドロー卿を邪悪と表現するのはやりすぎかもしれないわ。おおかたの放蕩者は根っからの悪人ではないでしょう? あの人たちは、中身は子どものまま大人になっただけ。それなのに自分は一人前の男だ、女性をめろめろにできると思っているの。まったく、おばかさんよね。でも実際のところ、憎めない人たちなの。わたしはウィンドロー卿に特に好意を抱いているわけではないけれど、彼が自分の兄弟やいとこだったら好きになったと思う。兄たちのことも大好きよ。でも、わたしはあの手の男性に幻想は抱いていないわ。トレシャムお兄さまは特に極端だけれど、それでもいちばん上の兄だから頼りにできるの。兄は一六歳のときに父と大喧嘩をして、屋敷を飛びだしたのよ。いったい何があったのかふたりとも絶対に教えてくれなかったけど。兄はわたしが知っているだけで、これまで二回決闘をしたのよ。どちらも女性が原因で、兄は相手に先に撃たせ、そのあと空に向けて撃ったの。どうせ悪いのは兄に決まっているから、そうしたのは立派だと思うわ。その話を聞いたときは、わたしも鼻が高かった。でも、どちらの話もうんと離れた場所にいたときに聞いたので助かったわ。でなければ神経が参ってしまう前に、兄のところへ飛んでいって殺してやったでしょうから」

ああ、次第に早口になっていく自分のおしゃべりが、まるで他人の声のように聞こえる。

気持ちが高ぶって、このままでは本当に神経が参ってしまいそうだ。

本の話をする計画はどうなったの？

楽団がふたたび舞踏室で音合わせをはじめていた。軽食堂から戻ってきた人々が、次のダンスのパートナーを探すざわめきが伝わってくる。そこに加わって踊るのは楽しいだろうけど、今はここにいるほうがずっといい。さらに言えば、ここにずっといたい。たとえ、そのせいで神経が参ってしまうとしても。

そう、たとえヘイワード伯爵がずっと黙ったきりでも。先ほどミス・ゴダードとここにいたとき、伯爵は彼女と話をしていた。きっと何か深い学問的なことを話していたのに違いない。困ったことに、アンジェリンはそういう話題をいっさい持ちあわせていなかった。深い深くないにかかわらず。

「あなたはミス・ゴダードと結婚なさるの？」出し抜けに問いかけた。

「結婚？」彼が驚いた。「なぜそんなことを？」

「彼女のことをユーニスと呼んでいたでしょう。そして彼女はあなたをエドワードと呼んでいたわ。でも、あなたはわたしを̇アンジェリンとは呼ばないもの」

「彼女とは長いつきあいなんです」ヘイワード伯爵は言った。「彼女のお父上はケンブリッジ大学でぼくの指導教官でした。家にも何度も行かせてもらっているし。彼女はぼくにとって……いわば心の友なんです」

心の友。それはいったいどういうもの？　男性の心の友になるって、どんな感じなの？

ヘイワード卿の心の友になるってどんなもの？　彼をエドワードと呼ぶことは？

やっぱりミス・ゴダードを嫌いになりそうだ。

音楽が鳴りだし、ダンスが再開した。何組かの男女がテラスに出てきた。

「トレシャムお兄さまが庭の木にいくつかランプを吊りさげたの」アンジェリンは言った。「下におりたらきれいよ。見てみません？」

ヘイワード伯爵はためらった。

「シャペロンからそんなに離れていいんですか？」

アンジェリンは吹きだしそうになった。

「あなたは彼女の許可をもらって、わたしをここへ連れだしたのよ。それにここはわたしの家だわ」

おそらく伯爵は、ミス・ゴダードがどう思うか気にしているのだろう。しかし、彼はそれ以上反対しなかった。ふたりは庭に続く石段をおりた。庭は芝と木が植えられ、曲線を描く小道があり、中央部に池と噴水がある。あまり大きな庭ではない。なんといっても、この屋敷はロンドン市街の中心部にあるのだ。それでも考え抜かれた設計の庭は、広々としたのどかな風情があった。

先ほどアンジェリンは、ヘイワード伯爵が兄と死別したという話を無視し、自分のことや母が亡くなったあとの生活について長話をしてしまった。彼は兄を亡くしたことで、舞踏会でダンスをしなければならなくなったこと以外にも大きな影響を受けただろうに。

「お兄さまはなぜ亡くなったの？」アンジェリンは尋ねた。

彼はしばらく黙っていた。それについては話したくないのかもしれない。だが、やがて口を開いた。

「兄は二輪馬車のレースをしました。人には勧められない危険なスポーツだ。どうしてもやるというなら、細心の注意を払わなければならない。だが、モーリスはそれをせずにカーブを曲がった。なぜなら、その直前に――相手に抜かれたので、何がなんでも抜き返そうとしたんでしょう。少なくとも、ぼくはそう思っています。たしかなことはわからない。尋ねる前に兄は死んでしまいましたからね。反対方向からやってきた干し草を積んだ荷馬車に突っ込んだんです。なんの落ち度もなかった御者が逃げて無事だったのは幸いでした。モーリスの馬車はひっくり返り、兄は投げだされて首を折りました」

「そう」アンジェリンは言った。そういえば先週、フェルディナンドが二輪馬車レースで勝ったと自慢していた。あんなひどい御者はいないとトレシャムに言われていたのに。話を聞いたときは衝撃で倒れそうになった。もちろんフェルディナンドが勝ったことは誇らしく思う。でもよく考えてみれば、そういうレースがどのくらい危険なものか、これまでアンジェリンにはまったく想像がつかなかった。「お気の毒に」

「同感です。兄はそんな無茶をしてはいけなかったんだ。社会的に責任のある立場だったのに。何より、彼には妻も娘もいました」

「もしかしたら」アンジェリンは言った。「お兄さまは若い頃の自分を取り戻したいという思いにとらわれたのかもしれないわ。ふだんはそんな無責任な人ではなかったんでしょう？」

「いや、そうでした」ヘイワード伯爵がぶっきらぼうに答える。

しばらく無言のまま、ふたりは小道を池に向かって歩いた。

「ぼくは兄が好きでした」ふたたび彼がぶっきらぼうに言った。

そのとき、アンジェリンは気づいた。この人は深い悲しみの中にいるのだ。一年が経った今も。

亡くなった相手が、その死によってもたらされるこちらの悲しみに多くの意味で見合わない人間だったと知るとき、悲しみはいっそう深くなるのかもしれない。いや、きっとそうだ。自分も母を思いだすとき、胸の奥に言い知れぬ痛みを覚えるから。

「だからあなたは」彼女は言った。「お兄さまのようになってはならないと思いながら生きているのね」

長い沈黙のあと、ふたりは池のほとりで立ち止まった。近くの木に吊るされたランプの明かりが照らす、ほの暗い水面を見おろす。噴水の水が、舞踏室から聞こえてくるにぎやかな音楽とは対照的に静かにわきだしていた。

「そういうわけでもありません」伯爵が言った。「ぼくは昔からモーリスよりまじめでした。自分が果たすべきことはきちんと果たすべきだと思っていたし、それを怠ったときの周囲への影響を――特に身近な人に与える影響をつねに考えるべきだと思っていた。ぼくはいつもくそまじめで退屈な人間なんですよ。ウィムズベリー・アビーやそのほかの領地のことを顧みないモーリスを批判することで、自分のつまらなさと折りあいをつけてきたんです。特に兄が結婚してからは、彼の無茶なふるまいを何度もいさめようとしてきた。でも――」

「でも？」アンジェリンは続きを促した。

「それでもみな、兄を愛していた。心から愛していたんです」

「ヘイワード伯爵夫人も？」静かに尋ねる。

「ロレインも結婚した頃は兄を愛していたと思います。彼女は長女のスーザンを出産するとき、かなりの難産で苦しみました。兄は最初こそ付き添っていたものの、そのうち出ていってしまった。帰ってきたのは三日後でした。出ていったときと同じ服装のまま、ひげも剃らず、目は真っ赤で、酒に酔って。ずっと仲間に祝ってもらっていたと兄は言いました」

「ひょっとしたら」彼女は言った。「お兄さまは奥さまが陣痛に苦しむ姿を見て、怖くなったのかも」

「ロレインだって怖かったはずだ。しかし彼女は逃げられなかった」伯爵が言う。「兄に対する義姉の愛は、あの三日間で失われたのだと思います。ひょっとしたらそこまで劇的ではなく、出産前後の数カ月間で少しずつ彼女の目に現実が見えてきたのかもしれない。何にせよ、放蕩者を夫に持つことはつらかったに違いない」

「そうね」

そういうときのひとつの解決法は、妻も夫と同じくらい放蕩することだ。アンジェリンの母がそうしたように。女性に放蕩という言葉が使えるのかどうか、わからないけれど。

「うしろにベンチがあるわ。少しのあいだ座りません？」

ヘイワード伯爵はうしろに目をやり、彼女をベンチに導いた。それは一本の木の下にあり、枝に吊るされたランプが頭上で微風に揺れていた。座ったふたりの頭をランプの明かりが照らし、水面に光を投げかける。あたり一帯に水辺の植物の匂いがした。舞踏室に飾られた大量の生花が放っていた芳香よりも、ずっとさわやかだ。

しばらく黙って座っているうちに、ヘイワード伯爵が居心地の悪さを感じはじめているのが伝わってきた。

「申し訳ない」彼が唐突に言った。「こんな個人的な話をするべきではなかった」

きっとあたりが暗いのと、まわりに人がいなくなったせいだろう。それでもアンジェリンはうれしかった。伯爵が気を許して話してくれたおかげで、ほんの短い時間で彼について多くを知ることができたから。でも、あまり湿っぽい雰囲気にはなりたくなかった。

「それなら、なんの話をすればいいかしら？」彼女は尋ねた。「お天気のこと？　健康のこと？　それともボンネット？　あなたさえ聞いてくださるなら、わたしはボンネットについていくらでも話せるわよ。何しろロンドンに来てから一三個買ったの。一三個よ。想像できます？　まず、ひとつ買うとするでしょう。それが今まで見た中でいちばんすてきだと思って買うの。そうしたら次にお買い物に出かけたとき、もっとすてきなものが見つかるのよ。さあ、どうしましょう？　もちろんそれも買うわ。買わずにすませるなんて耐えられないもの。だからといって、ひとつ目をお店に返品するのも悪くてできないし。そのお店の誰かが一生懸命作った帽子なわけで、ほかに気に入ったのが見つかったからと言って返品すれば、その人を傷つけてしまうでしょう。そうしてまた別の日に、ひとつ目よりすてきだと思って買ったボンネットより、もっとすてきなのがまた見つかって、それも買わずにはいられなくなるの。それからまた……とまあ、そんなふうに続いていくというわけ。わたしの言っていること、わけがわからないかしら？」

ヘイワード伯爵は笑わなかった。けれど、もうさっきのように不快そうではなく、くつろいでいるのがわかった。笑みさえ浮かべているような気がする。暗くてはっきりとはわからないが。もしかしたら、彼には本よりボンネットの話をしてくれる相手がときどきは必要なのかもしれない。

「いったいぼくになんと言ってほしいんです？」彼が口を開いた。「ずいぶん誇張して話してますね？」

「とんでもない。本当に一三個買ったのよ。ロザリーにきいてみて。トレシャムお兄さまにも。あの人、書斎の机に新しい請求書が届くたび、だんだんしぶい顔になってきたわ。でも、お披露目の支度のためにいくら使ってもかまわないと約束した手前、文句を言えないの。どのボンネットもとてもすてきよ。だけど本当はわたし、つば付きの帽子にめっぽう弱くて。今朝わたしがかぶっていた帽子、気づいてくださった？」

「帽子？」伯爵が少しあわてたように言う。「いや、気づきませんでした」

「嘘」アンジェリンは笑った。「とんでもなく悪趣味だって、フェルディナンドお兄さまからけなされたわ。わたしと一緒にいるところを人に見られるのが恥ずかしい、ですって。まったく兄たちときたら、失礼にもほどがあるわ。子どもの頃もひどい悪ふざけをしたのよ。ふたりはときどき遊びに誘ってくれたの。窮地に立たされたお姫さまを救うとか、勇敢に戦ったご褒美をもらう遊びをするときに。でもわたしがいると邪魔だと思ったときは、どこそこで何時に会おうとわたしに言っておいて、ふたりでこっそり別の道から全然違う場所へ行ってしまうの。あとで何食わぬ顔をして、アンジェリンはどうして来なかったんだ、なんて言うのよ。そしてふたりでどんなに楽しいことをして遊んだか、わたしに聞かせて喜ぶの」

アンジェリンはヘイワード伯爵に微笑みかけ、彼の手に自分の手を重ねた。

いやだ、まただわ。考える前に行動してしまった。

とんでもないことをしたとすぐに気づいた。ひとつには、伯爵が手を引っ込めはしなかったものの、とっさに身をこわばらせたから。もうひとつには、自分の体がかっと熱くなり、息が苦しくなって気持ちが焦り、手をどけることができなくなってしまったから。本当は相手を元気づけるように手をぽんぽんと叩き、何ごともなかったかのように引っ込めるのがいいとわかっているのに。

けれどもそうする代わりに、アンジェリンは自分の手をそこに残したまま、目を大きく見開いてヘイワード伯爵を見つめた。

どうしよう？　彼の手のぬくもりが自分の手から胸や喉、顔にまで伝わり、そこから足の爪先までおりていくのがわかる。

伯爵の手の甲に自分の手を重ねるのはこれがはじめてではなかった。最初のダンスでフロアへ導かれたときにもそうした。先ほど軽食堂をあとにしたときも。同じことなのに、今回は何かが違う。

ヘイワード伯爵がてのひらを返し、アンジェリンのてのひらと合わせた。そして彼女の手を握った。

彼女はごくりとつばをのみ込んだ。周囲の半径二キロ以内の音をすべてかき消すくらいの勢いで。

「レディ・アンジェリン」彼が言った。「もしやあなたは、ぼくが求婚者として真っ先に名乗りをあげると聞かされているんですか？　ぼくが求婚するようにうまく仕向けろと言われているとか？」

アンジェリンは凍りついた。彼はこちらがわざと気を引こうとしていると思っているのだ。そんなつもりはまったくないのに。それともそうなの？

気を引くだなんて。

「いいえ、そんなことはまったくないわ。わたしはただ、あなたが最初のダンスに申し込んできたと聞かされただけよ。いやなら断れたけれど、そのときはヘイワード伯爵がどんな人かもまったく知らなかったの。求婚のことなど何も聞かされていないわ。そもそもトレシャムお兄さまなんて――」

いけない。兄がヘイワード伯爵のことを〝枯れ木みたいに無味乾燥な、つまらない男〟と言ったなんて、とても口に出せない。

「申し訳なかった」伯爵が言った。「あなたに恥ずかしい思いをさせてしまって」

「いいえ、ちっとも」アンジェリンは嘘をついた。そして少しのあいだ目を閉じ、彼の手に包まれている自分の手に意識を集中させた。

ひんやりした夜の空気と、温かくてたくましい男性の手。この世でいちばんすてきな組みあわせだ。

そのとき、握られた手が持ちあげられ、キスをされたのがわかった。

目を閉じたまま、死んでしまうかもしれないと彼女は思った。あまりにも幸せすぎて。

「そろそろ舞踏室に戻らないと」彼が言った。

ああ、どうしても？

幸い、その言葉を口には出さなかった。今夜のところは、もうじゅうぶん大胆にふるまった。アンジェリンは立ちあがり、握られた手を引っ込めてドレスを整えた。

「思い出に残る日になったわ」明るく言って顔をあげると、同じくベンチから立ちあがったヘイワード伯爵の顔がすぐ目の前にあった。「わたしにとって今日がすばらしい日だったように、あなたにとってもすばらしい日になったかしら？　たとえダンスを踊らなくてはならなかったとしても。わたし自身は心ゆくまでダンスを楽しめたわ」

「すばらしい一日でしたよ」彼が言った。

アンジェリンはわずかに首をかしげた。彼の返事は明らかに熱意に欠けている。

「でもいちばんすばらしいのは、今日という日がようやく終わろうとしていること?」彼女は少し寂しげに微笑んだ。

「そんなことは言っていない。ぼくはそこまで無礼ではありませんよ、レディ・アンジェリン」

だけど、実際そう思っているのね。

「それなら」彼女は自分が息を切らしたような声になっているのに気づいた。「あなたがあとから今日のことを思いだしたとき、今感じている以上にすばらしい一日だったと思ってもらえますように。心からそう祈っているわ」

そう言い終わると、アンジェリンは小道を引き返して舞踏室へ戻っていった。スカートの左右を握りしめながら。ミス・プラットのお説教が聞こえてきそうだ——男の人みたいに大股でずんずん歩くんじゃありません、自分がレディであることを忘れてはだめです。

だが、ヘイワード伯爵に追いつかれて肘を差しだされたくなかった。もう彼には触れたくない。

今はまだ。

息ができなくなってしまいそうだから。

昔からトレシャムもフェルディナンドも、アンジェリンは何ごとも中途半端なところで手を打たない、とにかく一途な娘だと言った——ポニーに乗れば全速力で走らせるし、湖ではいちばん深いところに飛び込むし、木のぼりでは空に届きそうなほど高い枝を目指す。兄たちの言葉には、妹に対する愛情と一種の尊敬がこもっていた。
でも、今回はそうはいかないだろう。
なぜなら彼女は恋も中途半端ではすまさないから。
それはつまり、おそらく悲惨な結末を迎えるということ。
いいえ、希望はある。
いつか彼もわたしを愛するだろう。それも燃えるように熱く。
どうせ夢を見るなら、大きな夢がいい。

8

翌日の半分以上をまずまず自由に過ごすことができ、エドワードは満足だった。早朝に仲間と一緒に――今回は五人で――ハイドパークへ朝駆けに出かけたし、そこでは会いたくない人間にひとりも会わなかった。要するに、ダドリーの姓がついた人間に会わなかったということだ。そのあとは書斎で一時間ほど、秘書と重要な書類に目を通したり、手紙の口述筆記を頼んだり、大量に舞い込む招待状のどれを受け、どれを辞退するか決めたりして過ごした。議会にも出席したし、関心のある議題について討論に加わった。このあとは〈ホワイツ〉で、ヘドリーやもうひとりの友人と夕食をとることになっている。おそらくそのあともしばらく仲間とワインやポルト酒のグラスを傾け、それから帰宅して寝ることになるだろう。ただし、この自由は完全とは言えなかった。どうしても意識が目の前の目的以外のことに向いてしまうからだ。

なるべく早いうちに時間を見つけ、ユーニスを訪ねる必要があった。昨夜ウィンドローがユーニスにダンスを申し込んだとき、彼女をほったらかしてしまったような気がしてならない。あのとき自分が反対し、ウィンドローの無礼な誘いをきっぱり制止すべきだったのだ。

もちろんユーニスはエドワードの所有物ではないし、そんなことをする権利はまったくない。口出しなどしたら、彼女は間違いなくいやな顔をしただろう。ユーニスはエドワードが自分よりふさわしい女性と結婚するべきだという主張をあいかわらず曲げていなかった。昔の約束を解消したことで、少し心細い気持ちになっていると認めたにもかかわらず。

実際、ウィンドローと踊ったことで、ユーニスにも運がめぐってきたように見えた。彼女はそのあとずっとダンスの相手が途切れなかったのだ。ダンスにかぎらず、社交界の遊びをすっかり軽蔑しているユーニスだが、そうかといって舞踏会でずっと壁の花でいるのは愉快ではないだろう。

とにかく彼女と話がしたい。

しかしその件を除いても、エドワードの心は自由とは言いがたかった。自分が依然として結婚しなければならず、花嫁を選ばねばならない状況に変わりはないからだ。できることならユーニスを選びたかった。何があろうとレディ・アンジェリン・ダドリーはだめだ。

それなのに、どうしても後者を頭から振り払うことができなかった。今日一日、レディ・アンジェリンはおかしなタイミングで不意に意識にのぼってきた。非常識でおしゃべりかつ軽はずみという、例の悪印象とともに。何しろ話題が一三個の新しいボンネットだ。だがそれでいて、エドワードは彼女を面白い女性だと認めないわけにはいかなかった――特に自身の欠点や弱みについて話すときには。それに例の帽子の話題は決してつまらなくなかった。おそらく彼女はわざと滑稽な話をしてエドワードの気分を明るくし、笑顔を引きだそうとしたのだ。

それはとりもなおさず、自分が彼女の目にモーリスの言う〝くそまじめ〟に映ったということだった。

なぜレディ・アンジェリンはテラスへ、そして庭へ連れだしてもらおうとしたのだろう？こちらの気を引くよう、まわりから言い含められたりはしていないと明言していたが。考えてみればトレシャムがそんな指示を出すはずがなく、レディ・パーマーが指示するのを許すはずもなかった。公爵は間違いなくエドワードを嫌っているのだから。

彼はもうレディ・アンジェリンについて考えまいとした。かりそめにせよ、今日の自分に与えられた自由を素直に楽しもうとした。

それでも、ゆうべ彼女が手を重ねてきた瞬間が繰り返し思いだされた。またそれ以上に、そのあとうねるように襲いかかってきた予想外の強い欲求が。驚くことはない。以前にも同じことがあった――〈ローズ・クラウン・イン〉のパブで。ただ昨夜のエドワードは、いつもの思慮深さからは考えられない行動に出てしまった。まずレディ・アンジェリンの手の下で自分の手を裏返し、次に彼女の手を握り、それを自分の唇に引き寄せてキスをしたのだ。

いかに軽はずみとはいえ、相手が純情な乙女であってくれてよかった。でなければ絶対に気づかれてしまったはずだ……。

幸い――そう、実に幸いだった――理性の力で肉体を制することができ、彼女が自分のような男に戯れを仕掛けてくることの不自然さに気づくことができた。自分は女性が気を引こうとするような男ではない。特に、レディ・アンジェリン・ダドリーのような女性が。いや、どんな女性であろうと。親しいユーニスですら、そんなことはしない。つまり、レディ・アンジェリンがこちらの気を引こうとした動機はただひとつだ。

彼女はやっきになって否定したが、エドワードにはそうとしか思えなかった。彼女はただプライドを守るために否定したにすぎない。

レディ・アンジェリンのことが思い浮かぶたび――しかもしつこいくらいに――彼はそれを必死に頭から振り払おうとした。思いだしてしまう自分が不愉快だったし、相手のことも不愉快だった。そう、もし絶対に結婚したくない女性を考えるとしたら、真っ先に彼女の名前が浮かぶ。二位以下を大きく引き離して。

たとえユーニスに受け入れてもらえないとしても、誰かほかの女性を探すことにしよう。実際、何人か候補はいる――たとえばミス・スミス＝ベン、レディ・フィオナ・ロブソン、ミス・マーヴェル。

そんなわけでエドワードは、不完全ではあるにせよ、その日自分に与えられた自由をできるかぎり楽しんだ。

午後遅くに屋敷へ戻ると、執事から祖母が居間でお茶を飲んでいると告げられ、挨拶をするために階段をあがった。祖母は母やロレインと一緒だった。ロレインの膝にはスーザンも座っている。ただしスーザンはエドワードが扉を開くと同時に母親の膝からおり、両手をいっぱいに広げてうれしそうに駆け寄ってきた。

「エドワードおじちゃま！」三歳児らしい、あどけない声で話しかけてくる。

抱きあげてやると、スーザンは彼の頰を両手で包み、唇をとがらせてキスをした。「お天気がよかったら、アイスクリームを食べに連れていってくれる約束よ」

なるほど。お目当てはそれか。

「ああ、そうだったね」彼はにっこりした。

「今日はいいお天気よ。おじちゃま、おひげが伸びてる」

「どうすればいい？」エドワードは尋ねた。「アイスクリームを食べに出かけようか、それとも侍従を呼んで、ひげを剃ってもらおうか？」

「アイスクリームがいい」

「だったら五分待ちなさい。きみのお母さまとお祖母さまとひいお祖母さまに、ご挨拶するからね」

スーザンを床におろすと、エドワードは祖母の頰にキスをした。

「日増しにハンサムにおなりだこと、エドワード」祖母が言った。「侯爵もわたしも昨夜のトレシャム邸の舞踏会に行ってもよかったのだけど、どうせ一時間もしないうちに居眠りをしてしまいそうだから、遠慮させていただいたのよ。あなたがレディ・アンジェリン・ダドリーのお相手を、最初のダンスと夜食のあとも務めたと聞いて喜んでいたところなの。ただし、どちらもダンスはしなかったようね。それはそれで悪くないわ。たくさん話ができて、あちらをよく知ることができたでしょうから。アデレードによれば、なかなか目を引く娘さんだそうね。ロレインからも、あんなに美しい女性は見たことがないとあなたが言っていたと聞いたわよ」

エドワードは顔をしかめた。記憶に間違いがなければ、たしかにそう言った。

「ええ、楽しかったです、お祖母さま。でも、ぼくはほかの女性とも踊りましたよ」

それはどうでもいいのだというように、祖母が手を振った。

「わたしと侯爵はレディ・パーマーを明日の午後のお茶会に招待したの」祖母は続けた。「ロレインの提案で、彼女の弟さんのフェナー卿もお誘いしたわ。わたしはあのふたりの母方のお祖母さまと以前から知りあいだったのよ。年齢はあちらのほうが上ですけどね。それはともかく、明日レディ・パーマーはレディ・アンジェリン・ダドリーを連れてこられるわ」

次なる言葉が何か、エドワードにはぴんときた。

「あなたの母親とロレインも来ることになっていますよ」祖母は続けた。「だからあなたも来なさい、エドワード。そのあと天気がよければ、レディ・アンジェリンを公園にお連れするといいわ。きっと晴天のはずですよ。求愛というのは、遠慮せずにどんどん仕掛けていくにかぎりますからね。とりわけ引く手あまたの女性に対しては」

彼女に求愛などありえませんと言おうとして開いた口を、エドワードはふたたび閉じた。母が微笑んでいる。ロレインも。スーザンが燕尾服(えんびふく)のうしろを引っ張った。

「早く、エドワードおじちゃま」

「スーザン」娘をたしなめたロレインを、エドワードは軽く手をあげて制した。

「どうやらすべての女性は、男にすばやい行動を求めるもののようですね。行こう、スーザン。お出かけの支度をしてもらうんだ」

ロレインが立ちあがり、エドワードの手を握ってうれしそうに跳ねている娘のために上着を取ってやった。

そのとき思いがけず、自分にも子どもができたら楽しいだろうという考えが不意に彼の脳裏をよぎった。

とはいえ、先ほどまでの自由な気分は早くも消えていた。これまで機会があったときに祖母の誤解を正してこなかった以上、今となってはもう手遅れのような気がした。

まあ、お茶会のあとにハイドパークまで一緒に出かけたからといって、相手と結婚する意思があると表明したことにはならないだろうが。とはいえ……。

首吊り縄が徐々に締まってきたように感じた。


アンジェリンのお披露目の舞踏会から一夜明けた翌日は、少々気が抜けたような気分だったとはいえ、楽しかった。昨夜、信じられないほど遅い時間に――いや、日付を考えれば早いと言うべきだろうか――舞踏会の会場から抜けたときロザリーが言ったように、アンジェリンは昨日までの疲れを癒すためにゆっくり休息する必要があった。そして、そのようにするつもりだった。

屋敷には続々と花束が届いていた。その気になれば、ふたたび舞踏室を埋め尽くせそうなほどの数だ。けれども残念ながら、その中にヘイワード伯爵からの花束はなかった。もちろん彼の訪問もない。代わりに午後エクスウィッチ候爵がやってきて、アンジェリンに結婚を申し込んだ。

図書室に行かされるのはいやでたまらなかった。それまでトレシャムとエクスウィッチ侯爵が半時間ほど話をしているあいだ、何も知らないアンジェリンは二階の部屋で図書館から借りてきた本を読んでいたのだ。そのあと図書室に呼ばれ、侯爵から直接求婚の言葉を聞かされて、それを断らなければならなかった。兄は彼女の代わりに断ってくれなかった。

これからこういうことに慣れなければいけない、とトレシャムはさも面倒そうに言った。アンジェリンが誰かひとりの求婚を受け入れて終止符を打つまで、これから頻繁に同じことが起こるだろう、それなのに自分が妹に代わって紳士たちの真剣な申し出を断り続けていたら、暴君の烙印(らくいん)を押されてしまう、と。

もちろんわたしにふさわしい相手が現れて求婚してくれたら、それを受け入れて終止符を打つわ、とアンジェリンは言った。ただし、誰が自分にとってふさわしい相手なのかもうわかっているとは言わなかった。言ったところで、兄は横目でちらりとこちらを見て、〝枯れ木みたいに無味乾燥な、つまらない男〟に代わる新しい呼び名を口にするだけだろう。昨夜の終わりにロザリーが、ヘイワード伯爵だけがアンジェリンの相手を二度も務めてくれたと言ったとき、トレシャムはロザリーを一瞥(いちべつ)してこう言ったのだ。

〝冗談はよしてくれ、ロザリー。ぼくの妹ならヘイワードよりずっとましな相手と結婚できるはずだ。アンジェリンに死ぬまであくびをして暮らせというのか？　最初の二週間で顎の関節がおかしくなってしまうさ〟

まったく余計なお世話だ。そもそも、兄がヘイワード伯爵の何を知っているというの？　これはアンジェリンの人生なのだ。誰もトレシャムにヘイワード伯爵と結婚してくれと頼んだりはしていない。

ともあれ、アンジェリンを信奉する男性諸氏からの花束――あるいは彼女の持参金を信奉する男たちからの花束と言うべきか――がなかったとしても、その日は楽しかった。アンジェリンはマリアやマーサとともにフッカム図書館へ出かけ、おしゃべりに興じながら利用者登録の手続きをして本を借りた。そして背の高い本棚をまわり込んだところで、自分たちが選んだのよりはるかに難しそうな題名の本を抱えたミス・ゴダードにばったり出会った。ミス・ゴダードはアンジェリンにやさしく微笑みかけ、マリアとマーサを紹介してほしいと言った。そのあとアンジェリンの提案で、通りの先の喫茶店まで四人で歩き、一時間ほど紅茶を飲みながら会話を楽しんだ。

もしかしたらマーサやマリアを友人にするべきではなかったかもしれない、とアンジェリンはふたりの顔を交互に眺めて思った。それほど似ているわけではないとはいえ、ふたりとも小柄で金髪で色白の美人だ。それに比べると、アンジェリンはまるでロマ族の女だった。もちろんロマ族の女性に偏見があるわけではない。実際、アンジェリンは屋敷を逃げだして彼らが暮らす場所へ行こうかと真剣に考えたことさえある。アクトンの村から数キロ離れたところに住みついたロマ族の人々は色とりどりのテントを張り、明るい色の衣装をまとい、足で調子を取りながら陽気に音楽を奏でていた。もしそんなところへ逃げていったら、父は血相を変えて追ってきただろう。手をあげられたことは一度もないけれど、アンジェリンは父に叱られるのがとても怖かった。現在のトレシャムと同じように、父の毒舌ぶりも相当なものだったのだ。

ともかく、アンジェリンはふたりの新しい友人を好きになったし、ふたりも彼女を好いてくれているようだった。図書館では昨夜の舞踏会の首尾についてじっくり考え、お互いのダンスの相手について、いいところや悪いところを言いあった。マリアはヘイワード伯爵のことを、少々退屈な人と感じたけれど家柄は申し分ないと思うと言った。アンジェリンは、ミスター・グリドルズはふつうの人の倍ほど歯が生えているように見えさえしなければハンサムだと思う、と評した。ただしミスター・グリドルズに夢中のマーサからすれば、その歯並びは彼のいちばんの魅力なのだそうだ。アンジェリンとしては、少なくとも彼の歯は白いわねと認めるしかなかった。

それから四人は、今朝になって男性からいくつ花束をもらったか教えあった。アンジェリンがいちばん多かった。昨夜の舞踏会は自分のお披露目のために開かれたのだから、花の数が多くてもたいしたことではないと、彼女はすかさず謙遜してみせた。

ミス・ゴダードが同席していたとあって、話題は噂話ではなく本に移った。アンジェリンとふたりの友人は小説が好きだった。ただし結末が幸せなものでなければならないということで意見が一致した。

「読んでいる途中はいくらハンカチを濡らしてもいいの」マリアが三人を代表して言った。「でも結末が幸せでなければ、泣いたかいがないわ。悲しい結末の話を読むことになんの意味があるの？　そんな本は禁止されるべきよ。少なくとも表紙に警告文くらいは貼られてもいいと思うの。そうすれば、わざわざそんな本を読んで落ち込んでしまう人もいなくなるでしょうから」

ミス・ゴダードも小説を読むことはあるが、それほど頻繁ではないということだった。だが小説を読むなら、やはり幸せな結末のほうが好きだという。筋書きに現実味があって、〝末永く幸せに暮らしました〟などという紋切り型でないという条件付きで。彼女が本当に好きなのは教育的な価値がある本、思考力を鍛えてくれる本、人生や世界について視野を広げてくれる本だった。

そこまで聞くと、ミス・ゴダードはうんざりするほど退屈な女性に思われた。たとえそうでなかったとしても、アンジェリンが大嫌いになってしかるべき相手だった——何しろ彼女はヘイワード伯爵の〝心の友〟であり、彼にファーストネームで呼ばれていて、しかも父親がケンブリッジ大学の教授なのだから。ミス・ゴダードの言葉づかいはとても正確で、話し方もおだやかだった。決して、はしたない声で笑ったりしない。彼女の微笑みは静かなぬくもりを感じさせた。

ところがアンジェリンはミス・ゴダードのことを予想外に好きになった。彼女が読んでいる本について詳しく教えてもらおうと、熱心に相づちを打ちながら話に聞き入った。ミス・ゴダードはおそらく、ふだんからヘイワード伯爵と本について語りあっているのだろう。ふたりの仲がいいのは当然だ。

ただ仲がいいだけ？

彼はミス・ゴダードを愛しているのでは？　そうだとしても、少しも意外ではない。

「昨夜はとても助かりました」アンジェリンは言った。「夜食のときに同じテーブルでウィンドロー卿と話をして、彼とダンスをしてくださったでしょう。彼は本当におばかさんなの。おそらくヘイワード卿は、わたしがロンドンに来る道中で巻き込まれた出来事についてあなたに話しているでしょうね。わたしにろくでもないことを言ったウィンドロー卿に、紳士らしくふるまうよう注意してくれたの」

すでに事情を知っているマーサとマリアがくすくす笑った。

「別に助ける必要もなかったわね」ミス・ゴダードが言った。「テーブルについたとき、あなたならウィンドロー卿を上手にあしらえるとわかったもの。たしかにあの人はおばかさんよ。ぴったりの言葉だわ。それに愉快な人でもあるわね。実際、わたしは彼とダンスをして、冗談を言いあうのが楽しかったもの。昨夜までは、ああいう軽そうな男性には絶対に近づかなかったの」

「わたしには同じような質の兄がふたりもいるから」アンジェリンは言った。「本当にどうしようもない人たちなの。でも、兄たちのことは心から好きなんです」

「フェルディナンド・ダドリー卿はとびきりハンサムよね」マリアがため息をもらすように言う。

ミス・ゴダードがやさしく微笑んだ。

「楽しかったわ」彼女は言った。「おしゃべりの輪に入れてくれてありがとう。でも、そろそろ帰らなきゃ。帰りが遅いとおばが心配してしまうから」

そこでおしゃべりは終わった。ミス・ゴダードが先に席を立ち、残った三人もそれぞれのメイドを呼んで帰り支度をした。

「彼女はブルーストッキング（文学趣味の女性のこと）だと思う？」ミス・ゴダードがじゅうぶん離れてから、マリアが尋ねた。

「だとしても驚かないわね」アンジェリンは言った。「でも、わたしはあの人が好きよ」

「かわいそうよね」とマーサ。「恋愛小説じゃなく、あんなつまらなそうな本を読まなくちゃならないなんて」

アンジェリンは何も言わなかったが、内心では、今度図書館に行ったらミス・ゴダードが読んでいるような本を一冊借りてみようと思った。

その日の午後、例のエクスウィッチ侯爵にお引き取りいただいたあとも、アンジェリンにはうれしいことが待っていた。三〇分ほどしてロザリーから、明日の午後ベッキンガム侯爵夫妻からお茶に招待されたという手紙が届いたのだ。手紙の中でロザリーは、侯爵夫妻はへイワード伯爵の母方の祖父母だと説明していた。ヘイワード伯爵も来ることになっているので、お茶のあと天気がよければ伯爵と一緒にハイドパークへ出かける心づもりをしておくようにという指示もあった。これは求愛の可能性を踏まえての大きな一歩です、とロザリーは書いていた。午後のハイドパークは多くの知りあい同士が集い、互いに見たり見られたりする場所だ。

これはいったい誰の考えだろう？　ヘイワード伯爵？　それとも彼のお祖母さま？　どう考えても伯爵ではなさそうだ。でも、それがなんだというの？　どちらであろうと、彼にまた会えるのだ。公園を馬車で一緒にめぐり、話ができる。それを人々に見てもらえるなんて待ち遠しいこと。

これで伯爵に好きになってもらえるかもしれない。たとえ自分がロマ族の女みたいであっても。

もちろん、そうなるようにしてみせる。

雨さえ降らなければ。

雨は降っていなかった。降る気配もない。その日は一日、空に一片の雲もなかった。ヘイワード伯爵がお茶会に到着するのは最後のようだったが、アンジェリンは気にしなかった。とにかく来てくれればいい。彼は必ず来るはずだ。何しろ一族の半数が集まっているのだから。

ベッキンガム侯爵夫人はほっそりと小柄ながら、白髪で威厳があった。手にした手持ち眼鏡(ローネット)はのぞき込んで何かを見るためではなく、どうやら話に合わせてバトンのようにあげさげするためのものらしい。ロザリーと、ヘイワード伯爵の姉であるミセス・リンドと話し込んでいた侯爵夫人は、部屋に通されたアンジェリンを頭から爪先までじっくり見つめ、納得したようにうなずいた。

「お母さまとまったく違うのね」それがまるでいいことであるかのように侯爵夫人は言った。「印象的なお顔ですこと。それにわたしは昔から、背の高い女性のことがうらやましかったの。最近は自分が縮む一方だから、なおさらよ」

美しいともきれいとも言われなかったものの、夫人のその言葉はアンジェリンには肯定的に聞こえた。

ベッキンガム侯爵は背が高く痩せており、少し猫背で、夫人と同じように白髪だった。彼はアンジェリンとロザリーに挨拶をすると、政府閣僚と思われるミスター・リンドとの政治談義に入っていった。

夫に先立たれたヘイワード伯爵夫人は少し離れたところでレナードと話していた。何年も前に彼女が社交界にお披露目したとき、ふたりはとても親しい仲だったのだと、ロザリーがここへ来る馬車の中で教えてくれた。亡くなったヘイワード伯爵が現れて彼女をさらったのだという。以来、レナードはどの女性にも目もくれなかった。少なくとも結婚を視野に入れた交際はなかったそうだ。三〇歳に近づいた今でも。

そういう経緯から、ロザリーはこの五年というもの、ヘイワード伯爵夫人のことを快く思わなかったという。彼女によれば、世間では多くの若い女性がハンサムな色男にのぼせあがり、必ず自分の力で更生させてみせると決心して結婚し、結局死ぬまで後悔するはめになるのだそうだ。

〝期待しているわよ、アンジェリン〟ロザリーは言った。〝あなたはそんな愚かな選択をしないわよね。トレシャムがなんと言おうと、ヘイワード伯爵があなたに興味を抱いてくれているのはすばらしいことよ〟

伯爵未亡人とオーヴァーマイヤー子爵夫妻、ミセス・リンドがそれぞれ挨拶の言葉を述べてから、アンジェリンを会話に引き入れてくれた。ただし子爵は、自分は今風邪を引いていて、レディ・アンジェリンや義母にうつすわけにはいきませんからと少し離れた椅子に座った。女性たちはアンジェリンの話に熱心に耳を傾け、昨夜の舞踏会はすばらしかったと褒めてくれた。子爵は彼女の足首に後遺症がなければいいがと心配し、こうして座っているあいだは足をスツールにのせておいたらどうかと助言した。

そういえば昨夜ヘイワード伯爵はアンジェリンに、うまく求婚へ持ち込むようまわりに言われているのかと尋ねた。ひょっとしたら彼のほうこそ、こちらに求婚するよう家族から圧力をかけられているのでは？　そうだとしても意外ではない。ロザリーの説明では、ヘイワード伯爵は早急に花嫁を見つける必要があるとのことだった。先の伯爵だった彼の兄は、不慮の事故で亡くなるまでに娘をひとりしかもうけておらず、目下伯爵家には直系の世継ぎがいないのだ。しかもアンジェリンは、今年最も有力な花嫁候補とされている。

やがてヘイワード伯爵が到着した。彼の装いはなんともすてきだ……体にぴったり合った深いグリーンの上質な上着、黄褐色の長ズボン、長めのヘシアンブーツ、帽子のせいで少しだけ癖がついた短い髪。

みなに向かって頭をさげる彼に、アンジェリンはにっこり微笑みかけた。彼女が辛抱強く待っているあいだ、伯爵は義姉とレナードと祖母とロザリーに順番に話しかけ、それから祖父やミスター・リンドと少し長く話し込んだ。ようやくそれが終わり、彼はアンジェリンのいるところへ近づいてきて、自分の姉の隣に腰をおろした。

「そこでひとり瞑想にふけっているのかい、クリストファー？」彼は子爵に声をかけた。

「ほかの人に風邪をうつさないようにしているんだ、エドワード」子爵が答える。「きみも知ってのとおり、つねに病と隣りあわせなのがわたしの宿命なのさ。ただ、自分と同じ苦しみをまわりの人に背負わせないように心がけている。特に女性にはね」

「立派なことだ」ヘイワード伯爵は紅茶を注いでくれたオーヴァーマイヤー子爵夫人に微笑んだ。「ありがとう、ジュリアナ」

それから三〇分、彼は会話に参加するものの、アンジェリンのほうをほとんど見なかった。彼女は気にしなかった。空にはまだ雲ひとつない。

やがてヘイワード伯爵夫人が席を立ち、レナードのあとに続いた。

「お義母さま」彼女は伯爵未亡人に言った。「フェナー卿がバルーシュ型馬車でいらして、ハイドパークにお誘いしてくださったの。帰りがおひとりになっては困ります?」

「それとも一緒にいらっしゃいますか?」レナードが礼儀正しく尋ねる。

「天蓋のない馬車では日に当たりすぎてしまうわ」伯爵未亡人はふたりの顔を交互に見ながら微笑んだ。「それに今日はパラソルを持ってこなかったし。どうもありがとう、フェナー卿。わたしは自分の乗り慣れた馬車で帰ります。やさしいエドワードが、わざわざウィムズベリー・アビーから持ってきてくれましたの。楽しんでいらっしゃい、ロレイン」

どうやらこれがヘイワード伯爵への合図らしかった。

「レディ・アンジェリン」ついに彼が席を立って、彼女をまっすぐに見つめた。「あなたもぼくとハイドパークへ出かけませんか? 二輪馬車を持ってきたんです」

二輪馬車。実はアンジェリンは一度も乗ったことがなかった。田舎ではあまり使われないからだ。けれども今の彼女には、それがこの世で何よりすばらしい乗り物に思われた。たとえじゅうぶんに注意しなければ人を死なせてしまうほど危険なものだとしても。それに、おそらくこの世にヘイワード伯爵ほど注意深い御者もいないだろう。

アンジェリンは輝くばかりの笑みを浮かべた。

「すてきだわ。ありがとうございます、ヘイワード卿。ぜひお願いします。行ってもいいかしら、ロザリーおばさま?」

もちろんロザリーはうなずいた。

「あまり速度をあげないよう気をつけるんだぞ、エドワード」オーヴァーマイヤー子爵が告げた。「暖かいからといって油断しちゃいけない。どんなにいい天気でも、速度をあげると寒く感じるものなんだ。レディ・アンジェリンに風邪を引かせては大変だからな」

「ありがとうございます、オーヴァーマイヤー卿」アンジェリンは微笑みかけた。「でもわたしは、ヘイワード卿がどんなときもわたしのことをいちばんに考えてくださると信じています」

「それがエドワードのすばらしいところなの」ミセス・リンドが言った。「この人はどんなときでも信頼できるのよ、レディ・アンジェリン」

「もう行きましょう」伯爵が言う。「みなから聖人に祭りあげられないうちに」

彼は身をかがめて祖母の頬にキスをした。

9

これではまるで自分たちの仲を大々的に宣伝するのと同じじゃないか――エドワードはなんとも落ち着かない気分だった。

レディ・アンジェリンのお披露目の舞踏会で、最初のダンスを含めて二度も彼女と一緒に過ごしたうえ、夜食でも同じテーブルについた。しかもその二日後のすばらしい春の昼さがりに、社交界のおよそすべての人々が集うハイドパークで彼女と馬車に乗っている。新調したばかりの、ぴかぴかの二輪馬車の高座に並んで座って。

おまけにレディ・アンジェリンがかぶっている大きなつば広のボンネットは、オレンジとグリーンの二色で――しかも決して淡い色味ではなかった――造花やミニチュアの果物、それ以外にもありとあらゆるリボンやら鈴やら笛がのっかっていた。その下にのぞく顔はうれしそうに輝いて、口は絶えず動き、手はすれ違う通行人や犬に向けて振られている――そう、犬にまで。歩行者専用の小道を行く婦人が連れた、尻尾に青いリボンをつけた犬にレディ・アンジェリンは手を振ったのだ。

この状況は、いわばあらゆる手はずを整えて、明日の朝刊に婚約発表をしたのも同然だった。結婚式の招待状を発送し、ハノーヴァー・スクエアのセント・ジョージ教会に予約を入れ、祝賀パーティーと子ども部屋の準備に着手したようなものだ。

「これほどすてきで楽しいことってないわ」多くの馬車や馬でひしめきあうハイドパークの周遊路をかき分けるように馬車を進めていたとき、レディ・アンジェリンが言った。

かき分けるというより、混雑と一体化して進むと言ったほうがいいかもしれない。実際、自分たちの前を行く馬車よりも速く進むのは不可能だったし、前を行く乗り物はどれもうんざりするほど遅かった。もちろん、午後のハイドパークは早駆けのためにあるのではない。周遊路なので、どこか目的地にたどりつくわけでもなかった。この場所は純粋な社交のためにある。仲間に会い、最新の噂を仕入れ、あわよくばもっと破廉恥な噂を吹聴するために存在する。誰が誰と一緒にいるか、あるいは誰が誰と一緒にいないかを確認する場所でもある。

そしてときにここは、個人が何かを公表する場となる。たとえ本心ではそうしたくなくても。もしくは、まったく正反対のことを望んでいたとしても。

女性の親族など、ひとり残らず地獄に落ちてしまえばいいと思うのはこういうときだ。

「ハイドパークに来るのははじめてですか？」エドワードは尋ねた。

もちろんレディ・アンジェリンは最低一回はロットン・ローに来ているわけだが、それはまた別の話だ。

「ええ」彼女は言った。「トレシャムお兄さまもロザリーも、お披露目の前には来させてくれなくて。昨日はゆっくり休養するよう、ロザリーから言われていたし。でも、フッカム図書館には行ったわ。そうだわ、そこでミス・ゴダードに会って、一緒に喫茶店へ行って一時間ほどおしゃべりしたの。それから午後にはエクスウィッチ侯爵がダドリー・ハウスを訪ねていらしたの。あの人ったら、わたしに結婚を申し込んだのよ。あら、ちょっとお待ちになって……あの人は誰だったかしら？　舞踏会で三番目に踊った人よ。そうだわ、サー・ティモシー・ビクスビーよ。お隣の女性はフェルディナンドお兄さまと踊っていたわ。いったいどういうことかしら――まあ、ごきげんよう」レディ・アンジェリンはそこでふたりに向かって声を張りあげた。

エドワードは馬車を停め、ビクスビーやミス・コールマンと短い挨拶を交わした。

エクスウィッチだって？　彼はたしか今年の誕生日で五〇歳のはずだ。これまでに何度結婚している？　二回？　三回？　子どもは何人いる？　六人？　八人？　それとも一八人？　何人にせよ、息子はひとりもいないというわけか。

「それで求婚を受けたんですか？」彼は馬を進めながら尋ねた。

レディ・アンジェリンはしばらくぽかんとしてエドワードを見つめ、にっこりした。

「エクスウィッチ卿のこと？　まさか。だってあの人、コルセットをつけているのよ」

それが求婚を断るじゅうぶんな理由になるとでも？　どうやら彼女の場合はそうらしい。

それにしても、ユーニスとお茶を飲んだだって？　自分はあれからまだ彼女を訪ねていない。

公園を一周するのに一時間かかった。集まっていた人々は、もちろんほとんど全員がトレシャム公爵の舞踏会に来ていた。ふたりは人々と挨拶を交わし、互いの体調を尋ね、うっかり気づいていない人がいるといけないので、今日はすばらしい天気ですねと確認した。

人々の多くが好奇のまなざしで、エドワードとレディ・アンジェリンの顔を交互に見た。男性ふたりなどは、エドワードに片目をつぶってみせさえした。

「そろそろ帰りたいでしょう」彼は言った。「今から――」

「まあ、だめよ」レディ・アンジェリンが悲しそうな顔をした。「もう帰るなんて。まだ公園の中をほとんど見ていないわ」

彼女はわかっていないのだろうか？　上流階級が集う周遊路と違って、ハイドパークの中は広大だ。

「もっと公園を見てまわりたいですか？」

「ええ、ぜひ。でも、もう少し混んでいない場所に行けないかしら」

「もちろん」エドワードは馬車の向きを変えて混雑を離れ、門とは反対方向に続く狭い小道に進んだ。

社交界の半分以上もの人々に注目されながら。

これはもう、ファンファーレ付きの結婚宣言をしたみたいなものだ。

もしくは、赤ん坊の洗礼式を祝うパーティーの招待状を送ったようなもの。

レディ・アンジェリンが、着ているモスリンのドレスとまったく同じアプリコット色のパラソルを高く掲げた。ボンネットのつばの広さを考えると、そのパラソルがなんの役に立っているのかよくわからない。

「ヘイワード卿」彼女が言った。「わたしに求愛するよう強制されていらっしゃるの?」

彼は顔をしかめてレディ・アンジェリンを見た。

「強制ですって?」

「言葉を間違えたわ。あなたは自分が望みもしないことを誰かに強制されたりしないですものね。でも……わたしに求愛するよう、まわりから説得されたり、圧力をかけられたりしているんじゃありません?」

自分は二日前の夜に彼女にまったく同じ質問をし、否定された。それがなぜか今わかった。答えたくない質問だからだ。

「ぼくの祖母や母や姉たちのことを言っているんですか? 彼女たちはどこにでもいる、ごくふつうの親族ですよ。みな、ぼくが幸せな結婚をすることを望んでいる。伯爵家が末永く続いていくことを望み、ぼくにふさわしい花嫁を選ぶことに血道をあげているんです。まるでぼく自身に相手を選ぶ能力がないかのようにね」

「それで、わたしはあなたにふさわしい花嫁なのかしら?」

「もちろん。おそらく最もふさわしい花嫁ですよ」

芝生の上を、ふたりの子どもがボールを追いかけていく。少し離れたところで貴婦人が座っていた。それ以外には誰もいなかった。

「それで、もしあなたが自分で選ぶとして」レディ・アンジェリンは言った。「親族の女性たちの意向を気にしなくてもいいとしたら、ふさわしくない花嫁を選びます？　つまり、わたしよりも」

ああ、まったく。

「レディ・アンジェリン」エドワードは言った。「そんな話はするべきではないでしょう」

彼女はパラソルをまわして笑った。

「あなたが自分にふさわしくない相手を選ぶことなんて絶対にないわ。とても常識ある紳士ですもの。何よりも自らの責任を果たすことを大切にする方でしょう。理性を無視して心のおもむくままに行動したり、衝動的になったりするようなことは決してないはずよ。猛り狂った雄牛がうろついている木のてっぺんにいるところを人に見つかるようなことも、もちろんないでしょうし」

「そうですね。つまらない男ですから」かすかにいらだちの混じった声で言う。「そろそろ送っていきましょう」

「つまらなくないわ」彼女は言った。「常識的で、責任感があって、よく考えたうえで行動することは少しもつまらないことじゃないでしょう。本物の紳士であることも。もう帰らないといけないかしら？　まわりがこんなにきれいで、わたしは今日はじめて二輪馬車に乗って、こんなに楽しんでいるのに？　わたしのボンネットをどう思う？」

エドワードが顔を向けると、彼女はパラソルをさげた。

「一三個のうちのひとつですか？」

「八個目よ。全部で一四個だったわ。昨日数えたら、ひとつ多かったの」

「しかし」彼は言った。「あなたはたしか、いつも前に買ったのよりきれいだと思って新しいのを買うんじゃなかったんですか？　なぜ一四個目じゃなく八個目をかぶるんです？」

レディ・アンジェリンはにっこりした。

「あれは会話を続けるために適当に言っただけ。よくやるの。どのボンネットも好きよ――ピンクのを除いて。そのピンクも気に入って買ったし、今でも好きは好きだけれど、あまりにも飾り気がなくて。だからつまらないの。あれをかぶるには、何か手を加えないとだめだわ。結局かぶらなかったら、とんでもないお金の無駄づかいでしょう？　ねえ、まだ質問に答えてくださっていないわよ。たぶんあなたは礼儀正しすぎて、ひどいボンネットだと言えないのね。兄たちはそこまで気がまわらないわ」

「ぼくに褒めてもらうことがそれほど大事ですか？」

彼女はしばらく考えてから答えた。

「いいえ。わたしは昔から着るものの趣味がひどいから。凝るのは主にボンネットよ。服や帽子以外の装飾品については人の意見を受け入れることもあるけれど、頭にかぶるものだけは絶対に自分の好みで選ぶの」

「着るものの趣味がひどいなんて誰に言われたんです？」

「兄たち以外に？　あら、みんなよ。たとえば家庭教師たち――ひとり残らず全員に」レディ・アンジェリンは一瞬またパラソルをさそうとしたが、気が変わったらしく膝の上に置いた。「それからわたしの母も」

そのときエドワードは、彼女についてあることを悟った――できれば知りたくなかったことだが。いかにもレディ・アンジェリン・ダドリーらしい底抜けの明るさと騒々しさの陰に、彼女の繊細な心が見えたのだ。とても傷つきやすい心が。

〝わたしの母も〟と言ったときの彼女の声は、ほとんどささやきのように小さかった。

母親が自分の娘にひどい趣味だと言ったというのか？　あのとびきり美しく、ドレスの趣味も申し分なかった母親が？　エドワードは亡くなった公爵夫人のことをよく覚えていた。あの美貌を一度目にしたら、忘れることなど不可能だ。

「あなたのかぶる帽子はどれも印象的ですよ、レディ・アンジェリン」彼は言った。「今かぶっているのもそうだ。それから、このあいだロットン・ローでかぶっていた乗馬用の帽子も。あれも一四個のうちのひとつですか？」

「あれが？　まさか。女王陛下にお会いするのに髪が濡れないよう、かぶっただけよ。昔のお気に入りなの」

「評判になっていましたよ」エドワードは告げた。「今日かぶっているそのボンネットも、明日以降どこかで噂になるでしょう。おそらくほかの一三個についてもね。ぼくの予想では、さっき言っていたピンクのも例外じゃない。もしそれが〈ローズ・クラウン・イン〉で着ていたドレスと似た色ならば」

「ほとんど同じ色よ」そう言うと、彼女は笑いだした。「きっとなんてひどい趣味だろうってみんなに言われるでしょうね。でも、いいの。わたしが気に入っているんだから」

エドワードはサーペンタイン・レイクと平行に延びる小道に馬車を乗り入れた。

「それこそがいちばん大切ですよ。自分が気に入っているということが。それに時間の経過とともに不思議なことが起こる。人々は次第に、個性的な帽子とあなたのイメージを重ねあわせるようになる。そしてあなたの次なる帽子を見るのを楽しみにしはじめるんです。そのうち何人か褒める人が出てくる。うらやましがって、同じ帽子をかぶる人さえ出てくるでしょう。あなた独特の弾けるような魅力の鍵がそこにあると考えて。もちろん勘違いだ。同じ帽子をかぶっても、その魅力は真似できない。だから本当に自分の好きなものがあるのなら、流行がどうの、趣味がどうのと他人が口出しをしても耳を貸してはいけない。流行にただついていくだけより、ときには流行をリードする人間であるほうがいい」

なんてことだ。ぼくは本気でそんなことを考えているのか？　それとも彼女にとんでもない助言をしているのだろうか？

「たとえ誰もついてきてくれなくても？」レディ・アンジェリンが目を輝かせながら問いかける。

「そうです」彼は答えた。「いわば、あなたひとりのパレードだ。それでも人々は必ず見ます。みんなパレードが大好きですからね」

彼女は笑顔を引っ込め、少しあわてたように前を向いた。エドワードはあいかわらず馬と前方に注意を向けていた——先ほどに比べて交通量が多くなっている。ただ、彼はそうしながらも、目をそらしたレディ・アンジェリンの瞳が輝いて見えたのは笑顔のせいばかりではないと気づいた。その証拠に、ふたたび口を開いた彼女の声は真剣だった。

「あなたが今おっしゃったこと、死ぬまで忘れないわ。わたしは流行をリードしてみせます。たとえ誰もついてこなくても」

「必ず誰かがついてきますよ」それが真実であることをエドワードは知っていた。指導者(リーダー)とはそういうものだ。

ふたりは同時に顔を見あわせた。視線がぶつかったとき、彼は相手の瞳に涙を見た。今にもこぼれそうなわけでも、頰に伝っているわけでもない。だが、それは間違いなく涙だった。あわてて前方を向こうとしたとき、涙の浮かんだその瞳がいたずらっぽくきらめいた。

「まだわたしの質問に答えてくれていないわ」レディ・アンジェリンが言った。「わたしのボンネットが好きなの、それとも嫌いなの、ヘイワード卿?」

「そんなぞっとするようなもの、はじめて見ましたよ」エドワードは言った。「ただし、このあいだの朝にかぶっていたとんでもないのを除いてね」

レディ・アンジェリンは笑い転げながら前を向き、彼も微笑んだ。

なんてことだ。もしかして、ぼくは彼女を好きになりつつあるのだろうか?

堅物のヘイワード伯爵なら関わりあいになるのを最も避けるべき、このありえない女性を?

脳裏にちらりとユーニスの顔が浮かんだ。

たしかに彼女のユーモアの感覚は好きだ——そう、レディ・アンジェリンの。そこは改めて認めよう。自分にはユーモアの感覚などほとんどない。これまでのところ、そんな心の余裕とは無縁だった。

エドワードは馬車をグローヴナー・スクエアのダドリー・ハウスの方角へ向けた。なぜか自分が、非常に抜けだしにくい深みにはまっていくような気がした。

というより、二度と抜けだせない深みでは？

それに、はまっていく気がするというのは本当か？　とっくにはまってしまったんじゃないのか？

「願わくは」ロザリーが言った。「彼女も今度こそ間違えないでほしいものだわ。最初の結婚は幸せなものではなかったでしょうから」

「きっと」アンジェリンは言った。「心から彼のことが好きなんだと思うわ。レディ・ベッキンガムの屋敷ではみんなから少し離れた席で彼と話していたし、そのあとハイドパークに出かけるときも、とてもうれしそうだったもの」

ふたりの話題にのぼっているのは、ロザリーいわく、五年前に前へイワード伯爵と結婚してレナードの心を引き裂き、今ふたたび幸せになる機会をつかみかけているへイワード伯爵夫人だ。

「想像するのも恐ろしいわ」ロザリーが言う。「今度もまた断られたりしたら、レナードはどうなってしまうことか」

レナードはほぼ完全に禿(は)げ頭だった。鼻も異様に長い。だが見るからにやさしそうで、感じのよい男性だ。とびきり美しいヘイワード伯爵夫人といえども、彼と結婚できることは幸運のはず。もちろん身内びいきもあるけれど。

「そんなことにはならないと思うわ」アンジェリンは言った。

ふたりは劇場からの帰りの馬車の中にいた。レナードがボックス席に招待してくれたのだ。生の芝居を見るという目新しさを別にしても、楽しい夜だった。アンジェリンにとって、芝居はこれまで本で読むものだった。ひどくつまらなかったが、それが良質の芝居を鑑賞する唯一の方法だとミス・プラットに言われ続けてきた。

劇場の客席は満員で、アンジェリンは心ゆくまで人々を観察できた——そしてもちろん、彼女自身も観察された。幕間(まくあい)に何人かがボックス席まで挨拶にやってきた。ウィンドロー卿が客席の向こう側から彼女に向かっておどけたように片眉をあげ、もったいぶったお辞儀をした。ヘイワード伯爵は来ていなかった。マーサ・ハメリンがいたので、離れた場所から互いに扇を振りあって笑みを交わした。

その夜、何よりうれしかったのは、帰りがけにレナードが別の催しに招待してくれたことだった。近々ボクスホール・ガーデンで夜会を開く予定なので、ロザリーとアンジェリンもぜひ来てほしいと誘ってくれたのだ。午後にレディ・ヘイワードとハイドパークに出かけたとき、彼女が最後にボクスホールを訪ねたのは少なくとも三年前で、また行ってみたいと言ったので思いついたのだという。

ボクスホール・ガーデンですって！

自分が行けると思っただけでも、アンジェリンは天にものぼる心地がした。何しろそこは世界でいちばん有名な遊園地なのだ。世界のことはわからないから、英国でいちばんと言うべきだろうか。園内にはパビリオンがあり、そこで豪勢な食事ができる。音楽やダンスを楽しめて、花火も見られる。人々でにぎわう大通りをそぞろ歩くこともできるし、ひっそりした小道を散策することもできる。森のいたるところに色とりどりのランタンが飾られている。ボートに乗って、河の向こう岸に行くこともできる。

すばらしいことに、ただボクスホール・ガーデンへ行けるだけではなかった。

その夜会はヘイワード伯爵夫人のために開かれるのだという。だが、亡き夫の親族の思いをないがしろにしていると思われるのをためらう彼女のために、レナードはその夜を家族で集うパーティーとした。より正確に言えば、ふたつの家族が集うパーティーだ。トレシャムやフェルディナンドも来るらしい。

それならヘイワード伯爵も必ず来るはずだわ。屋敷を目指す馬車の窓の外の闇をうっとり見つめながら、アンジェリンは思った。ボクスホールに行けて、しかもヘイワード伯爵にまで会える、特別な夜なのだ。

「きっと」彼女の心を読み取ったかのように、ロザリーが隣の席から言った。「ヘイワード伯爵もボクスホールへの招待を受けたはずよ。アンジェリン、あの方のことは好き？　午後にハイドパークへ一緒に出かけて楽しかった？」

伯爵はアンジェリンに、気に入ったボンネットをかぶり続ければいいと言ってくれた。別に彼やほかの誰かの許可がほしいわけではないけれど。でも彼は、気に入った帽子をかぶり続けるのが正しいことで、他人の意見に屈するのは間違っていると教えてくれた。

〝うらやましがって、同じ帽子をかぶる人さえ出てくるでしょう。あなた独特の弾けるような魅力の鍵がそこにあると考えて〟

あなた独特の弾けるような魅力の鍵。

この言葉の半分でもすてきなことを、これまでほかの誰も言ってくれなかった。

しかもヘイワード伯爵は、流行についていくのではなくリードする側になるほうがいいと言ってくれた――たとえ誰もついてこなくても。

けれど、今日の午後の何よりすてきな思い出は――そう、ほかとは比べようもない――彼が冗談を言ってくれたことだ。トレシャムやフェルディナンドが似たようなことを言えばただの侮辱なのに、伯爵はそれを楽しい冗談にした。

〝そんなぞっとするようなもの、はじめて見ましたよ〟オレンジとグリーンのすてきなボンネットについての感想を求められ、彼はそう言ったのだ。〝ただし、このあいだの朝にかぶっていたとんでもないのを除いてね〟

予想外の言葉が面白くて笑い転げたとき、ヘイワード伯爵は微笑んだ。嘘ではなく心から。ブルーの瞳をきらめかせ、歯をのぞかせて、右の頬にしわのようなえくぼを作って。

「ええ、楽しかったわ」アンジェリンはロザリーの質問に答えた。「晴れた日の午後に出かけるには最高の場所ね。でも、夜のボクスホールはもっとすてきだと思うわ」

彼女は窓の外に見える街灯の明かりを見つめた。

「それにヘイワード伯爵のことは嫌いではないわ」

「よかった」ロザリーが言う。「でもこの先、彼のことがそれほど好きではないとわかったとしても、男性はほかにもたくさんいるから気にしなくていいのよ。わたしは紹介されたひとり目の男性に何がなんでも突き進んでほしいと望むような、話のわからないシャペロンではないから」

「わかっているわ」アンジェリンは言った。「あなたにシャペロンになってもらえたわたしは運がいいわ、ロザリー。運がいいだけでなく、とても幸せよ」

実の母親に導かれて、社交界と花嫁市場に足を踏み入れるより幸せだっただろうか？　でも、考えても意味のない問いに答えるつもりはなかった。母はもう死んだのだ。

ロザリーがアンジェリンの手を軽く叩いた。

〝そんなぞっとするようなもの、はじめて見ましたよ。ただし、このあいだの朝にかぶっていたとんでもないのを除いてね〟

アンジェリンは暗闇に向かって微笑んだ。

なんてことだ。必ず行くと返事するようロレインに頼まれていた招待状が届いた翌朝、それを開封したエドワードはげんなりした。

よりによって、ボクスホール・ガーデンとは！

ボクスホールといえば軽薄で俗っぽく、人工的なことで有名な場所だ。エドワードは一度も行ったことがないし、行きたいと思ったこともない。今もそうだ。あそこよりも行きたくないと思える場所はさほど多くない。

それでも行かなくてはならない。

昨夜ロレインは夕食前に居間でボクスホール行きについて話しながら、ほとんど泣きそうになっていた。エドワードと母とアルマと夫のオーグスティンもそこにいた。

「モーリスが亡くなってから、まだ一年と少ししか経っていないわ」ロレインは訴えた。「わたしは決してあなたたちを傷つけたり、薄情に思われたりしたくないの……喪が明けたばかりなのに遊びの予定を山ほど詰め込んだり、まるで……まるでいい人がいるような印象を世間に与えたりしたくない。だから、お願い。ジュリアナとクリストファーも説得して、みんなで一緒にボクスホールに来てほしいのよ。これは家族の行事だと、まわりに思ってもらえるように」

「あのクリストファーが、夜の空気や花火の煙を肺に入れる危険を冒すかどうか」オーグスティンが、エドワードのほうをいたずらっぽく見ながら言った。「だが行っても大丈夫だとジュリアナから安心させてもらうか、ボクスホールへ行くことがジュリアナ自身の健康にいいと言ってもらえば、承知するかもしれない。そうだ、それがいい。彼は奥方のことになると物分かりがいいからな」

エドワードの母が立ちあがって、ロレインをぎゅっと抱きしめた。

「ロレイン、息子にとってあなたほどできた妻はいなかったわ。けれどあの子は亡くなったし、あなたは生きている。罪の意識にとらわれたり、こちらに気兼ねしたりしてはだめよ。わたしたちは決してあなたを薄情な嫁だなんて思っていないから。それにしても、ボクスホールですって？　驚いた！　わたしは遠慮させてもらいますよ。でもアルマとオーグスティンは行くつもりのようだし、ジュリアナとクリストファーもたぶん行くでしょう。もちろんあなたも行くのよ、エドワード」

もちろんだ。行くのが自然であり、行かなければならない。母に命じられたからというだけではない。義姉のことが好きだし、彼女がフェナーのことを――そしてフェナーも彼女のことを――真剣に思っているのは明らかだ。それにフェナーは実直な人間だ。間違っても、モーリスの二番煎じではない。

つまりこれは義務なのだ。家族への愛情も、もちろんある。義務は愛情を妨げるものではない。実のところ、愛情なくして義務を遂行するのはほとんど不可能だ。

そんなわけでエドワードは行くことになった。よりによってボクスホール・ガーデンへ。レディ・アンジェリンも間違いなく招待されているだろう。フェナーがロレインの家族全員を招待するのなら、自分の親族もすべて呼ぶはずだ。当然、そこにはトレシャム公爵やその妹も含まれる。

「これには行くと返事を出しておいてくれ」エドワードは秘書に向けて招待状をひらひらさせてから机の上に戻した。

彼女なら、ボクスホールを文句なしに気に入るだろう。興奮してはしゃぎ、しゃべりまくるに違いない。その様子が早くも目に浮かぶ。もちろんロレインではなく、レディ・アンジェリンのほうだ。ロレインも楽しむには違いないが、彼女の喜び方はずっと静かで、落ち着きと上品さがあるだろう。

10

アンジェリンはテムズ河に浮かぶボートに背筋をまっすぐ伸ばして座っていた。できることなら自分の五感をさらに目覚めさせて、今全身で受け止めているこの感動をもっと強く、もっと豊かに感じたかった。目の前に広がる景色や聞こえてくる音、空気の匂いや肌触りまで、この先永遠に記憶にとどめていられるように。

もちろん、この感動を忘れるはずがないけれど。

すでに日は落ち、あたりは闇に包まれていた。しかし世界からは――少なくとも彼女の見ている世界からは、光は失われていなかった。闇が対岸のボクスホール・ガーデンの何十もの色鮮やかなランタンの明かりをひととき輝かせ、水面にゆらゆらと光の帯を映しだしている。漕ぎ手たちのオールの動きに合わせて、水がボートの側面を静かに叩いた。水音に混じって遠くから人々のざわめきが聞こえてくる。いよいよ着くのだ。ボクスホール・ガーデンへ。昼間は時間が経つのがうんざりするほど長く感じられた。ひんやりした夜の空気が腕に心地いい。少し寒いくらいだが、自分の身が震えているように思われるのは寒さのせいではなく期待と興奮のせいだった。肩に巻いたショールを両手でかき寄せる。

近くには橋もあり、目的地まで馬車で快適に行くこともできたのだが、トレシャムがどうしてもボートで行くことにこだわった。兄がそうしてくれたことが、アンジェリンはうれしかった。同時に、トレシャムがレナードの招待を受けたことがいまだに不思議だった。たしか兄は直前まで断るつもりでいたのだ。でもレナードとロザリーの母方のいとこのレディ・ベリンダ・イーガンが先週思いがけずロンドンへやってきてボクスホールに来ることが決まり、状況が変わった。ベリンダは一年ほど前、夫に自分のメイドとアメリカへ駆け落ちされている。アンジェリンは彼女に会うのは楽しみだったが、相手があまり悲嘆に暮れていないことを願った。

トレシャムはアンジェリンの隣で気だるそうにボートにもたれ、片手を舟べりから出して、長い指先を水面に浸していた。ボクスホールの明かりではなく、妹に目を向けて。

「おまえには時代の気分というものが欠けているな、アンジェリン」彼は言った。「いつもまっすぐな情熱に突き動かされている。倦怠(アンニュイ)という言葉を知らないか? それが流行りなんだ。まるで自分が一〇〇年も生き、すでにこの世のすべてを見尽くして退屈しきったような風情のことさ」

もちろん、その言葉は知っている――それがどういうものかも実際に見ている。まわりでは男女を問わず多くの人々が、いかにも世の中に倦(う)んだような物憂げな顔をしていれば自分が洗練され成熟した人間に見えると勘違いしている。実際には間抜けに見えるだけなのに。トレシャムにも少しそういうところがある。ただし兄は、どこかただならぬ危険な空気を漂わせているので、間抜けには見えないけれど。

「わたしはそういうものに興味がないの」アンジェリンは言った。「わたしはまわりの流行を追ったりしないわ。流行をリードするのよ」

「誰ひとり、ついてこなくても?」

「ええ」

「よく言った」兄が珍しく褒めた。「ダドリーの人間は自分を周囲に合わせることはない。どちらかといえば、周囲を自分に合わさせるんだ。もしくは完全にわが道を行く」

まあ、驚いた。お兄さまとヘイワード伯爵の意見が一致するなんて。教えてあげたら、兄は怖気(おぞけ)を振るうに違いない。

「今夜なぜ招待されたかわかっているんだろう?」トレシャムが言った。

「レナードがわたしたちの親戚だからでしょう?」近づくにつれてますます幻想的に輝く対岸の明かりを見つめながら、アンジェリンは答えた。目を細めて見るとなおいっそうすばらしい。

「レディ・ヘイワードとその一族が、ヘイワード伯爵に最もふさわしい花嫁としておまえに白羽の矢を立てたからだ」兄は続けた。「しかもロザリーまでが乗り気だ。ぼくは日頃から彼女を分別ある女性と思っていたが、縁組というものはどうも女性の判断力を狂わせるものらしい。用心したほうがいいぞ、アンジェリン。でないと、次のダドリー・ハウスの訪問者はヘイワード伯爵になる。おまえだって、来てほしくもない求婚者と顔を合わせ、自分で断らなければならない状況はいいかげん堪能しただろう」

　実はエクスウィッチ侯爵のあとにふたり、求婚者がやってきたのだった。ふたり目のときは特にいたたまれなかった。居間に入ってきたトレシャムに、サー・ダンスタン・ラングが求婚するために図書室で待っていると告げられたとき、アンジェリンは相手の顔を思いだせなかった。そして図書室までおりて相手の顔を見たとき、そういえば残酷な執事にネッククロスを締めあげられたのかと思うほど赤い顔をして立っていた若い男性と踊った記憶がうっすらとよみがえった。だが、今度は相手の名前を思いだせなくなってしまった。

　いたたまれないなどという言葉ではとても表せない、ひどい体験だった。

「気をつけるわ」彼女は言った。

「あんな男が義弟になったら、さぞ退屈だろうな」とトレシャム。「夫にしたらどんなことになるか想像がつくよ。いや、やはり想像できないな。したくもない」

「なぜあの人のことがそこまで嫌いなの？」

「嫌いだって？　これは好きとか嫌いとかの問題ではない。ヘイワードが人として退屈すぎるんだ。おまえはむしろ彼の兄と知りあうべきだったよ、アンジェリン。よほど面白かっただろう。まあ、実際には知りあわなくてよかったと思うがね——少なくとも独身時代の彼とは。いい奴には違いないが、妹を紹介したいと思える男ではなかった」

　おかしなこと。兄は自分と同じたぐいの男性と妹を結婚させたくないと思っている。そのくせ、ヘイワード伯爵のようにまじめで立派な人とも結婚させたくないのだ。いつか兄が花嫁を選ぶとき、わたしも同じような気持ちになるのかしら？　どんな女性を見ても、兄にはふさわしくないと思ってしまうの？

お兄さまに近づかないで、と目についた女性を片っ端から脅してまわるとか？

兄もいつかは誰かを愛するだろうか？　とてもそうは見えないけれど。そうなる日のことを想像すると悲しかった。でも、今夜は悲しい気分になるのだけはいやだ。ちょうど岸に近づいたところで、トレシャムはボートが完全に接岸しないうちに岸へ飛び移って、片手を差しだした。とたんにアンジェリンの胸はふたたび高鳴った。うれしさのあまり、胃のあたりが少し気持ち悪くなりさえした。

園内に足を踏み入れると、あたり一帯が完全に夢の世界になった。大通りでは早くも陽気に飲み騒いでいる人々がいる——こちらはアンニュイとはまったく無縁らしい。周囲はにぎやかな会話と笑い声に満ち、道の両側には木々が茂って、枝から色とりどりのランタンがぶらさがっていた。ひんやりとした微風がわずかに吹いていたが、それがかえってよかった。風に吹かれて揺れるランタンに合わせ、枝間や通りに差し込む光が交錯してダンスをしているかのようだ。頭上を仰ぐと、真っ暗な夜空に星がまたたいていた。吸い込んだ空気は森の匂いがした——それから食べ物の匂いも。はるか前方から楽団の演奏が聞こえてくる。

やがてふたりは夜会会場となっている巨大なパビリオンに着いた。その隣には半円形に仕切られた屋外ダンスフロアもある。パビリオンの四角く区切られた個室のひとつからロザリーが出てきて手招きをし、レナードが立ちあがって挨拶をしながら席に導いてくれた。そこでふたりは全員と顔を合わせ、挨拶を交わした。もちろんアンジェリンとトレシャムが最後の客だった。トレシャムが定刻どおりに姿を見せた催しは、おそらくあとにも先にもアンジェリンのお披露目の舞踏会だけだろう。ヘイワード伯爵夫人もいたし、リンド夫妻、オーヴァーマイヤー子爵夫妻、フェルディナンド、それにベリンダ・イーガンも来ていた。

ヘイワード伯爵も。

彼の顔を見た瞬間、昼間から抱いていたじりじりするような期待や、ボートで河を渡っているときに感じた驚きとうれしさ、ボクスホール・ガーデンを最初に見たときのめまいにも似た感激が、このたったひとりの男性に凝縮されたような気がした。ヘイワード伯爵はここに集う人々の中でもとりわけ寡黙で、目立たない服装をしていた。アンジェリンとトレシャムに対しても特に言葉をかけることなく、ただ丁寧に頭をさげただけだった。それでも少しもかまわなかった。もはや彼を冷静な目で見ることはできない。おそらくこれまでもそうだった。彼に会えてただうれしい。歌いだしたくなるほどに。アンジェリンは喜びにあふれた目で伯爵を見た。

ただし、ほんの一瞬だけ。これほど彼に夢中になっていることを知られるのは恥ずかしかった。今夜の自分はあくまでも招待客のひとりだ。アンジェリンはその場にいる人々に明るく微笑みかけた。

ベリンダに会うのはずいぶん久しぶりだった――おそらくロザリーの結婚式以来だ。彼女はブロンドで巨大な胸――いや、正しくは豊満な胸をしていた。少し気だるそうな雰囲気の美人で、肉感的な唇が少しだけ前に突きだしており、その目は——まぶたと言うべきか——ウィンドロー卿によく似ていた。例の〝寝室の目〟だ。夫のイーガン卿に国外逃亡されてしまったことで、内心では屈辱と悲しみに打ちひしがれているかもしれないが、それをおくびにも出さないところは見事だった。

なぜイーガン卿は自分の妻のメイドと駆け落ちなどしたのだろう？　今こうしてベリンダを前にすると、むしろ彼女が夫の侍従と駆け落ちしたと聞かされるほうが、まだ信じられそうな気がする。でも、外側から見ただけでは本当のことはわからないのかもしれない。ともかく驚きだったし、またそれだけに興味をそそられた。

気づくとアンジェリンは、いつの間にかミスター・リンドとヘイワード伯爵のあいだの席に座らされていた。夜の空気はもう冷たく感じなかった。それどころか体の右側が——偶然ヘイワード伯爵が座っている側だったが——明らかに温かくなり、活力に満たされるのがわかった。アンジェリンは特に伯爵とばかり話をしようとはしなかったし、それは彼のほうも同じだった。その場の大勢が会話に参加し、話題は国内外の政治や音楽、美術や噂話など多岐に渡った。田舎で交わされる会話の退屈さとはまったく無縁だ。アンジェリンはすっかり夢中になった。人々との会話が弾むことはなんて楽しいのだろう。しかも勉強部屋での学習とは比べものにならないほど多くのことが学べるなんて、まさに皮肉に思える。

「わたし、思うんです」アンジェリンは言った。「田舎で家庭教師たちと過ごしたときより、ロンドンへ来てからのほうがずっと多くのことを学んでいるって」

「本ばかり読まされているときは、せっかくの若さを無駄にしているように思えるものだ」ミスター・リンドが言った。「しかしそれが、いずれ世の中に出てから必要となる基礎知識となり、生きるうえでの武器となるんだ」

「実際に世の中に出れば」フェルディナンドが言う。「毎日の暮らしや人々との交流から、たくさんのことを見聞きして学ぶことができる。だが、自分の知識を広げるのに本を読むほど確実な方法はない」

そういえばフェルディナンドは寄宿学校やオックスフォード大学で優秀な成績をおさめていたことを、アンジェリンは思いだした。ふだんはつい彼のことをとびきりハンサムなだけの軽薄な遊び人のように思ってしまう。実の兄を正しく評価できないなんてひどい話だ。彼女はフェルディナンドの顔を不思議そうに見つめた。わたしはフェルディナンドお兄さまのことを、本当はよくわかっていないのかしら？　自分たちは間違いなく兄と妹だけれど、ほとんど離れ離れに暮らしてきた。なんて悲しいことだろう。

「学校はともすれば退屈で、生きるために必要なものではないように思われがちだ」ヘイワード伯爵が言った。「しかしそこで学んだことは、大人になってからよりよい人生を送るための基礎となる。まったくそのとおりだよ、オーグスティン。詩や芝居にしても、どこに注目すべきか教わっていなければ、どうやって鑑賞できる？　ひととおり楽しむことはできても、本当の意味で理解し、人生の糧とすることはできない」

「あら」アンジェリンは言った。「それなら、ミス・プラットが詩やお芝居を一行ずつ区切り、逐一解説してくれたあの退屈でたまらない授業を受けたおかげで、今のわたしが詩やお芝居をまともに鑑賞できるとおっしゃるの？　ただ純粋に楽しむのは次元が低いことなのかしら？」

「いいことをおっしゃるわね、レディ・アンジェリン」オーヴァーマイヤー子爵夫人が言った。「楽しいとも思わずに詩を読んだり、お芝居を見たりすることに、なんの意味があるかしら？　それについてはどう答えるの、エドワード？」

「どうやらあなたは」伯爵が言った。「家庭教師から相当つまらない教え方をされたようですね、レディ・アンジェリン。文学そのものに対する興味まで奪われてしまうところだったようだ。だが世の中には、生徒を適切に導き、励まし、知的好奇心を刺激する授業がある。ぼくは幸運にも、そういう教え方をしてくれる数少ない教師に恵まれました」

「わたしの小さい頃にもそんな家庭教師がいたわ」ロザリーが言った。「でも、そういう先生はまれね。あれから出会ったことがないもの」

「わたしは勉強なんて大嫌いだったわ」ベリンダが扇で顔をあおぎながら言った。「ところで、まだこの話は続くのかしら？」

みなが笑い、話題は別のことに移った。

まもなく軽食が運ばれてきた。ボクスホール・ガーデン名物の薄切りハムや苺のクロテッドクリーム添えといったさまざまな皿を囲んで、一同は楽しく乾杯した。

「どうして屋外で食べる食事はこんなにおいしいのかしら？」アンジェリンは言った。

そこからしばらく楽しいやりとりが飛び交った。

「とにかくあなたのおっしゃるとおりよ、レディ・アンジェリン」ミセス・リンドが締めくくった。「だからこそわたしたちは、ふだん屋内で食事をするの。でないと、じきに一トンくらい体重が増えてしまうから」

全員が笑った。誰もが心から楽しそうだった。アンジェリンは微笑みながら隣を見た。ヘイワード伯爵が姉に笑いかけている。これこそ人生最高の夜だわ。

やがて、それまでずっと静かな音楽を奏でていた楽団が陽気な演奏をはじめ、ダンスの時間になった。

楽団がワルツを奏で、アンジェリンが見ている前で、トレシャムがベリンダをダンスフロアに誘った。それに続いてレナードがヘイワード伯爵夫人を、ミスター・リンドがロザリーを、フェルディナンドがオーヴァーマイヤー子爵夫人を導いた。アンジェリンは前の週に〈オールマックス〉でワルツを踊ることを許されたので、今はどこでもワルツを踊ることができる。そしてワルツはこの世で発明された最もすばらしいものだ。それを野外で踊るというのは……まさに天国にいる心地だろう。

「エドワード」ミセス・リンドが言った。「自分の姉と踊るのは屈辱的でしょうから、レディ・アンジェリンと踊りなさいな。わたしはクリストファーを引っ張りだして、ワルツを踊ることにするわ。外に出たら適度に運動するのが体にもいいそうよ。空気のこもった狭い場所に座っていたあとだから、新鮮な空気を肺に送り込んであげられてちょうどいいでしょう。

消化の助けにもなるし」

ウインクをするミセス・リンドに、彼女の夫が立ちあがりながら言った。

「ちょうど誘おうと思っていたんだ、アルマ。今夜のきみはとてもすてきだよ」

「まあ、ありがとう」彼女は夫に導かれながら言った。「そんなふうにお世辞が言えれば、毎日でもダンスの相手に不自由しないわよ」

ヘイワード伯爵も立ちあがり、アンジェリンは一瞬どうしようもないほど強くワルツを踊りたいと思った。でも、ほんの一瞬だ。

「まあ、ヘイワード卿」彼女は言った。「まるで溺れかけの人みたいな顔をしていらっしゃるわよ。命を救ってさしあげましょうか。わたしは別にワルツを踊らなくても平気よ」

彼がふたたび座った。

「ワルツのステップならわかっていますよ」

「わたしもピアノの鍵盤や楽譜の音符はわかるわ。でもこっち側の目や頭と、あっち側の指をつなぐ神経のどこかで信号が迷子になるか、こんがらがってしまうの。家庭教師にずいぶん嘆かれたものよ。音楽をものにできなければ、わたしはいつまでたっても一人前のレディになれそうもないわ」

「あなたはやさしい人だ」伯爵が言った。

「あなただって、今のままでは一人前の紳士にはなれないわよ」アンジェリンは言った。「ダンスのたびに脚が木の棒になってしまうのではね」

「そんなにひどいですか？」彼が言う。「まあ、そうでしょうね。何しろ舞踏会で相手に足首をひねったふりをされるくらいだから」

「わたしが足首をひねったのは、あなたがあのまま踊り続けて恥をかいたら気の毒だと思ったからよ。でも、あなたはあのあともほかの女性と踊っていたから、わたしのしたことは無意味になってしまったけれど。ワルツほどロマンティックなことが、この世にあるとお思いになる？　しかも、きらめく星空と色とりどりのランタンの明かりのもとで踊るのよ」

見ると、レナードとヘイワード伯爵夫人が互いの瞳を見つめながら踊っていた。おそらくふたりは周囲の人など目に入っていないだろう――夜空の星やランタンの明かりさえも。

〝ワルツを踊る男女は相手の体から適切な距離を取らなければなりません。もちろん男性は女性のウエストに片手をまわし、女性は男性の肩に片手を置きますが、一度置いた手は何があっても数センチたりとも動かしてはならないのです〟

ミス・プラットにいやいやワルツを習ったときに教えられた決まりごとが、耳によみがえった。

トレシャムとベリンダは一分の隙もないほど体をくっつけあっていた。兄は相手のウエストに手ではなく腕全体をまわしている。顔と顔はかろうじて息ができる程度に離れていた。

アンジェリンは内心ため息をつき、扇で顔をあおいだ。兄はベリンダが来るという理由だけで今夜の招待を受けたのだろうか？　ロザリーの結婚式以来、彼女に会っていた可能性はないの？

「ロマンティックだって？」ヘイワード伯爵がアンジェリンの質問に答えた。「ただのダンスなのに？」

アンジェリンは彼を横目で見た。

「あなたはロマンスを信じないの、ヘイワード卿？」

彼は一瞬たじろいだ。

「愛の力なら信じますよ。相手に対する責任感、思いやり、忠誠心……心の癒しといったものなら。結婚することの幸せも信じられる。残念ながら多くはないが、そんなすばらしい結婚をした人間を何人か知っていますから。しかし、ロマンスだって？　ぼくからすれば、その言葉はあまりに浮ついた感じがします。人を盲目的な恋や浅はかな行動に駆り立て、最終的に不幸な人生を歩ませるものだと思う。ロマンスや恋なんて悲しい幻想だったと、じきに思い知らされることになる」

まあ。

アンジェリンはふたたび扇で顔をあおいだ。

「恋に落ちて、しかも幸せになれる道だってあるはずよ、ヘイワード卿。ロマンスにだって、相手に対する深い愛や思いやりや忠誠心や……ほかになんとおっしゃったかしら？　そう、心の癒しもあるはず。たしかに多くはないかもしれないけれど。そうはお思いにならないの？」

「ぼくにはわからない」彼は言った。「しかし、そう思いたいのが人間なのでしょうね。人は誰だって、あなたの思っているようなことを信じたいものだ。だが現実的には、より信頼できる思考力や判断力を駆使し、話したり行動したりするほうが賢明です」

「でも願いや希望や夢があるからこそ、わたしたちは勇気を持って前に進んでいけるのよ。わたしは夢がなければ生きていけないわ」

トレシャムがベリンダとのわずかな隙間さえ拒むように頬を寄せあうのが見えた。ヘイワード伯爵のほうへ顔を向けたアンジェリンは、彼にじっと見つめられていたことに気づいた。

「夢なんてものは、進むべき道を誤らせ、絶望をもたらすだけですよ、レディ・アンジェリン。でも、あなたはまだ若い。社交界デビューをしたばかりで、目の前に手つかずの未来が輝いている。そんなあなたの夢を否定するつもりはありません。だが、気をつけたほうがいい。いっときの衝動に身を任せたりしないように」

アンジェリンは伯爵の目を見つめながら考えた。この人はかつてどんなことを夢見ていたのだろう？　それを何に壊されたの？　彼はまるで自分が若くないかのような言い方をしている。

でも、ヘイワード伯爵は愛の力を信じているのだ。それが嘘でないことはアンジェリンにもわかった。彼は家族を心から愛しているから。

つまり彼はロマンティックな恋を信じていないだけなのだ。なんておばかさんなのかしら。

アンジェリンは彼に短く微笑みかけた。

「あなたにワルツを無理強いするつもりはないのよ、ヘイワード卿。でも、せめて散歩に誘っていただけなければ、わたしは退屈でたまらないわ。今夜は世界でいちばんすてきな場所に来たのに、まだほとんど何も見ていないんですもの」

伯爵がふたたび立ちあがって手を差しだした。

「それはぼくも同じですよ。ここへ来るのははじめてなんです」

「それなら、ふたりであたりを探索しましょうよ」アンジェリンも立ちあがって彼の腕を取り、ロザリーのほうを見た。ミスター・リンドの肩越しにロザリーがこちらを見て、にっこりとうなずく。ミセス・リンドも微笑みかけた。

トレシャムはベリンダの耳元で何かささやいていた。少なくともアンジェリンの目にはそう見えた。まあ、相手の耳から二センチも離れていないのだから、大きな声を出す必要もないのだが。


そのあと起こったことは完全に自分が悪かったと、エドワードはあとあとまで自分を責めた。まったく自分らしくない衝動的なふるまいをし、そのつけを払うはめになったのだ。

ふたりはほろ酔いの人々にまじって広い大通りを歩いていた。実際のところ、ボクスホール・ガーデンはエドワードが予想した半分もひどい場所ではなかった。昼間なら安っぽいか、もしくはありきたりな場所に見えたかもしれないが、夜ならではの独特の魅力があるのは間違いなかった。中でも色鮮やかなランタンが幻想的だ。まっすぐに延びる広い通りや、その両側の手入れの行き届いた並木も印象的だった。誰もが楽しげで、しかも喧嘩騒ぎなどはなかった。泥酔している客もいない。聞こえる音楽も、会話を邪魔しないくらいの適度な音量だった。

ここは人々が心から楽しむための場所なのだろう。そんな場所のどこがいけない？　ときには人生を素直に楽しむべきなのだ。事実、エドワードは楽しかった。われながら驚いてしまうが、楽しいかどうか自分の心に問いかけたとき、楽しいという答えが返ってきたのだ。

レディ・アンジェリンは目に入るものすべてについて、ひっきりなしにしゃべっていた。そのこともエドワードは気にならなかった。彼女が夢中になって話すのを隣で聞いているのが心地よかった。ものごとをこれほど無邪気に喜ぶことができるのは彼女の才能なのかもしれない。エドワードのまわりの人間は、多かれ少なかれ世の中に倦んでしまっている。彼自身もそうだ。

レディ・アンジェリンはただ楽しいひとときを過ごすにとどまらず、目に入るものすべてを奇跡のようにすばらしいものとして受け止め、全身から喜びをあふれさせていた。エドワードは彼女のようになりたいとさえ思った。彼女の隣にいるとなぜか……なんと言えばいいのだろう？　心が癒される気がするというのだろうか？　この際限ないおしゃべりや底抜けの明るさに接していると、のびのびとした気分になれるのだ――まじめだけが取り柄の、なんの面白味もないはずの自分が。

実はエドワードはここ数日気分が滅入っていて、出席するよう特に言われていた舞踏会や夜会をすっぽかし、周囲に気を揉ませていた。それでも親族は、ロンドン随一のロマンティックな場所に今夜レディ・アンジェリンが来てくれることを頼みにして、辛抱強く見守っていた。エドワードはユーニスを訪ね、散歩に誘いだした。エドワードが彼女と、またユーニスが彼と結婚することがどれほど理にかなっているか、思いつくかぎりの根拠を並べ――それは感心するほど長いリストだった――改めて求婚した。

ユーニスの答えはノーだった。

彼女のほうも理由をいくつも並べた。エドワードにしてみれば、まったく納得のいかないものばかりだった。しかし残念ながら、ユーニスは彼の求婚を拒み、もう二度と求婚しないでほしい、自分のことは忘れ、伯爵として果たすべき責任を思いだし、もっとふさわしい人を選んでほしいと言った。たとえばレディ・アンジェリン・ダドリーのような女性を。学識豊かとは言えなくても、とても好ましい女性だとユーニスは言った。

〝彼女はとても性格がいいわよ、エドワード。それに決して知性がないわけではないわ。そして独特の魅力があるのよ――ああ、どんな言葉で表せばいいのかしら？ 輝きとか喜びとか、そういうものよ。とにかくすてきなの。人を笑顔にさせるの。わたしでさえ笑顔になってしまうのよ〟

ユーニスはふだん言葉に迷うことは少ない。〝すてき〟とか〝喜び〟などという表現をやたらと口にする質でもない。

ともあれ、エドワードは花嫁選びに向けて真剣に頭を切り替えなければならなくなった。今度こそ、ユーニス以外の誰かを見つけなければならない。もちろんレディ・アンジェリン・ダドリーはだめだ。この点だけははっきりしている。何しろワルツをロマンティックだと思うような女性なのだから。うっかり結婚などしたら、二週間もしないうちに彼女の輝きを損なってしまうだろう。

最初の数分が過ぎると、レディ・アンジェリンはときどき黙り込むようになった。それでも彼女の楽しい気分が伝わってきて、エドワードは隣を歩くことが意外に心地よかった。沈黙を会話で埋めなければと焦りを感じることもない。彼女は目を大きく見開き、唇をわずかに開いてあたりを見つめ、見える景色や聞こえてくる音を全身で受け止めているようだ。

そのときエドワードは、前方からこちらへ向かって歩いてくる三人の男に気づいた。遠目にも明らかに酔っ払っているのがわかる。すれ違う女性に下品な言葉を浴びせ、連れの男性を困らせている。いかにもやっかいな騒ぎを引き起こしそうな連中に思われた。

三人のうちのひとりはウィンドローだった。

レディ・アンジェリンが気づかないうちに引き返したほうがいいだろうか。もしくはそのまま進んでいって、まともに揉めごとに向きあうか。それでは無用にまわりの注目を集めてしまう。三人の男たちがレディ・アンジェリンを見て無礼なことを言うのはわかりきっていた。自分自身は揉めごとに巻き込まれても平気だが、彼女まで道連れにしてはいけない。

結局、エドワードはふたつの選択肢のうちのどちらも選ばなかった。彼はとっさに第三の選択をした。あと先をまったく考えずに。

「しばらく人混みから離れたくありませんか、レディ・アンジェリン」彼は言った。「そこの脇道に入ってみましょう」

ちょうど左手に脇道が見えてきたところだった。レディ・アンジェリンがうれしそうな顔を向けるか向けないかのうちに、彼はそちらへ入っていった。もちろん、こんな脇道のことは何も知らなかった。今までボクスホール・ガーデンに来たことがないのだから。

脇道に入ってまもなく、エドワードは間違った判断をしたことに気づいた。道は狭く、暗かった。このあたりの木にはランタンが吊るされていない。届く光は大通りからの明かりか、頭上にうっそうと茂る林の枝間からのぞく月明かりだけだった。小道は曲がりくねり、人の気配はまったくない。

「まあ」レディ・アンジェリンがうれしそうに言う。「なんてすてきな提案なの、ヘイワード卿。最高だわ。そうお思いになりません?」

縦一列になって歩けば楽だったろうが、それではどうも格好がつかない。ふたりは横並びに腕を組んだまま進んだ――そうするしかなかった。お互いの肩や腰や太腿が何度か触れあった。一度か二度などは、三カ所が同時に触れた。これもどうしようもなかった。

歩くうちに、聞こえてくる音楽がいっそう小さくなった。酒に酔った人々の笑いさざめく声が、はるか彼方に遠のいていく。

それにしても、さっきまでのひんやりした夜の空気はどこへ行ってしまったんだ?

「申し訳ない」エドワードは言った。「思ったより道が狭かったようです。それにここは暗すぎる。もとの広い道に戻りましょう、レディ・アンジェリン」

今頃はウィンドローとその仲間も通り過ぎているだろう。

「でも、ここはすてきだわ」彼女が言った。「木立を渡る風の音が聞こえる？　鳥のさえずりは？」

エドワードは立ち止まって耳を澄ませた。レディ・アンジェリンのほうが耳がいいようだ。彼に聞こえるのは人々のかすかなざわめきと遠くの音楽だけだった。けれども今、ふたりは自然の中に身を置き、その音や匂いに取り囲まれていた。そして、たしかに彼女の言うとおり――ここはすてきだった。月はほぼ満月に近い。頭上にはおそらく一〇〇万もの星が輝いているのだろう。天を仰いでみると、それら無数の星の一部が見えた。ランタンの明かりにも負けないほど美しい。いや、それ以上だ。

体から緊張が解けていくのがわかり、エドワードはかぐわしい森の空気を胸いっぱいに吸い込んだ。

「あの星空を見て」レディ・アンジェリンがささやいた。どこか畏れの感情がこもっているような声で。

ふたりの立つ場所はわずかながら広くなっており、頭の上に夜空がぽっかりと見えた。視線を戻したエドワードは、月明かりを浴びて輝いているレディ・アンジェリンの顔を見た。星空を見あげるその瞳は畏怖の念をたたえて輝いている。彼女がその瞳をエドワードに向けた。そして微笑んだ。いつもの明るく弾ける笑みではない。まるで夢を見ているような……うっとりとした微笑みだ。

自分たちが何か大切な秘密を分かちあっているかのような。

「見ていますよ」エドワードは低くささやいた。だが、もう星空を見ていなかった。レディ・アンジェリンの瞳を見ていた。なぜ自分はこんな声になっているのだろう？

彼女の唇がわずかに開き、月明かりに照らされて濡れたように光った。おそらく舌で湿らせたのだろう。

エドワードはレディ・アンジェリンにキスをした。

それから弾かれたように頭をあげた。体の中心を稲妻に貫かれたかのごとく衝撃が走る。

彼女は動かなかった。

稲妻なのか、月の光なのかはわからない。ともかくエドワードは、その得体の知れないものに完全に脳みそを直撃されてしまった。

彼はふたたびキスをした。レディ・アンジェリンの肩に片腕をまわし、もう一方の腕をウエストにまわして、きつく抱き寄せた。自分の口を開くと同時に彼女の口も開かせ、奥深くまで舌を差し入れる。そこは熱くやわらかく、なめらかに濡れていた。

誰かがうめき――たぶんエドワードではない――彼の首に一本の腕が、そしてウエストにもう一本の腕が巻きついてきて、レディ・アンジェリンが情熱的にキスを返してきた。

エドワードの頭の片隅に残っていたわずかな理性のかけらも、これで完全にどこかへ消えてしまった。彼女のウエストにまわした手をさげ、一カ月前にロンドンへ来る途中で心をひどくかき乱された、あの形のいいヒップに這わせた。舌先で相手の口の中をなぞり、肩にまわしていた手を前のほうにおろして胸のふくらみを包んだ。そこは温かく、豊かでやわらかかった。

自分の下腹部がこわばるのがわかった。

体内で高炉の火が熱く燃え盛り、扉がいっぱいに開いてしまっている――情熱の炎を消す方法はひとつしかない。彼はレディ・アンジェリンのヒップに這わせた手にさらに力をこめ、いっそうきつく抱き寄せた。

抱きしめた女性を求めて全身が沸き立っているそのとき、エドワードのまぶたの裏にあるものが浮かんだ。

レディ・アンジェリン・ダドリー。

なんてことだ！

そう思ったところで今さら遅い。遅すぎる。

一時の衝動や欲望に流されるのは命取りだ。

エドワードは彼女の口から舌を抜き、両手を相手の肩に戻して、大きく一歩さがった。断固たる意志で。

半ば目を閉じ、濡れた唇をわずかに開いた彼女の顔は、月明かりに照らされてこのうえなく美しかった。

しかし、それは紛れもなくレディ・アンジェリン・ダドリーの顔だった。

「とても失礼なことをしてしまいました」自分の声が滑稽なほど落ち着き払って聞こえた。

そう言ったところで、なんの意味もなかった。こんなことが許されるはずもない。

「なぜ？」彼女は黒い目を大きく見開いた。

「あなたをこんなところに連れてくるべきではなかった。あなたを守るはずが、とんでもないことをしてしまって」

「キスをされたのははじめてなの」

その言葉にエドワードの罪悪感が一〇倍に増した。

「すてきだったわ」彼女が夢見るように言う。

まったく救いがたいほど初心な娘だ。たった一度のキスで、あっさり相手に心を奪われてしまうとは。もし自分が理性を取り戻さなかったら、いったいどんなことになっていたか。彼女はぼくを止めただろうか？　とてもそうは思えない。

「あなたの名誉を傷つけてしまった」

レディ・アンジェリンは、いつものいたずらっぽい微笑みを浮かべた。

「そんなことはないわ。月明かりの下でふたりきりになった男女がキスをして、何がおかしいの？」

まさにそれが問題なんだ！

「シャペロンや兄上たちのところへお送りします」彼は言った。

兄上たち。まったくなんてことだ。トレシャム公爵は決して模範的な紳士とは言えない。現にさっき、彼はダンスフロアでかつての愛人と——もしくは愛人のひとりと——人目もはばからずにいちゃついていた。ベリンダ・イーガンとトレシャムがただならぬ仲であることは、イーガン卿が出奔する前から公然の秘密になっていた。ひょっとしたら、イーガン卿が妻を捨てたのはトレシャムが原因だったのかもしれない。逃げたことでイーガン卿は自らの名誉を傷つけることになってしまったが、トレシャムに決闘を申し込むよりは安全だったと言える。トレシャムとはそういう男なのだ。しかしそんな公爵も、自分の妹が月明かりの散歩に連れだされてキスされたのを、無理からぬことなどとは思わないだろう。おそらく相手の男の肋骨をへし折ろうとするに違いない。

「わかったわ、どうしても戻らなければならないなら」レディ・アンジェリンが言った。「でも心配しないで、ヘイワード卿。あなたがわたしにキスをしたのと同じくらい、わたしもあなたにキスを返したもの。誰にも見られなかったし、この先知られることもないでしょう」

だが、自分たちふたりは知っている。それだけでもじゅうぶんすぎる。

彼女はエドワードの腕を取って体を寄せた。ふたりはもと来た小道を引き返した。

「後悔していないと言って」レディ・アンジェリンが言った。「今夜のことは人生最高の出来事として、いつまでも忘れずにいたいの。でもキスしたことをあなたが後悔しているのだとしたら、すべて台なしだわ」

ちょうど広い通りまで戻り、エドワードはため息をついた。絶望と安堵がないまぜになったため息だ。もうウィンドローたちの姿は見えなかった。

「すばらしい夜でした」彼は嘘をついた。
「まだ花火があるのよ」レディ・アンジェリンがうれしそうに言う。
そのとおりだった。

11

アンジェリンは微笑みながら目覚めた。

複雑なプリーツの入ったベッドの天蓋を見あげ、足の指が鳴って手の指がヘッドボードにかかるまで、思いきり伸びをした。それから頭のうしろで両手を組む。

部屋のカーテンはまだ閉じられているが、雨が降っているのがわかった。窓ガラスに雨粒の当たる音がする。でも、心の中では太陽が輝いているようだった。

人生がこれよりも明るく輝いて見えることってあるかしら?

ボクスホール・ガーデンは地上最高の奇跡の場所に違いない。あそこにあるすべてがまさに完璧だった。集った人々も最高だ。会話は生き生きと弾み、話題も多岐に渡って、すべて興味深いものばかりだった。ミスター・リンドが踊ってくれた。オーヴァーマイヤー子爵も、レナードも。音楽はすばらしく、食べ物は豪華だった。

花火は息をのむほど美しく、目にしたときは畏敬の念さえ感じた。言葉ではとても言い尽くせないすばらしさだった。ただひとつ残念だったのは、その場でもアンジェリンが口にしたように、あまりにも早く終わってしまったことだ。もちろん、夜そのものがあっという間に終わってしまったけれど。

とにかく、昨夜は彼女にとって今までいちばん楽しい夜だった。

それはもう、ほかとは比較にならぬほどに。

ベッドの上で膝を立てて足の裏をマットレスにつけると、かぶせた毛布がテントのように三角形にとがった。

先ほどからアンジェリンの意識は、ゆうべのとっておきの思い出の縁をぐるぐるとめぐっている。目を覚ました瞬間から楽しかった思い出が次々によみがえったけれど、その中でもいちばんすばらしいところだけは大切に取っておきたくて、あえて思いださないよう我慢した。人生最高の思い出の、さらにとっておきの部分を最後に残しておけるように。

ヘイワード伯爵。

ああ、名前の響きまでがすてきだ。自分が知っている、ほかのどんな人の名前よりも。哀れなマーサはミスター・グリドルズに熱をあげている。名前そのものは悪くないとしても、ファーストネームが問題だ。ラストネームがグリドルズである赤ん坊に、いったいどこの親がグレゴリーというファーストネームをつけるだろう？　けれど、彼の両親はまさにそれをしたのだ。

ヘイワード伯爵の名前はエドワード。エドワード・エイルズベリー。

彼の会話は知的だ。どんな話題にも自然に加わり、しかも決して話を独占しない。誰かと意見が食い違っても自分の考えをきちんと話すし、それでいて相手の話にもよく耳を傾ける。

彼は明らかに自分の家族を愛している。アンジェリンがレナードと踊っているあいだ、伯爵はヘイワード伯爵夫人を散歩に誘った。ミセス・リンドが自分の子どもの話をしたときには、末っ子やヘイワード伯爵夫人の娘やオーヴァーマイヤー子爵夫人の三歳の子たちをヘイワード卿がせっせと〈ガンターズ〉へ連れていってアイスクリームを食べさせるので、このままでは三人とも夏が来る前にまん丸に太ってしまうと言われて小さくなっていた。

「でも、それがおじというものだろう、アルマ」彼は言った。「姪や甥を連れだし、両親のもとへ返すまでにうんと甘やかすのがだめだとしたら、いったいぼくに何ができる？」

「しかも来週は五人まとめてロンドン塔へ連れていく約束をしたそうじゃないの、エドワード」オーヴァーマイヤー子爵夫人が横から口をはさんだ。「さすがにそれは安請けあいじゃない？」

「かもしれない。行儀よくしなければ帰りのアイスクリームはなしだと、ちびたちを脅してやるよ」

そこでみなが笑い、アンジェリンはヘイワード伯爵が子どもたちをかわいがっているところをひそかに想像した。

さあ、とうとう最後のとっておきの部分を思いだすときが来た。胸の中がいっぱいになっている。彼女は足の指でマットレスをつかみ、ぎゅっと目を閉じた。

彼がキスをした。

わたしもキスをした。

生まれてはじめてのキス。

ヘイワード伯爵は多くの人が行き来する広い通りから外れ、ひとけのない静かな空き地に自分を連れていった。月の光が降り注いでいて——ランタンの明かりより、ずっとロマンティックだった。そして彼は一度目のキスをし、それから両腕で抱きしめて、もう一度キスをした。

ああ、キスがあんなものだなんて想像もしていなかった。これまでは、キスをされたらどんなふうに感じるのだろう、男の人の唇はどんな感じかしらとずっと想像していた。息はどうやってするの、とか。今思いだしても、どうやっていたのかわからない。でも、たしかに息はしていたようだ。でなければ死んでしまったはずだから。

自分の唇がどんなふうに感じたかも、ヘイワード伯爵の唇がどうだったかも、はっきりとは思いだせなかった。なぜなら、キスがただ唇を触れあわせるものではないとわかったから。キスとは全身でするもの、自分のすべてを捧げるものだった。ああ、ふたたび唇が重なりあったとき、彼は口を開き、こちらの口も開かせて——舌を差し入れてきた。言葉にしてしまうとなんとも衝撃的だ。だがアンジェリンは言葉ではなく、あのとき感じたときめきを思いだしていた。

あのとき、体の内側が熱くとろけてしまった。膝から力が抜けそうになり、下腹部がうずいた。体をぴったり重ねると彼の引きしまった筋肉がわかり、これまで気づかなかった男らしさと慣れ親しんだコロンの香りが感じられて、夢中で彼を抱きしめた。でも何枚も重ねられた服を脱ぎ捨てないかぎり、それ以上どうやって相手に近づけるだろう？　そう思ったとき、ふたりが抱きあっていた数分のうちに、あたりがひどく暑くなっていることに気づいた。まるで誰かが森に火をつけ、石炭を山ほどくべたのかと思うほどに。

やがてウエストにまわされていた彼の手がさがっていき——ああ、なんてこと——ヒップに触れた。続いて、もう一方の手が胸を包み込んだ。

ほかの誰も経験したことがないであろう、このうえなくすばらしいファーストキスだった。もちろん他人のファーストキスに興味などないけれど。

まさに今まで生きてきた中で最高の出来事だった。これ以上すてきなことが、この先自分の身に起こるとも思えない。心からそう感じる。ただ、あの時間がいつまでも続いてくれればもっとよかったのだけれど。もちろん、そんなことは起こらなかった。

愛しい彼は、キスをしたあとに謝った。

まるで自分が相手の無防備さにつけ込んだかのように。アンジェリンの名誉を傷つけでもしたかのように。実際、彼はそう言った。ほかに見ている人がいないかぎり、レディの名誉が傷つくことなどないのでは？

〝もちろん傷つきますとも〟頭の中でミス・プラットの厳しい声がした。〝レディはどんなときでも完璧なレディでなくてはなりません。たとえひとりで寝室にいるときでも〟

思えば、あれはミス・プラットの数多くのばかげた言葉の中でも極めつきだった。

これがはじめてのキスだった、とアンジェリンはヘイワード伯爵に告げた。すてきだったとも言った。どちらも言うべきではなかったかもしれない。きっと救いがたいほど初心な娘に思われただろう。でも、それがなんだというの？　実際に世間知らずなのに、世の中を知り尽くしたふりをしてどうなるの？　アンジェリンは伯爵に、後悔していないと言ってほしいと訴えた。彼はすばらしい夜だったと言ってくれた。

すばらしいなどという言葉ではとても足りない。アンジェリンは昨夜、とびきりすてきなことを発見したのだ。ヘイワード伯爵は気取りよりも礼儀正しさを、暴力よりも理性を重んじるまじめで誠実な人間だ。しかし多くの場合、そういう男性は面白味がないとされる。トレシャムは彼を〝枯れ木みたいに無味乾燥な、つまらない男〟と評した。

でも、それは違う。

そういう男性が愛する女性に対しては情熱的になれることを、アンジェリンは身をもって知った。

愛する女性に対しては。

彼女はまだ目を閉じていた。足の指をもぞもぞさせ、ようやく目を開く。それがわたしなの？　彼の愛する女性？　ええ、そのはずよ。でなければ、あれほど熱いキスをしてもらえるはずがない。そうじゃないの？

今夜もう一度ヘイワード伯爵に会おう。少なくとも会えることを期待しよう。今夜はレディ・ヒックス邸の舞踏会があるし、それは社交界恒例の大きな催しのようだから。

彼はきっと来てくれるはずだわ。

アンジェリンは毛布をはねのけ、勢いをつけて床におり立った。今朝はマーサやマリアと公園を散歩する約束だった。ふたりには話すことが山ほどある。ただし雨が降っているから、もちろん散歩はあきらめるしかないだろう。でも世界には買い物をするための店があり、友人と楽しくおしゃべりするための喫茶店がある。体じゅうが活力に満ちていて、夜までおとなしく屋敷で過ごすことなど、とてもできそうになかった。

同じ日の午後にダドリー・ハウスに着いたエドワードは、執事がトレシャム公爵の在宅を確認するまでのあいだ一階の図書室に通された。相手が不在であってほしいと願うことさえかなわない状況だった。どのみち、公爵はほぼ確実に屋敷にいると思われた。エドワードと同じく、彼もさっきまで議事堂にいたのだ。夜の外出までにいったん自宅へ戻るだろうと見当がついた。

エドワードは壁にずらりと並ぶ本棚に目を向けた。トレシャムはこうした本を一度でも手に取って開いたことがあるのだろうか？　大きなオーク材の書き物机は、吸い取り紙とインク壺と数本の羽根ペンがあるだけで、きれいに片づいている。座り心地のよさそうな革張りの肘掛け椅子が何脚か、暖炉の近くに置かれていた。部屋の反対側には長椅子もあった。トレシャムがこういう空間で自分の時間を過ごすところは、なんとも想像しにくい。

いかにも居心地悪そうに扉のすぐそばで突っ立っているのを見られたくないという理由から、エドワードは暖炉に向かって歩きだした。しかしふつうの人間は自分の屋敷の暖炉の前に立つもので、他人の暖炉の前に立ったりしない。彼は向きを変えて窓辺へ行き、外の景色を眺めた。

ここまで気持ちが沈んだことはこれまでなかった。いや、気持ちが沈むというより、決まりが悪いと言うべきだろうか。どこでもいいから、ここ以外のどこかへ行きたかった。グローヴナー・スクエアを隔てたところにある建物の玄関扉の外で、メイドが靴の泥落とし（スクレイパー）を掃除している姿が目に入り、なんの悩みもなさそうに作業をしている姿が無性にうらやましくなった。もちろん、そんなばかなことはない。誰の人生にも悩みはつきものだ。ただ、ときとして他人の人生が——誰の人生であろうと——自分の人生よりも好ましく思えてしまう。

さっき屋敷を出ようとしたとき、外出していた母とロレインが祖母とジュリアナを連れて戻ってきた。エドワードが洒落た服に着替え、ひげもきれいに剃って出かけようとしているのを見た彼女たちは、もちろん行き先を知りたがった。

「ちょっとそこまで」彼は母と祖母の頬にキスをしながら曖昧に答えた。

「まあ、わたしの言葉をお聞き、アデレード」祖母が母に言った。「これにはきっと女性が関わっているわよ。おそらくレディ・アンジェリン・ダドリーね」

「彼女はゆうべ、わたしたちと一緒にボクスホール・ガーデンにいたのよ」ジュリアナがうれしそうに微笑んだ。まるで母と祖母が知らないとでも思っているかのように。

「それはいいけれど、彼女をパークに連れだすつもりではないでしょうね、エドワード」母が玄関ホールの窓の外に目をやった。「雨は今のところやんでいるけれど、またいつ降りだすかわからないわ。今日は朝から本当にいやなお天気だこと」

「もしかすると」祖母が楽団を指揮するようにローネットを振りかざした。「エドワードはダドリー・ハウスを訪ねて、レディ・アンジェリンに求婚するつもりじゃないかしら、アデレード。昨夜ふたりはボクスホールでダンスをしたの、ロレイン？　彼女からキスでも奪ったのかしら？　ロンドンでキスを奪うのにボクスホールほどぴったりの場所はないわ。わたしもまだ覚えているもの。大昔のことだけれどね」

そこで女性たちは笑い、興味深いことにロレインが頬をほんのり赤くした。

彼女たちはエドワードに答えを要求するのを忘れた。いや、そもそも質問自体しただろうか？　女性たちがそれを思いだす前に、彼はすばやくその場から逃げた。

どのみち、もうすぐわかることだ。

エドワードは今にも背後で扉の開く音がするかとびくびくしていた。ただそれより怖いのは、扉を開いたのが執事で、やはりトレシャム公爵は不在だと告げられることだった。まあ、それなら自分が図書室に通されることはないはずだが。

それにしても、あの男はいつもこんなに客を待たせるのか？　もうどのくらい待っただろう？　一時間のようにも感じられる。実際は五分か一〇分くらいだろうが。そこまで考えたときに扉の開く音がして、エドワードは振り向いた。

現れたトレシャムは瞳がたいそう黒く見えた。彼に会うたび、まず瞳に目が行くのはなぜだろう？　公爵は皮肉っぽく両眉をあげていた。長い指が片眼鏡の柄にかかっている。万が

一、あれを偉そうにかざしてみろ……。

しかし、それはなかった。

「ヘイワード」公爵がため息ともつかぬ声で言う。「執事に名刺を渡されたとき、一瞬時間が巻き戻されたような気がしたよ。だが、あのヘイワードはもういないと思いだした。それで今日はなんのご用かな？　自分の予感が外れていることを願いたいが」

もちろん外れていない。そしてこれほど無礼な応対もなかった。

「レディ・アンジェリン・ダドリーに改めて申し込みにうかがった」エドワードは言った。

今度ははっきりとため息が聞こえた。しかも、そのあとしばらく沈黙が続いた。

「そうなのか？」やがてトレシャムが言った。「結婚の申し込みということか。つまらないことをしに来る奴だな。妹はノーと答えるぞ」

「かもしれない」ぶっきらぼうに言う。「しかしそれは本人の口から言わせるべきじゃないのか、トレシャム。ひょっとしたら、彼女の返事はイエスかもしれない。ぼくはあくまでも求婚する許可をもらいたいだけだ。ぼくにじゅうぶんその資格があることは自明だと思うが、そちらが聞きたいのなら、今この場で詳しく説明する用意はある」

トレシャムはしばらくエドワードを見つめていた。やがて片眼鏡の柄を放して紐からぶらさげ、部屋を横切って書き物机の向こう側にまわり、椅子に腰かけた。

「もちろんこういうことについては、レディ・アンジェリン本人の口から断ってもらうことにしている」彼は言った。「妹の意思を尊重しない横暴な兄という評判を立てられたくないからな。きみはそういう心配とは無縁だろう。爵位を継いだ時点で、姉君たちはすでに結婚していたから」

つまり自分が最初の求婚者ではないということだ。そうだ、たしかにレディ・アンジェリンは、エクスウィッチ侯爵が求婚しに来たと言っていた。さすがにあの男と結婚してほしいとは言わないが、彼女がほかの求婚者を受け入れなかったのがなんとも残念だ。とはいえ、今さらそんなことを考えてもなんの意味もない。

「かけてくれ」トレシャムが向かい側の椅子を無造作に指し示した。「妹と話をする許可を与える前に、きみがレディ・アンジェリンに求婚する資格のある人物だということをぼくにわからせてくれ、ヘイワード」

トレシャムにはたしかにその権利がある。しかし世のたいていの父親や兄は、婚姻関係の細かい取り決めについては本人がイエスと言うのを待ってから話しあうものだ。まあ、いい。結婚とは双方にとって対等なものだ。彼女は相応の持参金とともに輿入れすることになる。それについてトレシャムとしても交渉をしたいだろう。

エドワードは椅子に座った。捨て身の嘆願者のようにだけは見られたくない。

彼は公爵の目をまっすぐ見据え、挑むように眉をあげた。

かれこれ三〇分というもの、アンジェリンは同じ本の同じところを六回は繰り返し読んでいる。だが、一語も頭に入らなかった。読んでいるのはミルトンの『失楽園』で、理解するには全神経を集中させなければならなかった。ミス・ゴダードならきっと気に入る内容だ。とはいえ、はじめて図書館を訪れた日以来、彼女の顔は見ていない。今夜もし――もしヘイワード伯爵と話す機会があったら、この本について話してみよう。アンジェリンは全一二巻のうち六巻まで読んで、とても気に入った。ミス・プラットは『失楽園』を読んではいけないと言った。あるとき誰かが彼女のいるところで、ミルトンは神より悪魔をはるかに魅力的に描いたと言ったからだ。読むなと言われて、当時はほっとしたものだ。なんといっても『失楽園』は壮大な叙事詩で、アンジェリンはそれまで詩を読んで面白いと思ったことがなかったから。けれどもあとになって、とても面白いとわかった。

でも、今日はこのページを最後まで読めそうもない。

夜が来るまで待ちきれなかった。彼はまたキスをしようとするだろうか？　ひょっとしたら、それ以上のことを――。

居間の扉が開いたので顔をあげると、トレシャムが立っていた。アンジェリンは微笑みかけたが、兄は笑みを返さなかった。どうしようもなく退屈そうな顔をしている。兄のそういう顔はおなじみになりつつあった。

ああ、まただわ。彼女は心の中でため息をついた。今度は誰かしら？

「図書室へ行きなさい、アンジェリン」兄が言った。「新たな求婚者が希望を胸に抱きながら、おまえを待っている」

アンジェリンは読みかけのページにしおりをはさんで本を閉じた。

「どうしても行かなければだめ？」そうきいたものの意味はなかった。もちろん行かなければならない。「今回は誰が来たの？」

兄がかすかに微笑んだような気がした。明らかに面白がっている。

「〝枯れ木男〟だ」

「ヘイワード伯爵なの？」彼女は素っ頓狂な声をあげた。

「そのとおり」トレシャムは今度こそ、にやにやしていた。「まあ、落ち着いて階下に行くんだ、アンジェリン。あの男が必死に花嫁を探しているとは聞いていたが、せめてもう少し現実的になってほしいものだな。その場で断ってやろうかとも思ったが、おまえのお楽しみを取りあげることはできなかった」

自分でも気づかないうちに、アンジェリンは立ちあがっていた。言うべき言葉を失って、ただ兄を見つめる。

ヘイワード伯爵がわたしに求婚しにやってきたの？

いくらなんでも早すぎないかしら？

彼女は混乱する頭で自分の服装を改めて吟味した。友人との買い物から帰ってから昼用のドレスに着替えたが、まだベティに髪を結い直してもらっていない。あとでまた夜の外出のために整えるのだから必要ないと思っていた。それまではどこにも出かけないし、誰にも会わないから、放っておいたのだ。ボンネットのせいで、それほどぺちゃんこにつぶれていたわけでもなかったし。少なくとも手でふくらませたら、なんとか見られるようになった。着ているドレスはずいぶん昔に作った鮮やかな黄色で、裾に色鮮やかな縞模様が入ったお気に入りだ。こんなうっとうしい天気の日にはぴったりだと思って選んだ。

この格好でヘイワード伯爵の求婚を受けても大丈夫だろうか？　ここで自分の部屋へ戻ってドレスも髪型も変えると言いだしたら、おそらく兄は妹が急にふたつ目の頭を生やしたみたいな顔をするだろう。

「すぐに行くわ」アンジェリンは消え入りそうな声で告げた。今にも胸か耳の鼓膜から心臓の音が響きだしそうだ。

「そんな悲壮な顔をするな」トレシャムが扉を開けてくれながら言った。「ほんの五分で片づくさ。明日になれば、また別の男がやってくる」

彼女はふらつく脚で階段をおりた。いくら背が高いからといって、ひとりの人間の体がこれほど大きな幸せを抱えていられるものだろうか？

図書室の前で執事が待っていた。彼女が一歩中に入ると、扉が閉められた。

ヘイワード伯爵は書き物机の前に立っていた。深いグリーンのシャツに黄褐色の長ズボン、つややかに磨き抜かれたヘシアンブーツに白いリネンのシャツという完璧な装いで。髪にはきれいに櫛目が通っている。どうやらひげも剃ってきたらしい。あのすてきな香りのコロンもつけているのだろうけれど、ここからではわからない。

彼のほうがきちんとした装いなのは当然だった。これから求婚するとわかっていて、それにふさわしい服装をしてきたのだから。

彼へのあふれる愛で、アンジェリンは息が詰まりそうだった。

ヘイワード伯爵は微笑んでいなかった。それは当然だろう。これから彼がやろうとしているのは、非常に厳粛なことだ。たぶん彼は結婚式でも微笑まないに決まっている。賭けてもいい。もちろんレディは何があろうと賭けごとなどしないと何度も聞かされた。でも世間では、カード遊びで硬貨を何枚か使うくらいなら賭けのうちに入らないとも言われている。

笑みを返してもらえないのを承知のうえで、アンジェリンは伯爵に微笑みかけた。

そして昨夜のキスのことを思いだした。あのときの彼が、今ここにいる男性と同じだなんて信じられない。情熱というのはそこまで人を変えてしまうもの？

「ヘイワード卿」アンジェリンは言った。

彼は足早に近づいてきた。とても真剣な顔をして。

「レディ・アンジェリン」手を差し伸べ、彼女が差しだす手を握る。

そして――ああ、そして。

伯爵は床にひざまずいた。そんなことまでする必要はないし、彼らしくないような気もするけれど、信じられないほどロマンティックだ。

彼女は唇をわずかに開き、目を輝かせて相手を見つめた。

「レディ・アンジェリン」彼が言った。「ぼくと結婚していただけますか？」

ええ、もちろん。もちろんします！

けれどもその言葉が口からこぼれそうになる直前、あることが起こった。ほんの一瞬のうちに。

いったいそれがなんだったのか、おそらく一生かかっても言葉にできそうになかった。とにかく、一瞬のうちに何かがアンジェリンの意識にのぼり、今にも口をついて出そうになっていた言葉を引っ込めてしまった。

ヘイワード伯爵は愛や幸せなどについていっさい口にしていない。アンジェリンが彼を幸せにできるとも言っていない。床にひざまずいたのも、それが求婚の正式な方法だと誰かに教わったからそうしたまでのように見える。昨日は、結婚による夫婦の絆は信じても、ロマンスや恋は信じないとまで言っていた。

キスのあとで彼女が人生最高の出来事だと言ったとき、ヘイワード伯爵はただ〝すばらしい夜でした〟としか言ってくれなかった――しかも、キスしたことを後悔しているならすべて台なしになるとアンジェリンが訴えたあとで。焼けつくように情熱的な抱擁のあとにしては、なんとも煮えきらない言い方だった。

その熱い抱擁にしても、あのとき自分が考えたように必ずしも愛から生まれるとはかぎらない。情熱とは、愛ではなく肉欲から生まれるものでもあるのだ。

考えてみれば、ヘイワード伯爵が彼女を愛してくれるはずがなかった。最初に会ったときからずっと、アンジェリンは彼を困惑させてばかりだった。彼女は伯爵が生涯をともに過ごしたいと思えるような女性ではない。そんな女性がいるとしたらミス・ゴダードだ。ミス・ゴダードはまじめで威厳があり、頭もよくて美人。ファーストネームで呼びあうほど親しい仲でもある。ひょっとしたら、今ヘイワード伯爵がレディ・サンフォードの屋敷ではなくここにいる唯一の理由は、彼が自分の信じる紳士の基準に照らし、昨夜アンジェリンの名誉を傷つけてしまったと判断したからでは？

彼の家族もミス・ゴダードとの結婚に反対しているのかもしれない。彼女がアンジェリンのような望ましい花嫁候補ではないから。

でも、望ましいとお似合いは違う。ミス・ゴダードはヘイワード伯爵と見るからにお似合いだ。逆にアンジェリンはまったく似合わない。背が高すぎ、色黒で、みっともない。眉をきれいなアーチ形に吊りあげようとすると額にしわが寄ってしまい、驚いた野ウサギみたいな顔になる。騒々しいし、賢くもないし、慎みも足りない。くだらないことをぺらぺらしゃべり続けてしまう。ファッションのセンスも皆無だ――このドレスだって。これまでに読んだ本といえば血も凍るようなゴシック小説か、『失楽園』の六巻と半分ほど――いや、まだ半分も読めていない。しかも本当に内容を理解できているかどうか怪しいものだ。たしかに誰かの言うとおり、悪魔はとびきり魅力的で、神はなんとも退屈に思われた。でも次に出かける舞踏会のことが頭に浮かぶと、とたんに本に集中できなくなってしまう。

わたしはどうしようもない人間。

愛する価値のない人間。

ヘイワード伯爵とのロマンスなど、こちらが勝手に思い描いた妄想にすぎないのよ。

「ヘイワード卿」アンジェリンは相手の目をじっと見つめた。できることなら、彼に言ってほしかった。これまで人々がさんざん口にしてきたわたしの欠点は、本当は欠点でもなんでもないし、たとえ欠点だったとしても、自分はそんなものはまったく気にしない。なぜならわたしのことをどうしようもないほど愛しているから、と。「あなたがここへ来たのは、ゆうべわたしにキスをしたからなの？」

伯爵は彼女の言葉をすぐには否定せず、ただじっと見つめ返した。

「ぼくはあなたの名誉を傷つけてしまった」やがて彼は言った。「それを償いに来ました」

ああ。やっぱりトレシャムお兄さまの言うとおりだった。この人は本当に枯れ木なのだ。砂漠で一〇〇年灼かれた、からからの枯れ木。もちろん彼がわたしと結婚したくないと思うのは無理もない。どんな男の人だってそうだ。この屋敷に押しかけてくる男性たちは、わたしがトレシャム公爵の妹で破格の持参金付きだから求婚するだけ。それ以外の理由なんてどこにもない。

「わたしを愛してくれていないの？」

どうしてこれほど小さな声になってしまったの？　本当は言いたくなかったからかもしれない。言えばみじめになるだけだから。

彼は立ちあがった。けれど、まだアンジェリンの手を握っていた――両方の手で。

「あなたのことを好きではあります」伯爵は言った。「そして、時とともに互いへの愛情が深まるだろうと信じています。昨夜あなたにキスをしたからという理由だけで、ぼくが今日ここへ来たような印象を抱かせたくはありません。ぼくは――」

そこで彼は言葉に詰まったようだった。

「わたしは最もふさわしいとされる花嫁候補なんでしょう」アンジェリンは言った。「そしてあなたは花嫁を必要としている。わたしも花婿を必要としている。そしてあなたは最もふさわしいとされる花婿候補。まさに天から祝福されたカップルね」

ヘイワード伯爵が顔をしかめた。

「そういうことじゃない。ぼくは――あなたと結婚したいんです、レディ・アンジェリン。これはぼくにとって人生初の求婚だし、最後の求婚にしたいと思っています。どうやら失敗してしまったようですが。どうか許してください。どんなふうに言い直せばいいですか？」

言い直すことなどできない。さっき、愛していないのかと尋ねたとき、ヘイワード伯爵は答えた――〝あなたのことを好きではあります。そして、時とともに互いへの愛情が深まるだろうと信じています〟と。

いっそ愛していないとはっきり言われたほうが明るく受け止められたはずだ。愛してなどいない、むしろ大嫌いだ、とか。

大嫌いという言葉には少なくとも激しさがある。

好きではある、愛情が深まるだろうと信じているなんて、情熱のかけらも感じられない。

アンジェリンは彼の両手から自分の手を引っ込めて見つめた。

「過分なお申し出をありがとうございます、ヘイワード卿」彼女は言った。「昨夜のことを償おうとしてくださったのにも感謝します。けれど、そんな必要はないわ。ゆうべのことは誰にも知られていないし、これから先もあなたが言わないかぎり、誰も知ることはないですもの。わたしはあなたにキスを許し、自分からもキスをしたけれど、それはわたしがそうしたかったからよ。これまで誰にもキスをされたことがなかったし、一九歳にもなってそんなの恥ずかしいと思ったから。でもあなたのおかげで、こうして経験できたから感謝しているわ。とてもすてきだったし、次の機会にはゆうべよりずっとうまくできるはず。今度キスを許した相手が、次の日にあわてて求婚しに来なければいいけれど。もちろんわたしは誰にでもキスを許すつもりはないし、むしろそんな相手は多くないはずよ。正直に言って、ほとんどいないでしょうね。どんなに生まれ育ちがよくて、自分を紳士だと思っている人でも、あなたほど紳士的な人はそう多くないもの。あなたはキスされたことがない女性に会うたびに、茂みへ引っ張り込んで教えてあげるような人ではないでしょう。そんなことはまったく紳士らしくないし、あなたはどこまでも紳士だから。あなたは女性にキスするたびに翌日飛んでいって求婚するでしょうから、きっといつかはイエスと言う人が現れるわ。ただし、そのあとずっと悔やむでしょうね。だって、あなたはその人を本当に愛しているわけではなく、ただ――」

ああ、もう、ずっとしゃべりっぱなしだ。

アンジェリンは口をつぐみ、手を裏返して自分のてのひらを見つめた。先ほど手の甲を見ていたときと同じくらい、穴が開くほどまじまじと。

短い沈黙があった。

「本当に申し訳なかった」ヘイワード伯爵が言った。

静かな、抑揚のない声だった。

それだけだった。ふたたび少し長めの沈黙があり、やがて伯爵がお辞儀をしたのがわかった。彼は無言で去った。扉が静かに開き、また静かに閉じられる。出ていくときすら、情熱は感じられなかった。

自分の人差し指の付け根から手首の筋までカーブを描きながら長く伸びる線は、たしか生命線のはず。これだと少なくとも一〇〇歳まで生きそうだ。ということは、あと八一年もある。

これほどぼろぼろに傷ついた心を抱えたまま、あと八一年も生きるなんて。七〇年経てば痛みは薄らぐのかしら？　それとも七五年？

ふたたび扉が開いた。さっきより、かなり乱暴に。

「どうなった？」トレシャムが尋ねた。

「ああ」アンジェリンは顔をあげた。「お断りして帰ってもらったわ」

「それでいい」兄はきびきびと言った。「今夜のヒックス邸の舞踏会の付き添いはぼくか？　それともロザリーが一緒に行ってくれるのか？」

お兄さまよ――彼女はそう言おうとした。でも、あとひとことでも声を出せば唇が震え、みっともなく取り乱してしまいそうだった。

アンジェリンは扉を乱暴に開き、そのまま玄関ホールに飛びだして階段を駆けのぼった。

トレシャムは眉をひそめ、その姿を見送った。

「いったいなんなんだ?」誰もいなくなった図書室で、彼はつぶやいた。「今夜のつまらない舞踏会に付き添う必要があるのかどうか、尋ねただけなのに」

彼は顎に手をやりながら考え込んだ。

12

エドワードは客間の前を通り過ぎて、まっすぐ自室に戻ってしまおうかと考えた。別に難しくはない——客間の扉は閉まっている。だが、中に全員いることはわかっていた。さっき執事に尋ねたのだ。祖母は今日にかぎって長居をしていた。それからジュリアナも。

彼は扉の前で足を止め、ため息をつき、あきらめて客間に入った。先延ばしにしたところで、どうせいつかは言わなければならない。

「エドワード」母が微笑みかけた。

「紅茶をいれてあげるわね」ロレインが言った。「もうぬるくなっているかもしれないけれど。新しいポットを持ってこさせましょうか？」

「いや、いい」エドワードは言った。「喉は渇いていないから」

実は渇いている。だが、ほしいのは紅茶ではなかった。

「遠慮しないで」ロレインが言う。

「それで？」祖母がローネットを持ちあげた。ただし、目にかざすためではなかった。高齢のわりにずいぶん視力がいいと賞賛されている祖母は、めったにローネットをのぞかない。

「さっきは本当に結婚の申し込みに出かけたの、エドワード？　彼女はなんと言ったの？」

「そうです」彼は答えた。「で、彼女はノーと言いました。さしあたってそんな状況です」

「レディ・アンジェリン・ダドリーが？」母が声をあげた。かなり衝撃を受けている様子だ。

「エドワード、彼女に求婚したの？　しかも返事がノーですって？」

「エドワード」ロレインが召使いを呼ぶ紐を引っ張りながら言った。「ゆうべの彼女の様子では、あなたにずいぶん夢中のようだったわよ」

「わたしもそう思ったわ」とジュリアナ。「クリストファーも同じ意見よ」

「どうやら違ったようです」彼は両手を背中で組んで微笑んでみせた。

「そう簡単には手に入れさせないつもりね」祖母がローネットでエドワードの胸のあたりを指した。「彼女にとってあなたほどの相手はいないし、それは本人もじゅうぶん承知だわ。エドワード、彼女は必ずあなたと結婚するつもりでいますとも。ええ、間違いないわ。ただ、熱烈に求愛されたいのよ。若い娘はみんなそう。特に引く手あまたな花嫁候補はね。自分のことをただの物のように扱われたくないの。当然でしょう？　若い娘なら、誰でも熱心に求められたいものよ。わたしだってそうだったわ。実際にそうしてもらったし。ああ、あなたのお祖父さまがそのひとりよ。なんなら、あなたがぞっとするような話をしてあげましょうか」

「エドワード」新しい紅茶のトレーが運ばれるまで黙っていたジュリアナが口を開いた。

「彼女に愛していると言ったの？」

ああ、まったく。たしかに言わなかった。言うべきだったのだ。それこそレディ・アンジェリンの聞きたかったことだった。実際、彼女は愛しているかと尋ねてきた。それなのに、自分はお約束の返答がとっさにできなかった。愛していると言わず、あくまでも正直であることにこだわった。

「どういうことです?」飲みたいかどうかにかかわらず紅茶を注がれるのがわかり、エドワードはあきらめて椅子に座った。「誰と結婚しようと、ぼくは相手の女性を心から大切にするつもりです。なんでも話せる友人のように心を開き、好きになり、つねに気づかい、時間の許すかぎり一緒に過ごし、死ぬまで忠誠を誓うつもりですよ。それが愛というものじゃないんですか?」

「わかるわ、エドワード」母が言った。「あなたはきっと最高の夫になりますよ」

「けれど女性は誰でも、求婚のときに愛していると言ってもらいたいものなの」ロレインが熱い紅茶のカップを手渡しながら言う。「自分が相手にとって特別な存在だと思わせてもらいたいのよ。この世でただひとりの女性だと」

モーリスも義姉上にそう思わせたんですか?

幸い、その問いを口に出すのをエドワードは思いとどまった。もちろんモーリスはそうしただろう。まず間違いない。兄はそういう男だった。世の中の女性がこうであってほしいと期待するとおりの男だった。ただし世の中には、言葉より行動のほうがより真実を語るという意味の古いことわざがあったはずだ。

しかし、求婚される女性にとっては言葉のほうが大切らしい。

「つまりわれわれ男は、中身のない決まり文句や心にもない嘘を山ほど並べるよう期待されているわけだ」エドワードはうめいた。「それでこの世がうまく動いていくんでしょうね。しかし人間、ときには真実を言ってもらうことも必要だと思いますよ。特に重要なことがらについては。世間で〝恋〟などと呼ばれているロマンティックな感情をさっぱり理解できないぼくが、なぜそれを信じているふりをしなければならないんです？　自分をごまかすことが相手の女性のためになるんですか？」

あのときレディ・アンジェリンは、今にもイエスと言いそうになっていた。瞳は輝き、唇は半分開きかけていた。こちらが間抜け面をひっさげてひざまずいたときも、彼女は少し前のめりになってさえいた。昨夜キスをする前と、キスをしたあとに人生最高の夜だったと言ったときと同じ表情をしながら。

なんてことだ。レディ・アンジェリンはまるでぼくを愛しているかのようにふるまった。こんな自分をいったい誰が愛するというんだ？　つまり、その、ロマンティックな意味において。

モーリスが呆れたように笑う声が今にも聞こえそうだった。

レディ・アンジェリンがぼくみたいな男にロマンティックな感情を抱くはずがない。彼女はただ誰か有望な相手と結婚したかっただけに決まっている。そして彼女自身が言ったとおり、ぼくは今年ロンドン社交界で最も望ましいとされている花婿候補だ。そういう相手に狙いを定めたからこそ、彼女はその男を愛していると自ら思い込む必要があった。いかにも女性にありがちな心理じゃないか。理性ではなく感情でものを考え、ときには感情をでっちあげる。もし彼女がさっきイエスと言っていたら、結婚した相手が本当はひどく退屈で凡庸な男だったと気づくのは時間の問題だ。

「なぜあなたが自分をごまかす必要があるの、エドワード？」母がさっきの問いかけに答えていた。「あなたのように愛情深い人はほかにいないと思うわ。あなたはいつも自分よりまわりの人のことを優先しようとする癖があるわね。あなたはあなたの幸せをつかめばいいのよ。自分の感情、自分のすべてを解き放って、誰かを愛すればいいの。わたしたちのために無理をして抜け殻のようになってはだめよ」

エドワードは口に運ぼうとしたティーカップを途中で止めて母を見た。母がこんなことを言うのははじめてだ。しかも声を震わせている。〝あなたのように愛情深い人はほかにいないと思うわ〟とはいえ母は父を愛した。たいして愛情深いとは言えなかった父を。そして、長男のモーリスを溺愛した。

〝あなたはあなたの幸せをつかめばいいのよ〟

ぼくは幸せだ。いや、夏にウィムズベリー・アビーに帰れば幸せになれる。妻選びと巣作りの準備が一段落したら、既婚男性として、また人の子の父として、安定した暮らしに落ち着くことができる。

その妻がユーニスなら、必ず幸せになれる。

そろそろ彼女のことを話してもいい頃だろう。自分の幸せをつかむために。

だが、つい三日前、彼女はエドワードを拒んだ——きっぱりと。二度と求婚しないでほしいとも言った。

三日間で二度求婚し、二度とも断られてしまうなんて。レディ・アンジェリンには嘘をついてしまった。求婚ははじめてではなかった。正式に求婚したのがはじめてだったということだ。

エドワードは童貞ではない。しかし、昨夜レディ・アンジェリンに抱いたような強い欲求を、これまで誰かに抱いたことはなかった。なぜ自分は彼女を求めたのだろう？　純粋な性欲だけではないような気がする。これまで多くの美しい女性たちに出会ってきた。今年に入ってからも出会ったし、そのうち何人かは絶世の美女だった。そういう女性たちを感嘆のまなざしで見ることはあっても、ベッドをともにしたくてたまらなくなることはなかった。

そんな気持ちにさせるのはレディ・アンジェリン・ダドリーだけだ。

自分は彼女を好きですらないのに。

いや、正確には違う。彼女のユーモアの感覚は好ましい。他人ではなく自分自身を笑い飛ばせるところがいい。あの弾けるような明るさ、人生を心から楽しもうとする姿勢も。ただし、彼女がふと心もとない表情になるのを何度か見たことがある。それが不思議だった。なぜよりによって彼女のような人間が不安を感じる必要があるのだろう？　彼女は美しいし、社交界にデビューするどの娘と比べても、ほしいものはすべて手にしているはずだ。トレシャムの言葉を信じるなら、すでに何人かに求婚されている。そもそもトレシャムに嘘をつく理由はない。

これまでユーニスとベッドをともにしたいと思ったことは一度もなかった。ただ彼女と結婚したかった――将来のいつかの時点で。今でもそう願っている。ユーニスほど自分の妻にふさわしい女性はいないし、今この瞬間にもレディ・サンフォードの屋敷に押しかけ、今度こそ情熱的にひざまずき、どうしてもぼくと結婚してくれと懇願してもいいくらいだ。

ただ、ユーニスはそんなことをされて喜ぶとは思えないが。

彼女とベッドをともにするところは正直あまり想像できない。どうしても決まりが悪くなってしまう。

それにひきかえ、レディ・アンジェリン・ダドリーとなると……。

いや、彼女はノーと言ったのだ。ふたりともノーと言った。もうこれ以上どうしようもない。

「ぼくは幸せですよ、母上」笑いながらそう言ったものの、その声は自分の耳にすらわざとらしく聞こえた。「深刻ぶるのはよしましょう。ぼくの記憶が正しければ、花嫁候補のリストにはレディ・アンジェリン以外の名前もあったはずだ。それにぼくもまったく無能なわけではありません。自分の花嫁を自分で見つけるくらいのことはできます。今夜はレディ・ヒックス主催の舞踏会があるでしょう？」

舞踏会に出席してダンスを踊るなど、今夜いちばんしたくないことだった。しかし、これもまた義務だ。五歳の頃のようにベッドに丸まって上掛けを頭からかぶり、ぎゅっと目をつぶって、世界なんか消えてしまえと念じていればいいわけでもない。

「そのとおりよ」母がため息をついた。「ああ、エドワード。わたしはあなたに、とにかく幸せになってもらいたいの」

彼はまだほとんど中身が残っているティーカップを置き、立ちあがった。

「お祖母さま、そろそろお帰りになりますか？　表に馬車を呼ばせて、そこまで付き添いますよ。よければジュリアナも」

「そうしてもらえると助かるわ、エドワード」祖母が言った。「あなたのお祖父さまが紳士クラブから直接ここまで迎えに来てくれるはずなのに、どうやら政治の話に夢中になって、すっかり時間を忘れているようね。わたしもジュリアナも、さっきからずっと馬車の音が聞こえてくるのを待っていたのに」

やるべきことが見つかって、エドワードはほっとしながら部屋を出た。

〝レディ・アンジェリン、ぼくと結婚していただけますか？〟

まったく、ありきたりにもほどがある！　しかも床にひざまずいたりして。エドワードは顔をしかめた。自分はまるで歩く陳腐(クリシェ)、いや、ひ、ざ、ま、ず、くクリシェだ。

〝ヘイワード卿、あなたがここへ来たのは、ゆうべわたしにキスをしたからなの？〟

〝ぼくはあなたの名誉を傷つけてしまった。それを償いに来ました〟

なんてことだ。本当にそんなことを言ってしまったのか？　そうじゃない、昨夜のキスで、もう求婚を先延ばしにしたくないという自分の本音に気づいたのだとなぜ言えなかった？こういうときは、少しくらいの嘘なら許されたはずだ。彼女は安心させてもらう必要があったのだから。

〝わたしを愛してくれていないの？〟

とても小さな声の、否定形での問いかけだった。レディ・アンジェリンはひどく傷つきやすそうに見えた。あのときこそ、嘘をつくべきだったのだ。どのみち結婚すれば、愛されていると思ってもらえるよう全力を尽くすつもりだったのだから。それなりに愛しさえしたかもしれない。なんといっても妻なのだから。

なのに、これまでの自分からは考えられないほど愚かで残酷なことを言ってしまった。あくまでも事実にこだわり、砂のように味気ない言葉を吐いた――〝あなたのことを好きではあります。そして、時とともに互いへの愛情が深まるだろうと信じています〟それから次の言葉まで、長く間を置きすぎた。しかも言うべきでない言葉を口にした。〝昨夜あなたにキスをしたからという理由だけで、ぼくが今日ここへ来たような印象を抱かせたくはありません〟

エドワードが求婚しに行ったのは、たしかにレディ・アンジェリンの名誉を傷つけたからだった――たとえそれがふたりだけの秘密だとしても。それなのに、結局は彼女を侮辱することになってしまった。いや、深く傷つけさえした。

ぼくはひどい人間だ。おそらく母は勘違いをしている。

本当にレディ・アンジェリンを傷つけてしまっただろうか？

償いをすることは可能なのか？

いや、無理だ。彼女はノーと言ったのだから、その意思を尊重しなくてはいけない。

しかし……。

ああ、彼女はとても傷ついて見えた。

キスの経験を積むことについて、それにぼくとのキスなどなんでもないことのようにひたすらしゃべり続けていたが、やはりひどく傷ついていた。

レディ・アンジェリンは自分の不安を隠すために、あれほどしゃべり続けたのだ。

だとすると、新たな気がかりが生まれた。

彼女はふだんから、ずっとしゃべりっぱなしなのだ。

まったく。エドワードは馬車をまわすよう言いに行こうとして、玄関ホールで祖父と鉢合わせした。

「ああ、おまえか」祖父が大きな手で彼の肩を叩いた。「まだここにいたんだな。今頃はおまえの祖母を屋敷へ送っていったかと思っていた。あとから延々と文句を言われると覚悟していたよ。女とは恐るべきものだ。いてもいなくても困る」

さも独創的な発言をしたかのように、祖父は片目をつぶって大きく微笑んだ。

アンジェリンはヒックス邸の舞踏会を思う存分楽しんでいた。人生でこれほど楽しいことなどないかのように。

ダンスがはじまるまで、彼女はマーサとマリアと腕を組んでいた。もちろん自分が真ん中で。なぜならアンジェリンがふたりに比べて極端に背が高く、肌の色が濃く、すべてにおいて作りが大きいからだ。実際の話、あとのふたりは五月柱（メイポール）（五月に、春の到来を喜ぶ祭りのために建てられる支柱）に巻きつくリボンのように見えたに違いない。舞踏室の周縁を並んで歩きながら、三人はおしゃべりをしたり笑い転げたりしていた。

彼女はダンスを連続で三回踊り、パートナーの男性たちに明るく微笑みかけ、しゃべり続けた。曲の途中で、ラッパ型補聴器でもないかぎり話が聞き取れないほど相手と遠く離れても。ほかの人々にも、男女を問わずすれ違いざまに笑みを振りまいた。ただし三メートル先を、ヘイワード伯爵が女性と不器用なステップで過ぎていったときは、うっかり見落として微笑みかけなかった。どのみち、そのときは自分のダンスシューズにつまずきそうになったのだ。幸いなんとか体勢を立て直すことができたが、フェルディナンドにだけ気づかれてにやりとされた。

途中の休憩では、近づいてきたすべての人々と楽しくおしゃべりをした。うれしいことに多くが男性で、ダンスを申し込んでくれたり、機嫌を取ってくれたりした。ロザリーいわく財産狙いとされる男性も数人まじっていた。でも、彼らは裕福な妻をめとる必要に迫られているのだ。つまり賢く行動しているだけ。アンジェリンは彼らにお金がないことを責めるつもりはなかった。だから、ほかの人々に対するのと同じように彼らにも微笑みかけた。

取り巻きとのおしゃべりが一段落した頃にフェルディナンドが近づいてきて、アンジェリンがまたもや新たな求婚者を袖にしたことを祝福した。

「これまでのところ、どうしようもない奴ばかりだからな、アンジー」兄は言った。「中でも極めつきがヘイワードだ。あの男を強いて褒めるとしたら、ご立派なところだよ。それは間違いない。だが、まともにダンスが踊れない」

「トレシャムお兄さまは〝枯れ木男〟と呼んだわ」そう言いながら、アンジェリンは唇がひび割れそうなほど大きく微笑んでみせた。

フェルディナンドが吹きだした。

「そいつはいい。覚えておこう」

彼女は張りついたような笑顔を扇であおぎ、次のパートナーに挨拶するために向きを変えた。

ミス・ゴダードが来ていることに気づいたのは、その男性と踊っているときだった。彼女は人が大勢集まっている隅のほうに年配の女性たちといた。アンジェリンのお披露目の舞踏会で着ていたのと同じ、ブルーのドレスを着ている。ここへ来てから一度も踊っていないに違いない。でなければ、もっと早く見つけたはずだ。あそこにいる年配女性の誰かがシャペロンなのかしら？　どうしてその人はミス・ゴダードにダンスの相手を見つけてあげようとしないの？

図書館で会った日からずっと彼女のことを探していたけれど、どこに行っても会わなかった。

曲が終わり、パートナーが――呆れたことにアンジェリンは相手の名前すら忘れてしまっていた――シャペロンのもとへ導いてくれた。別の人が近づいてこないうちに、彼女はすばやくロザリーに告げた。

「少しのあいだミス・ゴダードと話をしてくるわ。あそこに座っているから」

「誰ですって？」ロザリーがきき返したが、アンジェリンはすでに歩きだしていた。

扇で顔をあおぎながら笑顔で近づいていくと、気づいたミス・ゴダードがにっこりした。

「レディ・アンジェリン」いつもの落ち着いた声だ。「お元気だった？」

「わたし、このあいだ図書館でミルトンの『失楽園』を借りたんです」アンジェリンは言った。「第六巻を読み終えて、七巻を読んでいるところなの。とても面白いわ。どんな展開になるのか楽しみにしているの」

「まあ」ミス・ゴダードは少し意表を突かれたようだった。「すごいじゃない。わたしも昔読んだわ。以来ずっと『復楽園』を読もうと思いながら、まだ読めていないのよ」

「今日の午後、ヘイワード卿がダドリー・ハウスにやってきたの」アンジェリンは続けた。「わたしに結婚を申し込んでくれたけど、お断りしたんです」

ミス・ゴダードは無表情にアンジェリンを見つめ、しばらく沈黙が続いた。

「驚いた」やがてミス・ゴダードが口を開いた。「それに残念でもあるわ。つまり、あなたが断ったということが」

「彼はわたしを愛していないもの」アンジェリンは言った。「愛しているかと尋ねたらノーと言ったんです。もちろん、そこまではっきりとではないけれど。そんな言い方は紳士らしくないし、彼はあくまでも紳士だから。好きではあるとか、互いの愛情がどうとか、いろいろ言っていたわ。でも、わたしを愛しているとは言ってくれなかった」

「でしょうね」ミス・ゴダードが静かに言う。「彼らしいわ。たとえ嘘でも愛していると言うべきだったのよ。結婚すればあなたを誰よりも大切にするはずだし、そもそもそれ以外の生き方は彼にはないもの。けれど誠実な人だから、どうしても嘘がつけなかったのね。たとえあなたからイエスの返事をもらうためでも」

「だけどあの人は以前、わたしのボンネットを〝そんなぞっとするようなもの、はじめて見ましたよ〟と言ったわ」

ミス・ゴダードが笑いだした。

「嘘でしょう！　あのエドワードが？」

「言いながら笑っていたけれど」アンジェリンは言った。「それでわたしも笑ったの。あの人の笑顔はすてきよね」

「ええ」ミス・ゴダードは、どこか落ち着かないようだった。「ごめんなさい、わたしったらなんて失礼なのかしら。レディ・アンジェリン、おばのレディ・サンフォードを紹介させていただくわね。シャーロットおばさま、こちらはレディ・アンジェリン・ダドリーよ」

アンジェリンは婦人たちの向かいの空いている椅子に座り、ダンスフロアに背を向けてしばらく話をした。ミス・ゴダードがアンジェリンの肩越しに何かをじっと見つめ、膝の上で扇を広げたのを見て、彼女はうしろを振り向いた。

ウィンドロー卿が気だるげな笑みを浮かべて近づいてくるところだった。

アンジェリンは弾かれたように席を立ち、ふたたび輝くような笑顔に戻った。顔の近くで扇をはためかせる。この人こそ、今夜の自分が求めているもの――求めている男性だ。いかにも彼らしく、今ちょうど着いたばかりなのだろう。さっきまでどこにも見かけなかったし、いれば必ず目につくはずだから。

ウィンドロー卿はわざと驚いたような表情をした。

「美しい人よ」優雅にお辞儀をする。「魅力的なミス・ゴダード。いつかの夜の楽しい会話以来、また話がしたいと思いながら、ずいぶん日が経ってしまった」

アンジェリンは閉じた扇でウィンドロー卿の袖を押さえた。たしか次の曲はワルツでは？しかもサパー・ダンス。完璧だ。自分がウィンドロー卿を好きであることは自覚していた。兄たちのことが好きなのと似たような意味で。たしかに放蕩者の遊び人だけれど、少なくとも愉快な人だ。それに自分は彼の魅力の虜にはならない自信がある。一緒にいると、どこまでもくつろいで楽しく過ごせる。たとえ彼が宿で無礼なことを言って、そのあとまともに謝罪していないとしても。ほかのどんな紳士だって同じ行動に出たはずだ。

ヘイワード伯爵なら決してしません――頭の中でミス・プラットがはっきりと答えるのが聞こえた。だが、アンジェリンは無視した。

「次はワルツでしょう」彼女は言った。「うれしいことに、わたしはもうワルツを踊ることを許されているの。しかも今のところ、お相手の予約はないのよ」わざとらしく甘えるように微笑みかけてみせる。

「そうこなくては、ぼくの心は奈落の底に沈んでしまう」ウィンドロー卿のまぶたはいつものように眠たげだが、その下からのぞくまなざしは鋭かった。しかも笑っている。「ついでに〈オールマックス〉の女性会員すべてに夜明けの決闘を申し込みたくなるだろうね——ただし拳銃ではない。それは公正さに欠ける。扇の決闘だ。聞くところによれば、あそこの貴婦人たちは扇で男の手首を打ち据えて、致命傷を負わせられるそうだよ。ぼくはそんな練習をしたことがないから、どうやら相手に勝算がありそうだな。だが、おかげさまで自分の命と手首を危険にさらさなくてもよくなった。次のワルツをぼくと踊ってくれるね、レディ・アンジェリン？」

「ええ、もちろん。ワルツは世界でいちばん好きなダンスなの」

「それから、ミス・ゴダード」ウィンドロー卿はアンジェリンに手を差しだしながら、ミス・ゴダードのほうを見た。「軽食後の最初のダンスは、ぼくのために取っておいていただけますか？　今夜最も美しいふたりの女性と踊れないまま帰宅することになったら、ぼくの心は打ちのめされて、おそらく二度と立ち直れない」

アンジェリンはすっかりうれしくなって、興味津々のまなざしでミス・ゴダードを振り返った。彼女はイエスと言うだろうか？　ウィンドロー卿と同じ気持ちでその返事を待った。

ミス・ゴダードが誰からも誘われずに、ひと晩じゅう座ったままでいるなんて、あまりにもったいない。まったく男性たちときたら、いったいどこを見ているのだろう？　いくら彼女のドレスがもう少し明るいブルーのほうがすてきだからといって、見る目がなさすぎる。

「ありがとうございます、ウィンドロー卿」ミス・ゴダードが言った。「とてもうれしいですわ」

彼女は落ち着いた声で礼儀正しく応じた。本当に喜んでいるのかどうかはまったく読めない。もしかしたら、舞踏会では踊るより見物しているほうが好きなのかしら？　とても想像できないけれど。

ダンスフロアへ導かれながら、アンジェリンはミス・ゴダードともっとじっくり話がしたかったと思った。胸の内を何もかも打ち明けたい。どんなことでも話せる友だちになりたかった。なぜかはわからない。自分と彼女は昼と夜ほども違う。向こうはアンジェリンのことを恐ろしくおしゃべりで頭が空っぽと思っているかもしれない。できることなら、そうではないと証明したかった。ミス・ゴダードから多くのことを学びたい。そして……。

どこか人目につかない暗いところへ行って、そこで思いきり泣けたらいいのに。もちろんとんでもなく愚かなことだし、目が真っ赤に腫れあがって醜くなるのが落ちだけれど。

ヘイワード伯爵の姿はなかった。いや、あった。軽食室に通じる扉近くに置かれたソファで、レディ・ウィニフレッド・ラギーと話をしている。見たこともないほど鮮やかな赤毛と、わずかに吊りあがり気味のグリーンの目、桃かクリームを思わせるような色白の肌が魅力的な女性だ。それに彼女は――言うまでもなく――小柄で華奢だった。伯爵は話し相手がいるときはいつもそうするように、少し前かがみになって会話に集中している。そして相手の女性も彼との会話に夢中になっていた。

かまうものですか。

アンジェリンはこのうえなく楽しそうな笑顔をウィンドロー卿に向けた。彼も本当に愉快そうな表情で見つめ返してきた。

「今夜は文句なしに最高の夜ね？」

「ああ、最高だよ、うるわしき人」彼が応えた。「最高すぎて、それ以上の言葉が見つからないくらいだ」

アンジェリンは笑った。

「わたしはなんでも大げさに言う癖があるの」

「ぼくは違うね」ウィンドロー卿は〝寝室の目〟の威力を存分に発揮した。いや、存分ではなかったかもしれない。そのまなざしにはあいかわらず茶目っ気がにじんでいた。

彼女はまた笑った。

ウィンドロー卿のワルツはまさに神業だった。それは大げさではなく。

アンジェリンはこれ以上ないほど楽しんだ。

13

翌朝アンジェリンの衣装部屋に現れたメイドのベティは、目を潤ませて鼻を赤くし、声色もあと少し声量があればバリトン歌手がうらやましがりそうなものになっていた。アンジェリンが大丈夫なのかと尋ねると——大丈夫でないことは明らかだったが——頭が割れそうに痛み、つらくてどうしようもありませんと認めた。

体調が回復するまでは、たとえ明日になっても起きようなんて夢にも思ってはいけないと釘を刺し、アンジェリンはベティをすぐさま自室へ戻らせた。それから厨房の料理人に、なんでもかまわないのでとにかくメイドの熱をさげ、不快な症状を和らげて深い眠りにつかせてくれるものを作ってやるように指示した。

一段落したところで、ひとつ困った問題が出てきた。ロザリーは午後まで来ないことになっているが、今朝アンジェリンは外出したかったのだ。ほかのメイドを連れていくことはできるが、それを家政婦長に相談すれば、さぞかし非難がましい目で見られるだろう。たとえトレシャムが屋敷にいるとしても、彼に付き添いを頼むつもりは毛頭ない。フェルディナンドに手紙で頼むとなると、返事が来るまでかなり待たされるはめになる。それも彼が不在でなければの話だ。

　こうなったらひとりで出かけよう。別に遠くまで行くわけではない。危険なことなど何もないだろうし、兄に告げ口しそうな知人に出会う可能性も低いだろう。

　そこでアンジェリンは、ひとりでレディ・サンフォードの屋敷まで歩いていった。そしてうれしいことに、あいにくレディ・サンフォードはお出かけですが、ミス・ゴダードがおもてなしできますと聞かされた。もちろんアンジェリンが会いたかったのはミス・ゴダードだ。昨晩の途切れがちな眠りの途中に、あることを思いつき、それから気持ちがずいぶん楽になったのだった。

「思いがけずうれしいお客さまだわ」こぢんまりした客間に通されたアンジェリンを迎えて、ミス・ゴダードが立ちあがった。

「ご迷惑でなければいいのだけど」アンジェリンは勧められた椅子に座って手袋を脱いだ。「ゆうべ、あなたが舞踏室の隅っこに隠れているのを見たときに改めて気づいたの。はじめて会ったときから、あなたとはいいお友だちになれると思っていたのよ。自分でもおかしなことだとはわかっているの。何しろあなたはとても頭がよくて、深い教養があって、本もたくさん読んでいるけれど、それにひきかえわたしは――」

　アンジェリンはそこで言葉に詰まった。

「あなたは――?」ミス・ゴダードが眉をあげる。

「ただのおしゃべりだわ。いつもどうでもいいことをぺらぺらしゃべってばかり。自分でも止められないみたいなの。家庭教師たちはひとり残らず、わたしの頭には脳みその代わりに綿毛が詰まっていて、口を開くたびにそれがわかってしまうと言ったわ。それに、何かを学ぼうとする努力をまったくしないと。でも、わたしだってときには努力しようとしたのよ。でも、すぐに集中力が途切れてしまって。特に詩と戯曲が嫌いだった。ミス・プラットはいつも詩や戯曲を朗読したわ。一語一語を強調しながら読み、二、三行ごとに止まって、そこが文学的にどうすばらしいかを解説するの。そんなふうだから、最後のほうになってくるとはじまりがどんなだったかすっかり忘れてしまって、退屈すぎて叫びだしたいほどだった」

「わたしもそうなったでしょうね」ミス・ゴダードが意外なことを言った。「そこまでひどい教え方もないものだわ。そのミス・プラットとかいう教師のこと、わたしも好きになれなかったはずよ。おそらくたいそうご立派な方だったんでしょうけど」

ミス・ゴダードの目がいたずらっぽくきらめいた。

「ええ、それはもう」アンジェリンは言った。「まさしく完全無欠だったわ。だからこそ、わたしはいっそう悪い生徒になったの。ひどいいたずらもしたわ。一度なんて、ものすごく大きなクモをミス・プラットのベッドに入れてやったの。あとで彼女があげた金切り声ときたら、四キロ先の村人も起こしてしまうほどすごかった。あれはいくらなんでもやりすぎだとあとから反省したわ。ミス・プラットが大のクモ嫌いなことは知っていたんですもの」

「たしかに褒められたことではないわね」ミス・ゴダードが言う。「でも、その教師に対して何かよほど腹の立つことがあったんでしょう。学ぶことはわくわくする体験であるべきよ。

読むことだってそう。二、三行読むたびに中断し、その部分について他人の解釈を聞かされて楽しいわけがないわ。特にご立派な人の解釈なんて」

アンジェリンは笑いだし、ミス・ゴダードも笑った。学ぶことについて、ミス・ゴダードはヘイワード伯爵がボクスホール・ガーデンで言っていたのと似たことを言っている。学ぶというのは本当にそれほどわくわくすることなのかしら?

「『失楽園』について話がしたかったの?」ミス・ゴダードが尋ねた。「わたしが読んだのはずいぶん昔だけれど、あとあとまで印象に残る作品だったわ。感想を話しあうのは大歓迎よ」

そうしたい、とアンジェリンも心から思った。何か知的なことについて話のできる友人がほしくてたまらなかった。でも、今日ここへ来たのはそのためではない。今日は別のことを言いに来た――気高くあろうとして。今日、アンジェリンは自分ではなく他人のために行動するつもりだった。そうすることによって気持ちの整理がつくはずだし、ぜひそうする必要があった。まんじりともしなかった昨晩、ヒックス邸の舞踏会はこれまでの人生で最高に楽しかったのだと、アンジェリンは何度も自分に言い聞かせた。あまりにも楽しかったのではしゃぎすぎて、頭が痛くなるほどだった。頭だけではなく胸の奥も。今朝のこの訪問さえ無事にすませれば、これでよかったのだと心の底から思えるはず。

「実は、ヘイワード卿のことであなたと話をしに来たの」アンジェリンは椅子からわずかに身を乗りだした。

の?」

「あら」逆にミス・ゴダードはわずかに身を引いた。「求婚を断ったことを後悔している

「いいえ、まったく」そう言いながらも、アンジェリンは心臓が地面に落ちたような気がした。「あなたにひとつおききしたいの。もちろん答えたくなければ答えてくださらなくてもいいのよ。ぶしつけな質問だし、そもそもわたしが首を突っ込むことではないから。ただ、社交界のつながりとか結婚のことって、恐ろしいほど複雑でしょう。誰もが条件のよい結婚を望んでいるし、それはつまり望ましい相手をなるべく早く見つけて、つばをつけるということ。しかもそれは男性も女性も変わらないのね。ロンドンへ来てお披露目して、はじめてわかったの。女性だけが自分にとって理想の夫を探すものだと思っていたけれど、単純すぎたわ。男性だっていろいろな事情から結婚しなければならないし、いちばんいい条件の相手を求めている。でも、そうやって見つけたいちばんいい条件の相手が、いちばん気に入った相手とはかぎらない。たいていは本人ではなく家族が気に入った相手だわ。もしくは社交界から立派だと太鼓判を押されている相手か、輝かしい爵位があるか、高貴な家と縁続きか、お金がどっさりあるか。もちろん商売で稼いだ下品なお金ではだめなのよね。お金はお金なのに、おかしな話。とにかく相手を選ぶとき、誰も愛のことは考えない。ふたりがこの先ずっと一緒に暮らし、世間の聞こえはよくてもうまくいかないことの多い結婚生活を維持していかなくてはならないというのに。人間って、本当に愚かになれるものなのね」

「しかも往々にしてね」ミス・ゴダードが同意した。「わたしに何をききたいの、レディ・

アンジェリン?」

「あの、とてもぶしつけなことよ」アンジェリンは言った。「でも、その答えを聞くために来たのだから言ってしまうわね。ミス・ゴダード、あなたはヘイワード卿のことがお好きなの? ひょっとしたら彼を永久に自分のものにできないと考えたとき、このあたりが締めつけられる気がするほどに?」心臓のあたりに拳を当てる。

ミス・ゴダードはさらに深く椅子にもたれ、肘掛けに両腕を置いた。彼女は実に落ち着いて見えた——右手の人差し指と中指で肘掛けを叩いている以外は。

「どうしてそんなことを尋ねるの?」ミス・ゴダードが言う。「わたしとエドワードはただの友人よ。もう何年も前から」

「でも、もし彼に申し込まれたら結婚なさる?」

ミス・ゴダードは何か言おうとして口を開きかけ、思い直したように閉じた。短い沈黙のあと、彼女はふたたび口を開いた。

「彼とわたしは以前、ある約束をしたの。もしこの先、遠い将来までお互いの考えが変わるようなことが何もなければ結婚しようと。そのときはふたりとも結婚そのものに興味がなかったけれど、いつまでも独身でいるわけにはいかない、いずれ家庭を持たなければならないときが来るとわかっていたから。当時のわたしたちは若き知の学徒だったの。世俗のことよりも、本を読んだり、ケンブリッジで学んだり、思索にふけったりするのが好きだった。もちろん変化は訪れたわ。エドワードのお兄さまが亡くなり、彼が跡を継いで伯爵になった。それですべてが変わったのよ。彼の中身ではなく立場が。それが現実世界では重要なの」

「でも、どうして？」アンジェリンは問いかけた。「彼はお金目当てで結婚する必要はないわ。少なくとも、わたしが信じるかぎりでは。そうでなければ、トレシャムお兄さまは昨日わたしを彼に会わせようともしなかったでしょう。それにヘイワード卿は、必ずしも高い地位の女性と結婚しなければならないわけでもない。それなりに立派な相手と結婚することを求められているだけよ。そしてあなたはとても立派な女性だわ、ミス・ゴダード。本物のレディで、洗練されていて、分別があって、知的だもの。しかも彼の親友だし」

ミス・ゴダードが微笑んだ。

「レディ・アンジェリン、あなたは昨日、エドワードの求婚を断ったのよね。そして今日はわたしと彼をくっつけようとしているの？」

アンジェリンは膝に置いた自分の両手に目を落とした。そう、まさに図星だった。でもこれはヘイワード伯爵のためというより、新しくできた大好きな女友だちのためだ。マーサやマリアのことは大好きだし、この先ずっと仲よしでいたいと思う。けれどもミス・ゴダードは、アンジェリンがこれまでずっと求めてきた特別な友人なのだ。なぜなのかは自分でもよくわからない。でも、現にそうだった。その友だちが、誰の目にとまることもなく舞踏会の壁の花になっているのを見るのは胸が痛んだ。ミス・ゴダードはほかの誰にも引けを取らない、むしろうわまわる人なのに。そう、彼女はアンジェリンをはるかに超える女性だ。

「ただ驚いているの」アンジェリンは言った。「あなたはヘイワード卿のことが好きで、彼もあなたのことが好きなのに、彼がわたしに求婚するよう強いられたことに。完全に無理強いされたわけではなくても、世間の期待からそのように仕向けられたはずだわ。ご家族からの期待もあったでしょうね。どの人もみな、いい人ばかりだったけれど。実際わたしはずいぶん気に入られて、彼の妻として最高だと思われているらしいの。でも本当は、彼はあなたと結婚するべきよ。絶対にそうするべきなの。昨夜の舞踏会で、夜食のあとにあなたがウィンドロー卿と踊って、そのあとヘイワード卿と散歩に出ていったとき、ふたりはとてもお似合いだったわ。お互いのために生まれてきたみたいに見えたもの」

「彼にはあなたがとても楽しんでいるように見えたはずよ」ミス・ゴダードが言った。

「まあ。もちろん楽しんだわ。これ以上、望みようがないほどに。人生最高の舞踏会だった」

アンジェリンはふたたび自分の両手に目を落とした。ミス・ゴダードは何も言わなかった。しばらく沈黙が流れた。一分も過ぎたかと思われた頃、アンジェリンはふたたび口を開いた。

「わたしはあなたとお友だちになりたいの。まったく話にならないと思われさえしなければ。ときどき一緒に公園を散歩したり、図書館へ行ったり、どこかの催しで会ったらしばらく話をしたり。それでもし、あなたがヘイワード卿から求婚してもらいたいと思っているとしても、まったく気にしないわ。あなたに裏切られたとか、そんな感情はいっさい持たない――あなたがわたしの友だちになってくれるとしてだけど。わたしはあなたとヘイワード卿のことを心から祝福するつもりでいるの。わたしは――ああ、やっぱりこんなことを言う資格はないわね。あなたがわたしと友だちになりたいと思うはずがない――」

「レディ・アンジェリン」ミス・ゴダードが不意に身を乗りだし、アンジェリンに片手を差し伸べた。「わたしはケンブリッジで父や兄と一緒に暮らしてきたの。母はわたしが六歳のときに亡くなったわ。だからまわりは男性ばかり。多くの意味で、それは恵まれた環境だった。好きなものをなんでも読ませてもらえたし、父と兄の刺激的な会話を飽きることなく聞かせてもらえたから。そうやって自分の知らないことを貪欲に吸収することができたの。自分と同年代の友人はいなかった――わたしは学校に行かなかったから。今はおばと暮らしていて、あなたたちの年頃の女の子とすんなり打ち解けるには年上すぎるし、とはいえ結婚をあきらめた未婚女性として落ち着くにはまだ若すぎる。実家は決して貧しくはないし、身分が低いわけでもないけれど、レディ・サンフォードの姪であるということを除けば、本当の意味で社交界の一員ではないわ。正式なお披露目もしていない。積極的に交際にいそしんだとしても、こういう地味な性格だから、それほど人々に寄ってきてもらえないでしょう。わたしは自分のみっともない姿をさらしたくないの。今の立場でじゅうぶん満足なのよ。これまで多くの意味で恵まれてきたわ。家庭教師をつけたり、学校に行ったりしなくても、自分が受けた教育は高いものだったと信じてる。学ぶことの喜びをいつも感じていられたから。でもね、レディ・アンジェリン、わたしはこれまでずっと女友だちがほしかったの」

「頭の中に綿毛が詰まったような相手でも？」

「あなたの家庭教師たちは、そろって釜ゆでの刑に処されるべきね」ミス・ゴダードが言った。

ふたりは声をそろえて笑った。

「わたしはあなたのことがとても好きよ」ミス・ゴダードが続ける。「知の巨人と話がしたくなったら、父のところに戻って心ゆくまで議論をするわ。でも、わたしはふつうの友人がほしいのよ。たとえその相手と『失楽園』について論じなくてはならなくても」

ふたりはまた笑った。そのとき客間の扉が開き、ヘイワード伯爵が案内されてきた。使用人が先に入って、ミス・ゴダードに確認するのをうっかり忘れたのだ。

彼は部屋の入り口ではっとしたように足を止めた。

アンジェリンは自分の心臓が喉元までせりあがり、ふたたび床まで急転直下したような気がした。なんとも気まずい思いで、彼女は席を立った。同時にミス・ゴダードも立ちあがり、伯爵に両手を差し伸べながら近づいていった。

「エドワード」彼女は言った。「見てのとおり、レディ・アンジェリン・ダドリーと楽しくおしゃべりしていたところよ。昨夜のヒックス邸の舞踏会は楽しかったと話していたの。レディ・アンジェリンは、これまでのどの舞踏会よりも楽しかったんですって」

アンジェリンは大きく微笑んだ。

「たしかに盛況だった」彼はミス・ゴダードを見つめたまま、かたい声で言った。「すまない、ユーニス。先客がいるとわかっていれば失礼したのに。また改めて出直すよ」

「いいのよ」アンジェリンは口を開いた。「わたしはもう帰るところでしたから。どうぞお座りになって、ヘイワード卿。といっても、ここはわたしではなくミス・ゴダードの――いえ、レディ・サンフォードのお屋敷だけれど。でも彼女はお留守だから、お客さまがどこに座るか、座っていいかを伝えるのはミス・ゴダードの役目ね。わたしがいるからといって、ご自分の訪問を切りあげるようなことはなさらないで。わたしはもうじゅうぶん長居をしたし、ミス・ゴダードもいいかげんに帰ってほしいでしょう。わたしはこれで……おいとまするわ」

「レディ・アンジェリンはここまでひとりで来たのよ」ミス・ゴダードがヘイワード伯爵を見つめたまま言った。「メイドの具合がよくないんですって。わたしのメイドに送っていかせようかしら」

「いいのよ、そんな――」アンジェリンは言いかけた。

伯爵が鮮やかなブルーの目を彼女に向けた。いつになく敵意のこもったまなざしだ。

「レディ・アンジェリン」彼は言った。「ぼくが喜んでお屋敷までお送りしましょう。それにしても、トレシャム公爵やレディ・パーマーがあなたをひとりでダドリー・ハウスから出ていかせたとは驚きだ」

「ふたりは知らないわ。それに知らせるつもりもないし。そんなことをしたら、二週間くらい怒り続けるでしょうから。わたしはひとりで帰れます。ここへ来る途中、角を曲がるたびに追いはぎが待ち伏せしていた様子もなかったですから。そうでしょう?」

ヘイワード伯爵の目つきが険しくなった。

「屋敷までお送りします、レディ・アンジェリン」彼は繰り返した。

おせっかいね。わたしの父でもない、兄でもない、夫でも……婚約者でもないくせに。赤の他人なのに。しかも、今の彼の言葉は提案ですらなかった。有無を言わさぬ口調だった。それに彼女がこれでもかとにらみつけても平然としている。

「それはいいことだわ、エドワード」ミス・ゴダードが言った。

先に目をそらしたのはアンジェリンだった——今度は新しい友だちをにらまなければならなかったからだ。レディ・サンフォードが不在の今こそ、ミス・ゴダードがヘイワード伯爵との結婚に向けて行動を起こす機会なのに。友人を男性の横暴から救ってくれてもよさそうなものなのに。

「わかりました、ヘイワード卿」アンジェリンは彼に視線を戻した。絶対に……感謝などしてやらないんだから。

ミス・ゴダードがアンジェリンに微笑みかけた。

この裏切り者！

エドワードはうんざりしていた。

レディ・サンフォードの屋敷に着く前からそうだったのだが、少なくともユーニスと心静かに楽しい会話ができることを期待していた。傷ついた心が癒されると思っていた。おだやかに晴れた朝だから、もしかしたら彼女は散歩につきあってくれるかもしれないと期待もした。

　ところが蓋を開けてみればこれだ。よりによってレディ・アンジェリン・ダドリーと、彼女に求婚を断られた翌日に一緒に歩くはめになった。彼女が腕を組むことを拒んだせいで、どうにも妙な感じだった。しかもレディ・アンジェリンは、レディング郊外でウィンドローに向けたのと同じ、あの冷たいまなざしをエドワードに向けてきた。まるで常識外れな行動をしているのは彼のほうであるかのように。まともなレディなら、シャペロンか信頼できる同伴者がいないかぎり、ひとりで屋敷の外に出るなどもってのほかではないか。

〝ここへ来る途中、角を曲がるたびに追いはぎが待ち伏せしていた様子もなかったですから。そうでしょう？〟

　まったく、追いはぎが自分のなりわいを示す大きな看板を首からぶらさげて歩いているわけじゃあるまいし。それに、追いはぎだけが危険なわけでもない。彼女は〈ローズ・クラウン・イン〉の一件から、何ひとつ学んでいないのか？

　とにかくこの女性にはいらいらさせられる。しかもどういうわけか、そんなはずがないのに、自分が彼女に悪いことをしてしまったような気がする。愛していると言わなかったせいだ――そんな言葉にはなんの意味もない。なぜ本当のことを言っただけで、罪悪感を覚えなければいけないのだ？　まったくわけがわからない。自分がただのエドワード・エイルズベリーだった頃、世界はもっとわかりやすかった。

「トレシャム公爵は部屋付きのメイド以外に、あなたのための使用人をひとりも雇っていないんですか？」決して自分のほうから沈黙を破るまいと思っていたにもかかわらず、エドワードは尋ねた。「それからそのメイドというのは、ひと月前に〈ローズ・クラウン・イン〉のパブで、なぜかあなたのそばにいなかったのと同じ人間ですか？　それほどしょっちゅう具合が悪くなるメイドなんですか？」

気分と同様、ついとげとげしい物言いになった。

「ヘイワード卿、そういう言い方でわたしのふるまいを遠まわしにとがめているのなら」レディ・アンジェリンが言った。「どうぞ放っておいて。あなたにはなんの関係もないことですから」

「実にありがたい言葉ですね」

「そのことに永久に感謝するわ」

それぞれの言葉が同時に出た。

「少なくとも、われわれには意見が一致することもあるわけだ」

「ええ」ふたりは大通りを横切り、エドワードは舗道にいた若い掃除夫に硬貨を投げた。

「そういえば」彼は言った。「昨日の舞踏会はとても楽しんだようですね。結構なことだ。ユーニスに言われるまでもなく、わかっていましたが」

「何が言いたいの？」

「別に何も。ただの社交辞令ですよ」

「いやな感じね」レディ・アンジェリンは言った。「昨夜は最高に楽しかったわ。パートナーたちも最高だったし」

「ウィンドローも含めてでしょう。彼と一緒にいられて、あなたは実に楽しそうだった」

「ええ。とっても楽しかったわ。魅力的で愉快な人だもの」

「ぼくの記憶では」エドワードは言った。「たしかつい二日前のボクスホール・ガーデンで、あなたはぼくに人生最高の夜だと言った。毎回それまでより楽しく過ごさないといられない性分なんですか？　そのうち楽しさを表す言葉が尽きてしまうのでは？　それとも毎回〝最高だったわ〟と言いさえすれば、それで気がすむんですか？」

「ボクスホールで言ったことは単なる社交辞令よ。そう言わなければあなたが気を悪くするか、場合によっては傷ついてしまうと思ったの」

なんてことだろう。さっきから子どもじみた口喧嘩などして。

なぜなんだ？

自分は昨日、レディ・アンジェリンに結婚を申し込んだ。ボクスホールで彼女の名誉を傷つけてしまったし、まわりの誰もが彼女を将来の伯爵夫人にふさわしいと認めていると思ったからだ。そして彼女は断った。何もややこしいことはない。それで話は終わったのだ。

そうなってよかった。

ぼくにとって、レディ・アンジェリンはとても賞賛できるような女性ではない。まともなふるまいというものをわかっていない。

そんな彼女がユーニスを訪ねていくとはどういうことだ？　ああ、気の毒なユーニス！

「このボンネットはどうかしら?」レディ・アンジェリンが尋ねた。

今日のボンネットは赤とオレンジの縞模様だった。ぎょっとするような配色だが、それはそれで魅力的でもあった。かっちりとした狭いつばが顔の輪郭を際立たせ、帽子自体に高さがあって、どことなく軍帽を思わせる。どうやら彼女は自分の身長を少しでも低く見せる気はないらしい。

「いつもそうやって相手に失礼なことを言わせるか、嘘をつかせるかしないと気がすまないんですか?」改めていらだちがこみあげた。

隣に顔を向けると、彼女は微笑んでいた。

「このあいだは正直な感想を言ってくれたでしょう。そしてわたしは笑い、あなたは微笑んだ。すてきだったわ」

「ならば言ってさしあげましょう。色が鮮やかすぎるし、その二色はひとりの人間に同時に使われるべきじゃない。もちろん、同じ色のドレスに合わせてはいけないことは言うまでもありません」エドワードは続けた。「しかし、それでいてあなたに似合っている。まさに個性そのままだ」

レディ・アンジェリンはますます笑顔になりながらも、前方を見つめたままだった。

「今夜ベッドの中で考えるわ、ヘイワード卿」彼女は言った。「今の言葉はお世辞か侮辱か、どちらだろうって」

「たぶん両方です」彼は言い捨てた。自分こそ、今夜ベッドで考えることになるだろう。なぜレディ・アンジェリンといると、いつもの礼儀作法がどこかへいってしまうのだろう?

レディ・アンジェリンが笑った。誰が聞いても魅力的な笑い声だ。よくある貴婦人のくぐもった笑いでもなければ、品のない大笑いでもない。いかにも楽しげな屈託のない笑い。聞いているほうも、思わずつられて笑ってしまう。だが、彼は笑わなかった。

幸い、ダドリー・ハウスが見えてきた。ふたりは残りの道のりを黙って歩き、エドワードは階段のたもとで足を止め、レディ・アンジェリンが無事に屋敷の中へ入るのを見届けようとした。彼女も足を止めてエドワードを見あげた。

「お礼は言いません」レディ・アンジェリンが言った。「感謝もしていないし」

「別に期待していませんよ。感謝してもらおうと思って送ったわけじゃない。そうすることが正しいからしたまでです」

信じられないことだ。つい二日前の夜にこの唇にキスをし、体を抱きしめたとは。身を焼かれるような欲望を感じたとは。

あのときはまったくどうかしていた。

そのとき彼女が微笑み、エドワードは胸の奥に何か奇妙な痛みのようなものが走るのを感じた。

「あなたのそういうところを、はじめて会ったときに大好きになったの」レディ・アンジェリンが言った。「でも、だんだんつまらなくなってきたわ」

「だったら少しは常識的なふるまいを身につけることです、レディ・アンジェリン。そうすればつまらなかろうとつまらなくなかろうと、ぼくと関わりあいにならずにすむ。そのほうがお互いのためでしょう」

少し首をかしげた彼女の顔にはまだ笑みが浮かんでいたが、少し切なげに見えた。

「そうね、そうしましょう。さようなら、ヘイワード卿」

レディ・アンジェリンはすばやく向きを変えて小走りに階段をのぼり、従僕が開いて待っていた扉をくぐった。扉が閉まり、彼女の姿が見えなくなった。

これでエドワードの朝はすっかり台なしになってしまった。

しかもレディ・サンフォード邸に戻ってみると、ますます憂鬱な話が待っていた。再度こぢんまりした客間に通されたとき、ユーニスがそこでひとり座っていた。

「あら」彼女は言った。「もう戻らないかと思ったわ。なんだか鬼のような顔ね。かわいそうに、エドワード。そんなに彼女のことを怒っているの？」

「まったくわけのわからない女性だよ」彼は言った。「実は昨日、彼女に求婚したんだ。昨夜きみには言わなかったが。そして彼女は断った。ぼくとしては、断られて心からほっとしたよ。彼女はきみにそのことを言いに来たのか？ ぼくをあざ笑うために？」

「どうして彼女がそんなことを？」先ほどエドワードが客間へ入ってきたときにレディ・アンジェリンが座っていた椅子を手で勧めながら、ユーニスが言った。「彼女はそんな意地悪なことができる人ではないわ」

少なくとも、それには同感できた。自分がさっきレディ・アンジェリンに言った言葉こそ、意地悪だった。なぜか彼女はこちらのそういう部分を引きだすのだ。

「彼女が来たのはね」ユーニスが言う。「わたしに友だちになってほしいと頼むためと、わたしがあなたと結婚しても気にしないと言うためだったの。あなたとわたしがお互いに好きあっているのが、よくわかるそうよ」

「なんだって?」エドワードは顔をしかめた。

「彼女はなんだか少し……悲しそうだったわ。悲しそうというより、切なそうと言ったほうがいいかもしれない。もちろん彼女は誤解しているわ。わたしたちが好きあっているのは間違いない。けれどロマンティックな関係ではないわ」

エドワードは顔をしかめたままだった。

「そのことだが、ぼくとの結婚をもう一度考えてくれないか、ユーニス」彼は言った。「そうすれば、人生が打って変わって平穏になる」

「そしてつまらなくなる」ユーニスがつぶやく。

エドワードは鋭く彼女をにらんだ。

「ぼくはきみから見ても、そこまでつまらない男か?」

「そういうことじゃないの」ユーニスはため息をついた。「あなたはつまらない人などではないわ、エドワード。でも、まるで自分がそうであるかのようにふるまうことが多いのよ。あなたはつまらなくなんかない。ただ……本当の自分に気づいていないだけ」

彼はますます険しい表情になった。

「二四歳にもなって、本当の自分に気づいていない？　言わせてもらうが、ぼくはたいていの人間より自分のことをわかっているつもりだ」

「だったら、それはあなたの勘違いね。でも、わたしはそのことについてどうこう言うつもりはないの。エドワード、彼女はあなたのことを真剣に愛しているわよ」

「レディ・アンジェリン・ダドリーが？」彼は叫んだ。「よしてくれ、ユーニス。だいたい、彼女ほど自分自身のことをわかっていない人間もいないよ！」

「そうね」ユーニスが言った。「たしかに彼女は今とても混乱しているわ。これまでずっと、いわば隔絶された環境で厳しく監視され、愛情に飢えながら育ったの。それが突然ロンドン社交界に放り込まれ、はじめてのシーズンで信奉者たちが次々と結婚を申し込みにやってくる。うれしくて舞いあがるのと同時に、違和感も抱いてしまって、ひどく……混乱してしまっているのよ。でもそんな狂騒のさなかに、岩のごとく揺るぎなく安定した人に出会えた。彼女はそれを求めているの。とても切実に、情熱的に」

「ぼくのことか？」エドワードは驚いた。「ユーニス、彼女は昨日ぼくの求婚を断ったんだぞ」

「愛していると言ってあげられなかったんでしょう？」

「彼女がここへ来たのは、きみにそれを言うためか？」驚きが強い怒りに変わった。「ぼくは嘘をつくべきだったのか？」

「違うわ。おそらくあなたが言ったことは正しかった。だって、それが真実なんですもの。

そして彼女が断ったのも正しいことだった。けれどそうすることによって、彼女は自分の心を打ち砕いてしまったの」

「昨夜の舞踏会では、はしゃぎまくっていたがね」

「まあ、エドワード」ユーニスが言った。「そんなの当たり前でしょう」

どうやらユーニスも、ふつうの女性と変わらないのかもしれない。妙に謎めいたことを言う。

「こう考えてみて、エドワード。昨日で求愛が終わったわけではなくて、第一幕が終わったのだと。続きの脚本を書くべきよ。中途半端に終わってしまう劇ほど興ざめなものはないわ」

いつもは抑えている悪態をつきたかった。だが、もちろんできなかった。少なくともひとりきりになるまではできない。

「つまり」エドワードは言った。「ぼくはきみとの結婚を今度こそあきらめるべきなんだね、ユーニス？」

「ええ、そうよ」彼女が静かに言う。「わたしたちは結婚には向かないわ、エドワード。本当よ。いつかあなたにもわかるときが来るはず。わたしたちはずっと友人同士である運命なの。恋人ではなく」

彼はつばをのみ込み、立ちあがった。

「それなら、もう二度ときみの邪魔はしないよ」

「まあ、怖い顔をするのね」ユーニスが言った。「わたしたちはこれまでも意見の相違があったわ。だけどあなたはいつも、意見の相違は刺激的なことで、不快ではないと言ってくれたじゃない。わたしのことを不快に思わないで。そして脚本の続きを書いてちょうだい」

劇などたくさんだ。エドワードは彼女にお辞儀をし、部屋をあとにした。これで最後の望みが絶たれてしまったのだ。

数分後、彼は通りを歩きながら、思いきりののしり声をあげた。ただし周囲に聞かれていないことを確かめながら。

ひとしきり毒づいたあとも、気分は完全にはよくならなかった。

14

ともあろうに、ユーニスとレディ・アンジェリンのふたりに求婚し、その両方から手ひどく拒絶されたエドワードは、それからの二週間というもの二度と立ち直れないかと思うほど落ち込んだ。来年の春まではウィムズベリー・アビーから出るつもりはないと宣言しそうになったことも、一度や二度ではない。だいたい結婚を先に延ばしてなんの不都合があるというのか。まだ二四歳だし、体もいたって健康だ。馬車で暴走することもなければ、決闘もしない。そもそも、人生がいきなり終わるような危険性のある行為には手を出さないことにしている。予期せぬ事故でもないかぎり、あと一、二年は何も起こらないだろう。結婚はそれからでもいいはずだ。しかし、事故というのはどれも予期できないものだ――そうでないものを事故とは呼ばない――それに結婚を先送りしたところでどうなる？　どのみち、いずれはしなければならない。ならばいっそ早く終わらせて、すぐにでも幸福な結婚生活を開始し、子どもをもうけることに専念したほうがよいのでは？

そんなとき、エドワードの気を引く新たな出来事が起こった。ある日の午後遅く、フェナー卿が訪ねてくると、いつものように義姉のロレインを誘って公園まで馬車で出かける代わりに、エドワードに話があると言ってきたのだ。

エドワードは奇妙だと思った。自分はロレインの父親でもなければ兄でもない。彼女とはなんの血のつながりもない。

「ヘイワード伯爵夫人のお父上は今、ロンドンにはおられないんだ」一階の客間でふたりきりになったとたん、フェナーが説明をはじめた。「もちろん、お父上には手紙を書くつもりでいる。だが、彼女はきみと話をしてほしいと言うんだよ。今は亡きご主人の家族に気兼ねしているんだ。亡くなって、まだそれほど経っていないからね。彼女はきみたち家族のことを心から愛していて、結婚以来、本当によくしてもらったと感謝している。実際、きみたちのことを本当の家族だと思っているんだ。もちろん彼女の娘にとっては血のつながった家族なわけだし、きみはあの子の共同後見人でもある。だからきみたちに不快な思いをさせたり、ましてや傷つけたりするようなことがあってはならないと思っている」

フェナーとロレインが真剣に交際しているのは誰の目にも明らかだった。だが、ことがここまで進んでいるとはエドワードも気づいていなかった。しかし考えてみれば、別に驚くほどのことでもない。ふたりとも立派な大人だし、独身だ。文句のつけようはどこにもない。エドワードも頭ではふたりを祝福していいと思った。兄のモーリスがよい夫だったとは決して言えない。だが、心ではどうだろう？　やはりモーリスは自分の兄だ。これではなんだか、兄をもう一度埋葬するような気がしてしまう。母もきっと同じ気持ちになるだろう。姉のアルマもジュリアナも。ただ、それは自分たちがモーリスと血縁だからであって、ロレインはそうではない。そこには大きな違いがある。それに嫁いできたときから、ロレインはずっと家族の一員だった。今では義理の姉というより、実の姉のように感じている。

「義姉上の幸福は、われわれにとっても重要な問題だ」エドワードは言った。今の状況を考えれば、自分たちの哀しみなどあとまわしでいい。そんなものは、それぞれが心の中でそっと抱いていればいいのだ。

「ぼくは伯爵夫人と結婚したいと思っている」フェナーが告げた。「彼女への愛はこの五年間、消えたことはない。彼女もぼくのことを愛してくれていると自信を持って言えるよ。それでもきみたち家族を不快にするようなことだけは、ぼくも彼女もしたくないんだ。もしきみたちが結婚はまだ早すぎると感じるようなら、一年だけ待とう。だが、それ以上は勘弁してくれ。どうしてもということなら、一年は辛抱するつもりだ。本当はそうしないですむほうがうれしいが」

そこまで言うと、フェナーは緊張した面持ちでエドワードを見た。

エドワードの表情はかたかった。いったい愛とはなんだろう？　それは天にものぼるような幸福感と、心の奥に秘められた欲望。頭ではわかっている。きっと信じることさえできれば、経験することもできるのだろう。だが、愛に実体はあるのだろうか？　愛とは永遠に続くものなのか？　なぜかロレインとフェナーのあいだではそれが可能だとみんな思っている。おそらく五年前に間違った道を選んだふたりが――少なくともロレインはそうだった――もう一度正しい道を選ぶべく二度目の機会を与えられたからだろう。二度目の機会を得られるのは珍しい。もしあのとき、兄が二輪馬車のレースをすることに同意して――あるいは自分から持ちかけて――いなかったら？　もしあのとき、見通しの悪いカーブで、兄と干し草を積んだ荷馬車が鉢合わせしたりしなかったら、状況はまったく違っていただろう。人生は一見取るに足りない小さなことが無数に積み重なってできている。その中のひとつでもほんの少し実際とは違う方向に進んだら、その人の生きる道は大きく変わってしまうのだ。

だが、そんなことは今いくら考えてもしかたがない。ロレインとフェナーは、自分たちに与えられた二度目の機会を今度こそ無駄にしないと心に決めている。それでいい。兄は死んだが、残された者の人生はこれからも続くのだ。

「母と姉たちの意見も聞かないといけないが」エドワードは言った。「おそらくみな喜んで、ぼくに同意してくれると思う。義姉上は兄にとって、もったいないほどの妻だった。同時に、ぼくの姪のすばらしい母親でもある。実の姉に対するのと同じくらい、彼女の幸福を願っているよ。きみと一緒になって幸せになれるのなら――もちろんそうなると信じているが、一年はおろか一日だって延ばす必要はない。そろそろ喪も明ける頃だし、ぼくたちだっていつまでもくよくよはしていられない。ふたりを心から祝福するよ」

エドワードはそう言って手を差しだした。

フェナーがその手をしっかりと握って言った。「きみの厚情に感謝する」

しかし、エドワードはなぜか自分がひどく落ち込んでいるのに気づいた。兄が亡くなり、その妻が新たな道に進もうとしているからか？　それとも、世の中には愛を信じ、それによって幸せになる人もいることを知ったせいか？　あるいはもっと別の理由からか？

　答えはすぐにわかった。フェナーはレディ・パーマーの弟であり、トレシャム公爵のいとこ――厳密に言うと、またいとこなのだ。それはつまり、レディ・アンジェリン・ダドリーのまたいとこということでもある。しかもレディ・パーマーはレディ・アンジェリンの世話人兼シャペロンだ。今回の婚約を受けて、両家の親族が一堂に会するのは間違いない。たとえ結婚式の一回だけだとしても。本音を言えば、ダドリー家の人間とは、もう二度と顔を合わせたくない。だが、たとえまたいとこという遠い間柄だとしても、フェナーがその一族なのは避けられない事実だ。

　それから一週間も経たないうちに、エドワードは自分の悪い予感が的中したことを知った。ふたりの婚約が正式に発表されたのを新聞の朝刊で読んだすぐあとのことだ。しかも、状況は想像よりもさらにひどかった。結婚式を待たずして両家が集うというのだ。

　レディ・パーマーは夫の領地であるサセックスのホーリングスで、ふたりの婚約を祝うためにハウスパーティーを開くことにした。もちろんエドワードも家族とともに招待された。フェナーの家族も同じく招待されたのは言われなくてもわかっている。パーティーは五日間続く予定になっていた。

　これほど気の滅入ることがあるだろうか？　カントリーハウスでのパーティーという逃げ場のない状況の中で、五日間もレディ・アンジェリンを避け続けなければならないのだ。ウィムズベリー・アビーを出てから、まだ二カ月も経っていない。前もってこうなるとわかっていたら、決して家から出たりはしなかった。貴族院での仕事など、どうでもいい。結婚だって、地元の地主階級の娘を妻として迎えればそれでよかったのだ。

だが、何もかも今となっては手遅れだった。

〝脚本の続きを書いてちょうだい〟数週間前、ユーニスはそう言った。なんてばかなことを。書くべき続きなど、どこにあるというのか。こんな大間違いをするなんて、およそ彼女らしくもない。

あれ以来、ユーニスには一度も会っていない。今頃どうしているだろう?

一方、アンジェリンはヘイワード伯爵の求婚を断ってからの三週間、これ以上ないほど楽しく毎日を過ごしていた。朝はたいていフェルディナンドやその仲間たちと馬を走らせるか、マリアかマーサとふたりで、あるいは三人一緒に公園を散歩したり、オックスフォード・ストリートやボンド・ストリートへ買い物に出かけたりした。図書館にも二度行って、そのたびに何冊か本を借りてきた。けれども実際には、ほかのことをして遊ぶのに忙しく、読む時間はまったくなかった。ミス・ゴダードのところにも二度訪ねていった。今回はちゃんと病気の治ったベティを連れて。二度ともふたりでおとなしくソファに座り、昼までおしゃべりをした。あいにく二日とも、雨のせいで散歩に出られなかったからだ。話の内容はよく覚えていないが、ボンネットや求婚者のことでもなければ、ヘイワード伯爵のことでもなかったのはたしかだった。それでもふたりは互いに同じくらいしゃべり、一瞬たりとも会話が途切れることはなかった。

午後はロザリーを訪ねたり、ガーデンパーティーやヴェニス風朝食会やピクニックに参加したり、あるいは大勢の取り巻きのうちの誰かと一緒にハイドパークまで馬車で出かけたりした。

さらに夜ともなると、ひと晩にいくつもの催しが開かれ、選ぶのに苦労するほどだった。舞踏会に夜会に音楽会、芝居にオペラに晩餐会。ときには晩餐会と音楽会、あるいは芝居をはしごすることもあった。

どこに行っても知りあいがいて、徐々にではあるが、それほど苦労せずとも名前と顔を一致させられるようになっていった。もちろん毎回はじめて顔を合わせる人もいた。中には親しく声をかけてくれる人もいて、同じ年頃の女性と腕を組んでパーティー会場を歩きまわったり、父や母のことを知っている大人の女性からは両親のことを聞かされたり、曾祖父を覚えているという、もっと年配の女性たちに会ったりもした。マーサとマリアもたいてい一緒だった。彼女たちも社交界が大いに気に入り、求婚者やその候補者について、いつもかしましくおしゃべりをしていた。ただ、ある音楽会でミス・ゴダードに会ったときだけは黙って彼女の隣に座り、ひたすら音楽に聴き入った。

紳士たちについていえば、年配の男性たちの多くはいかにも礼儀正しく、親切に話しかけてくれる人さえいた。トレシャムの友人では特にコナン・ブルーム卿と金髪でハンサムなキンブル子爵が、それほど年が離れているわけでもないのに、まるで親類のおじのように接してくれた。一方、フェルディナンドの友人たちからは、その他大勢のひとりという扱いを受けた。朝駆けのときに見かけるだけの知りあいがほとんどだったからだ。そしてどこへ行っても、アンジェリンのまわりにはいつも若い――ときには少し年上の――紳士たちが大勢群がった。彼らはなんとか彼女の気を引こうとあの手この手で近づいては、ダンスや散歩や乗馬に誘い、中には実際に結婚を申し込む者もいた。

ウィンドロー卿にもたびたび会った。彼は何かの催しで顔を合わすたびに、口を小さくすぼめて笑いながらこちらに秋波を送ってくるが、決して必要以上には近づこうとしない。いつしかアンジェリンは彼のことを面白い人だと思うようになっていた。もし向こうがその気なら、彼と少しふざけてみるのも悪くはない。明らかにウィンドロー卿にとってそれは単なるゲームでしかないし、本気で口説いてくるはずなどないからだ。

そしてもちろん、ヘイワード伯爵とは行く先々で顔を合わせた。それは避けようのないことだった。英国の上流社会というのはそれほど大きくはない。どの催しでも、主催者はほぼ全員に招待状を送り、送られたほうもほぼ全員がその誘いを受ける。アンジェリンは次第に要領を覚え、どこへ行っても彼とは部屋の広さの半分以内には近づかずにいられるようになった。もちろん彼のほうには顔も向けないし、目を合わせることも決してしない。けれども実を言うと、それはさして難しいことでもなかった。ヘイワード伯爵のほうも同じくらい必死でアンジェリンを見ないようにしていたからだ。その代わり、彼はいつも別の若い女性に目を向けていた。しかも、それは必ずかわいらしくて上品な女性だった。

そのまま何もなければ、ヘイワード伯爵への関心も薄れ、最後はすっかり忘れてしまったかもしれない。だが、アンジェリンにはひとつ気がかりなことがあった。それは彼とミス・ゴダードが愛しあっているにもかかわらず、周囲の無理解がその結婚を阻んでいるということだった。なんとかふたりを結びつけることはできないものだろうか？ もし気高い無私の心でそれを成し遂げられたら、自分の傷ついた心も少しは癒されるだろう。ふたりが結婚すれば、それほどうれしいことはない。そうなれば自分も誰かと恋に落ち、結婚し、〝末永く幸せに暮らしました〟と言えるようになる。いや、〝末永く〟の部分は余計だった。そんなことは現実にはありえない。あったとしても自分はごめんだ。きっと退屈に決まっている。喧嘩もときには楽しい。そのあとキスを交わして仲直りし、もとの幸せなカップルに戻ればいいのだから。そういえばレディ・サンフォードの屋敷からの帰り道に、ヘイワード伯爵と喧嘩をしそうになった。そのときのことを思いだすと、ときどき切なくなる。でも、そんなことはきっぱり忘れてしまおう。これからは気高い人間になるのだ。

それに実際のところ、アンジェリンは楽しく時間を過ごすのに忙しくて、喧嘩や喧嘩になりそうになったときのことなどかまっていられなかった。笑ったり、話したり、踊ったり、まさにこれ以上の幸せはないといった様子で、連日大いに人生を謳歌していた。

だがある日、このままヘイワード伯爵と永久に距離を置いていることはできそうにないのを知らされた。彼女のまたいとこのレナードが、ヘイワード伯爵夫人と結婚することになったのだ。その知らせを聞いて、アンジェリンはロザリーと同じくらい喜んだ。そこでロザリーはふたりをホーリングスのカントリーハウスに招き、婚約祝いのささやかなパーティーを開くことにした。みんな集まるのよ、とロザリーは言った。レナードの親族全員という意味だ。それに伯爵夫人の義理の家族も。もちろん今回の結婚で、ロレインは伯爵家とは縁が切れる。でも実の親族は隠遁生活を送っているお父さましかいらっしゃらないの、とロザリーは説明した。だから亡くなったご主人の家族を自分の家族同然に思っているのよ。あの人たち、本当に彼女にはよくしてあげていたから。

あなたも招待してほしい人がいたら言ってちょうだい、とロザリーは言った。身内だけのパーティーにするつもりはないの、わたしも隣人を何組か招待するつもりよ、と。

それを聞いて、アンジェリンは気分が悪くなるほど激しい不安と興奮を覚えた。恐怖と困惑の入り混じった妙な気分だ。ヘイワード伯爵と一緒に五日間もひとつ屋根の下で過ごさなければならないなんて。しかも、まわりにいる人間の数もかぎられている。だが、どうしようもない。行く以外に選択の余地はないのだ。ふたりの兄も行くし、もちろん主催者であるロザリーも。

そのとき突然、アンジェリンの頭にある考えがひらめいた。いや、ひらめいたというのは正確ではないかもしれない。それではまるで、ひとつの考えがすでにまとまった形でぱっと浮かんできたように聞こえる。実際には、完成するまでにはいくらか時間を要した。だがどちらにしても、それがすばらしいアイデアであることは間違いない。

ある日の午後、アンジェリンはロザリーと一緒に、リッチモンドにあるレディ・ラヴァロールの屋敷で開かれたガーデンパーティーに出席していた。広大な屋敷の裏にはテムズ河に面して庭が広がり、その先端には二カ所、本物の桟橋のように突きでているところがあった。こんなにすてきな場所に住めたらどんなにいいだろう、とアンジェリンは思った。その日は夏の午後に屋外パーティーを催すには最良の陽気で、ときおり太陽にかかる雲さえ、暑さをしのぐにはちょうどよかった。

どの一団に加わろうかとあたりを見まわしていると、テラスに立つミス・ゴダードの姿が目に入った。いつもと同じように、レディ・サンフォードや年配の女性たちに囲まれている。飲み物や軽食の置かれたテーブルのそばだ。アンジェリンは顔を輝かせた。ミス・ゴダードはいちばん会いたいと思っていた人だ。実のところ、明日にでも訪ねていくつもりでいた。

「ミス・ゴダード」アンジェリンは彼女のほうに走り寄った。「ここでお目にかかれるなんてうれしいわ。河に沿ってお散歩しましょうよ。わたし、こんな場所に住めるのなら、どんなものでも差しだすわ。そう思いません?」

「どんなものでも、とは言えないけれど」ミス・ゴダードは笑った。「たしかにすばらしいところね。ありがとう、ご一緒するわ。どこか途中に花を楽しめる場所もあるでしょう。花は目のごちそうだもの。もちろん香りもだけど」

アンジェリンはミス・ゴダードの腕に自分の腕を絡めると、そばにいた婦人たちに作法どおりの挨拶をしてからその場を離れた。

「招待状はお受け取りになった? 返事はもうお出しになったの? ああ、どうかイエスと言って。そうでなかったら、ひどくがっかりしてしまうわ」

「受け取ったわよ」ミス・ゴダードは答えた。「でも光栄に思うと同時に、とても驚いたわ。どうしてレディ・パーマーは、わたしなんかをサセックスのお屋敷に招待してくださったのかしら？　ほとんど面識もないのに」

「でも、わたしはあるわ。ロザリーはわたしの世話人をしてくれているの。それで誰か招待したい人はいないかと尋ねてくれたのよ。きっと、滞在中にわたしがいやな思いをしないよう気づかってくれたんじゃないかしら」

「いやな思い？」

「またいとこのレナードが」アンジェリンは説明した。「ロザリーの弟で、フェナー卿のことだけれど、彼が最近ヘイワード伯爵夫人と婚約したの。あなたも新聞で発表されたのをご覧になったでしょう？　一族全員、喜んでいるわ。彼女は何年か前、社交界にデビューしたとき、レナードをひどく傷つけてしまったの。彼女のほうは前ヘイワード伯爵に恋して、彼と結婚してしまったから。でも、今はレナードのことを心から愛している。それは彼も同じよ。そのことは誰の目にも明らかだわ。だから、終わりよければすべてよし、ってことなの。これってシェイクスピアの言葉だったかしら？　それとも劇の題名？　たしかそんな感じだったわよね？　とにかく今度のパーティーは、その婚約祝いの集まりなのよ。だから伯爵夫人の家族も全員参加するというわけなの。実際には義理の家族だけれど。実の家族はロンドンにはひとりもいないから。彼女の家族、つまり義理の家族は、いっときわたしにとても注目していたのよ。なぜって、わたしがヘイワード卿のいい結婚相手になると思っていたから。まったく、どうしてそんなばかげた考えを思いついたのかしら？　とにかく、あの人たち全員がホーリングスに集まるの。もちろんヘイワード卿もね。たぶんロザリーは、わたしが彼の求婚を断ったから、気まずい思いをするんじゃないかと心配しているんでしょう。それでわたしのために、ほかの人たちも招待したらいいんじゃないかと考えたみたい。なんてやさしい人なのかしら。それであなたの名前を出したのよ。だって、あなたとは数日一緒に過ごしたいとずっと思っていたんだもの」

その言葉に嘘はない。でも、本当の理由はほかにもあった。実はアンジェリンはパーティーのことを聞いてすぐ、ヘイワード伯爵とミス・ゴダードの縁結びをお膳立てするのにこれほどいい機会はないと思いついたのだ。きっと彼の母親や姉たちも、そばで見ているうちにミス・ゴダードの上品さや、ふたりが熱烈に愛しあっていること、彼女がどれほど伯爵夫人にふさわしい女性であるかということに気づくだろう。ミス・ゴダードは身分こそ大学教授の娘にすぎないけれど、彼女ほど立派な女性はレディの中を探しても、そうそう見つからないのだから。

「お願い、来てちょうだい」アンジェリンはミス・ゴダードの腕をつかんで訴えるように言った。

「でも、ハウスパーティーなんて出たことがないのよ」

「あら、わたしだってないわ。でも、ずっと出たいと思っていたの。きっと楽しいわよ。来てくださるわよね？」

「たぶん、お受けできると思うわ」

ミス・ゴダードはそう言うとピンクのバラに顔を近づけ、香りをかいだ。ふたりは少し前から美しい花々を鑑賞していた。だが実を言えば、アンジェリンにはバラを眺めている余裕などなかった。その日のガーデンパーティーにはヘイワード伯爵も出席していて、彼が例の赤毛の女性と腕を組んで歩いているのがさっきから気になってしかたがないのだ。あの女性の名前はなんだったかしら？　なるべく彼のほうを見ないようにしながら、アンジェリンはどうかミス・ゴダードが彼に気づきませんようにと心の中で願った。彼がほかの女性と一緒にいるのを見て、傷ついたらかわいそうだ。

岸まで行くと、招待客がボート遊びに興じていた。ひとつのボートにふたりずつ乗っている。ボートは小さくて、見るからに危なっかしい。それでも乗ってみたいとアンジェリンは思った。ひっくり返ってもかまわない。水も最初は冷たいかもしれないが、入ってしまえばすぐに慣れて、あがる頃にはかえって温かく感じるだろう。それでも今日はやめることにした。ドレスはおろしたばかりの小枝模様のモスリンで、色は控えめながら、お気に入りの一着だ。水に浸かりでもしたら、きっと布巾のようになってしまう。せっかくの新しい帽子も、ぐったりしたカモみたいに見えるだろう。もちろん本物のカモは、水でぐしょぐしょになった色とりどりの花々や、よれよれのリボンで飾られていたりはしないけれど。

「河に出たら、すてきでしょうね」ミス・ゴダードがため息まじりに言った。

けれどもアンジェリンがそれに応えようと口を開けたとたん、すぐそばで別の声がした。

「お美しいミス・ゴダードと一緒なら、さらにすてきなことでしょう」ふたりが驚いて顔を向けると、そこにはウィンドロー卿が立っていた。今にもふたりのあいだに割って入り、それまでつないでいた彼女たちの手を払って、代わりにそれを自分が握ろうとしている。「ぜひとも乗ってもらいたい。そしてうるわしきレディ・アンジェリン、あなたにも川面に出ていただきたい。だが残念ながら、ミス・ゴダードと一緒に行くことはできない。ボートはふたり乗りだ。もし三人一緒に乗ろうとすれば、ボートは岩のように沈み、残るは三つの泡ばかり。岸で見守る人々がそれを見て、嘆き悲しむだろう」

「ただし」ミス・ゴダードが反論した。「それは誰も泳げないとしてのお話ね」

「あるいはひとりだけ泳げるか。しかし、そのひとりは残るふたりのどちらを助けるかで、大いに悩むことになるでしょう」ウィンドロー卿が言った。「どちらを助けても、あとで大変なことになる」

「ただし」ミス・ゴダードがまたも言い返す。「それは泳げるのが男性であればのお話よ。女性ならば、迷うことなくもうひとりの女性を助けますから。男性だって、もし女に命を救われたとなれば、それを屈辱に感じ、まわりからも死ぬまでばかにされるでしょう。そんな人生は生きるに値しないわ。だからたとえ痛ましくとも、泡の下に沈んでいくのを黙って見ているほうがその人のためなのよ」

「ああ」ウィンドロー卿は胸に手を当てて言った。「あなたはぼくに水死しろと言うのですね、ミス・ゴダード」

「でも、あなたは泳げるのでしょう？　違います？」

「おや、そうでした」

なんてくだらない話をしているのかしら。アンジェリンはパラソルをくるくるとまわしながら、笑ってふたりの話を聞いていた。それから一、二分もしないうちに、一艘のボートが岸辺に戻ってきた。するとウィンドロー卿は、明らかに前から待っていたふた組のカップルを差しおいて、そのボートを自分のほうに引き寄せてしまった。そしてミス・ゴダードの手を取ってボートに乗せると、アンジェリンのほうを向いてうやうやしくお辞儀をした。

「世間ではよく、賢い者は最良のものを最後に残す、と言う」

それを聞いて、アンジェリンはまた笑った。

「だが、嘆かわしいことに」ウィンドロー卿はボートに飛び移り、桟橋に手をついて河のほうに押しだしながら、アンジェリンに向かって大きな声で言った。「ぼくはまだ誰からも賢い者と言われたことはない」

まったく調子がいいんだから！　アンジェリンはさらにパラソルをまわしながら、心の中でそう思った。そこにヘイワード伯爵が現れた。顔が怒りに燃えている。まわりを見ても、どこにも例の赤毛の女性は見当たらない。

「レディ・アンジェリン、ウィンドローがまた迷惑をかけているのでは？」

ヘイワード伯爵の目は、ふたりの乗ったボートに注がれていた。ボートはすでに河の中ほどまで漕ぎだしている。ミス・ゴダードはこちらに背を向けて座り、舟べりに身を預け、水に手を浸していた。ウィンドロー卿はのんびりとオールを操りながら、彼女に向かって微笑み、何やら話しかけている。

「ウィンドロー卿はあなたが思っているほど腹黒い悪党ではないわ」アンジェリンは答えた。突然、息が苦しくなった。「あの宿でのことも、ちょっとばかげた真似をしたまでのことよ。もともと、あの人には少しばかなところがあるの」でも、それは言いすぎかもしれない。たしかにばかなところはあるが、それがなんとも機知に富んでいて魅力的なのだ。ウィンドロー卿のことはむしろ好きだと言ってもいい。ただし、それ以上のことはない。彼が自分にちょっかいを出しても、それはあくまでも遊びであり、まじめに受け取る必要も怖がる必要もない。「彼といても危険はないわ。それになぜかいつもミス・ゴダードがそばにいて、わたしを守ってくれるの」

そう言って笑顔でヘイワード伯爵のほうを振り向くと、彼があまりにそばに立っていたので、アンジェリンはぎょっとした。この三週間というもの、部屋の広さの半分以内には近づいたことがなかったのだ。レディ・サンフォードの屋敷から送ってもらったあの日以来、目を合わせたことすらない。いくらまわりの花々や木々がかぐわしい香りを漂わせ、川面が美しく輝いていても、伯爵の体から漂ってくるかすかなコロンの香りと、水面よりも青い彼の瞳ほどアンジェリンをうっとりさせるものはなかった。

「だが、ユーニスは誰が守るというんです？」その青い目を細め、川面を行くボートの姿を追いながら、ヘイワード伯爵は吐き捨てるように言った。

こんなに見通しのいい河に浮かぶ小舟の上では何をしたって丸見えだ。どんな悪党だって女性に言い寄ろうなんて考えないわ。そう言いかけて口を開いたアンジェリンの息が不意に止まった。パラソルもぴたりと回転を止める。

またもひらめきが訪れたのだ。

そうよ、その手があったわ！

ロザリーに頼んで、ウィンドロー卿もホーリングスに招待してもらおう。彼女にも文句はないはずだ。むしろ喜ぶに違いない。アンジェリンがどの求婚者にもなびかないのを心配しているのだから。ウィンドロー卿ならハンサムで魅力的だし、趣味もいい。花嫁候補を探しているという話は聞かないけれど、彼ならじゅうぶんふさわしい相手と言える。トレシャムの友人というのがかえって不安要素ではあるが、兄だって誰とでも友人になるわけではない。そうよ、きっとロザリーも大喜びするはずだわ。

そして、全員がホーリングスに集まったあかつきには、ウィンドロー卿とミス・ゴダードをまた今日みたいな状況に追い込む。そうすればかわいそうなヘイワード伯爵は彼女のことを心配し、不安と嫉妬で気も狂わんばかりになるだろう。ウィンドロー卿は実際とてもハンサムだし、機知に富んだ会話を互角にできるミス・ゴダードとふざけあうのが好きなようだ。きっとヘイワード伯爵もミス・ゴダードも、お互いなしでは生きていけないことに気づくだろう。そしてふたりが深く愛しあっていることがホーリングスじゅうに広まる。もちろん彼の家族も含めて。伯爵のことを愛している家族は自然とミス・ゴダードのことも好きになり、ふたりの関係は認められ、ハウスパーティーが終わる頃にはふたりは婚約し、結婚予告がすむと同時にハノーヴァー・スクエアのセント・ジョージ教会で結婚式を挙げ、あとは〝末永く幸せに暮らしました〟だけ。

そのすべてのお膳立てを、このわたしがやるのだ。わたしは気高い行為を成し遂げる。そして、真実の愛はどんな逆境にも負けないことを証明してみせる。

アンジェリンがパラソルをくるくるまわすと、帽子の花飾りが突然の風にあおられて大きく揺れた。

ヘイワード伯爵がボートから視線をそらし、アンジェリンの目をじっと見つめた。ふたりのあいだに永遠かと思うほど長い沈黙が流れた。

「申し訳ないが」先に口を開いたのは彼のほうだった。「あなたのことを心配しているわけではないのです。さぞかし、おせっかいな男だと思われたでしょうね」

「でも、ミス・ゴダードのことは心配なのでしょう？　彼女のことが好きだから」

「そうです」彼の表情が突然暗くなった。

これで決まりだわ！　きっとうまくいく！

けれども、なぜかアンジェリンの心はふたつに引き裂かれ、河底を這いずりまわっているような重い気分になった。

「ボートが戻ってくるのをここでお待ちになりたいでしょうね」彼女は言った。「ミス・ゴダードをウィンドロー卿の手から救いだすために。あら、あんなところにマリア・スミス＝ベンがいるわ。ミスター・ステビンズとアンソニー・フォルケ卿もご一緒に。マリアはわたしの親友なのよ。では、ちょっと失礼」

アンジェリンはそう言うと、満面の笑みを浮かべて彼らのほうに手を振った。向こうも立ち止まり、笑いながら彼女が追いつくのを待っている。フォルケ卿は、どんなに撫でつけても帽子のつばからはみでてしまう金色の巻き毛が気になってしかたない様子だ。でも、その顔は少年のようなあどけない美しさをたたえている。一方ミスター・ステビンズの目は、この一、二週間というものマリアに釘づけで、それがマリアを大いに喜ばせていた。

アンジェリンは一瞬にして、また笑顔で幸せいっぱいな彼女に戻っていた。

早くロザリーに会って、招待客を追加してもらうよう頼まなくては。こんなにすばらしい計画が失敗することなんて、絶対にありえないわ！

15

ホーリングスはどっしりとした風格のある石造りの大邸宅で、玄関まで続く長い曲がりくねった道の両側には手入れの行き届いた広大な敷地が広がっていた。屋敷の前には四角く刈られた生け垣や、砂利道、彫像などが配された昔ながらのフランス式庭園がある。このまま天気が変わらなければ、ここで数日過ごすのも悪くないように思えた。ともあれ、ロンドンでの忙しい生活を離れ、ほっとひと息つくにはよさそうだ。少なくともそれが、エドワードと同じ馬車に乗っていた者全員の一致した意見だった。もちろん、乗ってきた馬車はウィムズベリー・アビーから持ってきたおんぼろではなく祖父のものだ。母以外、あんな乗り心地の悪い代物を使いたがる者はいない。

だがエドワードにとって、ホーリングスはどこよりも避けたい場所だった。

トレシャムとその妹のすぐそばで一緒に数日過ごすというだけでもじゅうぶん気が滅入るのに、さらに彼を憂鬱にさせたのは昨夜の家族会議での決定だった。このひと月、エドワードはしぶしぶとはいえ、六人以上の若くて家柄も申し分ない女性に求愛した。それでも、みんなは花嫁探しがあまりうまくいっていないと言うのだ。そこで、その矛先をふたたびレディ・アンジェリン・ダドリーに戻すべきという恐ろしい結論が下された。

彼女にはすでに一度求婚し、断られている。なのに、いくらそう言っても誰も相手にしてくれない。「そんなの関係ないわ」祖母はローネットを振りながら、取りあおうともしなかった。賢明な女性は、一度求婚されたくらいでは承諾しないのだそうだ。

「特に、相手からはっきり愛していると言ってもらえなかった場合はね」ジュリアナが、いかにもあてつけるように言った。

「それに」アルマが続けた。「五日間も彼女と一緒に過ごすのよ。これ以上の機会はないわ。もう一度求婚して、今度こそうまくやりなさい」

「わたしは彼女のことが好きよ」ロレインが言った。「元気いっぱいでいいじゃない」

「あの帽子だって悪くないと思うわよ」祖母がつけ加えた。「わたしもああいうのを一度かぶってみたいものだわ。そうすれば、人の目がしわでなく帽子のほうに向くだろうから」

最後に母が言った。「それにあなたの求婚を断って以来、彼女は幸せそうには見えないわ」

なんだって？　彼女が幸せそうには見えない？

母が言っているのは、本当にあのレディ・アンジェリン・ダドリーのことなのだろうか？

自分が目にした、というより、なるべく見ないようにしていた、あのレディ・アンジェリンのことを言っているのか？　彼女は男と見ると片っ端から媚(こび)を売り、男のほうも全員が彼女のご機嫌を取っていた。レディ・アンジェリンの取り巻きだけで、大英帝国軍に新たな一連隊を増強できるのではないかと思うほどだ。彼女の行くところ、いつも活気であふれている。

おかげで、舞踏会で灯すろうそくも何本か節約できるかもしれない。どんなに巨大な大広間でも、彼女の笑顔があたりをぱっと明るく照らすからだ。

そんな彼女が、幸せそうではないだって？

「あなただって、この数週間はあまり幸せそうには見えなかったしね」母はそうも言った。

エドワードは眉をひそめた。なぜ母はそんなことを言うのだろう？　この間ずっと、自分が若い女性たちのご機嫌を必死に取って、ときには苦手なダンスまでしていたのは母も見ていたはずだ。一日も欠かさず、晩餐会や観劇会、ガーデンパーティーといった催しに進んで参加していたこともちゃんと知っているはずなのに。

ホーリングスに到着後すぐ、ほかの招待客と同様に自分の部屋へ案内されたエドワードは、パーティーが終わるまでの五日間ずっとそこにこもっていたいと思ったが、実際はそうもいかなかった。服を着替え、ひげを剃ると、従者をさがらせ、一階の応接室までお茶を飲みにおりていった。

ありがたいことに、部屋には親族以外の客も何人かいて、ベリンダ・イーガンの顔もあった。いや、彼女はフェナー卿のいとこだから親族だ。そのほかに、まったく知らない顔も何人かいた。まずは、柔和な表情で立つ、痩せこけた長身の男性。白髪まじりのぼさぼさの眉とは対照的に頭髪はまばらにしかなく、櫛、ブラシ、水のどれを使っても整えるのは難しそうだった。レディ・パーマーの紹介では、名前はジョセフ・マーティン、最近引退したばかりの牧師で、パーマー卿とは長年の親友だという。そのほかに、ミスター・ブライデンとそのふたりの娘にも紹介された。彼らは近所に住む隣人で、パーティーの期間中はホーリングスに滞在するとのことだ。それにフェナー卿の親友、ウェブスター・ジョーダン卿も来ていた。

だが、さらにあとふたり、エドワードを驚かせる招待客がいた。ひとりはユーニス。なぜ彼女がここに招待されたのか、エドワードには見当もつかなかった。たしかに最近、彼女とレディ・アンジェリンのあいだに奇妙な友情が生まれつつあるのは感じていたが、それにしても不思議だ。それでも彼はユーニスに会えてうれしかった。彼女とは先日のガーデンパーティー以来、話をしていない。あの日、彼女は河岸で自分を待つエドワードを見つけて少しけげんな表情を見せたが、それでもウィンドローがその場から立ち去ると、エドワードの腕を取り、それから三〇分ほどは一緒に楽しく時間を過ごした。

そのウィンドローが招待客の中にいたことは、エドワードをさらに驚かせた。もちろん彼に会ったことはまったくうれしくない。しかしレディ・パーマーによると、ウィンドローはホーリングスでの隣人とのことだった。彼のカントリーハウスは、ここから一五キロも離れていないところにあるらしい。

こうしてホーリングスでのハウスパーティーはお茶と楽しい会話ではじまり、そのあと夕食、応接室でのカード遊び、そして音楽へと続いた。ブライデン姉妹が招待客の前でひとりずつピアノの演奏を披露すると、次はベリンダの伴奏で、フェルディナンド・ダドリーが意外にも見事なテノールでイングランド民謡を何曲か歌った。

エドワードは、レディ・パーマーが彼の親族の女性たちよりもずっと気配りのできる人なのを知ってほっとした。あるいは、そもそも彼女はレディ・アンジェリンに彼の目をもう一度向けさせたいなどとは思っていないのかもしれない。夕食ではエドワードを彼女から離れた席に座らせたし、カード遊びのときも別々のテーブルにつかせた。

寝室へ戻った頃には、エドワードの警戒心もかなり弱まっていた。夕食の際にはマーティン牧師やブライデン姉妹との会話を楽しみ、カードテーブルではレディ・パーマーと組んで遊んだ。部屋の広さの半分以内にはレディ・アンジェリンに近づかないというルールは、これまでのひと月に訪れたどの舞踏室や応接室とも同じくらい、簡単に守ることができた。

だがベッドに入る準備をしながら、エドワードはふと思った。レディ・アンジェリンと距離を置くことにそれほどこだわるのは、かえっておかしいのではないか。お互い、もう立派な大人だ。自分の求婚は——仮にあれが求婚と言えるとして——一瞬のうちに何ごともなく終わった。彼が求婚し、彼女が断った、それだけのことだ。ならば気まずい思いなどせず、ふつうに顔を合わせればいい。

しかし、実はすでに一度顔を合わせている。ほんの一瞬だが、テムズ河の岸辺で。ウィンドローがレディ・アンジェリンとユーニスのあいだに割って入り、レディ・アンジェリンに手を差し伸べたとき、考えるよりも先に彼女を助けようと走りだした。なぜあのとき、もう自分にはなんの関係もない彼女のことを助けなければと思ったのだろう？　まったくばかなことをしたものだ。ウィンドローがボートに乗せようとしたのは、彼女ではなくてユーニスだったのに。だが、うっかりレディ・アンジェリンとまともに目を合わせてしまったあのとき、変に心がざわついた。彼女の大きな黒い瞳を見つめていたら、溺れそうな気分になったのだ。テムズ河の水をすべて集めても、そんな気持ちにはならないだろう。

だめだ。やはり彼女とは距離を置いていたほうが安全だ。

でも、何に対して安全なんだ?

エドワードはろうそくの火を消してベッドに入ると、必死に眠ろうとした。そのことはもう考えたくなかった。

けれども実際に眠りにつくまでには、それからゆうに二、三時間かかった。


翌日の朝、アンジェリンは自分の立てた大いなる計画を成功させるには共犯者が必要だという結論に達していた。いくら頑張ってミス・ゴダードとウィンドロー卿がふたりきりでいるところをヘイワード伯爵に見せようとしても、肝心のミス・ゴダードがその場からいなくなったり、ほかの人を招き入れたりしたのでは元も子もない。

昨日はそれと同じことが二回も起きた。お茶の時間、アンジェリンは苦労してふたりを一緒にすると、自分は部屋の向こうから誰かに呼ばれたふりをして席を外した。それなのに、ミス・ゴダードはマーティン牧師が加わろうとするのを断るどころか、ほとんどのあいだ牧師相手に話をした。そのためウィンドロー卿は、ヘイワード伯爵があわててミス・ゴダードを救いに来なければならないようなことをする機会もなかった。その次はカード遊びが終わったあと、これまた苦心してふたりが一緒のところをつかまえ、テラスに出るとさぞかし気持ちがいいでしょうねと提案した。ふたりが賛成したところまではうまくいったが、そのあとミス・ゴダードが内気なミス・ブライデン——妹のほう——を引き寄せて腕を組んでしまったため、残されたウィンドロー卿はしかたなく、オーヴァーマイヤー子爵夫人とミセス・リンドを両脇に連れ、冗談でふたりを笑わせるしかなかった。なんて腹立たしいこと。男女の仲を取り持つには、せめて女性のほうに協力してもらわなければうまくいかない。けれど協力するも何も、ミス・ゴダードはアンジェリンがしようとしていることを知らないのだ。

解決策はただひとつ。ミス・ゴダードにこちらの計画を伝え、手伝ってくれるよう頼むしかない。

アンジェリンもミス・ゴダードも朝食前には起きていた。アンジェリンは前の晩から、ふたりの兄、レナード、それにウェブスター・ジョーダン卿と乗馬に出ると約束していたからだが、ミス・ゴダードはふだんから早起きなのだろう。朝食をすませると、アンジェリンはほかの人たちがおりてくる前にミス・ゴダードを誘いだし、ふたりで腕を組んでフランス式庭園の中を散歩しはじめた。

「あなたには心から感謝しているのよ」ミス・ゴダードが言った。「わたしをパーティーに招待するよう、レディ・パーマーに頼んでくださって。まだはじまったばかりだけれど、とても楽しいわ。お客さまもみな愉快な方々だし。マーティン牧師は聖地エルサレムまで行かれたことがあるんですって。ご存じだった？」

「いいえ、知らなかったわ」アンジェリンは答えた。その話題には少し興味を引かれたが、今はそんな話をしている場合ではない。「あなたを招待するよう頼んだのは、ある目的があったからなの。もちろん、そうでなくても来てほしいとは思っていたのよ。あなたは大事なお友だちですもの」

「あら、それはどういうこと？」ミス・ゴダードはわけがわからないという顔をした。

「いい機会だと思ったの。あなたとヘイワード卿がひとつ屋根の下で数日を過ごす。しかも家族の見ている前で」

「でも、いったいなんのために？」ミス・ゴダードが驚いた表情を見せた。

「わたし、知っているのよ。あなた方がロミオとジュリエットみたいな悲運の恋人同士だということを。もちろん、あのふたりはあまりにも若すぎたし、家族同士もすごく仲が悪かった。なんといってもイタリア人だもの。イタリア人って、そういうところがあるでしょう？だからといって、ほかの国の家族も同じくらい仲が悪いのはわたしだって知っているし、イタリア人の家族がみんな喧嘩ばかりしているとは思わないし、イタリアがことのほか住みにくい場所だと言っているわけではないのよ。実際、あのふたりとあなた方とでは悲運の恋人同士という点を除けば、どこにも共通するところはないわ。あなた方が愛しあっているのは、わたしの顔に鼻があるのと同じくらい明らかなことよ。完璧にお似合いのカップルだわ。絶対に結婚するべきよ」

ミス・ゴダードはしばらく当惑したような顔でアンジェリンの鼻を見つめていたが、結局何も言わなかった。

「それに大学教授の娘と伯爵は結婚できないなんて、そんなばかげた話はないわ。たぶん伯爵家の人たちは、あなたは身分が低いとか、洗練されていないとか思っているのよ。でもこれからの数日で、自分たちがどれほど間違っていたかを知るでしょう。そしてあなた方ふたりがどんなに愛しあっているかを目の当たりにしたら、ヘイワード卿のことを愛しているあの人たちはきっと……ふたりの結婚を祝福して、そして……」

歩きだす前はてっきり平坦な庭だと思っていたが、実際はかなり坂になっているらしい。歩く速度も速すぎたようだ。アンジェリンは息が続かなくなっていた。それに、どこからか風が吹いてくるせいで目に涙が浮かぶのかしら？　風なんてちっとも感じられないけれど。

「レディ・アンジェリン」ミス・ゴダードが静かな声で言った。「エドワードとわたしは友だちなのよ」

「もちろんわかっているわ」アンジェリンは目をしばたたきながら応えた。いつの間にか立ち止まったふたりの前で、丸々とした愛らしい天使の像が、実際には見えない目で天を見あげている。「だからこそすばらしいのよ。ヘイワード卿がわたしに求婚したとき――それはただ、彼のご家族がわたしを結婚相手にふさわしいと認めたからそうしたにすぎないのだけど、わたしがどういう人間かなんて、あの人たちは誰も知らなかった。わたしと会ったことさえなかったのよ。彼はわたしにキスをしたわ。一度だけ。でも、ほんの一瞬よ。しかたがなかったの。なんといっても、あのボクスホール・ガーデンだもの。しかもあたりには誰もいなくて、月はもうすぐ満月になろうとしていて、そういう状況では誰でもばかなことをしがちだし、だからわたしは――いやだ、わたしったら、なんの話をしていたんだったかしら？」ヘイワード伯爵にキスされたことなど、ミス・ゴダードに言うべきではなかった。

「あなたが伯爵に求婚されたときのことよ」ミス・ゴダードは伸ばした手で、天使の石の巻き毛に触れながら言った。

「そうだったわ」アンジェリンは続けた。「あのとき、わたしたちは全然友だちなどではなかったの。わかるでしょう？　ヘイワード卿はわたしを好きだと言ったけれど、そんなのなんの意味もないわ。違う？　だって、彼にわたしを愛しているかと尋ねても、彼はノーと言うことさえできなかったのよ。少なくとも、それくらいは言えたはずだわ。でも、決して言わないでしょうね。彼は紳士だもの。わたしを傷つけることなど絶対したくないのよ。そして、もしわたしが求婚を受け入れて結婚したら、彼は死ぬまでわたしを好きでいてくれるでしょう。少なくとも、それが自分が果たすべき最低の責任だと思って。でも、わたしたちが友だちになることは決してないわ。夫婦は何よりもまず友だちであるべきよ。そう思わない？」

「ええ、そうね」ミス・ゴダードはそう答えると、また歩きはじめた。

「でもゆうべのカード遊びでは、ヘイワード卿はロザリーと、あなたはウェブスター・ジョーダン卿と組んだ。このままでは、そんなことが五日間も続いてしまう。だから計画を練ったの。だけど、それにはあなたの協力が必要なのよ。ほしいものを手に入れるために積極的に動くのは悪いことではないわ。それに、あなたがヘイワード卿を求めるのも悪いことじゃない。彼だって、好きで伯爵になったわけではないのだから」

「それはどういう計画なの？」一瞬間を置いてから、ミス・ゴダードが尋ねた。

「ウィンドロー卿よ」

「ウィンドロー卿？」

ふたりの足がまた止まった。今回は何かを見るためではない。ただ互いに見つめあった。ミス・ゴダードは相手の言った言葉の意味がよくわからないという顔で大きく眉をあげたが、もちろん彼女の場合、そうしても驚いた野ウサギには見えない。

「このあいだのガーデンパーティーのことよ」アンジェリンは続けた。「ウィンドロー卿があなたをボートに乗せて河へ出ると、ヘイワード卿がわたしのところへ飛んできて、彼が迷惑をかけていないか尋ねたの。でも、ヘイワード卿が本当に心配していたのはあなたのことだったのよ。〝彼といても危険はないわ。それになぜかいつもミス・ゴダードがそばにいて、わたしを守ってくれるの〟と答えたら、〝だが、ユーニスは誰が守るというんです？〟と言って、いつまでもあなたのほうをじっと見ていたわ」

「たしかに岸に戻ったら彼が待っていたわ。でも、実は少し戸惑ってしまったの。だって、男性がわたしへ目を向けるたびに誰かに助けに来てもらうなんて、わたしには必要ないもの。エドワードであろうと、誰であろうとね。そもそも、そんなことはめったに起きないし。あのあと彼とは一緒にテラスまで飲み物を取りに行って、それからは半時間ほどふたりで楽しく時間を過ごしたのよ」

「それはわたしも見かけたわ。それでパーティーから帰る途中、ロザリーに頼んでウィンドロー卿もホーリングスに招待してもらうことにしたの。あれと同じことを、またここで起こすのよ。必要なら何度でも。ウィンドロー卿をあなたのそばにおびき寄せるの。そうすれば、ヘイワード卿はあなたのことが心配で半狂乱になるわ。でも大丈夫。実際はなんの危険もないから。いつも誰かがそばにいるし、実際のところ、わたしはウィンドロー卿がそれほど悪党だとは思っていないの。冗談を言って人をからかうのは好きだけど、心の底では紳士なのよ。もちろんヘイワード卿ほど立派な紳士とは言えないし、問題を暴力で解決しようとする傾向はあるけれど、男の人って、そうするのが男らしいと教えられて育つものでしょう？　彼らばかりを責めるわけにはいかないわ。違う？　わたしの兄たちも同じよ。だから……協力してくれないかしら？」

「ウィンドロー卿をわたしのほうにおびき寄せて、ふたりでいちゃつけばいいのね？」

「あら、そんな。ただ……彼の誘いに乗ったふりをするだけよ。だから決して危険はないけれど、気分のいいものではないし、少し不安にもなるかもしれない。でも心配ないわ、あのガーデンパーティーのときみたいに、ヘイワード卿がすぐ助けに来てくれるから。そして彼は気がつくの――まだ気がついていないならの話だけど、あなたを永久に守るには結婚するしかないって。そしてヘイワード卿のご家族もどれほど彼があなたを愛しているかを知って、それで……その……」

ミス・ゴダードの真剣なまなざしが、やがてやわらかな笑みに変わった。それは決して顔全体に広がることはなかったが、瞳の奥ではたしかに微笑んでいた。

「レディ・アンジェリン」彼女はやさしく呼びかけ、首を少し傾けた。「ああ、レディ・アンジェリン」

突然、アンジェリンは泣きたくなった。でも、ありがたいことにそうせずにすんだ。

「協力してくれる？」

ミス・ゴダードがゆっくりとうなずく。

「ええ、するわ」

まったく異なるふたつの感情が同時に心にわいたことは、これまでも何度もあった。兄たちの取った向こう見ずな英雄的行為に誇りと優越感を抱きながらも、最悪の事態になったかもしれないという恐怖と、そんな危険に身をさらす愚かな彼らへの怒りで体が震えた。だが今感じているのは、そんなものとは比べようもない。

ひとつは高揚感。それは間違いなかった。

だが、もうひとつは悲しみだ。あまりに悲しくて、アンジェリンは血がにじむほど唇をかんだ。

エドワードは夜遅く眠りにつき、朝早く目を覚ました。当然ながら、まだ疲れは残っている。それでもせっかく手にした早朝の数時間を考えごとに費やし、いくつかの問題に結論を出した。するとそのあとは、前日よりずっとさわやかな気分で一日をはじめることができた。その朝に出した結論のひとつは、ウィンドローへの敵対心を忘れるということだった。宿のパブで、彼は恥ずべき行為に及んだ。それはたしかだ。その件できちんと謝るよう求めたことについて後悔はしていない。同様のことがあれば、また同じようにする。しかし、ウィンドローは決して悪の権化というわけではない。単なる放蕩者だ。

たしかに、ウィンドローがその後もレディ・アンジェリンによくちょっかいを出しているのは事実だ。だが、それも当然ではないか。彼女には炎が虫を引き寄せるように、自然と男を引きつける魅力がある。またユーニスが、エドワードから聞いたウィンドローの話を気にしてレディ・アンジェリンの身代わりになり、ウィンドローの注意を自分のほうへ向けようとしているのもたしかだ。だが、ユーニスのことは心配ない。ウィンドローがいかがわしい目で彼女を見ることはないだろう。知的で良識のあるユーニスは、彼の趣味にはほど遠い。そもそもウィンドローとの会話は彼女にとっては退屈だろうし、その気になればいつでも彼を遠ざけるすべも知っている。

とにかく、ユーニスがこのハウスパーティーに招待されたのは喜ばしいことだ。今年の社交シーズンがはじまって以来、彼女が単調な毎日を送っているような気がして、ときどき心配になっていたのだ。ケンブリッジのように静かで学究的雰囲気に満ちた場所では、単調な生活もさして気にならないだろう。だが、ロンドンのような都会ではそうはいかない。レディ・サンフォードがユーニスを社交界の行事に連れていくことはめったにないし、たまにあったとしても、彼女が若い友人を見つけられるよう手助けをしてくれることは皆無だった。ユーニスのことは気に入っているようだが、その扱いは姪というより、ほとんど話し相手（コンパニオン）に近い。彼女が友人や、ときには気晴らしも必要な若い娘であることなど、すっかり忘れているようだった。

その朝早く、ベッドの中でエドワードが決心したことがもうひとつあった。変に身構えるのはもうやめて、すべては自然の成り行きに任せようというものだ。ウィンドローのことも無視する。少なくとも、彼がレディ・アンジェリンにとって脅威だとはもう思わない。彼女を避けるのも、もうやめる。正直に言って、このひと月ずっとエドワードの頭を悩ませていたのは、しぶしぶ求婚したあの六人の女性よりも、レディ・アンジェリンのことを考える回数のほうがずっと多かったことだ。そして彼女など好きでもなければ認めてもいないと言いながら、ときにはその逆の気持ちでいるという事実だった。

ふだんはひとりの人間に対して、こんな曖昧な感情は抱かない。なぜかレディ・アンジェリンにだけはそうなってしまうのだ。心の平安を取り戻すためには、この問題をなんとか解決する必要がある。

家族からは、再度レディ・アンジェリンに求婚するよう迫られている。ユーニスも同じ意見だ。ひと月前、レディ・アンジェリンから求婚を断られた翌日、ユーニスからこう言われた。〝こう考えてみて、エドワード。昨日で求愛が終わったわけではなくて、第一幕が終わったのだと。続きの脚本を書くべきよ〟

いいだろう。自分からは求愛しないとしても、積極的に避けるのはもうやめる。自然の成り行きに任せるのだ。もし運が味方につけば、このまま何もなく終わるだろう。むろんそうなると、この曖昧な感情に決着をつけることはできないが。

それにしても、ユーニスも親族の女性たちも、なぜそんな大きな思い違いをするようになったんだ？　エドワードはベッドから立ちあがりながら考えた。自分とレディ・アンジェリンでは昼と夜ほど違うのに。

いいや、これはあまりいい比喩とは言えない。昼と夜はひとつの硬貨の表と裏だ。一方が存在しなければ、もう一方も存在しない。正反対のふたつが完璧なバランスを取っている。たとえ自然の成り行きに任せても、最後は完璧に調和が保たれる。

昼と夜ほど完璧なペアはない。

なんということだ！

16

その日の午後、アンジェリンに最初の機会がめぐってきた。

招待客がこぞって散歩に出ることになったのだ。空には雲ひとつなく、日の光が燦々と降り注いでいる。ときおり強い風が吹くのを除けば、これほど天気のいい日はめったにない。それを無駄にするのはもったいないということになったのだった。

もちろん正規の予定ではない。ロザリーも、ハウスパーティーのあいだ招待客を隙間なく行事で縛るつもりはないと明言していた。彼らの多くはロンドンでのあわただしい生活に疲れ、しばしの休息を必要としているはずだ。だからホーリングスでは、ゆったりと自分の好きなことをして過ごしてほしい。本を読むのもよし、おしゃべりするのもよし、応接室や温室でうたた寝するのもよし。

最初はみなでいっせいに歩きはじめた。だが、ほどなくいくつかの集団に分かれ、それぞれ別の方向へ進みだした。ヘイワード伯爵の母親は、自分はフランス式庭園を歩くので精一杯だから、もっと体力のいる散歩は若い人たちに任せるわと言うと、ミスター・ブライデンが、それは賢明なお考えですと言って一緒に残った。少し遅れてテラスに出たトレシャムとベリンダは、ほかの客たちが西に向かっているのを見て、東に行くことに決めた。レナードとロレインはふたりだけの会話を楽しみながら、どこへ向かうともなく広い芝生をのんびりと歩いている。リンド夫妻は腕を組み、マーティン牧師と一緒にゆるやかな芝生をくだって、ふもとの湖へと向かった。オーヴァーマイヤー子爵夫妻は村の教会を見に行くと言っている。なんでもステンドグラスが見ものらしい。

ブライデン姉妹は、フェルディナンドとウェブスター・ジョーダン卿、それにヘイワード伯爵とウィンドロー卿の一団に入っていた。そこにはアンジェリンとミス・ゴダードもいた。おしゃべりの声が絶えない、実に楽しくてにぎやかな集団だ。湖に向かって歩いてはいるが、特にそこを目指しているわけでもなければ、急いでいるふうでもない。アンジェリンも、あの計画さえなければ大いに楽しんでいるところだ。でも、計画を実行するのにこれほどよい機会はない。ただ具体的にはどうすればいいのか、何もわからなかった。でも、やらなければ。ホーリングスでの二日目も、すでに半分過ぎている。

そこでアンジェリンはミス・ゴダードの腕を取り、先を急いだ。そしてみんなより少し前に出たところで、ウィンドロー卿に流し目を送った。突然、鼓動の速さが倍になった。少し色気が強すぎたかしら？　それとも足りなかった？　ウィンドロー卿は気づいた？　ほかの人はどうだろう？　ヘイワード伯爵は？　ああ、どうしよう。人を罠にはめるなんて、そんな悪さをするのはこれがはじめてだわ。

こんなことをしても、きっとなんにもならない。さっきから誰も来ないじゃない。みなの楽しそうな声も、どんどん小さくなるばかりだ。もう永遠にこうしているような気がする。けれども実際には、アンジェリンが流し目を送ってから、まだ一分も経っていなかった。そのとき、待ちに待った声がすぐうしろから聞こえてきた。

「ああ、残酷なる、うるわしき人よ」ウィンドロー卿がため息まじりに言った。「そんなに元気よく行かれては、あとに残るは四人の紳士とふたりの淑女。それでは釣りあいがよくない。残されたひとりとしては、とてもむなしいよ。しかも、この国で最も美しいふたりの女性のお伴をするという光栄も奪われてしまう。そこまで言っては褒めすぎと言うかもしれないが、きみたち以上に美しい人とは、まだお目にかかったことがないんだ」

「でも、それでは」ウィンドロー卿がふたりのあいだに割って入り、それぞれに肘を差しだすのを見て、ミス・ゴダードが反論した。「今度はあなたがその釣りあいを悪くしてしまっていますわ。これでは二対一ですもの」

「では、ふたりだけで行くほうがいいと言うんだね？　たとえ、ひとりでも紳士がお伴するよりは。ミス・ゴダード、きみはぼくを深く傷つけた。ぼくの心はもはや修復不能なまでにずたずただ」

「あら、いやだ」アンジェリンは急に立ち止まり、ウィンドロー卿の腕から手を離した。「靴の中に石が入ったみたい。すぐに取らないと」

「手伝ってあげよう」ウィンドロー卿が心配そうな顔で彼女のほうを向いた。だが、アンジェリンは必死に手を振って断った。

「いいえ、どうぞおかまいなく。かえって恥ずかしいわ。ひとりでも大丈夫。それほど時間はかかりませんから、おふたりで先に行って。すぐに追いつきますから」

おそらくウィンドロー卿は反論するつもりだったのだろう。何か言おうとした。だが、それよりも早く、ミス・ゴダードが口を開いた。よかった、彼女はちゃんとわかっている。約束どおり協力してくれるのだ。

「もちろん、あなたを恥ずかしがらせるようなことはしないわ、レディ・アンジェリン。気持ちはよくわかるもの。さあ、ウィンドロー卿、行きましょう」

ふたりが行ってしまうと、アンジェリンはうしろを振り向いてヘイワード伯爵を探した。早足でこちらに近づいてくるのが見える。計画どおりだ。

「心配なさることなど何もないのよ」彼がそばまで来ると、アンジェリンは言った。「あの方は、また少しばかなことをしているだけ。ミス・ゴダードが気を利かせて、ふたりで先に行ってくれたの。でも、危険なことは何もないわ。保証します。ただ、あなたが助けに来てくれたと知ったら彼女もきっと安心するでしょうから、ぜひ行ってあげてちょうだい」

「レディ・アンジェリン」ヘイワード伯爵のうしろを、集団のほかの人たちがにこやかに話しながら通り過ぎていった。「先ほど立ち止まったとき、右足をかばっていたようですが、けがでもされたんですか？」

「あら、違うの。靴に石が入っただけ。ひとりで大丈夫よ。それほど時間はかからないわ。すぐ追いつきます。だから早くミス・ゴダードを助けに行ってあげて」

「あなたが言ったとおり、彼女にはなんの危険もありませんよ。それに彼女は愚かな行為を黙って受け入れるような女性でもない。彼との会話に耐えられなくなったら、みんなが追いつくのを待つでしょう。ちょっと失礼」

伯爵はそう言うと、アンジェリンの前にひざまずいた。求婚のときとまったく同じ姿勢だ。そして彼女の足の前に手を差しだした。

ああ、なんてこと。

たしか右の足だったわよね？ そう、さっき彼がそう言っていた。アンジェリンは右足をあげて靴を脱いだ。思わずよろけそうになり、しかたなく少し身をかがめ、片手を彼の肩に置いた。その肩はたくましくて温かかった。ああ、なんて頼りがいのある肩だろう。伯爵は持ちあげた靴を逆さにして振ってみた。それから彼女の右足の裏をそっと払った。

「石はどこにも見当たりませんね。手にも触れないし」

「ものすごく小さいと目には見えないこともあるわ。それでも靴の中に入ると気になるものよ。きっと、もう取れたんでしょう」

ヘイワード伯爵はアンジェリンの足に靴を履かせた。彼女は足を地面におろして言った。

「ほら、もうどこにもないわ。どうもありがとう」

伯爵が立ちあがり、彼女の目を見つめる。

「ミス・ゴダードが――」アンジェリンは言いかけた。

「彼女は、ぼくが心配性のシャペロンみたいにあわてて駆けつけたところで喜んだりはしません」彼が言う。「それより、少しふたりで歩きませんか?」

アンジェリンは一瞬、彼を見つめた。これでは計画していたのとまるで違う。ウィンドロー卿は計画どおり動いてくれたのに、なぜヘイワード伯爵はそうしてくれないの?

伯爵は肘を差しだして待っている。きっとミス・ゴダードはとてもがっかりするだろう。でも、どうすればいいというの? 今はどうしようもない。また別の機会が来るのを待とう。

アンジェリンは伯爵の腕を取り、心の中でため息をついた。どうして彼の腕はいつもこうがっしりとして、ほかの誰より頼りがいがあると思ってしまうのかしら? どこにでもある、ただの腕なのに。

その気になれば、すぐにでもほかの人たちに追いつくことはできた。だが、ヘイワード伯爵にその気はまったくないらしい。アンジェリンを連れて、まったく違う方角へと歩きはじめた。

「林の向こうのあの丘には、上までのぼる道があるんでしょうか?」彼が言った。「きっとあるな。頂上に廃墟(はいきょ)の塔を模した装飾用の建物(フォリー)がありますから。見えますか?」

アンジェリンはヘイワード伯爵が指し示すほうに目をやった。そのとたん、失敗に終わった計画のことも、騒ぎながら湖へ向かう若者たちの集団のことも、頭の中からすっかり消えてしまった。

「ええ、見えるわ。上まで行く道があるかどうか探しに行ってみません? きっと頂上からの景色はすばらしいわ」

「あんなのぼり坂でも、あなたが平気なら」

「あら、わたしはしおれかけたスミレなどではなくてよ」

「それはぼくにもわかっています。いまだかつて、しおれかけたスミレが草原を横切って木にのぼるところなど見たことはありませんからね」

アンジェリンは伯爵を横目でちらりと見た。彼は今、冗談を言ったのだろうか？　それも、あんなにばかにしていたわたしの行動について？

「もちろん」彼が続ける。「実際あなたがそうするところも見たわけではないが」

そうだ、彼はやはり冗談を言っている。

「それは残念だわ。あなたひとりのためにアンコールに応えるつもりはないもの」

そのとき、ヘイワード伯爵の頬にまたしてもあのえくぼが現れた。アンジェリンは胃がきゅっとなり、うれしくて思わず大きな声で笑いだした。でも、こんなことはあってはいけない。ずっと前に忘れると決めたはず。けれど、これほど気持ちのいい夏の日に、ハウスパーティーに参加するふたりの男女が庭を散歩しながら冗談を言ったり笑ったりするのが、どうしていけないの？　ごくふつうのことじゃない。

林を迂回(うかい)して丘のふもとまで行くと、頂上までの道はすぐに見つかった。かなり険しいその道を、ふたりは息が切れないよう黙々とのぼっていった。今はそこらじゅう草で覆われているが、ロザリーの息子たちが寄宿学校に入る前や、外交官の夫がウィーンへ赴任するまでは、きっと頻繁に使われていたのだろう。頂上に着く頃には、アンジェリンの息は完全にあがっていた。顔も真っ赤で、汗まみれになっているのが自分でもわかる。ヘイワード伯爵も同じくらい苦しそうにあえいでいた。

「どうやら」伯爵が口を開いた。「この坂がのぼれるかどうか尋ねるべき相手は、あなたではなくぼく自身だったようですね」

アンジェリンは彼のほうを見て笑った。また冗談を言っている。

「心配しなくても、帰りはずっとくだりよ」そう言いながら、アンジェリンはほてった顔を冷やそうとボンネットのリボンをほどいた。リボンが風にはためき、顎と首のまわりが一気に涼しくなる。

それにしてもなんという眺望だろう。視界をさえぎるものは何もない。家や庭園、村や農場。どちらを向いても、見渡すかぎり田園風景が広がっている。

「見て!」アンジェリンは思わず叫んだ。だが、ヘイワード伯爵もすでにまわりの景色に目を奪われている。こんな場所で、そうならない人間などいるはずがない。

「賭けてもいい。あそこからのほうが、もっといい景色が見えるはずです」

彼がそばに立つ塔を指さして言った。

「でも、あなたと賭けをする人なんていないわ。それにレディはそもそも賭けなどしないものよ。わたしはもう立派なレディなの。すでにわたしが社交界にデビューしたのを、よもやお忘れではないでしょうね?」

彼の目がアンジェリンをとらえた。それを見て、彼女は伯爵が決して忘れていないことを知った。ヘイワード伯爵がはじめて笑顔らしきものを見せたのも、あの舞踏会でのことだった。あのとき、自分は彼に言ったのだ。こうして社交界へデビューした以上、これからは完璧なレディであり続けると。

「屋上まで競走よ」そう言うと、アンジェリンはドレスのひだをつかみ、塔まで一目散に走りだした。

真下から見る塔は思ったよりも大きく堂々としている。鋲のついた木の扉を開けて中に入ると、彼女はすぐに競走のことを忘れてしまった。壁も床も色とりどりの石がモザイクのようにに組みあわさり、壁の周囲にうがたれた矢狭間(やはざま)からは、一日じゅう陽光が差し込むようになっている。壁に沿って備えつけられた木のベンチには、座り心地をよくするために革張りのクッションが置かれているが、うっすらと積もった埃のせいで、せっかくの赤い色がくすんで見える。部屋の中央からは、はしごのような木製の階段が天井の跳ねあげ戸へと伸びていた。

「なんてすてきな隠れ家かしら！　もしホーリングスがわたしの家なら、毎日でもここに来るわ。本やイーゼルを持ち込んで、ベンチに座って本を読んだり、絵を描いたり、夢を見たりするの」

アクトン・パークでの孤独な日々、アンジェリンは子どもの頃に兄たちと一緒に遊んだ丘や森を友だちにしていた。領地内の泉のそばに立つ美しいコテージを隠れ家にしたいと思ったこともあった。だが、そこは父が愛人を――少なくとも、そのひとりを――住まわせていた家だったのだ。あのときの記憶は、今でもアンジェリンの心に深い傷を残している。

ヘイワード伯爵が階段をのぼって跳ねあげ戸を押しあげると、戸は大きな音を立てて天井の向こうに消えた。彼はアンジェリンの手を取って屋上へ引きあげたあと、戸をもとの位置に戻した。

「もしあなたが競走に勝っていたら、賞品はなんだったんです？」伯爵が尋ねた。

アンジェリンは彼のほうを見て、にっこりした。

「あなたは賭けには乗らなかったでしょう。わたしもあなたの賭けには乗らなかった。でもたしかにここからだと、ずっと先まで見渡せるわね。苦労してのぼってきたかいがあったわ」

屋上のへりには、銃や矢を固定できるように上のほうがでこぼこになった低い壁が取りつけてあった。ただし正面は端のほうが少し崩れかけている。もちろん、それはわざとだ。なぜなら、この塔は装飾用のフォリーで、何千年も前からある廃墟のように見えなければ意味がないから。アンジェリンは壁の上に手をついて顔を空に向けた。

「ここは少し風が強い」ヘイワード伯爵が帽子に手をやりながら、彼女に声をかけた。「気をつけて――」

だが遅すぎた。アンジェリンが両手をボンネットのリボンに伸ばし、顎の下でしっかり結ぼうとしたとき、その手からリボンがすり抜け、ボンネットが空高く飛んでいってしまった。やがてボンネットは湖のほうへと落ちていき、丘のふもとの森のいちばん高い木に引っかかると、かろうじて水没だけは免れた。枝にリボンをまとわりつかせ、なんとか木にしがみついているその姿は、異国情緒たっぷりな南国の花のように見えた。

「ああ!」アンジェリンは片手で口を押さえ、もう一方の手を壁の向こうの何もない空間に差しだした。ボンネットと同じ運命をたどりそうな彼女を見て、伯爵があわてて腕をつかんだ。

ふたりはボンネットの行方を声もなく見つめた。アンジェリンは唐突に大きな声で笑いだした。彼もすぐそれに続き、本来ならまったく笑えないような出来事に手を打って大笑いした。

「かわいそうなボンネット」笑いをこらえながら、彼女はわざと悲しげな声で言った。

さらに強い風が吹き、今度は彼女のヘアピンを一本持っていってしまった。アンジェリンはくるりと向きを変えると、壁を背に床にしゃがみ込んで膝を抱えた。ヘイワード伯爵もその隣に脚を伸ばして座り込み、帽子を脱いだ。

ふたりとも、まだ笑っていた。

「さっきのを見た?」ようやくひと息ついたところで、彼女は言った。「アメリカまで飛んでいくかと思ったわ」

「ぼくはこのあたりの鳥が一羽残らず心臓発作を起こすんじゃないかと思ったよ。きみのあの帽子、まるで頭がどうかしたオウムのようだったね。今もそんなふうに見える」

その言い方はボンネットに対してあまりに失礼だ。アンジェリンはまた笑いだした。伯爵も一緒になって笑った。

「いやだわ」彼女はほつれた髪をなんとかもとに戻そうとした。でもきれいに結いあげてあった髪も、どうせぺちゃんこになっているのだろう。「今のわたし、どんなふうに見える?」

そう言われて彼がアンジェリンのほうを向くと、なぜか両方の顔から笑みが消えた。ふたりの距離は肩がつきそうなほど近く、互いの顔がすぐ目の前にある。

アンジェリンは唇をかんだ。

今、わたしと一緒に楽しそうに笑っていた人は本当にヘイワード伯爵だったのかしら?

「きみは風に吹かれて頬を赤く染め、とても健康そうだ」

「それは」彼女は言った。「少し考えてみないと、どちらかわからないわね。侮辱されたのか、そうではないのか」

「もちろん侮辱ではない」彼がやさしく言う。

額を見ると、帽子を脱いだあとに汗が光っていた。

「あなたはとてもいい人ね。けれど、そもそもわたしには見るほどのところはないわ」

ほつれた髪を何度も頭の中に押し戻そうとするが、手を離したとたん、すぐ耳の上に落ちてきてしまう。

「なぜそんなことを言うんだ?」

「だって」アンジェリンは視線を膝に落とした。「母のことを考えてみて」

「母上のことは存じあげている。個人的にはよく知らないが、何度かお見かけした。とても美しい方だった。きみはちっとも母上に似ていない」

「やっぱりわかる？」彼女は小さく笑った。

「似ていたほうがよかったと思うのかい？」

奇妙にも、そんなことは今まで考えてみたこともなかった。母親ほど美人でないことはずっと嘆いてきたけれど、では本当に母のようになりたいと思っているかときかれたら？　もし自分が母のようだったら、何もかも違っていただろう。

「きみとはじめて会ったとき」ヘイワード伯爵が続けた。「〈ローズ・クラウン・イン〉できみがぼくのほうを振り返ったとき、こんなに美しい女性は今まで一度も見たことがないと思ったよ。次にダドリー・ハウスで会ったときも同じように思った」

アンジェリンは笑った。

「わたしは棒みたいにひょろひょろとしたのっぽよ」

「たぶん、きみが一三歳くらいの頃にはそうだったのかもしれない。だが、今は違う」

「それに色黒だし」

「それだけ健康的ということだ」

「眉だって、ちゃんとあげることができないわ」

「なんだって？」伯爵はわけがわからないという顔で尋ねた。

「どうしても、驚いた野ウサギの顔になってしまうの」

「やってみてくれ」

言われるまま伯爵のほうに顔を向けると、眉をあげてみせた。

彼の目がまた笑った。

「本当だ。きみの言うとおりだよ。驚いた野ウサギに見える。最初にそう言ったのは誰だい?」

「母よ」

伯爵の目から笑いが消えた。

「母はわたしに失望していたの。フェルディナンドお兄さまがお気に入りで、いつも一緒にロンドンへ連れていっていたわ。わたしは一度もない。きっとアクトン・パークの隣人以外の人たちにわたしを見せなければならないときが来るまでに、わたしの見栄えが少しはよくなることを願っていたでしょうね。それに母には愛人がいたの。知っているでしょう? もちろんそうよね、誰もが知っていることだもの。でも結婚した女性だって、その家の跡継ぎを産み、ふたり目も産み、母の場合は娘まで産んだのだから、愛人がいたって非難されることはないわ。それに父にも愛人がいたのよ。そればかりか、領地内のコテージに愛人を囲っていたこともあった。生活に困っている親戚の娘だとかなんとか言って。でも、それは嘘だった。そんなことくらい、わたしにもわかっていたわ。愛人という言葉の意味さえ知らないうちからね。彼女は全然貧しそうには見えなかったし、母屋まで食事に来ることもなかった。貧しい親戚の娘なら、たまには食事をしにやってくるものでしょう? それと、トレシャムお兄さまにも愛人がいる。中には人妻まで。わたしが知っているだけでも二回決闘をしたけれど、実際にはもっとしているでしょうね。たぶんフェルディナンドお兄さまにも愛人がいるわ。まだ二一歳のくせに。わたしには断固、心に決めていることがあるの。絶対に放蕩者とは結婚しないということ。たとえそれが退屈な男性との結婚を意味するとしても。何人も愛人を作らなければいられないほど不幸でいるくらいなら、退屈でいるほうがずっとましだわ。母は不幸だったのよ。わかるでしょう? もしまだ生きていたら、少しはわたしの成長を認めてくれて、一緒に外出したり、結婚相手を探すのを手伝ってくれたりしたかもしれないわね。ふたりで友だちみたいな関係を作って、母も幸せで満足した生活を送れたかもしれない」

そこまで言うと、アンジェリンはヘイワード伯爵から顔をそむけ、膝を抱えてぎゅっと目をつぶった。

「わたしったら、くだらないことばかり」

ああ、どうしてこんな話をしているのかしら?

だが、アンジェリンは続けずにはいられなかった。「それから、トレシャムお兄さまは一六歳のときに突然家を出てそれきり戻ってこないし、フェルディナンドお兄さまも学校が休みになって家に帰ってきても、友だちのところへ行ってしまったりするのよ。トレシャムお兄さまが家を出た一年後に父が亡くなり、それ以来、母は前にも増してロンドンにいることが多くなったわ。そして、わたしはひとり家庭教師とアクトン・パークに取り残された。家庭教師はみんなわたしを嫌ったわ。でも、それはわたしのせいなの。かわいげのないことばかりしていたんだもの」

ああ、まただ。またやってしまった。わたしなんか、本当にボンネットのあとを追って飛んでいってしまえばよかった。アンジェリンは額を膝につけ、心の中でそうつぶやいた。するとヘイワード伯爵の手が首筋にそっと触れ、ゆっくりとさすりはじめた。

「きみの家族に起きたことは、どれもきみのせいではない。たとえ、ご両親の結婚生活が幸福なものでなかったとしても、それときみとは無関係だ。ご両親はそれぞれ自分にふさわしいと思う人生を送っただけなんだよ。トレシャム公爵が家を出ていって、そのあと戻ってこなかったのも、きみとはなんの関係もない。兄上がどうなるかなんて、きみには知る由もなかったんだから。フェルディナンド卿はまだ子どもで、自分の力を新しい世界で試すのに忙しかったんだろう。友人も見つけなければならなかった。もちろん、妹が寂しがっているのに気づかなかったのは、少し注意が足りなかったけどね。家庭教師について言えば、ああいう女性たちはみなつらい運命を背負っている。ほとんどが落ちぶれた貴婦人で、さまざまな理由から、結婚も、家や家族を持つこともできなかったんだ。だから自分の人生への不満を、生徒に八つ当たりすることで解消しようとする。その生徒がなんらかの理由で反抗的な場合は特に。だから、きみにかわいげがないわけではないんだ」

伯爵の手で首をさすられていると、だんだん意識がぼんやりしてくる。何がなんだかわからず、アンジェリンは今にも泣きそうになった。わたしにかわいげがあるというなら、どうして彼はわたしを愛してくれないのだろう？

「もし、きみの母上がまだ生きておられたら」ヘイワード伯爵は続けた。「大人になったきみを愛するために母上が変わる必要などなかったことが、きみにもわかったはずだ。きっと母上はずっときみを愛しておられたと思うよ。ぼくは自分が愛されていないと思ったことは一度もないが、愛されるためには何かしなければいけないといつも感じていた。愛を得るには努力しなければいけないと。なぜなら、いつも兄のほうが愛されていたから。兄は放蕩者だったが、どこか憎めない人だった。どんなに欠点があっても、誰もが兄を愛した。むしろ、その欠点が魅力だったのかもしれない。しかも兄は身勝手な人間だった。他人の気持ちなどまったく気にしなかったし、気にしたとしても、自分の欲望を満たすことのほうを優先させた。どんなに努力しても兄のようには愛してもらえないのを、ぼくはずっと不公平に思っていた。しかし兄が死んで、ぼくはふたつのことを知った」

「何を？」アンジェリンは額を膝につけたまま尋ねた。

「ひとつは、ぼくが愛されていたということだ。つまり、ぼくが思っていたよりも、という意味だが。兄のほうがたくさん愛されていたわけではない。ぼくと兄とでは、愛され方が違っていただけなんだ。それと、ぼくは気づいたんだ。ぼくが家族や友人、ときには知らない人にまでいい人間であろうとしたのは、ぼくがそう望んだからだと。他人を傷つけるのをいつも避けてきたのは、ぼくが他人を傷つけるのが嫌いだったからだ。そういう意味で、ぼくも兄と同じくらい身勝手な人間だよ。仮に選べるとしても、ぼくは決して兄のように生きることは選択しないからね」

アンジェリンは黙ってつばをのみ込んだ。

「ぼくは兄を説得して、二輪馬車でのレースをやめさせようとした」伯爵は続けた。「ロレインのことを考えてやれ、と言ってね。あのときは、ちょうどスーザンが病気で熱を出していた。だからロレインは心配のあまり、ひどく取り乱していたんだ。兄は彼女のそばにいる必要があった。兄からは大ばか者と怒鳴られたよ。そのとき、ぼくは兄に一生後悔するようなひどいことを言ってしまった」

アンジェリンは顔をあげ、ヘイワード伯爵のほうを見た。彼の視線は、何を見るともなく塔の向こうの景色に向けられている。その手はもう彼女の首をさすってはいなかった。

「ぼくは兄に向かって言った。だったら好きにすればいい、首の骨でも折ればいいじゃないか、と。兄上が死ねばすべてはぼくのものになる、そしてぼくがヘイワード伯爵になるんだ、と」

彼女は伯爵の太腿にそっと手を置いた。

「そしてあなたの言ったとおりになったのね。でも、それは事故とはなんの関係もないわ。それとも、本当にお兄さまが死ねばいいと思っていたの？」

「いいや」

「お兄さまのことを愛していた？」

「もちろん。ぼくたちは兄弟だ」

「じゃあ、伯爵の称号は？　ほしいと思っていた？」

彼は目を閉じ、頭をうしろの壁につけた。

「実は思っていた。いつも心のどこかに、ぼくのほうがその称号にふさわしい仕事ができるという思いがあった。ヘイワード伯爵という名前と地位を自分のものにしたくてしかたがなかった。実際、手に入れるまでは。兄がいなくなるまでは。なのに今ぼくは、兄嫁がほかの男と結婚するところを黙って見ていなければならない。そして、兄の子が別の男の手によって育てられるのを。しかも、この結婚がロレインを〝末永く幸せに〟することを確かめ、彼女を祝福しなければならない。なぜなら、ぼくは彼女のことが大好きだから。兄のモーリスとの生活が、彼女にとって地獄だったのを知っているからだ。それでもモーリスはぼくの兄なんだ」

アンジェリンは黙ったまま、彼の太腿に置いた手に力を込めた。こんなときに何が言えるだろう？　誰しも苦しいときはある、苦しみは人生の一部だ――そんな言葉くらいしか思いつかない。しかも、そこには独創性のかけらもない。

「わかるわ。わたしにも兄がいるから」彼女はなんとか言葉を探した。「あのふたりはたぶん結婚しないでしょうけれど。でも、たとえ何があっても、わたしはふたりを愛し続けるわ」

ヘイワード伯爵が彼女のほうを向いた。

「兄があの日、レースをした相手はきみの兄上なんだ」

「トレシャムお兄さま？」アンジェリンは眉をひそめた。胃がきゅっと締めつけられる。

「ぼくはずっとトレシャムのことを責めていた。兄の葬儀のときにも、面と向かって非難した。突然の悲劇に見舞われると、人は怒りの矛先を誰か別の人間に向けずにはいられないらしい。だが実際は、彼はこのぼく以上に、あの事故にはなんの責任もないんだ。仮にレースを持ちかけたのがトレシャムのほうだとしても――もちろん兄が言いだした可能性も同じくらいあるが、拒否することはできたはずだ。それにトレシャムがあのカーブの手前で兄に追いついたのは事実だとしても、兄があんな自殺行為も同然の猛スピードで彼のあとを追いかけたのは、決して彼がけしかけたからではない。トレシャムは干し草を積んだ荷馬車を見るとすぐうしろを振り返って、危険を察知したはずだ。それは間違いない。そうでなければ、もう何キロも先まで行って、事故の起こる現場を見ているわけがないからね。しかし、彼は事故を目撃した。だからぼくはきみの兄上をずっと不当に非難していたんだ」

「そして自分のことも不当に非難していたのでしょう？」アンジェリンはそう言いながら、そのレースで死んだのが自分の兄のほうだったかもしれないことに胸を痛めた。もしそんなことになっていたら、わたしは耐えられるだろうか？　ヘイワード伯爵のお兄さまを責めるだろうか？　きっと自分ならそうするだろう。

「そうだね」彼はそう言って、ため息をついた。「愛は人を傷つける。これ、格言にいいと思わないか？」

アンジェリンもため息をついた。ふたりとも感傷的になっていた。

「もうあのボンネットのことはあきらめるわ。先週買ったときにはすごくお気に入りだったんだけど。青と黄色を見て、夏の空を思いだしたの。それにあのピンク。わたしはピンクに目がないのよ」

「先週というと、つまり一五個目ということかい？」

「いいえ、一七個目よ。それに今日はじめてかぶったの。でも、いいわ。色があせてばらばらに朽ちるまで、代わりに鳥たちが楽しんでくれるでしょう」

「ちょっと見に行ってみよう」ヘイワード伯爵は立ちあがると、彼女に手を差しだした。

ふたりは階段を慎重におりて表に出た。そしてもと来た道のところまで戻ると、道から少し外れて下を見おろした。ふもとまでは一面に草が生い茂り、強風にあおられて波打っている。のぼってきた道よりもさらに長くて険しそうだ。ボンネットまではあまりに遠く、取りに行くのは不可能に思えた。だが、ダドリー家の辞書に〝不可能〟という文字はない。

「慎重に行けば、なんとかたどりつけると思うよ」彼が言った。

「慎重にですって？」アンジェリンは笑った。「こういう坂をくだるときは、慎重になんてならないものよ、ヘイワード卿」

そう言うと、彼女は伯爵の手を取って一目散に駆けだした。大きな声をあげながら全速力で走っていく。ヘアピンがまた何本か外れたが、そんなことはおかまいなしだ。いつしか彼も笑いだし、ふたりは転げるように坂をおりていった。そして最後には本当に転がってしまった。まずアンジェリンが、次に伯爵が、足をもつれさせて倒れ込む。湖のほとりの地面が平らになったあたりまで滑っていくと、伸びた草に助けられて、ようやくふたりは止まった。

途中で木にぶつからなかったのは奇跡としか言いようがない。

ふたりは手をつないだまま、しばらくそこに横たわっていた。笑いながら大きく息をつく。けれども彼が肘をついてアンジェリンのほうに身を起こしたとたん、笑い声は消え、ふたりの視線が絡みあった。

彼女がヘイワード伯爵の首に手を伸ばすと同時に、彼がアンジェリンの背中に手をまわし、ふたりは深い草の中でキスを交わした。それはまるで、どこにも隙のない完全なる一体になろうとしているかのようなキスだった。そうすればふたりはひとりの人間となり、もう二度と、寂しいとか、愛されていないとか、不幸せだとか思わずにすむ。

彼は顔をあげると、魂まで見通すような目でアンジェリンを見つめた。彼女も見つめ返した。そのときアンジェリンは悟った。自分は正しかったと。ひと目見たときから彼のことを愛し、その後も愛し続け、これからも死ぬまで愛したいと思っているのは、決して間違いではなかったのだと。自分にはわかっていた。彼は決して〝枯れ木〟などではない。激しい情熱もちゃんと持ちあわせている。〝末永く幸せに暮らしました〟などという話は小説の中にしか存在しないとふだんは思っているけれど、ごくたまに実在することもあるのだ。

わたしは正しかった。思っていたとおりだった。

わたしは彼を愛し、彼もわたしを愛している。そして〝すべて世はこともなし〟。

空よりも青いヘイワード伯爵の目が自分を見つめている。

だがそのとき、アンジェリンはあることを思いだした。どうしてこんな大事なことを忘れていたのだろう？　これからは気高い人間になって、自分のことは犠牲にすると決めたはず。だってミス・ゴダードはヘイワード伯爵を愛しているし、彼だって心の底では彼女を愛している。ふたりはお似合いのカップルだ。決して離れるべきではない。だから、自分がふたりの仲を取り持つと心に誓ったではないか。しかもそのことをミス・ゴダードに話し、彼女の協力まで取りつけたのだ。

なのに、わたしったら、なんてことをしてしまったの！

彼が何か言おうとするのを見て、アンジェリンはとっさに指でその口を押さえた。そしてすぐに指を離した。

「今回は」満面の笑みを浮かべて言う。「わたしに求婚しなくてもよくってよ。そんなことは絶対しないで。また断ることになるだけだから」

ヘイワード伯爵はけげんそうな顔でアンジェリンを見つめた。しかし何も言わずに彼女の横に腰をおろすと、しばらくそのまま黙って座っていた。彼女も無言だった。かつてこれほどみじめな気持ちになったことがあったかしら？　失恋しただけではない。さらにひどいことに、自分は大切な友人を裏切ってしまった。

これからは今までの倍の努力をしなければ。

ヘイワード伯爵がボンネットの引っかかった木のほうへ目をやった。とてつもなく高い。しかも、ボンネットがあるのはずっと上のほうだ。

「あのままにしておいて」アンジェリンは言った。「まだほかに一六個もあるんだから。昔から使っているのを含めれば、もっとあるわ」

「それに夏の終わりにロンドンを去る頃には、さらに新しいお気に入りが加わっているだろうからね」彼が言った。「だが、あれは特別お気に入りのはずだ」

伯爵は不意に立ちあがると、アンジェリンが止める間もなく、何か決心したように木にのぼりはじめた。彼女が見るかぎり、足がかりや手がかりになりそうな枝はほとんどない。それでも彼はどんどんのぼっていく。アンジェリンは鼓動が速くなり、心臓が喉から飛びだしそうな気がした。ようやく目的の場所までたどりつくと、彼が枝からボンネットを外し、アンジェリンのほうに放り投げた。すると今度は自分の心臓を靴の裏で踏みつぶしたような感覚に襲われた。おかしな話だ。心臓が同時に二カ所に存在することなどありえないのに。

しかも、恐怖で胃はきりきりと痛む。

「お願いだから気をつけて」彼女はおりてくる伯爵に向かって叫んだ。そしてボンネットを片手に持ったまま、両手を大きく広げた。彼が落ちてきたら受け止めるために。

だが、伯爵は落ちてこなかった。数分後にはアンジェリンのそばに立ち、彼女がボンネットのリボンをしっかりと結び、ほつれた髪を中に押し込むのを黙って見ていた。

「ありがとう」彼女は礼を言った。

同時に彼が詫(わ)びた。「すまない」

「いいのよ、気にしないで。人生ですれ違った人全員に責任を感じる必要はないわ」

「たとえそれがキスをした相手でも？」

「ええ、たとえそれがキスをした相手でも」アンジェリンはそう言うと、湖の岸辺に沿って歩きはじめた。行く手には手入れされた芝生が見える。その坂をのぼっていけば、そこが屋敷だ。すでに森は越えていて、岸辺のずっと向こうにリンド夫妻とマーティン牧師が立っているのが見えた。フェルディナンドとミス・ブライデン——姉のほう——も一緒だ。でも、ミス・ゴダードとウィンドロー卿の姿は見えない。それ以外の人も。

ヘイワード伯爵はアンジェリンの横を無言で歩いていた。彼のほうから腕を差しだすこともなければ、彼女のほうから腕を組むこともない。

どうして？　アンジェリンは思った。どうしてわたしはまた伯爵に恋をしてしまったのだろう？　彼とミス・ゴダードを結びつけ、ふたりを幸せにすると心に誓ったのに。しかも、彼女は友だちなのに。いいえ、またではないわ。だって、伯爵を思う気持ちが消えたことなど一度もないもの、そうでしょう？

いつまで経っても、自分のことというのはわからないものだ。

「もし」屋敷まで続く長い芝生をのぼりながら、ヘイワード伯爵が口を開いた。「何かきみの気分を害するようなことをしたなら謝るよ」

「その必要はないわ」アンジェリンは彼のほうを向いて、ぴしゃりと言った。「なぜそんなふうにいつも謝ってばかりいるの？　気分を害するようなことをしたのは、たぶんわたしのほうよ。いくら暑かったからといって、わたしがリボンをほどかなければボンネットが飛んでいくこともなかったし、それを取り戻そうと一緒に丘の下まで走っていって、あなたの命たがわたしにまた求婚しなければいけないと感じる必要も、どうせ断るのだからそんなことはしなくていいとわたしが言う必要もなかった。それに気がついた？　わたしは〝ふたりがキスをすることも〟と言ったのよ。〝あなたがキスをすることも〟ではなくて。キスをするには双方の同意が必要なの。無理やりしたのでなければね。もちろん、ついさっきのキスも、ボクスホール・ガーデンでのキスも、無理やりではなかったわ。ふたりでしたことよ。それにキスをしたという理由だけで結婚する必要もまったくない。わたしはあなたと結婚するつもりはいっさいありません。だから今もまだ、どうしたら紳士らしくふるまえるかなんて考えているのなら、そんなことはもう忘れてちょうだい。ときどき、いっそあなたがそんなに紳士でなければいいのにと思うことがあるわ。でもそれこそが、はじめて会ったときにあなたを好きだと思った理由なんだけど」

芝生をのぼりながら、アンジェリンは息を切らしていた。

伯爵が彼女の手を取り、自分の腕につかまらせた。そして顔を近づけ、彼女を見つめた。

「泣かないで」やさしく言う。「すまない。もしぼくの言葉や行いがきみを傷つけたなら謝るよ。そんな必要はないと言わないでほしい。性格上、誰かを傷つけたら謝らずにはいられないんだ。それがぼくという人間なんだよ、レディ・アンジェリン。許してくれ。許しを請うことを許してもらえるなら」

そう言って、ヘイワード伯爵は微笑んだ。本物の笑みだ。ほんの少し悲しげではあったけれど。

わたしが泣いている？　そうなの？

ああ、わたしはどうすればいいの？

だが、それはあまりいい質問とは言えなかった。なぜなら、そこには答えがひとつしかなかったからだ。

17

ウィンドロー卿はユーニスと一緒にしばらく行くと、肩越しにうしろを振り返った。

「思ったとおりだ。レディ・アンジェリンがひとりで靴に入った石を取るなんてことにはならなかったよ。ヘイワードが飛んできて、彼女の前にひざまずいている。本来なら感動的な場面のはずだが、あんなに退屈な男では、せっかくのロマンティックな場面も台なしだな」

その言葉を聞いてユーニスは反論した。「エドワードは退屈な人などではないわ。でも、こうなると予想したあなたは正しかった。誰だって、そう予想したはずよ。しなかったのはレディ・アンジェリンだけ」

「では、あれは計画したことではないというのかい?」彼が尋ねた。

「靴の中の石?」ユーニスは言った。「そうね。あのあたりまでは、ほぼ計画どおりだったわ。でも、そのあとがずいぶん違ってしまったの。あなたにも言っておかなくてはいけないわね。これが本当にめちゃくちゃで、でも、じんとくる話なのよ。ただし、あなたにとっては少しばかり酷なところもあるけれど」

「親愛なるミス・ゴダード」ウィンドロー卿はそう言うと、自分の腕に置かれた彼女の手にそっと触れ、彼女のほうへ少し肩を寄せた。そして湖とは逆の、少し離れたところにある小さな森のほうへと歩を進めた。「それは面白そうだ。ぜひ聞かせてほしいな」

「エドワードとわたしは長年の知りあいなの。親友よ。何年か前には結婚の話もしたわ。けれど、あくまでもそれは可能性の話で、絶対そうするということではなかったの。ふたりとも、婚約したつもりではなかった。あの頃はまだ彼はまじめな学生だったし、わたしは……そうね、まじめな若い女性だった。ロマンスなんて言葉も、知識として知っていただけよ」

「ならば」彼はユーニスの手を指先で軽く叩いた。「その当時、きみはまだ小さなつぼみだったわけだ。その頃にきみと出会っていたかったな。知識はつねに実践による裏づけが必要だからね」

ユーニスは彼を横目でにらんだ。ふたりはカシの古木とのブナの木のあいだを抜けて、森の奥へと進んでいった。

「では、お尋ねしますけど、ウィンドロー卿。学生時代、あなたは知識の裏づけを得るために、実践にのぞまれたことはありました？」

「参ったな。鋭い指摘だ。鋭すぎて痛いくらいだ」

「レディ・アンジェリンはエドワードの求婚を拒否したの。そして――」

「拒否しただって？」彼が愉快そうに言う。「それは驚いた」

「エドワードは彼女に愛していると言えなかったのよ」

「なるほど。奴にとっては、愛という言葉も単なる知識にすぎないんだな。それにしても、嘘をつくという知恵さえなかったのか？」

「それからしばらくして」ユーニスは続けた。「彼女とわたしは友だちになったわ。そうしたら彼女は、わたしとエドワードが恋仲であるにもかかわらず、彼の義務感の強さと、彼を良家の娘と結婚させたいという家族の期待のせいで、わたしたちが結婚をあきらめていると思い込むようになったの。わたしたちは悲運の恋人同士で、ふたりで〝末永く幸せに暮らしました〟となるには手助けが必要だと思ったのね」

ウィンドロー卿は笑いながら、いつもの気だるいまなざしでユーニスを見た。

「つまり彼女は友だちがほしいばかりにあの男をあきらめるというのか？　それはさぞかしつらいだろう。実に不可解ではあるが、レディ・アンジェリンがヘイワードに入れ込んでいるのは、顔に鼻があるのと同じくらい明らかだからな。ところで、この〝顔に鼻があるのと同じくらい〟という言いまわしに、これほどぴったりの例はないね」

ユーニスはまた彼を横目でにらんだ。

「彼女は思いやり深い人なのよ。とてもやさしくて、そしてとても混乱している。わたしは彼女のことが大好きなの。もしわたしの前でまた彼女のことを冷やかしたりしたら、ただではすみませんからね」

「レディを冷やかす？」ウィンドロー卿は空いている手を胸に当てた。「それはあんまりな言いようだ、ミス・ゴダード。きみはぼくの魂までも傷つける気かい？」

「このあいだも、彼女はわたしに彼との結婚を勧めてくれたわ。でもこのままでは、いつまで経ってもわたしたちが——エドワードとわたしが結ばれないと思ったみたい。それで自分から策を講じることにしたのね。実は、このハウスパーティーにわたしが招かれるよう手配したのはレディ・アンジェリンなの」

「彼女には礼を言わなければならないな」

「それだけではないわ。あなたが招待されたのも彼女の計画の一部なのよ」

森の奥深くへと入るにつれ、ふたりの足取りはゆっくりになっていた。そしてとうとう足が完全に止まると、ウィンドロー卿はユーニスの腕をほどき、彼女のほうを向いて、半分閉じた目で彼女を見つめた。その視線は真剣でもあり、面白がっているようでもあった。

「ああ、ミス・ゴダード。どうもぼくは頭が鈍いらしい。やはり学生時代にもっと熱心に知識を得ておけばよかったよ。今日の午後、ぼくたちがこうして一緒に過ごせるのも、すべてレディ・アンジェリンのおかげだ。もちろん、靴に石が入ったなんて話は一瞬たりとも信じなかったけどね。そして、こんなひとけのないロマンティックな場所にふたりで来ることができたのも、彼女のおかげだ。それなのに、彼女自身がくっつけようとしているのは、あくまでもきみとヘイワードだというのかい？」

ユーニスがため息をついた。

「エドワードはあなたの名前を聞いただけでいらいらしてしまうのよ。彼にとってあなたは、退屈を持て余した下劣な貴族階級そのものなの。放蕩者の中でも第一級だと思っているわ。でもそう言われても、あなたには言い返せないはずよ。レディング郊外の宿で何があったかは、わたしも聞いたわ。あまり褒められたものではなかったようね」

「ああ」彼はまたしても胸に手を当てた。「たしかに、あのときはとんでもない間違いを犯した。とても自慢できるようなことではない。だが、彼女はひとりでパブにいたんだよ。こちらに背を向け、しかも着ているドレスがすごく……派手で。だから勘違いしたんだ。レディとはおよそ正反対のものと。それで思わず反応してしまった。しかし精力旺盛な、しかも結婚も婚約もしていない男なら当然のことだろう？」

「でも、エドワードはそうならなかったわ」

ウィンドロー卿の目に笑みが浮かんだ。

「ミス・ゴダード、世の中、みんながみんな聖人ではいられないよ。悲しいかな、中には罪を犯す者もいる。だが、罪人もその罪を償うことは可能だ。だからそんなにぼくを責めないでくれ」

彼女は頭を振って微笑んだ。

「予定ではこうなるはずだったの。少なくともレディ・アンジェリンの計画ではね。エドワードはわたしたちがふたりきりになったのを見ると、すぐにわたしのもとへ駆けつけ、悪魔の手からわたしを救いだして遠くまで逃げる。場所は……そうね、ここか、あるいは似たようなところ。ひとけがなくて……ロマンティックで」

「そして、きみもその作戦部隊の一員というわけだね、ミス・ゴダード？」

「今日の朝からね。彼女はわたしが自分の役目を理解していなければ、せっかく練りに練った作戦も水の泡になると思ったのよ。ここぞというときにわたしがあなたを連れださなければ、エドワードがわたしを助けに来ることもできないから」

「それなのに、あの男は彼女のほうを助けたというわけだ。あとは、与えられた機会をあいつがうまくものにすることができるかどうかだな」

「エドワードはあなたが思っているような退屈で想像力のない人ではないわ。彼はずっと、カリスマ性のある浪費家のお兄さまの陰で生きていた。亡くなったお父さまからも、ずっと無視されていたの。それでもなんとか振り向いてもらおうと、いつも努力していたわ。彼は責任や人生というものを真剣に受け止めている人なのよ。でも、そんな彼にも思いやりや情熱というものがちゃんとあることは、わたしには前からわかっていたわ。かわいそうに、今彼は恋に落ちていて、どうしていいかわからないのよ。特にその相手が、どう考えても自分が妻に選ぶような女性とは正反対の人だから。でも、だからこそ、彼女は彼にとって完璧な相手なの。彼自身は、まだそのことがわかっていないようだけれど」

「ああ、きみはなんて優秀なんだ。知性だけではなく、女性の論理までお持ちとは」

「当然でしょう？　わたしは女性ですもの」

ウィンドロー卿はユーニスを頭から爪先までじっくりと眺めた。地味な麦わらのボンネットとその下に見えるつややかな茶色い髪、薄い緑色の質素だが着やすそうなモスリンのドレス、そして実用的な茶色い散歩靴。

「もちろん」彼はユーニスの目に視線を戻した。「そのことはずっと前から気づいているよ」

「そう」彼女はごくりとつばをのみ込んで言った。「それはよかったわ」

「ならばヘイワードは、今頃ぼくが森の中できみに対して不適切な行為を働いていると思い込んでいるはずなんだね」

「そうよ」ユーニスは微笑んだ。「でも、彼もばかではないわ。わたしが良識ある人間だということはよく知っているもの」

「本当に？」ウィンドロー卿の眠たげな目が、彼女を探るように見た。「だが、ぼくのことはどうかな？」

「彼はわたしがあなたをうまくあしらえると信じているわ」

ウィンドロー卿が一歩近づいた。ユーニスは半歩さがり、うしろの木の幹に体を預けた。

「それは興味深い。きみはどんなふうにぼくをあしらってくれるのかな、ミス・ゴダード？」

「わたしには経験がないから、その質問には答えられないわ。でも、一度試してみるというのはどうかしら。さっきあなたが言っていた……実践とかいうので」

「ああ」ウィンドロー卿がさらに一歩近づくと、彼の肩から太腿までが彼女の体に重なった。「では、ゆっくり時間をかけるといい、ミス・ゴダード。急いで答えを出す必要はない。心ゆくまで、ぼくをあしらってくれたまえ」

「ありがとう。そうするわ」

彼がユーニスに唇を近づけた。

数分後、まだ唇を重ねたまま、ウィンドロー卿が言った。「もう、さっきの答えは言ってくれなくていいよ。ときに行動は言葉よりも雄弁だからね。この金言は今日のレッスンの〝知識の部〟としよう。それにしても、きみへの信頼がこれほど的外れなものだったと知ったら、ヘイワードもさぞかし衝撃を受けるだろうな」彼の唇がユーニスの喉へと這いおりていく。「ただし、話をぼくのあしらい方にかぎるというのなら、彼は正しかったとも言える」

「そうね。それにしても、かわいそうなレディ・アンジェリン。きっと自分の計画が失敗したと思って、またやると言いだすに違いないわ」

「ぼくは大いに賛成だ」ウィンドロー卿は一歩さがると、彼女のほてった顔と、キスしたばかりのバラ色に染まった唇を満足そうに眺めた。「今夜決行するよう、彼女を説得することはできるかい？」

彼がにやりとした。

「まあ」ユーニスは言った。「そんなこといけないわ。今朝引き受けたのだって、レディ・アンジェリンとエドワードを近づけたいと思ったからよ。彼がわたしのあとを追ってこないのはわかっていたし、代わりにふたりで楽しく過ごして、それで自分たちの本当の気持ちに気づけばいいと思ったの。それがうまくいったかどうかはわからないけれど、本来わたしは人を陥れるようなことには向いていないのよ。彼女にはあとで言うつもり、わたしとエドワードの関係はロマンティックなものではまったくないし、この計画はもう終わりにしましょう、って。きっと彼女もほっとすると思うわ。だって彼女は本当はエドワードを愛しているんだし、彼はわたしのものだと思い込んで、深く傷ついているはずだもの。レディ・アンジエリンは本当に思いやりのある人よ。しかも、わたしの最初の同性の友人なの。わたしは彼女との友情を大事にしたい。これ以上、もてあそぶようなことはしたくないわ」

「それは残念だ。ぼくのほうは人を陥れることにとても向いている人間でね。レディ・アンジェリンの計画を逆手に取って、彼女をあの退屈な——きみによると、まったく退屈ではないらしいが、あの色男のもとに送り込むというのは実にすばらしいアイデアだと思う。ぼくは利用されたんだよ。そのことでは非常に気分を害している。いくらか仕返しのようなものをさせてもらってもいいと思うんだが」

「まあ」ユーニスは目を輝かせてウィンドロー卿を見た。「いったい何をするつもりなの？」

彼の顔にゆっくりと笑みが広がった。


その夜の晩餐会は、ロレインとフェナー卿の婚約を祝うため、入念に準備された正式なものだった。一二皿からなるフルコースの食事、スピーチ、乾杯、そして最後は応接室でのダンスへと続いた。音楽は近隣の村から招かれた小さな楽団——ピアノとバイオリンとフルート——が担当した。

その明るくてなごやかな雰囲気に、エドワードはほっとしていた。やはり兄の妻だった女性が別の男性と結婚するのは、自分たち家族にとっては少しやるせない。けれどもみな、ロレインのことは兄との結婚以来ずっと血のつながった家族同然に思ってきた。だから本当に彼女を祝福している。ただし、母が人目のないところでそっと涙をぬぐっていたのはエドワードも気づいていた。

彼自身は始終ほかのことに気を取られていた。その日の午後の出来事に心が大きく揺さぶられていたのだ。自分が恋に落ちたなんて、あまりにも予想外のことだし、それほどうれしくもない。しかし今の自分の感情を言葉で表すとしたら、そう言うしかない。しかもその感情は思っていたほどばかげてもいなければ、軽薄でもなかった。

自分はレディ・アンジェリン・ダドリーを愛している。彼女といると気分が高揚し、活力がわいてくる。性的な意味ではない。もちろんそういう面もあるが、むしろそれは……いや、今の自分の感情を言葉では表せない。それはこれまでずっと自分が蔑み、疑い、まっとうな感情とは認めてこなかったものだ。

彼女を丸ごと自分のものにしたいと願っているのかもしれない。自分の一部にしたいと。つまり……いや、やはり言葉では言い表せない。〝末永く幸せに暮らしました〟というのとはまったく違うが、強いて言えばそうなる。言葉にするとひどく陳腐に聞こえてしまうが。

だが、本当はとても大切なことだ。

たぶん今日の午後に気づいた中でいちばん大事なのは、実は自分がいつも楽しみを求めていたということだ。自らを解放し、やりたいことをして、大声で笑う。それも誰かと一緒に。丘を駆けおりたあの場面が何度も心の中によみがえった。あんな無茶をしたのは生まれてはじめてだ。あれほど長く急な坂を走っておりるなんて。だが、それは最高に自由を感じる経験だった。走って、倒れて、転げて、笑って、そしてキスをした。草の感触とその匂い、青い空と木々の枝、黄色と青とピンクのボンネット、風にはためくリボン。

まさに青春。

もちろん、その日の午後に感じたのは喜びばかりではない。塔の屋上で、レディ・アンジェリンはありのままの自分をさらけだしてくれた――少なくとも自分はそう感じた――それを聞いて、彼女がいかに孤独な子ども時代を送ったかを知った。しかも見栄っ張りで思いやりに欠ける母親と、退屈でやはり思いやりに欠ける家庭教師のせいで、意外にも彼女の心は不安でいっぱいだったのだ。彼女は見かけとはまったく違う女性だった。いや、見かけどおりのところもある。あの快活さ、ときに無謀とも思える大胆さ、そして生きることへの強い興味は本物だ。しかし、レディ・アンジェリンには別の面もたくさんある。けばけばしい色のドレスや山ほど飾りのついた派手な帽子を好んで身につけるのも、理由があってのことなのだ。どんなに頑張ってもきちんと見せることができないのなら、いっそきちんと見えないようにしてしまえばいい、そう考えたのだ。

エドワードも自身の胸の内を打ち明けた。最初は故意にそうした。同じようにこちらも自分をさらけだせば、レディ・アンジェリンの困惑も少しはやわらぐかもしれないと思ったのだ。けれどもいつの間にか、心が本気で痛みを吐きだしていた。彼女はそれを理解し、慰めてくれた。そして自分でもわかっていながらなかなか認められなかったことを、彼女がはっきりと言ってくれたのだ。ぼくは兄の死になんの責任もないと。

それなのに……。

それなのにレディ・アンジェリンはキスのあと、きっぱりと言った。ぼくと結婚するつもりはない、たとえ求婚されても断ると。そのあとは明らかに動揺していた。そしてそれからはずっと不機嫌で、泣いてばかりいた。

なぜなんだ？

彼女は自分からもキスをしたと認めた。無理やりされたのではなく。そして……たしか、こうも言った。

〝ときどき、いっそあなたがそんなに紳士でなければいいのにと思うことがあるわ。でもそれこそが、はじめて会ったときにあなたを好きだと思った理由なんだけど〟

いったいそれはどういう意味だ？

レディ・アンジェリンはぼくが紳士でなければいいと思っているのか？　だが、自分は彼女にキスをしたではないか。それはいかにも紳士らしくない行為だ。しかもぼくたちは婚約すらしていない。もし今ぼくが求婚しても、それはレディの名誉を汚した義務感でそうするだけだと彼女は思っている。一度目の求婚がそうだったように。

つまりそれは、彼女はぼくを愛していないということか？

それとも愛しているがゆえに、そんな求婚は受け入れられないということか？

前回断ったのも、それが理由だったのだろうか？　ぼくが彼女に愛していると言わなかったからではなく、彼女がぼくを愛してくれていたからなのか？

愛してくれていた――過去形か？

それとも、今でも愛してくれているのだろうか？

こういうことにかけて、エドワードはまったくの素人だった。まだどこか慎重すぎるところがある。自分は人を愛することなどできない。ましてや、あのレディ・アンジェリン・ダドリーを愛するなんて。〈ローズ・クラウン・イン〉とロットン・ローで彼女と会ったときのことを思い起こしながら、彼はテーブルの向こうでウェブスター・ジョーダン卿とクリストファーにはさまれて座る彼女のほうを見た。ジョーダン卿に向かって何やら元気いっぱいに話している。相手もそれを笑って聞いていた。

レディ・アンジェリンは若くて心やさしい、快活な女性だ。夢と希望と魅力にあふれ、自らの輝くような美しさにはかけらも気づいていない。彼女の母親は今でも娘を認めようとはしないだろうが、もしふたりが競争したら、きわめて接戦になるはずだ。

そのときレディ・アンジェリンが目をあげて、エドワードと視線がぶつかった。ほんの一瞬――あまりに一瞬すぎて、彼は自分の気のせいかと思ったほどだ――彼女の目が悲しげに彼を見つめた。だがすぐ笑顔に戻ると、レディ・アンジェリンは下を向いてジョーダン卿の話にまた耳を傾けた。

エドワードは彼女の言葉を額面どおりには受け取らないことにした。レディ・アンジェリンとの結婚はあきらめない。自分の少ない経験からしても、女性は言っていることと考えていることが一致しないものだ。女性の扱い方は難しい。しかしあらゆる技術同様、実践が肝要だ。

その夜はダンスの夕べになりそうだった。求愛に最高の場とは言えないが、最悪の場でもないだろう。ロンドンの舞踏会というわけではないし、楽士たちも本職ではない。エドワードはまずブライデン家の次女とテンポの速いダンスを踊り、次はアルマとやや落ち着いた曲を踊った。ロレインとフェナーがワルツを踊ったときは、全員がふたりを見ていた。

そのあとレディ・パーマーが楽団にさらにワルツを所望すると、客たちから賛成の声があがった。

エドワードはひとつ大きく息を吸った。もう躊躇（ちゅうちょ）はしない。

「レディ・アンジェリン」ユーニスとマーティン牧師のあいだに立って話をしていた彼女に声をかけた。「ぼくとワルツを踊っていただけませんか？」

アンジェリンが驚いて口をあんぐりと開けた。そしてユーニスのほうをちらりと見たが、エドワードに視線を戻して微笑んだ。

「ありがとう、ヘイワード卿」アンジェリンが腕に手をまわしてくると、エドワードは彼女を応接室の中央へ導いた。床のペルシャ絨毯（じゅうたん）はすでに取り払われている。

彼は祖母が満面の笑みで自分を見ていることに気づいた。その隣でアルマも笑ってうなずいている。母も期待に満ちた顔でこちらを見ているし、レディ・パーマーも同様だ。エドワードはこれまで、まわりの承認がこれほど心強いと思ったことはなかった。今までは、ただうっとうしいだけだった。これがワルツでなければ、なおさらよかったのに。本当はダンスなど、どれも嫌いだ。

「たぶん」アンジェリンが言った。「どこかに腰をおろして、お話しするほうがいいんじゃないかしら？　それとも外をお散歩するほうがお好き？」

テラスに出るガラス扉は開いているが、外には誰もいない。

「では」エドワードは言った。「あいだを取って、外で踊るというのはどうかな？」

暗がりの中、人目も気にせずに踊れるとなれば、脚も少しはなめらかに運ぶだろう。

「あら」彼女が言う。「結構よ。でも、どうしてミス・ゴダードを誘わなかったの？　お友だちなんだから、彼女が壁の花になっているところは見たくないでしょう？　あなたが彼女と踊っても、ご家族のみなさんはわかってくださると思うわ」

「壁の花？」ふたりはガラス扉を抜けて、ひんやりしたテラスに出た。応接室のろうそくだけが、ぼんやりとあたりを照らしている。「今夜の彼女はダンスのパートナーには不自由していない。このワルツだって、ウィンドローと踊るんじゃないかな」

「それはよくないわ。あなたもそう思うでしょう？　あんな人を信用してはだめよ」

「これはハウスパーティーだよ。応接室にはほかの客もたくさんいる」

「だけど、ふたりで人の目の届かないところに行ってしまったらどうするの？　もっと心配したほうがいいと思うわ」

ウィンドローについては、エドワードも昨日から妙に思うことがあった。どうも本気でユーニスに関心があるようなのだ。たぶん簡単には落ちそうにもない相手だからだろう。もちろん何も起こるわけがない。ユーニスはあの男の誘いに乗るほど愚かではないからだ。ただ、ユーニスもウィンドローと一緒にいて楽しいようだった。彼の話を聞いて笑っている。彼女はもっと笑うべきなのだ。今のユーニスは、エドワードがこれまで見たこともないほど若々しくて愛らしかった。

音楽がはじまった。そのとたん、エドワードはユーニスのことも、ウィンドローのことも、応接室にいるほかの誰のこともすべて忘れた。アンジェリンの細いウエストに手をまわし、左手で彼女の右手を取る。彼女の左手がエドワードの肩に置かれた。暗がりの中、彼女の大きな黒い目がじっとこちらを見つめている。

彼は自分のダンスが下手なことも、楽士たちの腕があまりよくないことも、もはや頭になかった。

テラスを照らしているのがろうそくの光だけと思ったのは間違いだった。空は晴れ渡り、月はもう少しで満月になろうとしている。無数の星々が、それぞれの明るさで輝いていた。空気は冷たいが寒くはない。ふたりはワルツのステップを踏みはじめた。

エドワードは生まれてはじめてダンスを楽しんだ。おそらくそれは、自分がしているのがダンスだということを忘れていたからだろう。ふたりはひとつになって踊りながら、応接室からもれるろうそくの光の中を出たり入ったりした。そして星空の下、くるくるとまわり続けた。やがて地面にいる自分たちは止まっていて、星々のほうがそのまわりを光の束となってめぐっているような気がした。

レディ・アンジェリンの体は温かくしなやかで、片手はエドワードの手にしっかりと握られていた。かすかに香水の匂いが漂ってくる。あるいは石けんだろうか。もしかしたら、彼女の体自体が放っている香りかもしれない。その香りがそっと彼を包み、夜の冷気から守ってくれる。

言葉はなかった。話そうとも思わないし、話していないことにさえ気づいていなかった。背後から聞こえる音楽や話し声や笑い声の中で、その沈黙はじゅうぶんに雄弁だった。

音楽がやむと、ふたりはほんの少しだけ体を離し、互いを見つめあった。

「レディ・アンジェリン――」エドワードはささやいた。

しかし彼女はそれをさえぎるように、満面の笑みを浮かべて明るい声で言った。「ありがとう、ヘイワード卿。とても楽しかったわ。ここは少し寒くありません？　部屋に戻れるとうれしいんですけど」

突然、魔法が解けた。

だが、自分だけが魔法にかかっていたなどということがありうるだろうか？　レディ・アンジェリンは踊っているあいだじゅう、ずっと寒がっていて、早く曲が終わって部屋の中に戻りたいと願っていたのか？

そんなはずはない。

しかし、彼女の態度はそっけなかった。きっと自分のことを退屈な男だと思っているのだろう。一カ月前に求婚したときも、お決まりの言葉しか口にしなかった。しかもレディ・アンジェリンに問いつめられると、求婚した理由が、その前の晩に彼女にキスをし、名誉を汚したからであったことも白状してしまった。

ぼくはなんて鼻持ちならない大ばか者だろう。それにまったくの能なしときている。

彼女がぼくを信用しないのも当然だ。

もう汚名返上の機会はないのだろうか？　自分が冷たくしたせいで、レディ・アンジェリンの愛は冷めてしまったのか？　もちろん、その前から彼女がぼくを愛していたとしての話だが。だが今日の午後、彼女はぼくを愛していた。たしかにぼくには、そんな判断ができるほどの経験はないかもしれない。でも、こういうことは経験ではない。彼女はぼくにキスをし、抱きしめた。ふたりで互いを見つめあった。

「わかった」エドワードはそう言うと、レディ・アンジェリンに腕を差しだした。

五分後、彼女はウィンドローと踊りながら、輝くばかりの笑みを見せていた。今なら喜んで彼を殺してやれるとエドワードは思ったが、自分はユーニスと踊り、彼女だけに神経を集中させることにした。

「パーティーを楽しんでいるかい、ユーニス？」

「ええ、自分でもびっくりよ」彼女は珍しく子どもじみた話し方をした。「ハウスパーティーに出たのはこれがはじめてなの。もう二三歳だっていうのに」

ああ、そうか。エドワードは愛おしげにユーニスを眺めた。本ばかり読んでいたまじめな少女が突如として人生の喜びに目覚め、今を楽しまなければ時間はどんどん無情に過ぎていくということに気づいたのだろう。その幸福の源泉をウィンドローに求めなければいいが。

だが、ユーニスがそこまで愚かだとは思えない。結局エドワードは、忠告めいた言葉は何も口にしなかった。彼女はもう立派な大人だ。自分のことは自分で決められるくらいの分別は持ちあわせている。

「あなたは?」ユーニスが尋ねた。「あなたも楽しんでいる、エドワード?」

「楽しんでいるよ」そう言って微笑んだ。

「ほらね」彼女がそっと言う。「わたしの言ったとおりだったでしょう?」

その言葉の意味を理解しているかどうか、自分でも一〇〇パーセントの自信はなかった。だか、たぶん理解していると思う。

「ああ」エドワードは答えた。「きみの言うとおりだったよ」

ユーニスは彼に向かってうれしそうに微笑んだ。

18

翌日の午後になっても、まだアンジェリンは落ち込んでいた。理由はふたつあった。

ひとつはごくつまらないことだった――そう、本当につまらないこと――ヘイワード伯爵の求婚を断ってもなお心に残る彼への思いを、あまりにも軽んじていたことだ。あのときは腹も立ったし、ものすごくがっかりした。だから、彼のことなど全然好きでもないし、社交界のいろいろな催しに出たり、ほかの紳士たちから注目されたりすることのほうがずっと楽しいと自分に言い聞かせていた。そんな紳士の二、三人とは、もう少しで恋に落ちるところだったとさえ思い込もうとした。

もちろん、そんなのはばかげている。ヘイワード伯爵とははじめて会った瞬間から恋に落ち、それ以来、一度も冷めたことはない。いずれは冷めるとしても、今のところはそうなっていない。しかも昨日の出来事がさらに追い打ちをかけた。どうして伯爵はこちらが期待していたようにミス・ゴダードを助けに行かず、代わりにわたしを助けて、ありもしない靴の中の石を取ろうとしたのだろう？　なぜそのあとわたしたちは、ほかの人々から離れてしまったの？　どうして彼はキスなんてしたの？　なぜわたしはそれを許したの？　どうして夜になってダンスをすることになったとき、部屋の中ではなくテラスに出てしまったの？　ワルツを踊るだけでも最悪なのに、外に出るなんて致命的だ。ふたりで踊っているあいだは最高に幸せだった。けれど、そのあとわれに返ったとたん、かつてないほど落ち込んでしまった。

というのも、そのあとヘイワード伯爵がミス・ゴダードと踊ったからだ。しかもそれはワルツだった。ほかの客たちもワルツを踊りたがったから。そしてふたりは踊りながらずっと話を続け、一度も相手から目を離さなかった。ミス・ゴダードの顔は喜びに輝いていた。伯爵の顔は落ち着いていたけれど、その目にはやさしい笑みが浮かんでいた。

ああ、やっぱりあのふたりは最高にお似合いのカップルだわ。ヘイワード伯爵の母親も、ふたりの姉も、そして祖母だって、そう思っているはず。しかも自分はそのことをまったく不快に思わない。なぜなら、わたしはミス・ゴダードのことが大好きで、彼女の幸福を心の底から願っているから。

どうして家庭教師たちは詩やお芝居や裁縫などではなく、誰もがいずれ知ることになる、もっと重要なことを教えてくれなかったのかしら？　ひとりの大人として見なされるようになったあとの人生は決して楽なものではないと。

ふたつ目の理由はもっと深刻なものだった。ミス・ゴダードとヘイワード伯爵を結びつけると自分が心に決めたことだ。しかもその計画をミス・ゴダードに打ち明け、彼女が〝末永く幸せに〟なるための作戦に彼女自身を加わらせたこと。ミス・ゴダードはそれに同意した。

ということは、やはり彼女はヘイワード伯爵を求めている、彼のことを愛しているということだ。ミス・ゴダードのためにはよかったと思いながらも、落ち込みの度合いはさらに深まった。

この問題を解決するには、これまでの倍の努力をするしかない。けれども今までのところ、アンジェリンの作戦は思ったほどうまくいっていなかった。というか、まったくうまくいっていない。ウィンドロー卿がミス・ゴダードに関心を示しても、ヘイワード伯爵がまったく気にする様子を見せないのだ。なんと歯がゆい状況なのだろう。

その朝、アンジェリンはほかの招待客と一緒に乗馬へ出かけたが、そこにミス・ゴダードはおらず、何かしたくてもどうしようもなかった。しばらくはウィンドロー卿とトレシャムにはさまれて馬を進めた。ふたりはさっきから、朝食のあと男性陣で釣りに行く話をしている。ウィンドロー卿は、今日は母の誕生日なので実家まで食事に行き、今夜はそこに泊まって明日の朝に戻ってくると言った。

「お母さまがこちらにいらしてはいけないの?」アンジェリンは尋ねた。「きっとロザリーも喜ぶと思うわ。ここで盛大にお祝いしましょうよ」

本来なら、ロザリーに相談もせず誰かをここへ招くのはいけないことだろう。それが誕生日のパーティーとなればなおさらだ。だが、彼女が気にしないのはわかっていた。

「残念ながら」ウィンドロー卿が言った。「母は体が弱っていて、ほとんど隠遁生活をしているんだ。だから誕生日に会おうと思ったら、こちらから出かけていくしかない」

「だが、それでは男女の数が合わなくなる」トレシャムが言った。「そうなると間違いなくロザリーはうろたえるぞ。そういうことは女性にとって大きな問題なんだ」

「そんな失礼なことをするつもりは毛頭ないさ」ウィンドロー卿はそう言って、アンジェリンに微笑みかけた。「ちゃんと解決策を考えるよ。ところでレディ・アンジェリン、きみのそのすばらしい乗馬用の帽子に欠けている色はあるのかな？　もしあるなら、きっとその色はどこかのパレットの上に取り残されて寂しい思いをしていると思うよ」

それを聞いてトレシャムが大声で笑いだした。

アンジェリンも笑った。「もしそんな色があるなら、羽根かリボンにしてわたしにくださいな。一緒に帽子にさしておくから」

「いや、それはだめだ。完璧なものをさらに完璧にはできない」ウィンドロー卿は言った。

乗馬はいつもどおり楽しかった。帰り道では、フェルディナンドが一週間前に友人たちと一緒にロンドンから三〇キロ離れた場所までわざわざ見に行った素手で行う拳闘の試合について、こと細かに語ってくれた。一五ラウンドまでいって、ようやくチャンピオンが挑戦者をノックアウトしたものの、その頃には両者とも顔が笑ってしまうほどぱんぱんになっていたということだ。あんなに興奮する試合はずいぶん久しぶりに見たよ、とフェルディナンドが言うと、アンジェリンは自分を置いていった兄を責め、彼がわざと省略した部分も全部話してくれるようせがんだ。

「でも、お兄さまは誰かをそんなふうに殴ったりしないわよね？　わたしの神経のことも少しは考えてもらわなくちゃ」

その朝は本当に何もできずに過ぎていった。男性たちは朝食のあと予定どおり釣りに行ってしまい、遅めの昼食がはじまるまで戻ってこなかった。パーティーの三日目も、すでに半分を過ぎた。しかもウィンドロー卿は母親の誕生日を祝いに、もうすぐノートン・パークへ発つという。昼食の席でも改めてそう言っていた。少なくとも明日までは、彼なしで計画を進めなければならない。まあ、たとえ彼がいたところで、たいした成果もあげられそうにはないけれど。

人の仲を取り持つというのがこんなに難しいとは思わなかった。

ところがそのあと、アンジェリンをにわかに元気づける出来事が起きた。昼食のあと、ブライデン姉妹が応接室で招待客を前にピアノの連弾を披露することになり、アンジェリンも応接室へと向かったが、突然ミス・ゴダードに腕を取られ、温室まで連れていかれたのだ。そこでふたりは植木鉢に囲まれた鉄製のベンチに腰をおろした。

「エドワードはもっと脅かさないとだめみたい」ミス・ゴダードが話しはじめた。「昨日は全然うまくいかなかったでしょう？　昼間はウィンドロー卿とふたりきりで散歩をしたし、夜も彼とダンスを踊ったけれど、わたしが危険にさらされていないのはエドワードにもすぐわかったわ。二回とも目の届く範囲に、少なくとも声をあげれば聞こえる距離に人がいたんですもの。それに仮にも招待客であるウィンドロー卿が、ここでおかしな真似をするはずがないわ。彼だって、一応紳士ですからね」

「じゃあ、この計画は永久にうまくいかないわ」アンジェリンはため息をついた。「少なくともここではね。三人で毎日一緒にいれば、絶対うまくいくと思ったのに。まったく、ヘイワード卿はどうしてしまったの？　彼があなたを愛しているのはわかっているのよ。もちろん、あなたも彼を愛している。ゆうべふたりが踊っていた姿を見れば、そんなの一目瞭然よ。どうして彼は自分の気持ちをはっきり言わないのかしら？」

「たしかに彼は恋をしているわね」ミス・ゴダードが言った。「きっと、ほんの少し背中を押してあげるだけで万事うまくいくわ。そうすれば、みんなが末永く幸せになれる」

なぜかアンジェリンは、靴の底に鉛を入れられたかのように心が重く沈むのを感じた。きっとミス・ゴダードは、昨夜ヘイワード伯爵から何か言われたに違いない。だからこんなにも自信たっぷりで、こんなにも微笑んでいられるのだ。これなら、もう何もする必要はないのかもしれない。自然に任せていれば、それでいいのかも。今朝ミス・ゴダードはベッキンガム侯爵夫人とヘイワード伯爵夫人、それにオーヴァーマイヤー子爵夫人と一緒にフランス式庭園を散歩していたが、戻ってきたときの四人の顔は、これ以上ないほど満足そうだった。

にもかかわらず、ミス・ゴダードはヘイワード伯爵の背中を押す必要があると言う。

「でも、それもロンドンに戻ってからね」アンジェリンは言った。「ウィンドロー卿がホーリングスにいるあいだは無理だわ」

「あら。でも彼はもう少ししたら、ここからいなくなるわ。少なくとも明日のお昼までは。それに彼からはもう、ノートン・パークへ一緒に行こうと誘われているの」

「彼のお母さまに会うために？」アンジェリンは驚いて目を丸くした。

「彼のお母さまがノートン・パークにいて、今日がお母さまの誕生日だというのは、彼がそう言っているだけよ。それに一五キロといえば相当な距離だし、途中に宿もあったと思うわ。だから一緒に行くべきかどうか迷っているの。でも、自分がひとりで行くと男女の数が合わなくなるから、レディ・パーマーが困るだろうと彼は言うのよ」

「まあ」アンジェリンは両手を胸に当てた。「ウィンドロー卿がよからぬことを考えているのは間違いないわ。あなたが行ったら、ヘイワード伯爵は急いであとを追うでしょうね。だけど、ひとりでついていってはいけないわ。そんなの絶対にだめ。わたしも一緒に行くわ」

「あなたと一緒でないと行かないことは、ウィンドロー卿にはもうはっきり伝えてあるの。もちろん、また数が合わなくなると反論されたけど、その点は彼が間違っているわ。だって、エドワードが必ずあとを追ってくるもの」

完璧だ。沈みそうになる自分の心は無視して、アンジェリンは思った。作戦としては完璧だった。ただ、ひとつだけ問題がある。

「わたしたちがそんなことをしたと知れたら、ひどい醜聞になるわ。きっとトレシャムお兄さまはわたしを殺すわね。もちろん兄がわたしに手をあげたことなんて、実際には一度もないけれど」

「そうともかぎらないわ。こう説明すればいいのよ。わたしたちを招待したのはレディ・ウィンドローで、お互いがお互いのシャペロンになると。それにわたしのメイドも一緒だし。

シャーロットおばさまが、ひとり連れていきなさいとうるさかったのよ。こんな華やかなハウスパーティーへ、お供も連れずに行かせるなんて恥ずかしいと思ったんでしょうね。だから、わたしたちがノートン・パークへ行くことに眉をひそめるような人はひとりもいないはずよ」

「でも、それならヘイワード卿だって気にしないでしょう？　必ずあとを追ってくるという保証はないんじゃない？」

「大丈夫。エドワードはウィンドロー卿について、ほかの人が知らない事実を知っているもの。絶対に不安になるはずよ。そこにうろたえたあなたから手紙が届けば、間違いなく、いても立ってもいられなくなるわ」

アンジェリンは一瞬考えた。そして思った。それならわたしにもできる。

「しかも」ミス・ゴダードが続ける。「必ずしも嘘をつくわけでもないのよ。わたしは実際、不安に思っているの。どうしてウィンドロー卿は、昨日の午後あんなにわたしをからかったあとで、急に今日がお母さまの誕生日だということを思いだしたのかしら？　もしそれが本当なら、今回のパーティーへの招待は最初から辞退していたはずでしょう？」

「つまり」アンジェリンはまた目を丸くした。「彼が本気であなたを拉致しようとしているというの？」

「さすがに彼もそこまで卑劣なことはしないと思うけれど、わたしが少し不安になっているのはたしかよ。たぶんロンドンへ来る途中で、彼があなたに何をしたか知っているからだと思うわ。でも正直なところ、冗談ばかり言ってくるのを除けば、実際はあの人のことをそれほど脅威に感じているわけではないの」

「やりましょう。わたし、これから手紙を書くわ。そしてわたしたちが出発して三〇分経ったら、それをヘイワード卿に届けるよう、ロザリーの執事か従僕に命じておくわ」

アンジェリンは勢いよく立ちあがった。

「手紙はわたしにちょうだい」ミス・ゴダードが言った。「わたしのほうで手配するから」

急いで自室へ戻りながら、アンジェリンは考えていた。明日の今頃は、ヘイワード伯爵がミス・ゴダードに求婚し、彼女はそれを承諾しているだろう。そして、わたしはこのみじめな状態から抜けだしている。

そのあとは一生、片思いに悩むこともなく楽しく暮らしていける。たしかに昨日、ヘイワード伯爵はわたしにキスをした。そのせいで、間違いなくもう一度求婚してくるに違いない。しかも、昨夜は月の光のもと一緒にワルツまで踊った。それでも彼はわたしを愛してはいない。それはひと月も前に彼自身が認めたことだし、それから何も変わっていないのだから。変わるわけがない。人はいったん恋に落ちたら、そこからなかなか抜けだせないものだ。そして彼は今、ミス・ゴダードと恋に落ちている。

アンジェリンは逃げ込むように自室へ入ると、大きくため息をついた。

その朝、エドワードは乗馬には出かけなかった。レディ・アンジェリンも行くと聞いて、一度は自分も参加しようかと真剣に考えた。そうすれば彼女と並んで馬を走らせ、会話も交わし、競走を持ちかけることもできたかもしれない。いや、競走はだめだ。この近辺の地形を自分はよく知らない。彼女をけしかけて危険なことをさせるわけにはいかない。けしかけなくても、レディ・アンジェリンなら自分からやるだろう。昨夜も丘を駆けおりるところを夢に見て、夜中に二回も冷や汗をかいて飛び起きたのだ。あのときは彼女に何が起こってもおかしくなかった。脚や首の骨を折っていたかもしれないし、頭から木にぶつかっていたかもしれない。

とにかくエドワードは乗馬には行かず、代わりにいつも早起きのアルマと一緒に温室のベンチに座り、彼の心を悩ませている問題について姉に助言を求めた。

「ここに滞在しているあいだに、ロレインとフェナーからみんなの関心を横取りするのは趣味が悪いと思うかい?」

ほかの人なら、なんのことだかわからないという顔で彼を見ただろう。だが、アルマは違った。さすがエドワードの姉だ。

「レディ・アンジェリン・ダドリーのことね」

エドワードはうなずいた。その目は植木鉢の中でひとつだけピンクの花を咲かせているゼラニウムに向けられている。

「どちらにしても、求婚するにはまだ早すぎるのかもしれない。彼女は求婚しないでほしいと言うんだ。タイミングとしては、両家の人間が一堂に会している今がいちばんいいと思うんだが」

「二回目の求婚はしないでほしいと彼女が言ったの？」早朝の冷たい空気を感じ、アルマはショールを肩に引き寄せた。「それって、先月に一度目の求婚を断ったあとのこと？」

「いや、昨日だ」エドワードは答えながら、植木鉢のゼラニウムがほかは全部赤なのに気がついた。ピンクの花はひとつだけ。それはレディ・アンジェリンの好きな色だった。とはいえ、彼女の好きな色はほかにも五〇ほどもあるが。

姉が彼の腕に手を置いた。

「いくらなんでも、突然求婚するなとは言いださないでしょう、エドワード？　少しは前後の事情も話してちょうだい。ゆうべ、応接室の外でワルツを踊っていたときのこと？」

「昨日の午後、ぼくたちは湖の向こうにある丘にのぼった。頂上に塔が立っている丘だよ。そこで彼女のボンネットが風に飛ばされて、ふもとの木に引っかかった。ぼくたちはそれを取りにおりていったんだが、途中で足がもつれて、ふたりとも最後のほうは転げ落ちてしまった。それでぼくは……彼女にキスをした。そして……彼女もキスをしてくれた。そうしたら彼女が言ったんだ。今回は求婚の必要はない、求婚されても断るからって」

「ああ、エドワード」アルマが彼の手をぎゅっと握った。「もちろん彼女はそう言ったでしょうね。そして間違いなく断るでしょう」

またこれだ。女性の論理。正直なところ、これにはいつも困る。

「それは少し待ったほうがいいということかな？　それとも永久に求婚するなということか

い？」

「もちろんそうじゃないわ。でも、今度ははっきり言わなくてはだめよ。求婚するのは彼女を愛しているからだって。彼女なしの人生なんて考えられないからだって。彼女のことを愛しているんでしょう、違う？」

「もちろん愛している。でも、それはおかしくないかい？　彼女は、その……」エドワードは頭の上のほうで片手をくるくるまわした。「彼女はこの手の人間だよ。ボンネットが引っかかった木までおりていくのに、もっとなだらかなところもあっただろうし、あんな急な坂を行くにしても、ぼくだけが慎重におりていって、彼女は上で待っていればよかったんだ。なのに、彼女はぼくの手を取って走りだした。ふたりして首の骨を折っていてもおかしくなかったよ」

「それであなたたちは転げ落ちて、無事に止まって、キスをしたってことね？　それからふたりで笑った？」

「当たり前だよ。もっとも、実際は笑うようなことではなかったけどね」

「もちろん人生を笑ったりしてはいけないわ。でも、笑うべきときもあるの。楽しいときには笑うのよ、エドワード。レディ・アンジェリンはあなたにぴったりの女性だわ。わたしたちは最初からわかってた。あなたにもようやくそれがわかったのね。ただ、まだそのことに少し戸惑っているだけ。あなたはいつだって自分を見失うのが怖くて、肩の力を抜いて楽しむということができないのよ」

「ぼくはそんなにだめな男かな？」

アルマは弟のほうに身を寄せて、その頬にキスをした。

「あなたはちっともだめなんかじゃないわ。ただ、かえってそれが問題になることもあるわね」

「ぼくがもっとモーリスみたいだったらいいと思うのかい？」彼は眉をひそめた。

「わたしはあなたに、もっとあなたらしくなってほしいだけよ。自分の持っているものを抑え込まないで、一〇〇パーセント自分らしく生きてほしいの。ただ愛するだけではなく、その愛に夢中になってほしいのよ。人生に対しても、運命の女性に対しても」

「そうか」エドワードは少々戸惑っていた。アルマはふだん、もっと常識的で現実的だ。彼女の口からこれほど詩的な言葉が出てこようとは思ってもみなかった。

「もし彼女にもう一度求婚することを許してもらいたいなら」アルマは続けた。「まず最初に、あなたが本気だということをわかってもらわなくてはいけないわ。彼女が絶対に納得するような、思いきった行動を取るのよ」

エドワードはため息をつき、姉のほうに顔を向けた。

「ぼくはただ、ロレインとフェナーの婚約パーティーの最中に発表するのは悪趣味と思うかどうか、ききたかっただけなんだ。何か発表することがあればの話だが」

アルマが大きく笑い、彼は力なく微笑んだ。

「そうね、それなら答えは簡単。ノーよ。悪趣味とは思わないわ。むしろロレインは大喜びするでしょう。彼女はあなたのことが大好きだもの。あなたはいつも彼女にやさしかったから。それとスーザンにも」

〝彼女が絶対に納得するような、思いきった行動を取るのよ〟

いいだろう。だが何を？

朝食のあと、エドワードは男性陣と一緒に釣りに出かけた。ふだんも田舎にいるときは、よく釣りに行くのだ。糸を垂れながら、午後になったらもう一度レディ・アンジェリンを散歩に誘おうと考えていた。ふたりで話をし、笑い、キスをして、彼女に愛していると言う。そんなことをしたら、きっと自分でも大ばか者になったような気がするだろうが、そんなことは言っていられない。女性にとってはそういうことが重要みたいだし、決して嘘を言うわけではない。彼女を愛しているのは事実なのだから。

ああ、なんという状況になったことか！

だが、午後の散歩は延期せざるをえなかった。昼食のあと、ユーニスがレディ・アンジェリンを温室へ引っ張っていくのを見かけたのだ。どうやらふたりで秘密の話をするらしい。応接室で音楽を聴いていた客たちは、演奏していたブライデン姉妹も含め、それに飽きると散歩に出たり、ビリヤードをしたり、自室に戻って休んだりした。エドワードだけは、その後もしばらくあたりをうろうろしていたが、ふたたびふたりの顔を見ることはなかった。

ウィンドローはその夜、自宅へ戻ることになっていた。屋敷までは一五キロほどで、今日は母親の誕生日らしい。少し前なら、エドワードは手を打って喜んだだろう。二度と戻ってこなければいいのにと願ったかもしれない。だが、もうそういうことは考えないようにした。あの男がレディ・アンジェリンを困らせるようなことさえしなければ、それでいい。

ところが夕方になって、まさしくそういうことが起きた。

玄関ホールで執事に呼び止められたエドワードは、きちんとたたんで蠟で封をした一枚の紙を渡された。

「四時になったら、これを直接、閣下にお渡しするよう仰せつかりました」

見ると、表には女性らしい几帳面な文字で自分の名前が書かれている。ユーニスの筆跡だ。エドワードの眉があがった。手紙？　なぜ直接話さないんだ？

「ご苦労」エドワードはそう言うと、手紙を読もうと急いで自室へ戻った。

手紙にはこう書かれていた。〝ウィンドロー卿が誕生日を迎えるお母さまを喜ばそうと、レディ・アンジェリンと自分をノートン・パークに招待してくださいました、そのことはもうお聞き及びのことでしょう〟いや、聞いていない！　〝もちろん正式なご招待です。レディ・パーマーもトレシャム公爵も了承されています〟

〝でもね、エドワード〟手紙はさらに続いた。〝わたしが招待されたのは、レディ・アンジェリンひとりでは決して了承されるはずがないとわかっていたからよ。こんなことで不安になるなんてばかだと思うわ。ふだんなら、なんの根拠もなく不安になったりしないのに。でも、実際に不安なの。レディ・ウィンドローがノートン・パークにいるという保証はどこにもないわ。それにわたしが途中で連れ去られて、レディ・アンジェリンがひとり残されるということだってありうる。ええ、なんの根拠もないのはわかっているの。ウィンドロー卿にも失礼よね。一応、彼だって紳士ですもの。ロンドンへ行く途中であなたが目撃したことは別として。でもね、エドワード、ウィンドロー卿が、お屋敷までの道中に宿があるから、そこにいったん立ち寄って休憩と馬の交換をすると言ったのよ。だけど、お屋敷まではたったの一五キロ。途中で止まる必要なんてないわよね？　こんなお手紙を書いてごめんなさい。わたしらしくないのもわかっているわ。でも、無邪気なレディ・アンジェリンのことが心配なの。ウィンドロー卿は遊び人よ。いいえ、もっとひどいかも。ばかなことをと思うなら、無視してちょうだい。でもそうでなければ、あとを追ってきて。ウィンドロー卿のいないところでレディ・パーマーに言ったのよ、あなたがノートン・パークまで追ってくるかもしれないと。そうしたら彼女はうれしそうにしていたわ。きっと今でもあなたとレディ・アンジェリンの結婚に望みを持っているのね。ああ、もう行かなければ。お願いだから、来てちょうだいね。あなたの心からの友、ユーニスより〟

エドワードは凍りついた。

ユーニスがうろたえるなど、まずないことだ。女性であれ男性であれ、彼女ほど聡明な人間はいない。彼女が不安だと言うのなら、必ずそこには不安になるべき理由があるはずだ。

それにしても、なんという悪党なんだ、あのウィンドローという奴は。

エドワードは両手の関節をほぐしはじめた。すぐにでも、この手であいつの首を絞めてやりたい。顎に一発、食らわせてやりたい。

今回の喧嘩は売られなくても買ってやる。ウィンドローめ、せいぜい顔を洗って待っているがいい。今日じゅうに息もできないほど打ちのめしてやるぞ。

レディ・パーマーは応接室で、エドワードの祖母と母、マーティン牧師、それにミスター・ブライデンと談笑していた。エドワードはその五人と笑顔で会釈を交わした。彼らが議論していたのは、一年を通して田舎にいるのと、一定期間ロンドンや温泉地で過ごすのとではどちらがよいかという問題だった。辛抱強く話が途切れるのを待っていたエドワードは、努めて落ち着いた様子でレディ・パーマーに話しかけた。

「さらにもうひとり招待客が不在となるのをお許しいただけるなら、ぼくもノートン・パークまで行こうと思います。ぼくのせいでウィンドロー卿の馬車が窮屈になるといけないので、ひとりであとを追うことにしました」

「わかっていますわ、ヘイワード卿。若い方たちで遠出をなさるのはいいことよ。楽しんでいらして。実は、あなたも行かれると聞いて内心喜んでいますの。これで男女の割合がまた同じになって、夕食のときテーブルの釣りあいが悪くならなくてすみますから」

そう言って、レディ・パーマーは笑った。ほかの者もみな笑っている。エドワードの祖母はローネットを左右に振り、ウインクまでしてみせた。

「レディ・ウィンドローもきっとお喜びになるわ」レディ・パーマーは続けた。「ずいぶん病弱になられて、最近はお屋敷からもめったにお出にならないのよ。でも、お客さまは歓迎ですって。さあ、これ以上お引き止めするのはやめましょうね。これから結構な距離を移動されるんですもの」

ということは、少なくともウィンドローの母親がノートン・パークにいるのはたしかなようだ。エドワードは乗馬服に着替えるために自室へ急ぎながら、そう思った。やはりユーニスの不安はかなり根拠が薄いと言えそうだ。しかしそれでもまだ、途中の宿の件がある。宿にいるときのウィンドローは絶対に信用できない。やはり行かなくては。行って、ウィンドローの出方を見ようじゃないか。どうせなら、彼のほうから向かってきてほしいくらいだ。いつもは、紳士たるもの暴力に訴えなくても自己主張できると信じている。ときにはそれもいいだろう。いや、ほとんどの場合はそれでいい。

だが今日は、その〝ときには〟にも〝ほとんど〟にも当てはまらない。

これはレディ・アンジェリン・ダドリーに関わる問題だ。そして彼女を自分は愛している。アルマはなんと言った？　彼女なしの人生なんて考えられない。そう、そんな感じだ。ほかにも何か言っていたな。

〝彼女が絶対に納得するような、思いきった行動を取るのよ〟

そうか。

そのとおりだ！

一〇分後、エドワードは自ら馬に鞍をつけると、廏舎から全速力で走りだした。

19

ミス・ゴダードとウィンドロー卿は、サミュエル・リチャードソンの小説『パミラ』について熱い議論を闘わせていた。アンジェリン自身はその作品を一度も読んだことがない。見ただけでめまいがしそうなほど長いし、〝あるいは淑徳の報い〟という副題もちっとも魅力的とは思えなかったからだ。ミス・ゴダードは主人公の男性のことを、シェイクスピアの『オセロ』に出てくるあのイアーゴーを含めても、文学に登場する悪役の中では最低のろくでなしだとこきおろした。一方ウィンドロー卿は、その放蕩者の主人公が改心したあとは、自分にとって生涯尊敬できる最高の人物になったと評した。

ウィンドロー卿の口調はいたって軽妙だし、ミス・ゴダードのまじめな意見の合間にも何度も大きな笑い声があがっていたので、アンジェリンは自分もふたりの話を聞いて楽しむべきだと思った。たとえ本は読んでいなくても、ひとつくらい何か意見が言えるだろう。そこで放蕩者が改心できる可能性について、あるいはできない可能性について、しばらく考えてみた。

だが、どうしても意識を集中することができない。

実はさっきから少し気分が悪いのだ。〈ピーコック・イン〉に着いてから、もうずいぶん経つ。馬の交換とお茶を飲むだけにしては長すぎるくらいだ。すでに三人とも二杯ずつ、紅茶を飲んだ。ポットに残った分はもう冷めてしまっているだろう。皿のケーキも食べきった。

それなのに、ヘイワード伯爵はまだ来ない。

アンジェリンが書いた手紙は――いったん書きはじめると思ったよりも長くなってしまったが――四時になったら直接伯爵へ届けるようにと言って、ミス・ゴダードが執事に渡したはずだ。それを読んで、彼が危険を察知しなかったはずがない。書き終えたときは、われながら怪奇小説家になるといいのではないかと思ったほどだ。どうも自分には不気味な場面を大げさに書く才能があるらしい。伯爵はミス・ゴダードのことが心配になって、やきもきしたに違いないのだ。

それでも彼はまだ来ない。

宿のこともちゃんと書いた。もちろんその時点では名前まではわからなかったが、伯爵が気づかずに通り過ぎるとは思えない。建物も前庭もこぢんまりとしていて、門も開いたままになっている。はっきりここ とは知らなくても、停まっている馬車には気づくはずだ。

とにかくヘイワード伯爵が来たときには――もし本当に来たとして――そのときはミス・ゴダードが笑っていませんように。もし彼が到着したのが前もってわかったら、自分は化粧室へ行くと言ってこの場を離れよう。そうすればミス・ゴダードのメイドは厨房で休憩中だから、伯爵は彼女とウィンドロー卿がふたりだけでいるところを目撃することになる。

ああ、ヘイワード伯爵はいつになったら来るのかしら？　これではまるで〈ローズ・クラウン・イン〉のときと同じだ。ただしあのときは、これから自分を待ち受けている社交界デビューや求婚、結婚、幸福への期待で胸を大きくふくらませていた。今は逆に、この世の終わりかと思うほど落ち込んでいる。もし伯爵が来たら、それは間違いなく彼がミス・ゴダードを愛しているという証拠だ。そこまで派手に自分の気持ちを宣言したら、もうあとに引けないだろう。

わたしが今より幸せになれる要素はどこにもない。

アンジェリンは自分の体のいたるところが——まばたきをしたときはまつげまでが——鉛でできているような気がした。

星空の下でワルツを踊るのは法律で禁じるべきだわ。絶対そうするべきよ。それに丘を転がり落ちるのも。それから……とにかく何もかも法律で禁じてほしい。

「ああ、うるわしき人よ」ウィンドロー卿がアンジェリンに向かって言った。「放蕩者、つまりこのぼくの弁護を頼むよ。母の誕生日に会いに出かけるような男が、いったい冷酷な悪党と言えるだろうか？」

アンジェリンは思わず笑った。そして自分が伯爵への手紙の中でウィンドロー卿のことをまさに〝冷酷な悪党〟と呼んだことを思いだした。でも、本当は彼のことはちっとも嫌いではない。突然、アンジェリンは良心の呵責を感じた。だが、今さら遅い。いくらヘイワード伯爵の嫉妬心をあおるためとはいえ、こんな卑劣な方法でウィンドロー卿を利用してはいけなかったのだ。彼は一度たりとも、ミス・ゴダードに無礼なふるまいをしたことはない。自分にだって、無礼な態度を取ったのはあのときだけだ。

ただでさえ気が重いのに、そこに罪悪感まで加わるとはなんということだろう。

いっそヘイワード伯爵は来なければいいのに。きっと執事は手紙を届けるのを忘れているわ。届けたとしても、伯爵は手紙を読まなかったかもしれないし、読んだとしても、こんなものは怪奇小説の読みすぎだと言って笑い飛ばしたに違いない。

「まず、放蕩者という言葉を定義する必要があるわね」アンジェリンは言った。「少なくとも、何が放蕩者でないかを。おふたりの話からすると、『パミラ』の主人公は放蕩者ではないわ。だってパミラの純潔を何度も力ずくで奪おうとしたんだもの。彼は完全に悪党ね。放蕩者と呼ぶにはふさわしくない。たしかに放蕩者は常識外れで快楽的で、ばかなことばかりするけれど、何よりもまず紳士なの。そして紳士は決して女性から――レディだけではなくすべての女性から、無理やり純潔を奪ったりはしないわ」

「ブラボー！」ウィンドロー卿が言った。

「すばらしく論理的だわ」ミス・ゴダードも同意する。

「たぶん放蕩者が改心することはないでしょう」アンジェリンは続けた。「だってほとんどの男性は、それが男らしいことであり、自分たちにはそうなる資格があると信じているんだもの。でも、だからといって放蕩者が悪党というわけではないわね。というか、悪党になってしまったら、それはもはや放蕩者の範疇から逸脱してしまっているのよ」

ウィンドロー卿とミス・ゴダードがそろってアンジェリンに微笑んだそのとき、三人のいた個室の扉が壁にぶつかるほど勢いよく開いたかと思うと、また勢いよく閉まった。見ると、ヘイワード伯爵が立っている。

アンジェリンは胸の前で手を組み、ミス・ゴダードはテーブルに両手をついた。扉に背を向けて座っていたウィンドロー卿は椅子から立ちあがって振り向いた。

「やあ、ヘイワード、きみもこっちへ来て——」

言い終わらないうちに、伯爵の拳がウィンドロー卿の顎に命中し、彼は思いきりのけぞった。テーブルがなければ、そのまま倒れていただろう。ウィンドロー卿の背中にぶつかってティーポットの蓋がテーブルの上を転がり、音を立てて床に落ちた。ポットも倒れ、中身がテーブルクロスの上にこぼれる。

「エドワード」ミス・ゴダードの両手がテーブルクロスを握りしめた。

「ヘイワード卿」アンジェリンは組んだ手を唇に押し当てた。

「おまえという奴は！」伯爵はウィンドロー卿のコートの襟をつかみ、相手の体を引き寄せた。その目は血走っている。「今すぐに外へ出ろ！　おまえにはもううんざりだ」

「わざわざ言ってくれなくても、そうだとわかったよ」ウィンドロー卿は指先で顎をそっとさすった。「拳は言葉よりも雄弁なり、だ」

「ヘイワード伯爵！」アンジェリンは飛びあがった。「わたしが間違っていたわ」

ああ、どうしよう。これではミス・ゴダードを裏切ることになる。すべて彼女のアイデアだったのに。でも、やっぱり打ち明けなくては。自分たちのたくらみがこんな殴りあいに発展するなんて、思ってもみなかった。

「エドワード、やめて!」ミス・ゴダードも立ちあがった。「ああ、ウィンドロー卿、こんなふうになるとは想像もしていなかったのよ、ごめんなさい。予想できなかったなんて、わたしがばかね。エドワード、見てのとおり、問題はどこにもないの。レディ・アンジェリンにはわたしというシャペロンがいるし、ちゃんとメイドも一緒よ。実際にこれからノートン・パークまで行って、レディ・ウィンドローとお食事をするの。わたしはあなたにあんな手紙を書くべきではなかったわ。人をだますのがどうしてそれほどいけないことか、これでよくわかった。本当にごめんなさい。心から謝るわ」

手紙って……どの手紙?

ヘイワード伯爵がコートの襟をつかむ手をゆるめると、ウィンドロー卿は顎を動かして筋肉をほぐした。

「日時と場所さえ指定してくれれば、どこへでも出向いてやるぞ、ヘイワード。だが、今日だけは勘弁してくれ。すでにこの傷だけでも母に説明するのはやっかいだ。母はあまり具合がよくないんでね。このうえ鼻を腫れあがらせ、充血した目のまわりに黒いあざを作って、歯を一、二本なくした状態でぼくが顔を見せたら、母は卒倒してしまうだろう。それに今はレディたちの前だ」

「前回はそのことについて、あまり気にしていなかったようだがな」ヘイワード伯爵は悔しそうにそう言うと、つかんでいた襟から手を離した。怒りの炎が多少はおさまったようだ。

「レディ・アンジェリンをまた困らせるようなことをしたら、絶対にこのぼくが許さない。たとえシャペロンがついていてもだ。わかったな？」

ウィンドロー卿は両手で襟をはたきながら言った。

「どうせぼくがイエスと答えるまではそこをどかないつもりだろう？　ならば、イエスと言うしかないじゃないか。いつまでもそんなふうに鼻先に立たれたのでは気分も悪いしな」

ヘイワード伯爵は一歩さがると、アンジェリンのほうを向いて彼女をにらみつけた。

どうして彼はウィンドロー卿にわたしのことを話していたの？　ミス・ゴダードのことはどうなったの？

「もうレディの前から退散することにするよ。たぶんミス・ゴダードが、ぼくがふらついたときのために手を貸してくれると思うんだが、違うかな？」ウィンドロー卿はそう言って、彼女に腕を突きだした。

ミス・ゴダードが何か言いたそうな顔で彼をにらんだ。けれどもあきらめたように頭を振ると、ウィンドロー卿の腕を取って一緒に部屋を出ていった。

アンジェリンはつばをごくりとのみ込んだ。

「白状するわ、ごめんなさい。わたしが書いた手紙は全部嘘なの」

「手紙？」伯爵がいぶかしげに目を細める。

「あなた宛の手紙よ。執事から四時に渡されたでしょう？」

「今日はみんなでずいぶん手紙を書いたみたいだな。それを執事に渡したのは誰だ?」

「ミス・ゴダードよ」

「なるほど。どうやらぼくはユーニスのことがまったくわかっていなかったようだ」

「でも、あなたは彼女を愛している、そうでしょう? そして彼女もあなたを愛している。すべてはミス・ゴダードのアイデアだったの。といっても、最初に言いだしたのはわたしだけど。なんとかしてあなたに自分の気持ちと、彼女なしでは生きられないということに気づいてほしかったのよ。それには彼女が放蕩者の手にかかるところを見せて不安にさせるのがいちばんだと思ったわ。そしてウィンドロー卿はその役にぴったりだった。だからロザリーに頼んで、彼とミス・ゴダードをホーリングスへ招待してもらったの。ミス・ゴダードは厳密に言えば上流階級の人間ではないけれど、決して賤しい人ではないということを、あなたのご家族にわかってほしかった。でも、どうしてもひとりではできないとわかって、それでミス・ゴダードに打ち明けたの。彼女は喜んで協力すると言ってくれたわ。だけど最初の作戦はうまくいかなかった。昨日散歩に出たとき、あなたはウィンドロー卿から彼女を救う代わりに、わたしの靴に入った石を取るのを手伝おうとしたわ。本当は石なんてどこにもなかったのに。あれはすべて策略だったのよ。今日になってミス・ゴダードが、もっと思いきった作戦が必要だと言って提案したのがこれよ。わたしは言われたとおり手紙を書いた。でも、書くべきではなかったわ。だって嘘ばかりなんだもの。そうでなくても、わたしやミス・ゴダードに無はずいぶんひどいことをしてしまったのに。彼は一度だって、わたしやミス・ゴダードに無礼なふるまいをしたことはないのよ――もちろん、あの最初の一回を除いてだけど。でもあのときだって、実際には何もなかった。違う？　あなたに間違いを指摘されたらすぐに――ほとんどすぐにウィンドロー卿は謝った。そして去っていった。なのに今日はわたしのせいで、彼はけがをした。あなたにひどく殴られて。全部わたしが悪いのよ。しかも何ひとつうまくいっていない。そうでしょう？　あなたは今ここで、ミス・ゴダードではなく、わたしと話をしている。いいえ、わたしがあなたに話しているのね。本当は彼女のあとを追わせなくてはいけないのに。ああ、どうしてこんなに何もかもうまくいかないの？」

気がつくと、ヘイワード伯爵が目の前に立っていた。しかもウィンドロー卿の前に立ちはだかっていたときよりも、さらに近い！

「たぶん」彼がやさしく言った。「それはきみが何もかも思い違いをしているからだよ、アンジェリン」

アンジェリン？　〝レディ〟はどうしたの？

彼女はつばをのみ込み、伯爵の青い目を見つめた。そうする以外になかった。うしろにさがらないかぎり、ほかに目のやり場はないし、さがるには背後の椅子が邪魔だった。

「そうなの？」アンジェリンは尋ねた。

「ぼくが愛しているのはユーニスではない」

「そんな」

彼女は唇をかんだ。

「ぼくが愛しているのはきみだ」

ああ、そんな!

そんな。

そのとき、ふたりの耳に馬の蹄の音が聞こえた。続いて馬車の車輪が前庭の石にこすれる音がすると、馬車はそのまま通りに出て、次第に遠のいていった。

「よくわからないわ」馬車の中でユーニスはつぶやいた。「これでよかったのかしら? むしろ逆のような気がする。だって、あそこにはほかに馬車はなかったもの。きっとエドワードは馬で来たのよ。ずいぶんやっかいなことになったわ」

ウィンドロー卿は座席の隅に背を預け、前の席に足をのせていた。胸の前で腕を組み、半分閉じた目で愉快そうに彼女を見ている。

「ミス・ゴダード、自分の愛する女性が腹黒い悪党に今にもさらわれそうなときに、馬車が用意されるのをのんびり待っているような男がいると思うかい?」

「つまり、あなたは最初からわかっていたというの? この計画を立てた時点から? でも、このあとあのふたりはどうするの?」

「選択肢はいくつかある。まず、一頭の馬にふたりで乗る。イメージとしては実にロマンティックだが、実際は乗り心地がひどく悪い。次に馬車を借りる。たしか〈ピーコック・イン〉におんぼろが一台あったはずだ。なんとか走るとは思うが、イメージ的にも実際的にもおよそ心地よさにはほど遠い。三つ目は、ぼくたちが戻るまで今いる場所にとどまる。これは心地よさという点ではさまざまな可能性を秘めている。まあ、こんなところかな」

「わたしたちが戻るまでというのは、すぐという意味？」

「明日の朝だ。ノートン・パークで朝食をとり、母に別れの挨拶をしてから」

「だけど、もし馬車を借りることができなかったら？」ユーニスは眉根を寄せた。

「選択肢がふたつに減るから、選ぶのにあまり頭を悩まさなくてすむ」

信じられないという顔で、彼女はウィンドロー卿を見た。

「まさか、本当にふたりが〈ピーコック・イン〉に泊まるとは思っていないわよね？　もちろんエドワードは紳士としてふるまうし、あそこなら部屋もじゅうぶん空いているでしょう。たいして混むようなところには見えなかったもの。でもそんなことをしたら、レディ・アンジェリンはおしまいよ。メイドさえ残してこなかったんだから」

彼は気だるそうなまなざしで笑った。

「ぼくはヘイワードには大いに期待しているんだ。今日、彼が出した――それもレディの前で出したパンチは、とんでもなく強烈だった。今でもひりひりする。だから今夜の彼は紳士らしくふるまったりはしないと思う。賭けたりはしないけどね。生まれてこのかた一度も間違ったことをしたことのない男が、今日はすでにひとつした。こんな冒険はもうじゅうぶんと思うか、はたまた自らの中に無秩序への嗜好を見いだすか、どちらになるかは結果を見るしかない。だが、ぼくが子どもの頃いちばんのお気に入りだった馬丁がよく言っていたよ。

馬を水場に連れていくことはできても、無理やり水を飲ますことはできないと。それとメイドはきみにも必要だ。もしきみが付き添いもなしに現れたら、母は卒倒して、正気に返ってからも、ひと月はぼくを叱り続けるだろう。さらにきみも気づいているように、きみのメイドはぼくの御者の隣の席が気に入っているみたいだし、御者のほうもうれしそうにしている。彼女を置いてきたりしたら、ふたりともがっかりしたと思うよ」

ユーニスはため息をついた。

「そもそも、こんなとんでもない計画に賛同してはいけなかったのよ。レディ・アンジェリンはもうおしまいだわ。付き添いなしでホーリングスへ戻ろうと、明日の朝わたしたちが迎えに行くまでのあいだあの宿にとどまろうと、どちらにしても同じこと。そして、わたしは一生自分を許さない。本当に、わたしったら何を考えていたのかしら？」

ウィンドロー卿が彼女の手を取って言った。

「きみはただ、ふたりの友人を幸せな結婚に導こうとしただけだ。彼らには自力でそうするだけの知恵がなさそうだったからね。そしてぼくがしようとしたのは、もう一度きみの関心をしばらくのあいだひとり占めにすること」

ユーニスは目を伏せると、彼の指に自分の指を絡め、ふたたびため息をついた。

「その手には乗らないわ。あなたは放蕩者ですもの」

「だがレディ・アンジェリンだって、ときには放蕩者も改心することがあると認めていたよ。ぼくがそのひとりである可能性は大いにあると思わないか？　絶対とは言わないが。彼女もかなり絶望的だとは言っていたからね。それでも可能性はある」

「わたしはケンブリッジ大学教授の娘よ」ユーニスは唐突に言った。

「きっとお父上は悪魔のように頭が切れて、本ばかり読んでいる人なんだろうな」

「そうね」

「きみはその両方を受け継いでいる」

「ええ」彼女はまたも同意した。「ただ、〝悪魔のように〟というのは違うわ」

「頭が切れて本ばかり読んでいる女性でも、ときには改心することがあるのかな?」

ウィンドロー卿はユーニスの手の甲にそっとキスをした。

ユーニスはしばらく考えてから言った。

「その可能性は大いにあると思うわ。絶対とは言わないけど」

「どうしたら、そうなるんだろう?」

「最近、自分の中にある欲求が存在することに気づいたの。それは……」

「それは?」彼女が言いよどんだのを見て、ウィンドロー卿が先を促した。

「人生を楽しみたいという欲求よ」

「頭が切れて本ばかり読んでいると、楽しくないのかな?」

「そうではないわ。そういう自分も好きよ。これからもずっとそんな自分でいたい。ただ、もう少し……愉快なことがしたいの」

「なるほど」彼はふたりの手を座席に戻した。「それはいいことだ」

「四年前にあの約束をしたときは、エドワードもわたしも、お互い最高の相手だと思っていたわ。でも今年の春、ロンドンで一年ぶりに再会したとき、すぐにだめだとわかったの。その頃には彼はもうヘイワード伯爵になっていて、わたしよりもっと別の結婚相手が望まれていた。でも、理由はそれだけじゃない。彼には人生を明るくしてくれる人が必要なのよ。お兄さまの死後、否応なく背負わされることになった義務と責任を軽くしてくれる人が。わたしにはそれができないの。わたしは自分ひとりでは愉快になれない。わたしの中にある、そういう部分を引きだしてくれる人がいないと。自分からそうしようとした経験がないから。トレシャム公爵の舞踏会で、あなたがレディ・アンジェリンと踊って、エドワードとわたしが夜食の席であなたたちと一緒になったとき、すぐに彼女がエドワードに惹かれているのがわかったわ。彼もレディ・アンジェリンの言動にはいらいらしながらも、なぜか彼女を必死で守ろうとしていた。そのとき思ったの、彼女ほどエドワードの妻にふさわしい人はいないと。そしてレディ・アンジェリンのことをだんだん知るにつれ、今度はエドワードこそ彼女にふさわしい夫だと思うようになった。彼女には落ち着きが、そしてエドワードには……そうね、喜びが必要なのよ。たしかに、四年間も自分が求めていると思っていたものを失うのは少しつらかったわ。でもそんな夢も、エドワードのことも、もう取り戻したいとは思わない。だって、わたしは彼を心から好きだし、自分も何か喜びを見つけたいと思っているからよ。少なくとも、何かしら愉快なことをね」

「ぼくと一緒にいると愉快になれるかい、ユーニス？」ウィンドロー卿がやさしく尋ねた。

ユーニスは彼をにらみつけながらも、ファーストネームで呼ばれたことには目をつぶった。「ええ」彼女は答えた。「あなたは愉快で、知的で、頭の回転が速くて、機知に富んでいて、そして無礼だわ」

「なんだか、恐ろしくつまらない男のように聞こえるな」

「あら、まだあるわよ。あなたはハンサムで……魅力的。そしてキスが上手。もちろん、この点ではわたしには比べるものがあるわけではないけれど、経験豊かな高級娼婦もきっと同意してくれると思うわ。どう？ これであなたの自尊心も少しは満足したかしら？」

ウィンドロー卿は彼女に向かって微笑んだ。

「さあ、着いたよ」彼が告げた。「母に会ってやってくれ。ただし、母にはこう言うんだ。あとふたり客が来る予定になっていたが、残念なことに彼らは馬車の故障で途中の宿に足止めされて、たとえ馬車が直っても、おそらくそのままホーリングスへ戻るだろうと」

「ああ」ユーニスはため息をついた。「わたしはこの数日で、これまでついた嘘を全部足しても間に合わないほど嘘をついてしまったわ。もう今後いっさい嘘はつきませんからね」

ウィンドロー卿は彼女をノートン・パークの壮大な屋敷に招き入れると、弧を描く大階段をのぼって二階の応接室へと案内した。そこでは彼の母親が、青白い顔に笑みを浮かべてふたりを待っていた。

ウィンドロー卿が母親を抱きしめ、頰にキスをし、誕生日の祝いの言葉を述べると、レディ・ウィンドローが息子に向かって言った。「チャールズ、わたしはあなたがホーリングスへ行く前に言ったはずよ。わたしの誕生日のために、わざわざ戻ってこようなんて夢にも思わないようにって。一五キロという道のりは決して短くないわ」

「こんなときに来ないでいられるはずがないでしょう。母上の誕生日に、ぼくが一緒にいなかったことなどありますか?」

ウィンドロー卿は母親のウエストに手をまわし、ユーニスのほうを向いた。母親の目は、膝を曲げてお辞儀をする彼女を見つめていた。

「それに別の理由もあるんです。きっとお喜びになりますよ。もう何年ものあいだ、うるさくせがまれていましたからね。こちらはミス・ゴダード。近い将来、もろもろの環境が整えばすぐにでも求婚するつもりの女性です。男にとって最も恐ろしいことをする時が、ぼくにもとうとう来たようです。でも、なぜか突然それがあまり恐ろしくなくなったんですよ。むしろ待ち遠しいくらいです。そろそろ身をかためる時期なんですね」

ウィンドロー卿が笑みを浮かべ、眠たげな目でユーニスを見る。彼女は目を丸くして、頬をピンクに染めていた。一瞬、怒ったように彼を見返したが、すぐに母親のほうを向くと、誕生日のお祝いの言葉を述べた。

20

「今のは何？」外の物音にしばらく聞き耳を立てていたアンジェリンが口を開いた。

たぶん彼女は本気で尋ねたわけではないだろう。誰が聞いても、あれが何かはすぐにわかる。エドワードはそう思ったが、アンジェリンは青い顔で目を大きく見開き、答えを待っていた。

「ウィンドローの馬車が出ていったんだよ。ユーニスをノートン・パークまで連れていき、母上と食事をするんだ。おそらくメイドも一緒だろう」

「わたしたちを置いて？」彼女の黒い目がいっそう大きくなった。

「いつまでもここで待っていたら、食事が深夜にずれ込むかもしれないと思ったのではないかな。きみとぼくには解決すべき問題があると判断してね。それにぼくに殴られたばかりで、すぐ一緒の馬車に乗るのはウィンドローも気が進まないさ。殴り返してもこなかったし、表に出ろという誘いにも乗らなかったところを見ると、彼もユーニスの仲間か、ことによると彼が首謀者なのかもしれない。暴力沙汰になったのはユーニスも驚いたかもしれないが、計画はうまくいったと思うだろう。ぼくたちをここに残していくのも、問題解決のためにはしかたないと思うんじゃないか？　というか、今頃はもう誰かにそう説得されているかもしれないな」

「ミス・ゴダードの計画は、わたしの手紙を読んだあなたが、彼女をウィンドロー卿の魔の手から救いだすために駆けつけるというものだったのよ。なのに、彼女が連れていかれるのを黙って見ているなんて」

「きみの書いた手紙もいつか読んでみたいものだ。きっと見事な怪奇小説に仕上がっているんだろうな。だが、きみを助けに来る前にぼくが読んだ手紙はユーニスが書いたものだ。語調は控えめだが、効果は抜群だった。こうして今、ぼくはここにいるんだからね」

　ここにきてエドワードは、数分前とは少し違う意味で腹が立ってきた。これではまるで自分はみんなの操り人形だ。それぞれの曲に合わせて踊らされている。ユーニスはともかく、あのいまいましいウィンドローにも。そしてあまり巧みとは言えないが、このレディ・アンジェリンにも。

「あなた、なんて言ったの？」彼女が唐突に尋ねた。

「いつのことだい？」

「馬車が出ていく前」

　エドワードはアンジェリンの目をじっと見つめた。「ぼくが愛しているのはきみだ」

　そして同じ瞬間にエドワードは、肩をつかんで歯がガチガチ鳴るほどアンジェリンを揺さぶってやりたいと思った。どちらの感情も根は同じだ。彼女を見ていると、惹かれると同時にいらだちを覚える。うきうきすると同時にいらいらしてくる。賞賛の言葉を思い浮かべながら、首を絞めたくなる——もちろん実際にそんなことはしないが。ふたりは理想のカップルなどではない。たとえ結婚しても、おだやかな夫婦生活など送れないだろう。だが、ひとつだけたしかなことがある。アンジェリンといると、生きているという感じがするのだ。それがどういう意味かは別として。

それがどういう意味であろうと、それですべてが変わった。

どういう意味かは、自分でもいまだにわからないが。

「ぼくはきみを愛している」珍しく沈黙しているアンジェリンに向かって、エドワードは繰り返した。

大きく見開いた彼女の目から、今にも涙があふれそうになっている。

「嘘よ」彼女は責めるように言った。「愛など信じていないくせに」

「もしぼくがそんな愚かなことを言ったなら、そのときこそ嘘をついたんだ。ぼくは母や姉たちや祖母を愛している。姪や甥、祖父のことも。そして、きみのこともまた別の意味で愛している。ホーリングスに戻ったら、もう一度きみに求婚するつもりだ。だが、今回はひざまずいたりしないよ。あんなばかげた習慣をはじめた奴は鞭打ちの刑に処するべきだ。まあ、とうの昔に死んでいるとは思うけどね」

アンジェリンが涙を浮かべたまま微笑んだ。

「ひざまずいてくれなくてもいい。でも、わたしがイエスと言う保証はどこにもないわ」

エドワードは彼女の前で人差し指を立て、横に振った。

「もうゲームはなしだ、アンジェリン。すでにふたりとも一生分やったよ、ここで終わりにしよう。ぼくがきみに求婚するのは、きみを心から愛していて、きみなしでは幸福で充実した人生は送れないと思うからだ。そしてきみはぼくと結婚する。なぜなら、きみもぼくを愛しているから」

一瞬、エドワードの心に大きな不安が押し寄せた。しかし、彼はそれを払いのけた。今は断固たる態度を取るべきときだ。きっとこれからは、死ぬまでこういうことが続くのだろう。アンジェリンの奇想天外な行動にうろたえたり、断固とした態度を取る気にはなれなくて彼女の好きにさせてしまったりすることも、ときにはあるかもしれないが。

まったく、いまいましい。今後の人生はやっかいなものになりそうだ。自分が頭を下にしているのか、足を下にしているのかもわからなくなるだろう。

「ずいぶんと自信があるようね」彼女が言った。

「あるよ」エドワードはそう言いながら、両手を体の前で組んだ。背中で指を交差させれば嘘を言っても罰が当たらないという、あのおまじないをしないようにするために。

突然、部屋の中が——というより宿全体が——しんとなった。どこかで柱時計が時を刻む音がする。

「早く馬車を出して」アンジェリンが言う。「今ならまだ、彼らがノートン・パークに到着する前に追いつけるわ。そうすれば、わたしたちがふたりだけでいたことも、なんとかごまかせるはずよ」

「馬車はないんだ。馬で来たからね」

「まあ」彼女は唇をかんだ。「じゃあ、わたしたちはこれからどうするの？」

そのことは、ウィンドローの馬車が出ていくのを聞いたとき、エドワードにはすでにわかっていた。そしてウィンドローが明朝、自分たちをここへ迎えに来るであろうことも予想できた。さすがの彼も、ユーニスとふたりだけでホーリングスに戻りたいとは思わないだろう。いくらメイドが一緒だとしても。気の毒に。きっとあの男は義務感からユーニスに求婚するに違いない。彼女にとってはもちろんのこと、ウィンドローにとっても、それほど破滅的なことはない。

「ぼくたちはここに泊まるんだ」エドワードは言った。

アンジェリンがまた目を丸くした。「そんなことをしたら、トレシャムお兄さまに殺されるわ。フェルディナンドお兄さまにも。部屋はふたつ空いているかしら？」

この宿なら全室空いていてもおかしくない。彼はそう思ったが、そんなことを言ってもなんの役にも立たない。

「きっと、ひと部屋なら空いているだろう。そこにエイルズベリー夫妻として泊まるんだ。きみはここに座って待っていてくれ。ぼくがきいてくるよ」

アンジェリンの顔が見る見る赤くなった。何も言えずに口をぽかんと開けている。

エドワードは顔を近づけ、探るような目で彼女を見つめた。

「ゲームはもう終わったんだ、アンジェリン。そして誤解もすべて解けた。今は愛する時だ」

だが、あの意味では絶対にない。エドワードは思った。こんなことは、一週間前なら考えられもしないことだった。昨日、あるいは一時間前でさえ。いったい自分は何を考えているのか。いや、そんなことはもうどうでもいい。これまでずっと考えてばかりいた。頭を働かせ、答えを追い求めてきた。何がおのれにとって正しいことなのか、愛する人たちを、守るべき人たちをどうしたら傷つけずにすむのか。自分は愛してきた。これまでずっと。それでも、こんなふうに愛したことは一度もなかった。

そうだ。この世には思考を、少なくとも論理を超えたものがある。

自分の人を愛する気持ちに嘘はない。ただ、それにはいつも義務感が伴っていた。

そこになかったもの……それは自由だ。

だがその自由で、無垢な若いレディを破滅させようというのか？

いや、違う、ぼくはその自由で、彼女を愛するのだ。

「言ってくれ、ぼくを愛していると」エドワードは言った。

「愛しているわ」アンジェリンが言う。

「そして言ってくれ、ぼくとここに泊まると。ぼくがほしいと。もし、いやと言うなら、別の方法を探すよ。ここにも馬車くらいはあるだろう。それを借りて、きみをノートン・パークまで連れていこう」

有無を言わせぬつもりだったはずなのに、これでは断固たる態度も台なしだ。

「ここに泊まるわ。あなたが望むなら、世界の果てまで一緒に行ってもいい。それに——」

彼女は笑った。「演説など聞きたくはないわよね」

「本当にそれでいいのかい？」エドワードは小声できいた。

アンジェリンは彼の目を見つめてうなずいた。そのしぐさは演説よりも雄弁だった。


平凡な宿にしては驚くほど立派なその部屋は、清潔で、明るくて、広々としていた。天井には何本も梁(はり)が渡され、そのうちのいくつかは天蓋のないベッドを覆うように屋根に沿って弧を描いている。窓辺には白地に花模様のかわいらしいカーテンがかかり、その外には畑や牧草地が広がっていた。

ベッドはカーテンとそろいのカバーで覆われ、両側に椅子が一脚ずつ置かれている。洗面台にはボウルと水差し、大きな木製の化粧台には四角い鏡が取りつけられていた。

鏡までは少し離れていたが、アンジェリンはそこに映る自分の姿がはっきりと見えた。ありとあらゆる色と形の花で飾った、つばの広い麦わらのボンネットをかぶっている。彼女のお気に入りだ。少なくとも、そのうちのひとつ。明るい緑色のリボンで顎にしっかりくくりつけられている。彼女はリボンをほどいてボンネットを脱ぐと、ベッドのそばの椅子の背にかけた。

突然、裸になったような気がした——裸だなんて、いやだわ、こんなときに。

ヘイワード伯爵は部屋を横切ると、窓を全開にしてカーテンを引いた。裾が風で静かに揺れている。赤みを帯びたやわらかな光が部屋を包んだ。風とともにクローバーと馬の匂いが漂ってくる。かぐわしい田舎の匂いだ。近くで馬がいななき、遠くで犬が吠えた。どこかで鳥たちがいっせいに歌っている。

だが、アンジェリンの耳には心臓の音が鳴り響いていた。不安と興奮で少し気分が悪い。

伯爵が窓のところから彼女を見ている。

「先に食事をしたいかい?」

先に?

「さっきお茶を飲んだばかりだわ」

でも、彼は飲んでいない。きっとお腹がすいているだろう。そうに違いない。彼がベッドの向こうから近づいてくる。そしてアンジェリンの目の前に立ち、顔を両手で包んで指を髪の中に差し入れ、キスをした。彼女は彼のコートの下に手を入れて、両手を腰に添えた。

彼が望むなら、世界の果てまでもついていく。さっき階下のパブで言ったときには、ばかげて聞こえたかもしれないけれど、これは本心だ。もし彼がミス・ゴダードでなく、わたしを愛しているというのなら。

そして彼はアンジェリンを愛している。

彼が顔をあげ、アンジェリンをじっと見つめた。いつの間にか、彼女の髪から一本一本ピンを外している。彼女は両手を彼のシルクのベストの下に滑り込ませ、そのまま背中にまわすと、シャツの上で指を広げた。彼の背中は温かかった。アンジェリンの髪が突然ほどけて、肩から背中へと落ちていく。

「エドワード」彼女はささやいた。

今まで彼をファーストネームで呼んだことはなかった。心の中でさえも。まるで違う人に呼びかけているみたい。でも、恋人に――もうすぐ自分の恋人になろうとしている人に呼びかけるにはふさわしい名前だ。アンジェリンはごくりとつばをのみ込んだ。

今度は耳のうしろにキスをされた。それは自分でも驚くほど刺激的だった。ほんの少し触れられただけなのに、痛みにも近い激しい感覚が体を貫き、太腿の内側を通って膝を揺らした。靴の中で爪先が丸くなる。

エドワードが彼女の背中に両手をまわし、ドレスのボタンを外そうとしている。彼の唇が顎から首へと這いおりていくのを感じながら、アンジェリンも彼のベストのボタンを外しはじめた。

開いたドレスの背中にエドワードが両手を入れて引き寄せると、アンジェリンは思わず彼の胸に両手をついた。さっきよりもさらに熱く激しいキスが唇を覆う。強烈な感覚がよみがえり、何倍にもふくれあがった。ふたりの体にはさまれて、彼女の手が押しつぶされそうになる。

そのときエドワードが顔を離し、燃えるような目で彼女を見つめた。それはこれまで見たこともないほど真剣で情熱的な目だった。アンジェリンが両手を脇におろすと、エドワードは彼女の肩から腕へとドレスをおろしていった。脱いだドレスが足元に落ちたとき、彼女は薄い下着とシルクのストッキングと靴だけの姿になって立っていた。

エドワードはベッドのカバーと上掛けをはいで、彼女の下着を脱がせはじめた。

そして命じた。「ベッドの端に座るんだ」アンジェリンは靴を脱ぐと、言われたとおりにした。

彼は床にひざまずき、アンジェリンの足を自分の太腿にのせて、ストッキングを脱がせた。一本、そしてもう一本と。

エドワードはまったく急いでいなかった。むしろ一瞬一瞬をじっくり味わっているように見える。どうしてそんなことができるのだろう？　わたしはこんなに……じれったいのに。それも当然だ。自分は裸——ほとんど——だけど、彼は違う。

わたしは真っ昼間から裸になって、男性とふたりで一緒の部屋にいる。

アンジェリンは震えていた。理由はわからないけれど。

でも、たしかに急ぐ必要はまったくない。エドワードは言った。今は愛する時だと。そして〝時〟とは、必ずしも秒や分で計れるものではない。そんなものは〝時〟を区分するために人間が勝手に作ったものだ。〝時〟は無限。そして今は愛する時なのだ。

「横になるんだ」エドワードはそう言ったが、アンジェリンは立ちあがり、彼のコートに手を伸ばした。彼の手がそれをさえぎる。「だめだよ」

「だめじゃないわ」彼女がそう言うと、エドワードは手をおろした。

アンジェリンはゆっくりと彼の服を脱がせはじめた。お世辞にも器用とは言えない手つきで。きっと男性のコートというのは体に縫いつけてあるに違いない。侍従に屈強な人間が多いのはそのせいだろう。けれどもベストのほうは、すでにボタンが外れていたこともあって、なんの問題もなくするりと脱げた。そしてシャツの裾をブリーチズから引きだすと、エドワードが手をあげているあいだに頭から引き抜こうとした。

けれどもそのとき、あることがアンジェリンの動きを止めさせた。おそらくエドワードも同じだったろう。というのも、自分より背の高い相手のシャツを頭から脱がせるためには、体をさらに近づけなければならず――エドワードは彼女のためにしゃがんだりしてくれなかったから――乳房と彼の胸が触れてしまったのだ。肌がじかに触れあう衝撃にアンジェリンは思わず息をのみ、一瞬目を閉じた。そしてシャツを頭上高く持ちあげたまま、かたまってしまった。

ふたりの視線が重なり、次に唇が重なった。シャツが引き抜かれ、最後は体が重なった。エドワードの男性的な匂いに、アンジェリンは気絶しそうになった。それはコロンだけではない、彼の体全体から発せられるものだ。

「あなたも全部脱いで」彼女はキスをしながら言った。

「わかった」

アンジェリンは両手を彼の腰までおろすと、手探りでボタンを外していった。

だが、それ以上はもう無理だった。恐怖、困惑、乙女らしい慎み、抑えようのない興奮、自己防衛と生存本能、そういうばかげた感情が彼女を押しとどめた。

エドワードから体を離すと、彼女はベッドの上に横たわった。窓からの風が急に冷たく感じられたが、体には何もかけなかった。もっとも、震えているのは寒さのせいばかりではない。アンジェリンはエドワードに向かって微笑み、乗馬ブーツと靴下とブリーチズとズボン下を脱ぐ彼の姿をじっと見つめた。

彼が自分と同じ裸になったとたん、窓から入ってくる冷たい風が砂漠の熱風に変わった。

ああ、どうしよう。なんてことかしら。

自分は今までエドワードのことを――いい意味で――ふつうの男性として見たことがあっただろうか？

彼の体は男らしく、がっしりしていて均整も取れている。つくべきところにちゃんと筋肉がつき、それ以外は引きしまっていた。しかも……だめ、これ以上は恥ずかしくて論評が続けられない。

気がつくと、エドワードも彼女の体を観察していた。

「わたしは背が高すぎるの」アンジェリンは言った。

「知っているよ。それでいっとき、棒みたいだと言われていたんだろう？」

「ええ。母もわたしのことはあきらめていたわ。一二歳のときにはもう母の身長を超えていたのに、そのときでさえ、まだどこにも出っ張っているところがなかったんだもの」

「アンジェリン」彼の声がどこか違って聞こえる。ひとつは、いつもより低くてかすれていることだ。「きみはもう棒みたいなどではないよ」

彼女もそれはわかっていた。だがエドワードの言葉が、そして彼の目、彼の声が伝えようとしているのはもっと別のことだった。アンジェリンは不意に理解した。わたしは美しいと。こんなに背が高くて色黒の女性に成長したけれど、それが自分だし、それで完璧なのだと。わたしはこのままで完璧で、そんなわたしを彼は丸ごと愛してくれているのだと。

アンジェリンは目をしばたたき、ごくりとつばをのみ込んだあと、彼に向かって手を伸ばした。

「今は愛する時」気がつくと、そうつぶやいていた。

「そうだ」エドワードはアンジェリンのかたわらに身を横たえ、片肘をついて彼女を見おろした。

エドワードの唇が彼女の唇に、そして体じゅうにキスを浴びせた。彼の手が、指が、脚が、アンジェリンをまさぐった。ゆっくりとやさしく、そして激しく愛され、恐怖は完全に消え失せた。あとはただ、ひたすら相手を求め続けた。

アンジェリンはなんの知識も持っていなかった。誇張ではない。だが、ふたりでベッドに横たわってから、何分かも何時間かもわからない無限とも思える時が過ぎたあと、知識や経験は不要であることをアンジェリンは知った。手も口も、自然としかるべき場所へと向かった。本能と欲求、そしてエドワードのうめき声やため息が彼女を導いた。困惑と慎みは恐怖とともに消え去り、アンジェリンは彼の体のあらゆる場所を愛撫した。

エドワードが息をのむと同時に、アンジェリンは片手で彼を包み込んだ。それは長くて太く、岩のようにかたかった。でも、〝岩のように〟というのは間違いだった。それは熱く脈動し、生きていた。

「アンジェリン」そうささやいたエドワードの手が、彼女の太腿のあいだから秘めやかな場所へと分け入ってきた。自分が濡れているのは感触でも音でもわかったが、恥ずかしいと思ったのはつかのまだった。自分が正しいと思うなら、それは正しいことに違いない。ほてった体の中で、彼の手はむしろ冷たく感じられ、心地よかった。

「そうよ」アンジェリンは言った。「そう」

エドワードは片手を彼女の背中にまわすと体を仰向けにし、上から覆いかぶさった。膝で膝を割り、脚を左右に大きく広げさせる。アンジェリンは彼を感じながら、取り乱しそうになるのを必死でこらえた。彼はゆっくりと、けれども力強く、中へと入ってくる。我慢が限界に達し、また恐慌をきたしそうになったとき、エドワードがいったん動きを止めたかと思うと、一気に押し入ってきた。

一瞬、こんな痛みには耐えられないと思った。でも叫び声をあげ、逃げだそうと身をよじったときには、もう痛みは消えていた。あとにはひりひりした感覚だけが残り、それはむしろ快いものだった。エドワードが自分の奥深くにまで入っている。自分は彼の一部であり、彼は自分の一部だ。アンジェリンは喜びに打ち震えていた。

目を開けると、エドワードが肘をついて上体を起こし、彼女をじっと見つめていた。鈍い痛みを感じながらも、

「すまない」ささやくような声で言う。

「謝らないで」彼女は微笑んだ。

エドワードはリズミカルに動き、アンジェリンの中に深く、激しく、何度も入っていった。彼女は悦びのあまり幾度もうめき声をもらし、それは次第に喜悦以上のものに変わっていった。ただし痛みではない。あのひりひりした感覚でさえ、痛みとは感じなかった。

そして、とうとうその時が来た。エドワードの動きが変化したことで、彼もそう感じているのがわかった。彼はふたたびアンジェリンの下に両手を差し入れると、しがみつくように彼女に覆いかぶさり、性急に動きはじめた。これ以上は我慢できないと思った瞬間、アンジェリンの中で何かが弾け、同時にエドワードが喉から低いうめき声をもらした。すると彼女の中に、一気に熱いものが解き放たれた。エドワードがぐったりした体をアンジェリンに預けると、彼女もその下で力を抜いた。

それからどのくらい経っただろう。まだ夢の中のような気もするが、ぼんやりとした意識の向こうに日常の世界がうっすら広がっている。カーテンが風に揺れる音と、鳥の鳴き声が聞こえた。

無限にも終わりはあるのだ。

愛の交わりは終わった。けれどもなぜか、交わりの最中と同じくらい、終わったあとも心は満ち足りていた。それも当然だ。そこには本当の終わりなどないのだから。

無限に終わりはあっても、愛に終わりなどない。

21

エドワードは片方の腕で目を覆い、片膝を立てて、ベッドの上で仰向けになっていた。鳥のさわやかな鳴き声と、カーテンが風にはためく音が聞こえる。裸でいると少しひんやりするが、上掛けをかけるほどではない。握っているアンジェリンの手も、自分の腕に沿うように置かれた彼女の腕も、どちらも温かい。

身も心も完全にくつろいだ気分だ。最初は、ことが終わり理性が戻ったら、罪悪感に襲われるのではないかと思っていた。自分のやったことは、何をどう考えても許されるものではない。だが実際は、ゆったりと幸福感に浸っている。

これほど自分を肯定できたことは、かつて一度もなかった。

そのまま眠ってしまうこともできたが、むしろ意識の縁をさまよいながら、この肯定感と幸福感を心ゆくまで味わうほうを選んだ。アンジェリンは眠っていた。おだやかな息づかいでそれはわかる。エドワードがアンジェリンから体を離し、かたわらに横になったとき、彼女は眠たそうに何かつぶやいたが、小さく息をつくと、またすぐ眠りに落ちた。

彼女の乱れた髪がエドワードの肩の上に広がり、やさしい芳香を放っている。

アンジェリン・ダドリー！　誰が想像しただろう？

彼女の太腿の内側に、ピンクがかった血の跡がほんの少しついていた。もしあとで彼女がいいと言ったなら、ボウルの水で洗ってやろう。エドワードはふと思った。きっとこういう夫婦間でのちょっとした愛情表現が、性的なものもそうでないものも含め、大きな喜びをもたらしてくれるのだろう。結婚は自分に大きな喜びを与えてくれるに違いない。

なぜぼくは一週間前、いや、ほんの数日前まで、まったく逆のことを考えていたんだ？ユーニスとの結婚を夢見ていたときでさえ、結婚と喜びを結びつけて考えたことはなかった。だが、今は彼女のことは考えまい。ユーニスが自分とアンジェリンの婚約を知って、気を落とさなければいいのだが。ウィンドローにも、のぼせたりしてほしくない。もちろん、あれほど分別のある女性がそんなことになるはずもないが。

そのときアンジェリンが大きく息を吸い、ゆっくりと満足そうに吐いた。それを聞いてエドワードは彼女のほうに顔を向けた。目覚めた彼女に笑顔を見せたかったからだ。アンジェリンにも罪悪感は抱いてほしくなかった。今回のことで何か失うことがあるとしたら、自分より彼女のほうが圧倒的に多い。

トレシャムが知ったら、ぼくは殺されるかもしれない。そう思っても、エドワードの笑みは消えなかった。

ところがアンジェリンは目を覚ましたとたん、エドワードが彼女のほうへ顔を向けきらないうちに彼の手を振りきって飛び起きると、ベッドの上に膝をついた。片手はベッドの上、もう一方の手はエドワードの胸に置き、きらきらと輝く目で彼の顔をのぞき込んでいる。もつれた髪が覆いかぶさるように垂れさがっていた。

「これで」彼女は言った。「わたしはあなたの恋人ね」

まるで、育ちのよいレディなら誰もが憧れる最高の名誉を得たかのような口ぶりだ。なんということだ！　せっかくのゆったりとした充足感が、どこかへ飛んでいってしまった。

「いや」エドワードは言った。彼女は何か勘違いでもしているのだろうか？　そんなことはありえない。もう一度求婚するつもりだと、ちゃんと言ったはずだ。「きみはぼくの妻になるんだ」

「あなたがきちんと求婚して、わたしがそれにイエスと言ったあとでね。でもそれは明日かあさって、ホーリングスに戻ってからのことよ。今日はまだ、わたしはあなたの恋人だわ。あなたの秘密の恋人」

「ぼくたちは結婚するんだよ、アンジェリン。頼むから、断るなんていう変な気は起こさないでくれ。ぼくは誓って――」

「あとで夕食へ行く前に」アンジェリンはエドワードの胸のあたりに両手をつくと、真上から彼を見おろした。彼女の髪がカーテンのようにふたりを包み込む。「わたしにいくらか払ってちょうだい。相場はいくらくらいかしら？　いいわ、どうせ内金だから。今回は特別に、一ポンドよ。それで正式にわたしはあなたの恋人よ。秘密の恋人。なんだかすごくふしだらに聞こえるわね。でも、楽しそう。あなたもそう思うでしょう？」

アンジェリンが冗談を言っているとわかり、彼は思わず笑いだした。

「エドワード」彼女がやさしく言う。

「アンジェリン」

「そうだわ。それも秘密のひとつにしましょう。名前よ。わたしはこれから、今みたいにふたりでいるときだけ、あなたをエドワードと呼ぶことにするわ」

「ぼくがきみを恋人として雇い、毎回一ポンド払うのかい？　それはずいぶん高くつきそうだな」

「あなたなら払えるわよ。わたしを自分のものにするためだもの、払わなくちゃ。そうでしょう？　わたしなしでは幸せになれない、そう言ったのはあなたよ。でも最初の八〇年間は、ずっと一ポンドということにしてあげる。そのあとは改めて交渉しましょう」

「ならば、ぼくも寛大なところを見せて、一回一ギニーということにしてあげよう」

「みんなと一緒のときはヘイワードと呼ぶことにするわ。きっと誰も気づかないわよ。わたしは一生、あなたの秘密の恋人。でも、誰もそんなこと思いつきもしない。兄たちはこれからもあなたのことを〝枯れ木男〟と呼んでわたしを哀れみ、どうしてそんな面白味のない結婚生活に我慢できるのかと不思議がるでしょうね」

「ぼくはそんなふうに呼ばれているのかい？」エドワードは彼女の肘を取って引き寄せた。乳房が彼の胸に重なり、顔もくっつきそうなほど近づく。

「そうよ」アンジェリンは笑って答えた。「みんな何も知らないのよ。これからもずっと」

彼女の目は温かな笑みと愛で輝いている。エドワードは真顔になって言った。

「アンジェリン、ぼくはまさにそういう人間だ。無謀なことはしないし、浪費もしない。酒浸りにもならないし、道楽にふけったりもしない。賭けごとも、無鉄砲なこともできない。今日だけは例外でいろんなルールを破ったが、これからもそれは変わらない。ぼくは平凡で、とんでもなくお堅い、退屈な男なんだ。もしぼくと結婚したら――残念ながら〝もし〟という選択はきみにはもうないが、きみの人生は恐ろしくつまらないものになる。だから、ぼくのことをあまり買いかぶらないでほしい。本当のぼくを知ったとき、幻滅するばかりだからね」

アンジェリンは静かに笑うと、彼の胸に頬を寄せ、小さな声で話しはじめた。

「あなたはまだ何もわかっていないのね。わたしはあなたに変わってほしいなんて思っていない。わたしがあなたをひと目見て好きになったのは、あなたが今のあなただからよ。わたしはあの宿であなたに出会うまで、あなたみたいな紳士が本当にいるとは思っていなかったの。わたしの知っている紳士といえば、父や兄やその友人たちだけだったから。彼らみたいな人とは結婚したくなかった。だって、いつまで忠誠を守ってくれるかわからないもの。でも、忠誠心なしにどうやって夫婦や親になったり、充足や友情や幸福を感じたり、ふたりで一緒に年を取ったりできるというの？　母だって、父が忠誠を守っていれば違っていたかもしれないわ。もっと幸せだったかもしれないし、もっと家にいて家族と――そしてわたしと

――一緒に楽しく過ごしてくれたかもしれない。あなたにはじめて会ったときから、あなたがほしいと思ったわ。心の底からそう思った。あなたみたいな人という意味ではないわよ。もちろん家を出たときは、あなたみたいな人を見つけられればと思っていたわ。そんな望みはほとんどないと思っていたし、今でもそう思ってはいるけれど。わたしがほしいのは、そのままのあなたなの。あのときも、今も。あなたには退屈で、いかにも清廉潔白な、義務と責任を追求する日々を送ってほしいと思っているわ。とんでもなくお堅い、むしろ、とても厳格な夫になってほしい。あなたから大事にされていると思わせてほしいし、子どもと一緒の時間をたっぷり持ってくれるいい父親にもなってほしい。そしてふたりだけになったら、そのときは本当のあなたに戻ってほしいの。わたしの秘密の恋人、すばらしい恋人に」

エドワードの胸がアンジェリンの涙で濡れた。そうでなくても、彼女が泣いているのはわかったはずだ。彼女の声が最後のほうでは震えていたから。彼はアンジェリンをやさしく抱き寄せ、頭のてっぺんにそっとキスをした。

「だけど」数分後、アンジェリンは落ち着いた声でまた話しはじめた。「あなたには変わってほしくないなんて、ばかなことを言ったわ。人間は変わらなくてはだめよ。でないと、同じ毎日が延々と過ぎていくだけ。そんなのつまらない。三〇歳になっても、六〇歳になっても、一四歳のときのように考えたり話したりしなくちゃ。そう、わたしたちは変わらなくてはいけないし、そうすべきなのよ。ボクスホール・ガーデンでのあなたは、わたしを愛していたわけじゃない。ただ頭がのぼせてしまっただけ。木に囲まれた人目につかない場所や月明かり、遠くから聞こえる音楽、そういうものに影響されてしまったのね。翌日になってわたしに求婚しに来たときも、あなたは愛など信じていなかった。少なくともロマンティックな意味では。だけど、今のあなたは愛を信じている。すばらしい変化だわ。でも本当は変わったわけじゃない、そうでしょう？　あなたはこれまでだって、ずっと〝愛する人〟だったんだもの。ただ自分の心を開いて、そこにある別の自分を見ようとしなかっただけ。わたしも変わったわ。わたしは社交界にデビューしさえすれば、結婚相手を見つけるのは簡単だと思っていたの。だって、レディ・アンジェリン・ダドリーであるこのわたしと結婚したがる男性はいくらでもいるからよ。たとえわたしがハイエナのように醜くて、ヒキガエルみたいな性格だったとしても。あら、これではヒキガエルに悪いわね。もしかしたら、とてもすばらしい生き物なのかもしれないのに。でも、わたしの言う意味はわかるでしょう？　とにかくわたしは自分の愛にふさわしい男性を見つけたいと思っていた。けれど、わたし自身は誰からも愛される資格などないと思い込んでいたの。自分は不細工で、ばかで、およそレディらしくないと思っていたのよ。わたしなんて最低だって。でも、今は自信を持って言える。わたしは美しいと。明るくて、個性的で、そして……あら、ちょっと自慢のしすぎかしら？」

エドワードは思わず笑った。同時に、やさしい目でアンジェリンを見つめた。彼女の声が、また泣きだしそうに震えていたからだ。彼はアンジェリンを抱いたまま体を回転させて彼女をベッドに横たえ、目と唇にキスをした。

「アンジェリン、頼むからずっと話し続けてくれ。きみはぼくにとって永遠の喜びだ。いや、やっぱり少し訂正させてもらおう。たまには黙っていてくれ。そうすれば毎日数時間は睡眠が取れる。それにふたりのうちどちらかが、あるいは両方がその気になったとき、秘密の恋人と愛を交わすことができる。それに毎朝、新聞や郵便物を読む時間もできる。それに……もうぼくの言いたいことはわかるね。だが、おしゃべりはやめてほしくないんだ。それと、きかれる前に言っておくが、きみの今日のボンネットはとてもすばらしいよ。あの満開の花の下に麦わら帽子があるんだろう？　それだけのものを支えられるなんて、きみの首はずいぶんたくましいんだな」

ふたりは一緒になって笑い、互いに鼻をこすりあわせた。

「嘘ばっかり。ひどい帽子だと思っているくせに」

「そんなことはない。今のは嘘偽りのない本心だよ。さっきパブの個室に入っていったとき、一瞬、扉を間違えて庭に出てしまったのかと思ったくらいだ。それも、とても美しい庭に」

エドワードを見あげる彼女の顔が少し曇った。

「あなたはウィンドロー卿がわたしをさらっていくと思って、彼の顎を殴ったのよね」

「あれはまったく必要のない暴力だった。もう二度としないよ」エドワードはすまなそうに言った。

「あなた、とてもすてきだったわ。でも、お気の毒なのはウィンドロー卿よ。彼が本当に好きなのはミス・ゴダードなのに」

エドワードは眉をひそめた。

「もしあの男がユーニスを傷つけたり、彼女の名誉を汚したりしたら、今度は顎に拳を食らうくらいではすまない」

「でも、ミス・ゴダードも彼のことが好きなのよ」アンジェリンが彼の首に手をまわす。

「あのふたりは本当にお似合いのカップルだわ。そう思わない、エドワード?」

またも女性の論理だ!

「ウィンドロー卿は根っからの放蕩者ではないわ。それは少し前からわかっていたの。彼はただ、生涯にわたって自分を落ち着かせてくれる人が現れるのを待っているだけなのよ。それに、お母さまのことをとても愛しているし」

先ほどとは違い、エドワードは少し時間をかけて考えた。そして急に笑いだした。おそらく人生においては、自分のように理知的に判断するばかりでなく、ときには女性の論理でものを考えることも必要なのだろう。

彼はアンジェリンにキスをした。それからどのくらい経ったか定かではないが——そもそも、そんな時間を計る者などいない——しぶしぶ体を離した。

「自分の意志でやめられるうちにやめておくよ」エドワードは言った。「これ以上は自重したほうがいいだろう。少なくとも今夜はね。そうでなくても、きみはまだひりひりしているんじゃないか?」

「少しだけ」アンジェリンは認めた。「でも、いやな感じではないわ」

「もしぼくがまたすばらしい恋人になろうとしたら、そうも言っていられなくなるよ」

「そうね。たぶんそうだわ」

「お腹がすいたかい？」

「ええ、ぺこぺこ」

エドワードはベッドから立ちあがり、洗面台へと歩いていった。

「きみはそこにいてくれ。今、洗ってあげるから」

「あら」アンジェリンはそう言うと、濡らしたタオルとボウルを持って近づいてくる裸の彼を見ながら微笑んだ。「あなたのことが本当に好きよ、エドワード。ふさわしい言葉が見つからないくらい」

それはよかった。そうでなければ、彼女はいつまでも話し続けただろう。

「ふさわしい言葉なんてものがあるのなら」エドワードはベッドに腰をかけ、作業をはじめながら言った。「ぼくが使わせてもらうよ」


馬車の中で、ユーニスは背もたれのクッションにもたれず、背筋をぴんと伸ばして座っていた。そろえた膝の上に重ねた自分の手をじっと見ながら。

一方、ウィンドロー卿はその横で座席の隅にゆったりと身を預けていた。半分閉じた目は帽子のつばでほとんど隠されているが、長いまつげの下から彼女に鋭い視線を送っていた。

ふたりは彼の母親に別れを告げ、ホーリングスへ戻るところだった。途中で〈ピーコック・イン〉に立ち寄り、馬をまた自分のものと交換したら、ヘイワードとアンジェリンが本当にそこにいるかどうか確認する予定だ。

ユーニスのメイドはノートン・パークを出発する前に空を見あげ、雲は低いが、すぐには雨になりそうもないのを見てほっとした。そして御者との親交をさらに深めようと、御者台に飛び乗った。御者のほうも、うれしそうな顔で彼女を迎えた。

「レディ・ウィンドローはとてもやさしく寛大に接してくださったわ」ユーニスは口を開いた。「あなたのあんな発言にもかかわらずね。それにしても、あなたにあんなことを言う権利はないわ。お母さまも、さぞや驚かれたことでしょう」

「ぼくは頃合いを見てきみに求婚するつもりだと言っただけだよ。相手が聞く気さえあれば、誰にだって自分の意思を表明する権利はあるはずだ。もしぼくが月にでも行くつもりだと言ったのなら、ぼくを愚か者呼ばわりしようが、あくびをして寝てしまおうが、きみの好きにすればいいが、それでもぼくがその意思を明らかにする権利までは否定できないはずだ。きみが記憶違いをしていないかぎり、ぼくはきみと結婚すると言ったわけじゃない。結婚を申し込むと言っただけだ。違うかい?」

きっとユーニスは〝違う〟と言いたかったに違いない。彼にはそれがわかった。だが、彼女は嘘をつけない性分だ。どうしても違うとは言えず、なんとか答えをはぐらかした。

「それでも、わたしを困惑させたり、お母さまを驚かせたりする権利はないはずよ」

ウィンドロー卿は腕を組み、片方の足を向かいの席の縁にのせた。

「たしかにきみの言うとおりだ。そんな権利はぼくにはないな」

彼女は口をきゅっと結んだ。

「つまりこういうことかな?」彼は続けた。「ぼくはきみを困惑させた。きみを興奮もさせたが、それはふたりだけで一瞬燃えたときのことだ。公の場できみが困惑させられたというなら、それはぼくと一緒にいるところを見られたからだね。そうか。知的で本ばかり読んでいる女性にとって、こんな品のない放蕩者と一緒のところを見られるのは、さぞかし気分を害することなんだろう」

「わたしが言っているのはそんなことではないわ」ユーニスは顔を横に向けて彼のほうを見た。「ああ、なるほど。やっぱりあなたはそんなこと、とっくにお見通しよね」

彼女がにらんでいるあいだも、ウィンドロー卿の目はますます眠たげになっていった。ついに彼は頭を少しさげ、帽子の縁でその目を隠してしまった。

「では、その逆か」彼が言った。「つまり、気の毒なか弱き大学教授の娘は、金持ちで爵位を持った上流階級の男と一緒にいるところを見られて、大いに恐縮してしまったわけだ。あまりの身分の違いに、逃げだしたくなったというところかな?」

ユーニスはしばらく黙ったまま彼を見つめていたが、最後は軽く舌打ちをした。

「まったく、つまらないことばかり言って」

ウィンドロー卿はため息をついた。

「これ以上はぼくもわからないよ。降参する。きみの勝ちだ。ぼくが母に言った言葉の、いったい何がそんなにきみを困惑させたんだ?」

「それは……」彼女は説明しようとしたが、あきらめた。「とにかく、わたしを見て」

地味で実用的な靴。地味で実用的なハイウエストのドレス。地味で実用的なボンネット。その下にはきちんととかれた茶色の髪が、首のうしろでこれまたきちんと丸められている。決して地味ではないが、実用性を重んじる顔。きちんとした容姿。官能的とは言えないものの、かといって、まったくその逆でもない。

「わかったぞ」ウィンドロー卿は言った。「服の下のどこか見えないところに、いぼかほくろがあるんだろう？　どちらかひとつあっても致命的だ。さあ、白状したまえ。もしそうなら、すぐに馬車を引き返させて、きみへの求婚は中止にしたと母上に申しあげよう」

ユーニスは怒った顔で彼をにらんだが、思わず大声で笑いだした。

「本当に困った人ね。もう認めなさい。全部冗談なんでしょう？　わたしと結婚するつもりなんて、最初からなかったんだわ」

「ぼくが自分の母親に嘘をついたというのかい？」彼は目を丸くした。「なんてひどい言われようだ。しかも母の誕生日に？　わかったよ。ならば、なぜぼくがきみと結婚したいと思うか、その理由を考えてみよう。たぶん、ぼくはきみの容姿に惹かれたんだろう。きみの機知にも。あと、きみの知性にも抑えようがないほど強い興奮を覚えた。あるいはただ単純に、きみのことが好きなのかもしれない。きみと話すのが楽しくて、一緒にいるのが楽しくて、きみにキスをするのが楽しくて、本当はキス以上のこともしたいと思っている。あるいは、きみが三〇歳になり、四〇歳になり、五〇歳になり、そして死がふたりを分かつまで、きみの容姿や人間性がどう変わっていくのか心から見たいと思っている。あるいは、きみと一緒にどんな赤ん坊が作れるか知りたくてしかたがない。あるいは、こういうことだ。ぼくは女性に対してこんなことを今まで思ったことはないし、ましてや特定の女性に対してこんな気持ちになったことは一度もない。ユーニス、ぼくはきっと恋に落ちているんだ。頭までどっぷりとね。恋に落ちたウィンドロー。困惑しているとしたら、それはきみではなくて、このぼくのほうだよ」

ユーニスは彼をじっと見つめた。

「でも、あなたのお母さまはずいぶんお困りになったはずよ。あなたはたったひとりのお子さんで、しかも跡取り息子なんだもの。あなたには、もっとずっといいお相手を期待していらしたはずだわ」

「ならば、さっき母がきみに抱擁とキスをしたのは、単に礼儀上そうしただけだというのかい？　ゆうべだって、応接室のふたり掛けソファにきみと腕を組んで座り、寝るまできみを放さなかった。そこは本来ぼくが座るはずの場所だったのに。母は大金持ちの商人のひとり娘で、結婚するときはすでに莫大な財産を持っていた。だが、母は父を愛していたから結婚したんだ。父はその頃、財政的に厳しい状況にあったが、それでも父が母と結婚した理由は愛だった。父は三五年の結婚生活のあと四年前に亡くなって、それから母はずっと悲嘆に暮れている。しかし、昨夜きみが寝室にさがったあと、ぼくに話してくれたんだ。ひとり残されてどんなに寂しい思いをしても、ほかの男性と結婚すればよかったとは思わないと。最近、母はぼくの結婚を望むようになった。義理の娘と孫がほしくなったというのもあるが、何より母が願っているのはぼくの幸せなんだ。自分たち夫婦のような愛を息子にも見つけてほしいと思っている。きみのことはひと目見て気に入ったようだ。もっと違う女性を連れてくるんじゃないかと恐れていたらしい。もちろんこれは侮辱ではないよ。最高の褒め言葉だ。今朝、母が最も心配していたのは、きみがぼくの求婚を断ることだった。大学へ行くために家を出たあと、ぼくが必ずしも模範的な生活を送っていなかったのは、母もよく知っているからね」

ユーニスの目は、まだウィンドロー卿を見据えていた。彼はかぶっていた帽子を取ると、向かいの座席に放り投げた。

「きみは断るつもりかい？」

彼女はつばをのみ込んだ。

「それって求婚なの？」

彼は馬車の中を見まわしてから、窓の外を過ぎていく生け垣と、その向こうに広がる草原に目をやった。〈ピーコック・イン〉まではもうすぐだ。

「たぶん」ウィンドロー卿は言った。「求婚するための完璧にロマンティックな場所とか、完璧なタイミングとかいうものは、実際にはないと思わないか？　大事なのは、今がその時だと本人が思うかどうかだ。そうだよ、ユーニス。ぼくは求婚しているんだ」

ウィンドロー卿は両手で彼女の両手を取った。そして彼女が手袋をしているのを見るとそれを外し、裏返しのまま自分の帽子の上に放り投げてから、もう一度手を取った。「ぼくと結婚してほしい。「ユーニス・ゴダード」彼の目からは、いつもの眠たげな表情が消えていた。

「ユーニス・ゴダード」彼の目からは、いつもの眠たげな表情が消えていた。「ぼくと結婚してほしい。これ以外に気の利いた文句など用意していないし、そんなものを言ったら、自分が間抜けに聞こえると思う。だから、ぼくが言えるのはこれだけだ。きみを愛している。結婚してくれ。危険を承知で。きみにとって、この結婚が危険なのはわかっている。それでもぼくに賭けてくれと頼むしかない。その代わり約束するよ。きみのことを全力で愛し、大切にすると。死ぬまで、いや、死んだあとも。だって、永遠の時を竪琴を弾きながら暮らすなんて楽しそうじゃないか。もちろん、隣できみも同じように竪琴をかき鳴らしてくれるならの話だが。たしか竪琴は〝かき鳴らす〟でよかったよね？」

　彼はにやりとした。

「わたしは雲の上を跳ねまわるほうがいいわ。そして雲から雲へと飛び移るの。落ちても死ぬ心配はないんだから、思いきりスリルを楽しめるわ。だって、そのときはもうわたしたち、永遠の命を授かっているんだものね。そうでしょう？　ええ、ウィンドロー卿、わたしはあなたと結婚します。あなたと生きていくのって、きっと――いいえ、絶対愉快に違いないもの」

　ユーニスはそう言って上唇をかんだ。目から涙があふれる。

　ウィンドロー卿は彼女の手を取り、片方ずつキスをした。その視線はいっときも彼女から離れない。

「チャールズと呼んでくれ」彼は言った。「チャールズと結婚すると」

「チャールズ、わたしはあなたと結婚するわ」ユーニスは小さな声で言った。

「近いうちにケンブリッジまで出かけていって、娘さんとの結婚を許してもらえるよう、恐ろしい教授に頼まなくてはいけないな」

「そうね。きっと父は、娘ももうそんな年齢になったかと少し驚いた顔をするでしょう。そして娘の結婚相手を探すために自分が奮闘しなくても、向こうからそういう人が現れてくれたことに、内心ほっとするでしょうね」

「それはすばらしい。ぼくのことも気に入ってくれるかな?」

「もちろん」彼女は躊躇することなく言った。「ふだんはあまり口にしないけれど、父もわたしのことは愛しているのよ」

ウィンドロー卿はユーニスの右手にもう一度キスをすると、彼女の肩越しに窓の外を見た。

「ああ、あれこそは悪名高き〈ピーコック・イン〉、罪と情熱の舞台——になっているといいんだが。ヘイワードはいろんな意味でのろまな男だ。だが昨日、あいつがあのパブの個室に入ってきたときには驚かされたよ。扉を開け閉めしなかっただろう? 少なくとも、ぼくにはそう見えなかった。一瞬バンバンと大きな音はしたけどね。あいつは興奮して、体じゅうが震えていた。拳もだ。きっとぼくたちが去ったあとはもっと震えたと思うな、賭けてもいい。レディ・アンジェリン・ダドリーは彼のことが好きだ。だから彼だって、そうそうのろまでいるわけにはいかない。ああ、ぼくは本当に彼女のことが好きだな」

「わたしはふたりとも大好きよ。それでも昨日ふたりをあそこに残していったのは、やっぱり大きな間違いだったと思うわ」

ウィンドロー卿はユーニスの唇に軽くキスをした。そのとき、ふたりを乗せた馬車は宿の小さな前庭へと入っていった。

22

ホーリングスに戻ったアンジェリンは不思議な違和感を覚えた。世界はすっかり変わったと思っていたのに、変わったのは自分の世界だけだったのだ。ハウスパーティーも、地球を揺るがす出来事など何もなかったように続いている。午後になって屋敷に到着したときは、招待客たちはクリケットの準備をしている最中だった。四人の姿を見つけると彼らに向かってしきりに手を振り、仲間に加わるよう誘った。

オーヴァーマイヤー子爵を除き、男性たちは全員参加のようだった。子爵はその日の朝、胸の痛みで目を覚まし、夫人に湿布を貼ってもらって自室で朝食をとったあとはかなり回復したものの、クリケットのような激しい運動は控えたほうがいいということになったのだ。しかし夫人のほうは、ミセス・リンド、ヘイワード伯爵夫人、ミス・ブライデン——妹のほう——と一緒にプレイするつもりのようだった。試合に出ない者も、観戦しようとまわりに集まっていた。

その日の午後は甘い幸福感と〝偉大なる秘密〟への期待感にどっぷり浸って過ごすつもりでいたアンジェリンだったが、いったん試合がはじまると、兄たちが家を去ったあと失ってしまった子ども時代を取り戻すかのようにクリケットに全精力を注いだ。エドワードとは別々のチームになり、高得点につながりそうだった彼のヒットをフェルディナンドが空中高く飛びあがってキャッチしたときは、味方チームと一緒に拍手を送った。彼女がマーティン牧師の打った球をせっかく横っ飛びで見事にとらえたのに、あまりに喜び勇んで立ちあがったためぽろりと落としてしまったときには、拍手喝采するエドワードを見て、舌を突きだしそうになるのを我慢した。

ミセス・リンドは打者としても野手としても、すばらしい腕前だった。トレシャムとウェブスター・ジョーダン卿も同様だ。マーティン牧師は本人があとから認めたところによれば、はるか昔の学生時代、イートン校とオックスフォード大学の主力メンバーだったそうで、ときおり関節がきしむのを除けば、今でも当時のままの技量を誇っていた。

アンジェリンのチームは大負けし、あまりの大差に笑い飛ばすしかないほどだった。観客たちも大いに同情を寄せた。オーヴァーマイヤー子爵は、彼らだって負けさえしなければわけなく勝てたはずだと慰めの言葉を述べたが、すぐに自分でもその発言のおかしさに気づいたのか、急に咳き込んだふりをしてごまかした。

そのあと、みなはお茶を飲みに屋敷へ戻った。だがミス・ゴダードとウィンドロー卿はふたりで湖のほうへ向かい、トレシャムとエドワードはその場に残って話をしていた。

しばらくして、アンジェリンがほかの人たちと一緒に屋敷へ入ろうとしたとき、トレシャムが追いかけてきて彼女の腕をつかみ、フランス式庭園のほうへと引っ張っていった。

「前もって言っておく、アンジェリン」ほかの人たちから少し離れたところまで来ると、トレシャムが言った。「どうやらヘイワードはノーという返事を受け入れたくないらしい。あいつはまたおまえに求婚するつもりだ。だから昨日はあわてておまえのあとを追っていき、今日はウィンドローの馬車で一緒に戻ってきたんだ。ウィンドローも気の毒にな、おまえに取り入ろうとあんなに必死だったのに。とにかく心の準備をしておけよ」

「わかったわ。教えてくれてありがとう。でも、たしかなの？　あの人が追ってきたのはミス・ゴダードだと思っていたわ。あのふたりは両思いなの。幼なじみなのよ」

「だったら彼女と結婚すればいい。そのほうがよほど世間のためだ。どうせおまえにまた断られたら、そうするんだろう。最近ウィンドローが彼女のまわりで妙なそぶりを見せているが、よほど頭がどうかしたのでもないかぎり、自分の気まぐれに彼女が乗るとはさすがのウィンドローも思っていないはずだから」

本当にそうかしら、とアンジェリンは思った。たしかにミス・ゴダードが自分の名誉を汚すようなことをするはずはない。だけど、ウィンドロー卿の彼女への気持ちが果たして気まぐれと言えるかどうか。かわいそうなトレシャムお兄さま。友人が恋の餌食になったと知ったら、少しは心細く思うかしら？　でも兄が弱気になったり、恋に落ちたりするところなんてとても想像できない。兄もいずれは結婚するだろうけれど、それはきっと王者のような結婚だ。あくまでも自分にふさわしい妻をめとり、自分にふさわしい数の子どもを産ませ、結婚など顔にできた吹き出物くらいにしか思わず、平然と自らの人生を送っていくのだろう。

　ときおりアンジェリンは、兄たちのことがこれほど好きでなければいいのにと思う。だが立派でなければ愛してもらえないというのなら、この世には愛される人間など、自分を含めひとりもいなくなってしまうだろう。

「とにかく求婚の申し出はお聞きするわ」アンジェリンはため息をついて言った。

　ふたりは昨晩遅く、二度目の愛を交わした。いや、今朝早くと言うべきか。窓の向こうはすでにうっすらと明るく、鳥が一羽、空に向かって大きな声で鳴いていた。エドワードは少しでも彼女の痛みが強まったらやめられるよう、ゆっくりと体を動かしていたが、実際のところ痛みはなく、あったとしても悦びのほうが圧倒的に大きかった。そしてやめる必要がないのがはっきりすると、情熱が激しくふたりをのみ込んだ。かなりの時間が経ち、ふたたび浮かびあがってきたときは、どちらも汗だくで大きく息をつきながら、しわくちゃになったベッドカバーの中でもつれるように抱きあっていた。

　アンジェリンは最初のときよりもよかったとは言わなかった。もしここでそう言ったら、死ぬまで毎回同じことを言い続けそうな気がしたからだ。そんなのはばかげている。だから、今回は前回と同じくらいよかったということにしておこう。

　こんなこと、もしトレシャムお兄さまが知ったら……。

「それでいい」兄が言った。「まったく、これほど愉快な幕間劇はなかったよ。それでもやはり早くロンドンへ戻りたい。そうすればおまえのところにも、また求婚者が大勢押し寄せてくるだろう。頼むから、そろそろその中からひとり選んで、ぼくをほっとさせてくれ。来年もまた同じことを繰り返すなんて、まっぴらだからな。もちろん誰でもいいと言っているわけではないが」

「だったらヘイワード卿の申し出を受けて、今日にでもほっとさせてあげましょうか?」アンジェリンは笑って言った。

「冗談じゃない。ぼくの身にもなってくれ。そんなことをされたら、ヘイワードが一生義理の弟になってしまうじゃないか」

「あら、じゃあ、彼を一生夫にするわたしの身はどうなるの?」

そのときアンジェリンは下半身に刺すような感覚を抱いた。まったく予想外の出来事だったが、それがなんなのかはすぐにわかった。

エドワードがわたしの夫になる!

お茶の待つ屋敷まで砂利道を戻るあいだ、トレシャムはずっとくすくす笑っていた。たしかに彼にとって、このハウスパーティーは愉快な幕間劇だったに違いない。兄は毎日決まって一、二時間、それもベリンダ・イーガンがいなくなるのとまったく同じ時間に姿を消していたのだ。そこに何かしらの気まぐれがなかったとしたら、ボンネットを飾りごとひとつ食べてもいいわ、とアンジェリンは思った。

夕食の三〇分前に、エドワードはロレインとフェナーがふたりで温室にいるのを見つけた。幸運なことに、母も祖母もアルマもオーグスティンもジュリアナも一緒だった。

「エドワード」母が言う。「レディ・ウィンドローはお元気だった？　いつも魅力的な方だとは思っていたけれど、実際はよく存じあげないのよ。ご主人が亡くなってからは引きこもりがちになられたし。きっとおふたりはとても愛しあっていらしたんでしょうね」

「お元気でしたよ」エドワードはしかたなく嘘をついた。だが、さらに嘘を続けるのがいやで、すぐにロレインとフェナーのほうへ顔を向けた。

「レディ・パーマーにはもうお話ししたんだが、きみたちにも言っておかなければならないことがあるんだ。このハウスパーティーはそもそもきみたちの婚約を祝うためのものだから、みなの注目はきみたちに集まってしかるべきだ。だが、その注目を少し横取りさせてほしい。今夜、ぼくはレディ・アンジェリン・ダドリーにある申し出をするつもりだ。もし彼女がそれを承諾し、すぐにでも発表していいと言ってくれたら、そうしようと思う。むろん、きみたちが困ると言うなら、発表は遅らせるが」

「エドワード」ロレインが彼にやさしく微笑んだ。「もう一度、彼女に求婚するつもりなのね。それも今度は本気で――あら、そのくらい、あなたの目を見ればわかるわよ。きっと彼女も承諾するわ。正常な心の持ち主なら、承諾しないわけがないもの」

義姉の温かい言葉に、エドワードは胸が詰まった。

「エドワード！」ほかの女性たちも口をそろえて叫んだ。母は組んだ手を胸に当てている。

フェナーが立ちあがって手を差しだした。

「頑張れよ、ヘイワード。姉の開いてくれたこの集まりが今よりさらに忘れがたいものになるなら、そんなにうれしいことはない。ロレインも同じ気持ちのはずだ」

「ありがとう」エドワードはそう言うと、両手を伸ばして待っている祖母のほうに身をかがめて抱きしめた。「しかし、まだ彼女から承諾をもらったわけではないから」

そうだ。アンジェリンなら、彼がどのくらい怒るか試したくてノーと言う可能性は大いにある。そうなったら、ものすごい勢いで怒ってやろう。もしかしたら、すでに妊娠しているということだってありうるのだ。

夕食のあとはみなの賛同もあって、また応接室でのダンスとなった。前回の楽士たちが大急ぎで呼ばれ、ペルシャ絨毯も床からはがされて、テラスに出るガラス扉も開かれた。

そして陽気なカントリーダンスに誰もが笑いさざめき、息を切らした頃、ふたたびワルツがはじまった。エドワードはまたアンジェリンを連れてテラスへ出ると、ろうそくの光の中を出たり入ったりしながら踊った。

テラスだとなぜか脚もなめらかに動き、頭の中でリズムを数えたり、相手の足を踏むことばかりに気を取られたりしなくてすむ。こうしてみるとワルツはすばらしいダンスだ。エドワードは笑みを浮かべてアンジェリンを見おろした。

「また新たな秘密を見つけたわ」彼女が言った。「あなたは世界一のワルツのパートナーよ。でもそれを知っているのは、今もこれからもわたしだけ。誰にも教えないわ」

アンジェリンはそう言って微笑み返し、エドワードはふたたび彼女を抱いて、くるくるとまわりはじめた。もう二度とステップを間違えたり、相手の足を踏んだりする気がしない。

人生は最高だ。

彼女がのけぞり、大きな声で笑った。

エドワードにはそれが運命に逆らおうとしている自分を笑う声のように聞こえた。経験からすると、運命は挑戦されるのが嫌いだ。彼は不意に動きを止めた。応接室からもれるろうそくの明かりが煌々(こうこう)とテラスを照らしている。

「ほら」エドワードは言った。「ここはまるで昼間のように明るい。月の光があんなに美しく湖面に映っているよ。もっと近くまで行って、あの景色をゆっくりと眺めようじゃないか」

ふたりは腕を組み、ゆるやかな芝生の斜面をおりていった。あたりは思っていたより暗かったが、行く手には月に照らされた湖がはっきり見えるし、空には月を隠してふたりを暗闇に放り込むような雲もなかった。

空気はまだほのかに暖かい。

エドワードは腕からアンジェリンの手を抜くと、指を絡めるようにして手をつなぎ、肩が触れるほどすぐそばまで彼女を引き寄せた。

昨夜の出来事は今でも夢のように思える。だが、現実に起こったことだ。夢があれほど鮮明であるはずがない。自分があんな大胆なことをするなんて。しかも、なんの後悔も罪悪感も抱いていない。われながら信じがたいが。

風ひとつなく、湖は鏡のように静かだった。その向こうには森と丘、その頂上に立つ塔が暗闇の中でシルエットになって浮かびあがっている。湖面には月の光が一本の太い帯のようにきらめいていた。しかし、まったくの静寂というわけではない。闇の中でも虫たちは忙しく動きまわり、いたるところでさまざまな音を立てている。森の奥ではフクロウがときおり声をあげ、世界に自分の存在を知らしめていた。

そしてそれが、あたりの静穏さをいっそう際立たせていた。

「アンジェリン」エドワードはつないだ彼女の手を強く握りしめ、湖面を見つめたまま言葉を続けた。「ぼくと結婚してほしい」

「いいわ、エドワード」彼女が応えた。

それだけだった。たったそれだけで、ふたりの一生が結ばれた。

これほど感動的な求婚の場面が、かつてあっただろうか？　エドワードは湖に向かって微笑んだ。

ふたりは顔だけを互いのほうに向け、唇を重ねた。それだけだった。体ごと向きあうこともなければ、抱きあうこともない。激しく感情を燃やすこともない。

あるのは、ただ……

言葉を超えたもの。

平安？

正しさ？

愛？

いや、やはり言葉で表すことはできない。だが、それでいい。今は言葉など必要ない。

それでも、エドワードはひとことだけ言った。

「きみを愛している」

アンジェリンが月の光を浴びながら小さく微笑んだ。

「わかっているわ」

それは、これまでに彼女が口にした言葉の中で最も雄弁なものだった。

23

アンジェリンがウェディングドレスに選んだのは淡い黄色のモスリンだった。本当はいつも気に入って着ていた太陽のように鮮やかな黄色いドレスにしたかったが、仕立屋までついてきてくれたロザリーとミス・ゴダードが口をそろえて反対したのだ。

「それを着るのは結婚式なのよ」ミス・ゴダードが言った。「結婚式でドレスが目立ってどうするの？　注目されるのはあなたでなくては。それにね、レディ・アンジェリン、心配しなくても、あなたはあなたのままでじゅうぶんみんなの注目に値するわ」

「特に結婚式の日には、女性はいっそう輝くものですからね」ロザリーが同意する。「派手なドレスなんて必要ないわ」

ミス・ゴダードが仕立屋へ来たのは、友人に助言する以外に、自分もドレスを購入する必要があったからだ。彼女が選んだのは水色の簡素なドレスだった。アンジェリンの結婚式から二週間後、ミス・ゴダードはケンブリッジでウィンドロー卿と結婚することになっている。レナードとヘイワード伯爵夫人——今はレディ・フェナー——はすでに二週間前、レナードのカントリーハウスで式を挙げた。社交シーズンも終盤を迎えた今、例年どおり世間ではひつきりなしに結婚式が催され、それは今後もまだまだ続きそうだった。マーサとミスター・グリドルズとの婚約も先日発表されたばかりだし、マリアもミスター・ステビンズから正式な婚約発表があるのを今か今かと待っていた。

アンジェリンは衣装選びの最後に思いきり派手なボンネットがほしくなり、思いとどまるのにずいぶん苦労した。そもそも結婚式はめでたい席だ。そこでかぶる帽子も、めでたいほうがいいに決まっている。だがこのときは、またいとこや友人からの助言を待つことなく、高さのあるつばの小さなボンネットを自分で選び、そこに白いレースと白と黄色のヒナギクの花、そして白いリボンの飾りをつけさせた。それに合わせて、白い手袋と白い靴も購入した。

自宅の着替え室で自分の姿を鏡に映しながら、わたしも結構かわいいじゃない、とアンジェリンは思った。ただし全体的に色の薄い衣装のせいで、黒い髪と目、それに色黒の肌がいっそう際立っている。しかも、そこに優美さはかけらもない。けれど、そればかりは自分でもどうしようもなかった。

今のわたしを見たら母はどう思うだろう？　一瞬、アンジェリンの頭にそんな思いがよぎった。今日のドレスは趣味がいいと褒めてくれるかしら？　娘をかわいいと思ってくれる？　そして娘の結婚を喜んでくれるだろうか？

〝お母さま〟

彼女は心の中でそう呼びかけた。きっとこれからも、母のことを思いだすたびに切ない気持ちになるのだろう。結局、わたしは母の期待に一度も応えることができなかった。でも、その記憶を無駄にするつもりはない。もし自分に娘ができたら、産んだ瞬間から惜しみなく愛情を注ぎ、たとえその子がどんな性格であっても、否定することなく愛を持って接しよう。臆病であろうと、勇敢であろうと、美人であろうとそうでなかろうと、そんなことは関係ない。みな等しく自分の娘なのだから。もちろん息子でもそれは同じだ。少なくとも、それぞれ一〇人ずつはほしい。それもなるべく早く。娘と息子を一〇人ずつ、いえ、合わせて一〇人でも多すぎるかもしれないけれど、とにかくたくさん作りたい。エドワードと一緒に、たくさんの子どもたちに囲まれて暮らすのが夢だ。

「まあ、お嬢さま」メイドのベティが鼻水を押さえながら泣いている。「なんてお美しいんでしょう」

アンジェリンが思わず振り向いてベティを抱きしめると、彼女のすすり泣きが悲鳴に変わった。ウェディングドレスがしわくちゃになったり、その上に鼻水を落としたりしては大変だと思ったのだ。だが、そんな悲劇が起こる前に扉をノックする音がして、ベティは急いでそちらへ向かった。

「これはこれは」戸口に現れたのはトレシャムだった。アンジェリンを頭から爪先までじろじろと眺めまわしている。「予想に反して……きれいだな」

「予想に反して？」アンジェリンは眉をあげた。

それに、きれいですって？　今、お兄さまはわたしのことをきれいだと言ったの？

「ノックをする前は、日よけでもかぶらなくてはならないかと思っていたんだ」兄が言った。

「もっと……違うものを想像していたのでね」

「もう一度言って」アンジェリンは言った。

トレシャムはけげんな顔をした。

「今のわたしはどう見える？」彼女は催促した。

「きれいだよ」

アンジェリンは目をしばたたいた。兄に褒められたくらいで泣いたりしたら、きっとわれながらとんでもなく間抜けに思うだろう。

トレシャムは部屋に入ると、ベティにさがるよう目で合図を送った。

「アンジェリン」兄が言った。「今からでも遅くはない。もちろん、花婿を祭壇の前にほったらかして逃げるようなことをしたら、それも上流階級の人間がゆうに半分は参列しているセント・ジョージ教会でそんなことをしたら、天文学的規模での醜聞になるだろう。だが、われわれはダドリー家の人間だ。そんな汚名もすぐに晴らすことができる。もし結論を出すのが性急すぎたと思っているなら、そう言ってくれ。手遅れになる前に、ぼくがおまえを救いだしてやるよ」

アンジェリンはトレシャムをじっと見つめた。自分が心から敬愛している兄を。彼は何もわかっていないのだ。それは自分がこれまで何も言ってこなかったからだし、これから先も言うつもりはない。誰にでも、あまり言いたくないことはあるものだ。たとえそれが〝わたしは彼を愛しているの〟ということでも。だいたい、その理由が〝彼はお兄さまたちとまったく違う種類の男性だから〟なんて、どうして言えるだろう？　しかもそれだって、全体のごく一部にすぎない。たしかにエドワードへの思いはそこからはじまったかもしれないが、それ以外にも彼を愛している理由は数えきれないほどたくさんある。

でも兄はわたしのために、わたしがそれを望むなら、醜聞に巻き込まれようとしている。さすがのトレシャム公爵も、そんな汚名の中を生きていくのは大変なはずだ。

アンジェリンの目から涙があふれ、今にもこぼれ落ちそうになった。

トレシャムお兄さまは、こんなにもわたしのことを愛してくれていたんだわ！

「なんてことだ」トレシャムが吐き捨てるように言った。「すぐに教会へ使いをやるよ。いや、ぼくが自分で行こう。ベティに荷物をまとめさせなさい。午後にはアクトン・パークへおまえを連れて帰ってやるからな」

兄はアンジェリンの涙を誤解したらしい。

「トレシャムお兄さま、わたしがヘイワード卿と結婚しようと決めたのは、わたしがそうしたいと思ったからよ。彼と一緒にいれば、わたしは幸せになれるの」

その瞬間、アンジェリンは自分が兄を一度もファーストネームで呼んだことがないのを思いだした。ジョスリンと。兄は一七歳のときに父が亡くなるまでエヴァリー伯爵と名乗っていたし、父の死後はトレシャム公爵になった。もしかして、兄もそのことを気にしていただろうか？　自分の家庭生活に何か欠けているものがあると感じていたの？　でも、今さらジヨスリンお兄さまと呼ぶわけにもいかない。自分にとって、兄はいつもトレシャムだったのだから。

トレシャムがアンジェリンをじっと見つめた。

「たぶん」彼はやさしく言った。「それがいちばん大事なことなんだろうな」

アンジェリンは兄の差しだした腕に手をまわした。

自分はもう、この部屋にも隣の寝室にも戻ってこない。今夜眠るのはレディング郊外にある、あの〈ローズ・クラウン・イン〉だ。数日後には、シュロップシャーにあるウィムズベリー・アビーへ行く。自分はヘイワード伯爵夫人になるのだ。結婚して、エドワードの妻になる。

これからはじまるふたりの結婚生活に、アンジェリンは胸を躍らせていた。部屋を出るとき、彼女が振り返ることは一度もなかった。

〈ピーコック・イン〉での一夜によって体に変調はきたさなかった。ひと月前、アンジェリンからそう知らされて、エドワードは大きく胸を撫でおろした。結婚予告もせずにあわてて特別許可証で結婚し、そのあと八カ月で赤ん坊が生まれたら、何があったかは誰の目にも明らかだ。あの夜の出来事を後悔したことは一度もないが、変に噂されるのはごめんこうむりたい。あれは世間や日常からかけ離れたところにある、ふたりだけの特別の秘密なのだから。

アンジェリンがエドワードの顔をのぞき込み、自分は彼の秘密の恋人だと宣言したときの熱を帯びた視線と幸福そうな顔を思いだして、彼は思わず微笑んだ。アンジェリンはあのとき、ふたりだけでいるときしか彼をファーストネームで呼ばないと宣言した。だから、いまだに彼はヘイワードのままだ。婚約はあくまでも常識どおりに進められていたので、彼女が求婚を受け入れてからの六週間、ふたりきりになることはほとんどなかったからだ。

それが今夜、やっとふたりきりになれる。

その舞台に〈ローズ・クラウン・イン〉ほどうってつけの場所はない。エドワードがアンジェリンにそう言うと、彼女は完璧だと言って笑った。ただし、わたしはパブには一歩も入りませんからねと彼女がつけ加えると、エドワードはまじめくさった顔で、そのほうがよかろうと言った。そしてふたりは目を合わせて大笑いした。

教会が人でいっぱいなのは、会衆に背を向けているエドワードにもわかった。参列者は上流階級の人間ばかりなので大声で話す者はいないが、ささやき声や衣ずれの音は耳に入ってくる。隣では介添人のジョージ・ヘドリーが何度も咳払いをしながら、首巻きをゆるめようと必死になっていた。花婿よりも緊張しているようだ。この一週間というもの、ジョージはここぞというときに指輪を落とし、そのあと延々と指輪を追いかけて参列者の足元を這いずりまわるという悪夢を見続けていたらしい。

エドワード自身は緊張していなかった。むしろ興奮していると言ったほうがいい。これで自らの義務も無事に果たせるし、家族も、そして同時に自分自身も喜ばせることができるのだ。なんという幸福者だろう。

ただしそれも、土壇場になってアンジェリンが心変わりしなければの話だ。トレシャムなら、妹を説得して結婚をやめさせるくらいのことはしかねない。もともと、この結婚には反対なのだから。彼はエドワードを嫌っている。こちらもトレシャムのことはそれほど好きではない。彼の弟のフェルディナンドも。ふたりはこの社交シーズンのあいだ、ますます好き放題にふるまい、無茶なことばかりしていたようだ。だが、これからはお互い大人のつきあいをせざるをえない。もちろんそれも、もし本当にアンジェリンがぼくと結婚したらの話だが。

エドワードは懐中時計を持っていなかった。持っていたとしても、取りださなかっただろう。それでもアンジェリンの到着が遅れているのはわかった。

はじめて少し不安になってきた。もし本当に彼女が来なかったら？　参列者たちがそわそわしはじめ、ひとりふたりと去っていくまでにどのくらいの余裕があるんだ？　自分だって、こそこそ逃げだすはめになるまでに、どれくらい待っていられるかわからない。

そのときいちばんうしろのほうで、これまでになく大きな衣ずれの音がしたかと思うと、エドワードの前に牧師が現れ、参列者のささやき声が一段と高まった。そして、それらすべてをかき消すようにパイプオルガンの音が鳴り響き、聖歌隊の合唱がはじまった。

とうとうアンジェリンがやってきた。

花嫁が到着し、結婚式がはじまるのだ。

エドワードは横を向き、トレシャムに連れられて中央通路を歩いてくる彼女を見た。

それはまるで夏の終わりに降り注いだ、ひと筋の春の日差しのようだった。ボンネットのベールに包まれて最初はよく見えなかったが、近づくにつれ、その下から輝くばかりの笑みを浮かべて彼女がこちらを見ているのがわかった。エドワードも両手をうしろで組んだまま、微笑み返した。

アンジェリン。

こんなにも美しい女性を、自分はこれまで一度も見たことがない。もちろん掛け値なしでだ。

ふたりがエドワードのそばまでやってくると、牧師が何か言い、トレシャムが妹を彼に引き渡した。

「親愛なるみなさん」牧師が話しはじめた。どんなに巨大な建物でも叫ぶことなく隅々にまで響き渡る、聖職者特有の力強い声で。

実際、その教会は巨大だった。だが、そんなことはエドワードにはどうでもよかった。参列者もふたりにとって大切な人ばかりだったが、やはり重要ではない。大事なのは、アンジェリンがここにいて、手に手をつなぎ、互いに誓いの言葉を述べようとしていることだ。その言葉によってふたりは正式に結ばれ、生涯にわたり、そして永遠に心をつなぎあわせるのだ。

自分がこれほどロマンティックな人間だったと知って、エドワードは少し奇妙な、どこか解放されたような気がした。もしかしたら参列者の半分は、彼がこれから妻にしようとしている女性をこれほど熱愛していると知り、彼女も彼を同じように愛していると知ったら、かなりの衝撃を受けるかもしれない。世の中には、激しすぎる感情を品がないと感じる人も多いのだ。表向きはありふれた結婚のようにふるまうことで、ふたりの強い愛情を秘密にして守ろうと言ったアンジェリンのアイデアは、こうしてみるとたしかに面白い。

そして彼女はエドワードの妻になった。たった今、牧師がそう宣言したのだ。アンジェリンが彼のほうを見て微笑んだ。その目はあふれんばかりの涙できらきらと輝いている。エドワードも彼女を見つめ返した。

秘密の恋人。

その言葉を思いだして、エドワードはうれしさのあまり、危うく声に出して笑いそうになった。だがそのお楽しみも、今夜〈ローズ・クラウン・イン〉へ行って、ふたりの部屋の扉をかたく閉めるまではお預けだ。

まずは式を最後まで無事に終え、次にダドリー・ハウスで開かれる披露宴にのぞまなければならない。

今日はふたりの結婚式。

彼女はぼくの妻になった。

エピローグ

七年後

ユキノハナはかれこれもう二週間以上も咲き続けている。クロッカスも花を開きはじめた。ラッパズイセンさえ、まだ二月も末だというこの時期に、土から芽を出そうとしている。

だが、今日が春のような陽気だというわけではない。むしろ冬そのものだ。ウィムズベリー・アビーの応接室から外を眺めながら、エドワードはそう思った。空は鉛色、裸同然の木々は強い風にしなり、数枚だけ残った葉が寂しそうに揺れている。みぞれまで降りだした。寒くて、陰気な一日だ。

不吉な前兆でなければいいが。

暖炉では火が音を立てて燃えていた。母はそのそばに座って両手を火にかざし、ショールを肩にかき寄せている。しかしエドワードは寒さも感じなければ、暖炉の熱も感じなかった。

彼はいらだち、やきもきし、そしておびえていた。実は妻よりも自分のほうが苦しんでいるのではないか思うことすらあった。少なくとも、彼女にはやるべきことがある。必死で出産に立ち向かっている。だが、自分には何もない。ただ頭を抱え、無力さを嘆くだけ。そして自分自身が妻に苦しみを与えた張本人であることに罪の意識を感じる。さらにつらいのは、アルマや医師や看護婦や、ベティでさえ自由にふたりの寝室へ入っていくことだ。母も一時間に一度くらいは様子を見にあがっていく。この世の半分の人間は寝室に入ることができるのに、彼自身はそれが許されない。彼女の夫であり、この屋敷の主人であるこの自分が、中に入れてもらえないのだ。部屋の前をうろつくのすら禁じられている。そんなことをしたらアンジェリンが気づいてしまうからだめよ、あなたの苦しみが彼女をいっそう苦しめるの、ということらしい。

しかしこんなときくらい、男がつかのまいらいらしたとしても許されていいはずだ。ただし、実際はつかのまどころではなかった。アンジェリンがいつもと違う痛みを感じると言ってエドワードを起こしたのは夜中の一時だった。一定の間隔で痛みが来るので、おそらく陣痛がはじまったのだろうと言う。彼はあわてて飛び起きると、ベッドの横に立ち尽くした。それ以来、ベッドのそばには近づけもしない。

今はもう午後の四時を過ぎている。

「お茶をいれたから」母が言った。「冷めないうちにお飲みなさい。それから、料理長がスコーンを焼いてくれたのよ。お皿にふたつ取ってあげたから、それもお食べなさい。あなたは朝食もほとんどとらなかったし、昼食だってまだでしょう?」

妻が何時間も陣痛に苦しんでいるというのに、どうして食べることなどできるだろう。だいたい、紅茶などいつの間に運ばれてきたのだ？　そんな物音は全然聞こえなかった。

「これがふつうなんですか、母上？」エドワードは母のほうに体を向けはしたが、紅茶には近づきもしなかった。「こんなに長引くものなんですか？」

出産中に命を落とす女性も多い。

「お産に〝ふつう〟なんてものはないわね」母はそう言ってため息をついた。「ロレインの場合、二カ月前にサイモンを産んだときは四時間もかからなかったけれど、スーザンのときはたしかその三倍はかかったし、マーティンのときはもっと長かったわ。三年前のヘンリエッタのときはわたしは留守にしていて、いなかったけど」

ロレインはレディ・フェナーとなったあとも家族の一員に数えられていた。彼女には肉親が隠遁生活を送る父親しかいなかったし、一〇歳になったスーザンは実際、親族のひとりだからだ。

だが、三倍としても一二時間だ。一方、アンジェリンはもう一四時間も陣痛に苦しんでいる。エドワードを起こす前からはじまっていたとすれば、もっと長い。

「ちょっと見てこようかな」

だめだと言われているにもかかわらず、彼はこれまでも何度か二階にあがっていった。もちろん行くことができるのは寝室の前までだ。最後に行ったのは一時間半前。そのときは激しいうめき声を二回聞いて、逃げ帰ってきた。

「夫なんて、なんの役にも立たない存在だな」エドワードはぼやいた。

母は笑いながら立ちあがると、息子のそばまでやってきて、彼をやさしく抱き寄せた。

「あなたもアンジェリンも、子どもができるまでずいぶん長く待ったじゃないの。それを思えば、一、二時間なんてすぐですよ。彼女は強い娘よ。それに、わくわくしながらこの出産を待っていたわ。もちろん結婚以来、アンジェリンはずっと幸せだった。いつも陽気で、いつも笑顔で、いつも元気いっぱいだった。それでも心の底にはいつも悲しみを抱えていた。それが年々大きくなるのがわたしにはわかったわ。彼女は子どもがほしかったのよ」

「わかっています」エドワードも母を抱きしめた。「彼女はいつも――そして、ぼくも言っていました。ふたりで一緒にいられれば、それでじゅうぶんだと。ぼくは本気でそう思っています。家系の継承なんてどうでもいい――すみません、こんなことを言って。だが、ぼくにとって大切なのは彼女だけなんです。彼女なしでは、どう生きていいかもわからない」

けれども、本当は彼も心の底の悲しみを――それを〝悲しみ〟と言うのが正しければ――共有していた。

「彼女なしで生きるなんて、そんなことは、少なくともはるか先まではあってほしくないものだわね。さあ、ここに来て、お茶をお飲みなさい。スコーンを食べているあいだに、おかわりをいれてあげるから」

しかし、ふたりが暖炉のほうへ移動しようとする前に突然扉が開き、アルマが紅潮した顔で飛び込んできた。服装が少し乱れているが、表情は明るい。

「エドワード、女の子よ！　あれだけお腹が大きかったにしては小さめだけど、ぽっちゃりしていて、肺は丈夫みたい。この世に生まれたことを大声で抗議しているわ。あの気性の激しさはダドリーの血筋ですって。これはアンジェリンが言ったのよ。おめでとう、エドワード。一〇分したら、あがってきてちょうだい。それまでに赤ん坊をきれいにして、毛布にくるんで、あなたが抱けるようにしておくから」

それだけ言うと、姉は扉を閉めて出ていった。

〝アンジェリンが言った〟――ということは、彼女は死んでいない。出産は無事に終わり、彼女は生き延びたのだ。

しかも、この自分に娘ができた。

エドワードは指で唇を押さえた。だが、そんなことをしても意味はない。涙は口ではなく、目から出るのだから。

ぼくに娘ができ、アンジェリンは生きている。

「母上」彼はもう一度、母を抱きしめた。「ぼくは父親になりましたよ」

まるで、そんな大手柄を立てたのは世界で自分ひとりのような口ぶりだ。

「しかも娘にはダドリー家の気性が受け継がれているらしい。ああ、なんてことだ。きっと一生、面倒をかけられるんだろうな」

われながらぞっとするその言葉に、エドワードは思わずのけぞるようにして笑った。

「さあ」母が言った。「もう何も心配はなくなったんだから、あなたも少し気を楽にして、階上に行くのはお茶を飲んでスコーンもひとつくらい食べてからになさい」

エドワードは紅茶もスコーンもほしくなかったが、母親を喜ばせるために言われたとおりにすると、一〇分経つのも待ちきれず、階段を一段飛ばしでのぼっていった。

アルマが赤ん坊を抱いて寝室から出てきた。彼女いわく、後産に思ったよりも時間がかかっているので、アンジェリンがもう少し落ち着いてからでないと、彼を部屋に入れるわけにはいかないとのことだった。

アルマがエドワードの腕の中に赤ん坊をそっと置いた。まるで浮いているように軽く、そして温かい。今まで彼が手にした中で、これほど貴重なものはなかった。落とすのが怖くて息もできない。

娘は白い毛布にしっかりとくるまれて、見えているのは顔と頭だけだった。頭は湿った黒い産毛に覆われ、顔は赤くしわくちゃで、信じられないほど美しかった。機嫌が悪いのか、小さな声でぐずっている。

エドワードはしばらくそのまま赤ん坊を抱いていたが、アルマが寝室に戻ると、右手を赤ん坊の頭の下に、左手を体の下に入れて全体を支えるように持ち変え、娘の頭を少し持ちあげて自分の顔に近づけた。

これがぼくの娘！

「さあ、おちびちゃん、よく聞くんだよ。おまえがどんなに癇癪（かんしゃく）を起こしても、おまえのパパは動じない。おまえを愛しているからね。そのことは、今この瞬間からぼくの命が尽きるまで、誰がなんと言っても変わらない。自分の愛する者についてぼくがどれほど執念深いか、おまえもいずれ知るだろう。だからそろそろおまえも観念して、この家族の一員であることを受け入れたらどうだい?」

赤ん坊は急に静かになると、口を丸くすぼめたままうっすらと目を開け、まだ焦点の定まらないブルーの目で父親を見あげた。

「それでいい」エドワードは娘に向かって微笑んだ。

ふたりのあいだに静かな合意が交わされたそのとき、どこかで赤ん坊の泣き声がした。最初はだだをこねるようなうめき声、そしてすぐ、火がついたように激しく泣きはじめた。

エドワードが驚いて娘に目をやると、娘は黙って彼を見返した。

そのとき寝室の扉が開き、アルマが中から顔を出した。

「エドワード、男の子よ。あれは後産ではなかったの。もうひとりいたのよ。それであんなにお腹が大きかったのね。あと五分、待っててちょうだい。そうしたら入ってきていいわ」

ふたたび扉が閉まった。

彼はあっけにとられ、ぽかんとした顔で娘を見た。娘は無邪気に父親を見つめている。

「どうやら」しばらくしてから、エドワードは震える声で娘に言った。「おまえには弟が、ぼくには息子ができたようだよ」

そして、伯爵家の跡継ぎが。

アンジェリンはすでに何時間も疲労の極致にいた。それももうすぐ終わりだ。本当なら、とっくに終わっているはずだった。だが、いつまで経っても疲労をしのぐ痛みに襲われ、お腹の中のものをなんとか押しだそうと、必死でいきみ続けていた。

あんまりだわ。赤ん坊はもうずっと前に生まれたじゃない。それで終わりのはずだったのに。誰も後産のことなんて教えてくれなかった。しかもそれがこんなに長くかかって、赤ん坊を産むのと同じくらい大変だなんてことも。

「さあ、奥さま、もう一度いきんで」医師はすでに五〇〇〇回は同じ言葉を繰り返している。だが言われなくても、そうするしかない。毎回、これが最後、これ以上は絶対に無理と思いながら、自然とまたいきんでしまうのだ。アンジェリンは眠りたかった。これほど何かを強く望んだことはない。いちばん痛みがひどかったときは、いっそ死んでもいいとさえ思った。でも、もうそんなことは考えない。自分は赤ん坊を産んだのだ。自分たち夫婦に娘ができた。どんなに痛みや疲労がつらくても、死ぬなんて論外だ。

そうよ、わたしは絶対に死んだりしない。痛みにも疲労にも負けないわ。アンジェリンはそう思いながら、数秒前には使い果たしたと思った力をもう一度かき集め、渾身の力をこめていきんだ。すると何かがするりと抜けでたような感じがした。その直後、医師の驚く声が耳に入ってきた。

「なんということだ。もうひとり出てきましたよ」

元気のいい赤ん坊の泣き声が聞こえ、アンジェリンは娘に何かあったのかと心配になって目を開けた。娘はアルマがエドワードのもとに連れていったはずだ。けれど、そこにいたのは別の赤ん坊だった。医師の手の中で逆さまになり、小さな腕をばたばたと振りまわしている。生まれたばかりで、体じゅうがまだぬるぬるしていた。

「男の子ですよ、奥さま」医師が告げた。「今まで双子を取りあげたことはなかったもので、わたしも何が起きているかわかっていませんでした」

こんなに経験の浅い医者だったとは。事前に知っていたら、きっと不安になっていただろう。

アンジェリンが手を伸ばすと、医師はぬるぬるした赤ん坊をそのまま彼女のお腹の上に置いた。両手で頭とお尻にそっと触れると、赤ん坊の体からぬくもりと命の躍動が伝わってくる。だが赤ん坊は、産湯につけるためにすぐ看護婦が連れていってしまった。

屈辱的な誕生劇も終わりを告げた今、その赤ん坊は静かになっていた。きっと髪は明るい色に違いない。

「この子はエイルズベリーの血筋ね」アンジェリンはつぶやいた。

心はあふれんばかりの愛ではちきれそうだ。また娘を抱きたい。エドワードに会いたい。自分は母親になった。それも同時にふたりの子どもの。そしてエドワードは父親になった。七年待って、ようやくこの日がやってきたのだ。

看護婦が赤ん坊を連れていくと、アンジェリンはそのまま眠ってしまった。そのあいだに医師は後処置を終わらせ、ベティはベッドをきれいに整えて、アルマはアンジェリンの寝間着を着替えさせて髪をといた。

アンジェリンがまだ眠たげに目を覚ますと、白い毛布に包まれた息子が腕の中に置かれ、アルマが開けた扉から、エドワードが同じく白い毛布に包まれた娘を抱いて入ってきた。

彼はベッドのそばまでやってくると、端にそっと腰かけた。そのあいだ、アンジェリンから一度も目を離さなかった。

「アンジェリン、気分はどうだい？」

「最高にいいわ」そう言って夫に微笑みかけ、娘の顔に目をやる。エドワードも息子の顔に視線を向けた。

彼は妻の開いた腕の中に娘を置き、代わりに息子を抱きあげた。そして、その顔を自分の顔の真正面に持ってくると、しばらく黙って見つめていた。

「はじめまして、ぼくがパパだよ」小さな声でそう言い、息子にやさしく微笑む。それを見て、アンジェリンは胸がきゅっと締めつけられた。

エドワードが視線を彼女に戻した。

「一時間前なら、ふたりの子どもを平等に、しかも同じくらい深く愛するなんてできないと思っただろう。でも、そんなことはないんだね」

「そうよ」アンジェリンはうなずいた。「愛は無限だもの。でも、エドワード、あなたには跡取りができたのよ」

「わかっている」彼は息子と娘にもう一度目をやった。「だが大事なのは、ぼくたちに息子が、そして娘ができたことだ。順番は逆だったかもしれないが。きっと幼いマデリンは、自分のほうが先に生まれたとマシューに言って聞かないだろうな」

「その名前、両方とも使えてよかったわね」アンジェリンは言った。

マデリン・メアリー・エリザベス、そしてリーソン子爵ことマシュー・ジェームズ・アレクサンダー。これが生まれたばかりの小さな赤ん坊たちにつけられた名前だった。

「アンジェリン」エドワードが妻のほうに少し身をかがめて言った。「ありがとう」

彼女もまだ疲れの残った体で夫に微笑み返した。

「心から愛しているわ」

彼は空いているほうの手をアンジェリンの頬に添え、唇にそっとキスをした。言葉は必要なかった。結婚して七年も経てば、そうなるものだ。

もちろん、結婚後一年もすれば最初の輝きは消え、七年もしたら、ふたりを結びつけるものは役所の書類と教会での宣誓だけという夫婦もいる。

だからアンジェリンも最初は、自分たちが新婚のときよりも七年後のほうがもっと愛しあうようになるとは思っていなかった。それでは結婚したときのふたりの気持ちに申し訳ないというものだ。だが、実際はそうなっていた。しかも、その愛は質的にも深まった。今ではエドワードのことを、人間が他者を知る能力のほとんど限界まで知っていると思う。もちろん完全にではない。そんなことは誰にだって不可能だし、もし可能であればかえって困る。新しい発見のないところには、驚きも喜びも生まれないからだ。

その証拠に、息子と娘の顔を交互に見ながらエドワードが目に涙をためるのを見て、アンジェリンは心底驚いていた。

それでも、彼女以上にエドワードのことを知っている人間はこの世にいない。世間的には、彼はまじめで、物静かで、どちらかといえば退屈な人間。一方身内にとっては、思いやりがあり、愛情深くて、頼りになる存在。けれども唯一、妻とふたりで仲むつまじく交わるときだけ、激しい情熱を見せる。それを知っているのはアンジェリンだけだ。

秘密の恋人。

その役割を彼女は今でも捨てていない。妻でいるというのは退屈なものだ。夫もしかり。だが恋人でいれば、いつでも胸躍る瞬間を味わえる。

ただし、その胸躍る瞬間を味わうには、今はまだ疲れすぎていた。たぶん、もう少し経ったら……。

アンジェリンの手から娘のマデリンがいなくなった。目を開けると、エドワードが娘を抱き、そばに立つ看護婦が息子のマシューを抱いていた。

「眠るんだ」エドワードが言う。「これは命令だよ」

彼女は残る力を振りしぼり、もう一度微笑んだ。

「わかったわ、ご主人さま」その言葉を言い終わるか終わらないかのうちに、アンジェリンは眠りに落ちていった。

花嫁になって

ダドリー家の心躍る物語にもっと触れたい読者のために、一作目『あやまちの恋に出逢って』からカットされた場面と、シリーズ全体の後日談を特別にお届けします。どうぞ、お楽しみください。

『あやまちの恋に出逢って』の最初の原稿は、実際に本として出版されたものよりも長く、終盤にもっと多くのエピソードが盛り込まれていました。でも当時の編集者から、そのうちのいくつかをカットしたほうがより効果的で面白くなると言われたわたしは、多少の不安を感じながらも同意しました。今ではそれでよかったと思っています。ただ心のどこかでは、カットされた部分もみなさんに読んでもらいたいとずっと思っていました。そういう場面があるべきだと感じた読者からも、不満の声が多く寄せられました。

そこで、そのカットされた場面をここに掲載することになったのです。

最後から二番目の章で、ジョスリンはジェーンに対し、彼女を傷つけたことを詫び、結婚してくれるよう説得します。いろいろと口論をした末に、なんとか相手を納得させられそうだと感じたジョスリンはこう言います。

「言ってくれ、きみはどうしたいんだ？　ぼくに何を望んでいる？　目の前から消えてほしいのか？　ならば、そう言えばいい。ただし感情に任せて言い放つのではなく、あくまでも本気とわかるよう冷静かつ真剣に。きみに消えろと言われれば、ぼくは黙ってそのとおりにする」

　でもジョスリンが耳にしたジェーンの答えは、彼を体の芯まで震撼させるものでした。

「今さらわたしにどうしたいも何もないわ」ジェーンが叫んだ。「妊娠したんだもの！」

ジョスリンは一瞬たじろぎ、ジェーンはそんな彼をにらみつけます。最後はジョスリンの次の言葉でその場面の幕が閉じられます。

「ジェーン」やがて静かに言った。「そういうことなら、話はまったく違ってくる」

　本ではここで章が変わりますが、最初の原稿では違っていました。本では次の章で、ジェーンの名づけ親であるレディ・ウェブが、彼女のために社交界へのお披露目の舞踏会を開きます。そこで招待客は――そして読者も――驚くべき事実を耳にします。夜食の席で、ジェーンの幼なじみが一方的に彼女との婚約を発表したのです。しかし、それを聞いてジョスリンが黙っているはずはありません。

「彼女と婚約したというきみの発言には断固抗議させてもらう。彼女の幸せを思うきみの気持ちはわかるが、だからといって、ぼくの妻との結婚を許すわけにはいかない」

ジョスリンのこの言葉に読者は驚いたはずです。カットされている部分を読んでいないのですから。実は最初の原稿では、舞踏会の前に結婚式の場面があったのです。

さらに最終章のあとには、ジョスリンとジェーンが彼の実家であるアクトン・パークへ一緒に戻る場面もありました。ジョスリンは一六歳で家を出て以来、両親の葬儀で二度帰ったことを除けば、一度も実家へは戻ったことがなく、これからも戻るつもりはありませんでした。そこには自分の無邪気だった子ども時代を突然終わらせることになったつらい記憶が、たくさんありすぎたからです。けれどもジェーンのおかげで、自分はそこに戻る必要があると気づき、最後は戻りたいと思うようにまでなりました。ジョスリンはそのことを、ジェーンへの求婚の言葉の中で述べています。

「ジェーン、ぼくは故郷に帰りたい。アクトン・パークへ――きみと一緒に。あそこでぼくたちの新しい思い出と伝統を育んでいきたい。きみにはぼくの夢がわかるんだろう。まさにこれなんだ。ぼくの夢をともに叶(かな)えてくれないか?」

わたしは当初、ふたりの帰郷で物語を終えるのがいちばんいいと思いました。でも実際は、結婚を公表したあと、社交界の面々に見守られながら、ふたりがワルツを踊る場面で終わらせることになったのです。

今こうしてその両方を読者のみなさんに読んでいただけるのは、わたしにとって大きな喜びです。出版時に『あやまちの恋に出逢って』からカットされた三場面を、どうぞ心ゆくまでお楽しみください。

ジェーンは彼女の言葉を聞いても何も言わないジョスリンをにらみつけていた。

やがて彼が静かに言った。「そういうことなら、話はまったく違ってくる」

だが、ジェーンは相手の物静かな態度にだまされるつもりはなかった。たしかに不愉快な口論のあと、彼はあの〝ジョスリン〟に戻っていた。先週はじめて彼の中に見つけ、そして愛するようになった、傷つきやすくて感受性の強い彼に。しかもそんな彼からは、不安や懇願や愛も伝わってきた。彼はわたしを愛している。それはたしかだ。今もひしひしと感じる。はっきりと声に出して言ってもくれた。なのに、彼はいちばん肝心なときに背を向けた。わたしが何者であり、何から逃げているのかを知ると、面と向かって責め立てた。すべてを打ち明けて彼に頼るつもりだと言っても、信じようとはしなかった。今はただ、相手が卑しいジェーン・イングルビーではなくレディ・サラ・イリングワースだと知って、求婚しないわけにもいかず、受け入れろと迫っているだけなのだ。ジェーンなら、愛人でいい。でも、レディ・サラとは結婚するしかない。そういうことだ。本来なら徹底的に抵抗したいところだが、そうはいかない。少なくとも、いつまでもそうはしていられなかった。赤ん坊のことがあるからだ。最初に疑いを持ったのは、彼と別れてすぐのことだ。けれど、もうここまで来たら、医者に診てもらわずとも妊娠したのは間違いない。

妊娠を告げたとき、ジョスリンの口調はやさしかった。だが、だまされはしない。なぜなら、突如また彼がトレシャム公爵に戻ってしまったからだ。意地悪で、傲慢で、横柄で、なんでも自分の望みどおりにできると思っている貴族の彼に。思っているだけではない。実際、彼にはそれが可能だ。ただし、わたしにはそれを強要しなかった。たった今、このときまでは。

「どうやら」ジェーンはいまいましそうに応えた。「そのようね。さっきあなたは、〝きみに消えろと言われれば、ぼくは黙ってそのとおりにする〟と言ったけど、その選択肢はもうわたしにはないみたいだもの。赤ん坊ができたと知った以上、あなたはわたしと絶対に結婚するつもりなんでしょう?」

「当たり前だろう?」ジョスリンは言い返した。「そうに決まっているじゃないか」

「でも、わたしにはまだノーと言う権利があるわ。無理強いなどできませんからね」

それが強がりにすぎないのは明らかだった。ふだんのジョスリンなら、これ見よがしにちょっと眉をあげるくらいで、反論すらしなかっただろう。だが、今のジョスリンはふつうの精神状態ではない。突然表情をかたくすると、ジェーンの肩をつかんで自分のほうに引き寄せ、燃えるような目で彼女の顔をのぞき込んだ。

もしジェーンもふつうの精神状態だったなら、このときばかりは彼のことが怖くなっただろう。ジョスリンが先ほどよりもさらに落ち着いた声で言った。

「言えるものなら言ってみるがいい、ジェーン。だが、きみのお腹にはぼくの赤ん坊がいるんだ。何日もしないうちに、きみは結婚指輪をはめることになる」

それ以上ジョスリンが近づかないよう、ジェーンは彼の胸に手を押し当てた。

「でも、公爵さま」ジェーンは反論した。「もしわたしがただのジェーン・イングルビーのままだったら、あなたはその指輪を必要だと思ったかしら？　思わなかったはずよ。ジェーンはただの愛人で、契約の中に子どもについての規定はあっても、子どもの両親が結婚しなければならないとはどこにも書かれていないわ。だから、あなたがそれほど責任を感じたり、わたしがひと月も妊娠のことを隠していたと言って怒ったりする必要はないのよ。どう見ても、あなたはわたしを責めているとしか思えないわ。この赤ん坊はあなたと愛人のあいだにできた子どもであって、トレシャム公爵とレディ・サラ・イリングワースの子どもではないのよ」

「では、きみはまた愛人に戻ってもいいというのかい、ジェーン？」

その声はやさしく、表情も柔和になっていた。彼はまたジョスリンに戻ったのだ。そんなのずるいわ。絶対にずるい。

ジェーンは何か言おうとしたが、代わりにため息をついた。そして目をしばたたき、涙をこらえた。彼なんて大嫌い。

「ぼくたちは幸せだったじゃないか」ジョスリンが続ける。「この一週間、ぼくは最高に幸せだった。きみも同じだったはずだ。違うかい？」

「ええ」彼女はもう一度ため息をついた。「わたしも幸せだったわ。あんなに幸せだったことはこれまでないくらい」

「だが、同時につらい思いもしていただろう？　殺人罪で追われ、恐怖と孤独で追いつめられていたのに、ぼくに打ち明ける勇気はまだなかったから」

「そのとおりよ」

「正直に話してくれれば、ぼくがかくまってあげたのに。ぼくならきみを危険から守り、面倒なことも全部片づけてやれた。そして、きみを一生大切にしてあげたのに」

そうでしょうとも。頑強で勇敢な紳士と、無力で臆病なレディ、彼の世界観そのものだわ。実際、彼はわたしひとりではうまく処理できなかったことを解決してくれた。そう思うと、ますます腹が立つ。

「それでも、あのボウ・ストリートの捕り手から真実を聞かされたとたん、あなたはわたしを拒絶したじゃない」

「そのとおりだ」ジョスリンは認めた。「だがね、ジェーン、実にいまいましいことだが、きみも知ってのとおり、時は前にしか進まず、決してあと戻りはしない。時が戻せるなら、思いだすのも恥ずかしい、あのさまざまな過去のあやまちもやり直すことができるんだが。ジェーン、ぼくは心から恥じているんだ。あの髪を油で撫でつけた小男の話に、自分がつまらない反応をしたことを。われながら一生許せないと思う。それでも時は戻せない」

「そうよ」ジェーンは言った。

「お願いだ、ジェーン、ぼくを許してくれ」

彼女は目を閉じてうつむくと、小さくうなずいた。

「正直に言うと」ジョスリンが続けた。「あんなことがなくてもきみと結婚しようと思ったかどうかは、ぼくにもわからない。先週きみと一緒に過ごした時間は夢のようだった。あの家が天国のように思えたよ。ひょっとしたら、いつでも好きなときに天国へ行けるよう、愛人と子どもたちをあそこに住まわせたいと考えたかもしれない。どうだろうな。だが、今は結婚以外は考えていない。赤ん坊ができたんだからね。いや、たとえそうでなくても。今はもう、きみなしの人生など考えられないんだ。ぼくの生活の中心には、いつもきみにいてほしい。これでもぼくは〝自分のことばかり、自分の望みばかり〟言っていることになるのかな？ これはそんなに身勝手なことかい？ きみはぼくのことがほしくないのか？」

ジョスリンにしては珍しく謙虚で自信なさげな調子に、ジェーンは思わず目をあげて彼を見た。

「わたしはジェーンで、あなたはジョスリンよ。だから、ごたいそうな爵位を持ったあとのふたりには興味がないの。大切なのは、わたしがわたしで、あなたがあなたであること。わたしがあなたを愛している、それがいちばん大事なことなのよ。わたしの両親も深く愛しあっていた。わたしもそうありたいし、子どもたちにもそういうところを見せたい。この赤ん坊は間違ってできたのでもなければ、邪魔者でもないわ、ジョスリン。この子は言葉にできないほどの宝物よ。どんなに名門であろうと、本物の喜びを与えられないような家庭で育てるくらいなら、誰がなんと言おうと、わたしは未婚の母になるほうを選ぶわ」

ジョスリンがつかんでいた彼女の腕を放すと、ジェーンも彼の胸に当てていた手をおろした。彼は一瞬ジェーンの目を見つめてから、突然彼女の前にひざまずいた。まったく予期せぬ行動に、ジェーンはあっけにとられた。ジョスリンは両手を彼女のお腹に当てると、その上に額をつけ、一度大きく息を吸い込んでから吐きだした。

「ぼくは息子がピアノや絵をやりたいと言っても、絶対に止めたりはしない。どうしてもと言うなら、刺繍や編み物をやらせたっていい。ああ、なんてことだ」

ジェーンは微笑んだ。「じゃあ、娘には決闘や二輪馬車レースも許すつもり?」

ジョスリンは不満そうな顔で彼女を見あげた。

「こんな感動的な場面で、ぼくの忍耐力を試すようなことはやめてくれ」

彼女は笑いながら両手でジョスリンの顔を包み、身をかがめて唇にキスをした。

「せっかくこうしているんだから」キスが終わると、彼は言った。「ついでにもっとばかげたことをしておくか。孫ができたら、きみから話してやればいい。おまえたちのおじいちゃんは、リュウマチになるような年でもないのに両方の膝をついて、とんでもなくロマンティックなことをしたのよって。愛しのジェーン、どうかぼくと結婚してほしい。ただし注意してくれ。ぼくが結婚を申し込んだのは、レディ・サラ・イリングワースではない。その名前では、きみを呼んだような気がしないんだ。ぼくが結婚したい相手はジェーン・イングルビー、いっときぼくの看護婦であり、愛人であった人だ。そして、ぼくの永遠の恋人でもある。結婚してくれるかい？」

「ああ、ジョスリン」ジェーンは身をかがめ、彼の肩に手をまわした。「わたしの愛しい人。もちろんイエスよ」

彼女はまたしても目をしばたたいたが、今度は涙を止めることはできなかった。でも、そんなことはもうどうでもいい。ジョスリンは跳ねるように立ちあがると、ジェーンを抱きしめ、彼女から息を奪うほど激しいキスをした。

「今週中に結婚しよう」彼が言う。「特別許可証をもらって」

「あら、それはだめよ」ジェーンは応えた。「来週にはわたしのお披露目の舞踏会があるの。盛大な舞踏会になるよう、ハリエットおばさまがいろいろとご尽力くださっている最中なのよ」

「では、それを結婚式の舞踏会にしよう」

「いいえ、そんなことをしては失礼だわ。それにこの数週間は醜聞めいたことばかり起きたから、すべてを決まりどおりに進めることが、おばさまにとってはとても大事なの。だから、ジョスリン、結婚はもう少し待って」

「しかし、そのあいだに誰かがまた決闘を申し込んできて、ぼくの頭を拳銃で撃ち抜くかもしれないぞ。ぼくは自分の子を婚外子にするつもりはない。この件に関しては問答無用だ、ジェーン」

彼女はなおも口を開きかけたが、ジョスリンが手をあげて制した。

「では、妥協案を出そう。ほら、これできみがぼくをどれだけ変えたかよくわかっただろう、ジェーン？　これまで、このトレシャム公爵が妥協したことなどあったか？　妥協という言葉をぼくが知っていたなんて、自分でも驚きだ。とにかくお互い妥協して、結婚はきみの舞踏会の日にすることにしよう」

「ジョスリン！」ジェーンは呆れた声で叫んだ。

「この話はこれで終わりだ」

「なんともご立派な妥協ですこと」

「少し時間をくれ、ジェーン」

そう言うと、彼は少し照れたように笑った。

「いつになったら準備ができるのかな？」ジョスリンはやさしい口調で尋ねた。

だが、マイケル・クインシーはそんな主人のうわべにだまされるような秘書ではない。ダドリー・ハウスの自分の机で郵便物の整理をしていた彼は、即座に立ちあがった。

「準備はできております、閣下」ジョスリンが相手の全身をくまなく観察すると、たしかにそのとおりだ。せっかく秘書にいらだちをぶつけてやろうと思っていたのに、これではそうもいかない。

侍従も今朝はひげ剃りをあっという間に仕上げたし、着替えのときも滑稽なほどあわてて衣類を取りに走った。朝の挨拶以外は特に何か言ったつもりもないのに。さらに朝食の際には、執事も従僕も給仕には最大限の注意を払い、それ以外はできるだけ目立たないように小さくなっていた。もちろん彼らにも、ひとことも文句は言っていない。

きっと、今日のご主人さまはまたぴりぴりしていると使用人のあいだに情報がまわったのだろう。だが、それもおかしな話だ。ぴりぴりしようにも、今日はまだ誰からもそんな機会さえ与えられていないのに。

今日ジョスリンが結婚するということは、口のかたさでは信用できる——といつもは思っている——クインシーにしか伝えていない。だが、すでにそのことは屋敷じゅうの使用人が、いちばん下っ端の雑用係にいたるまで、ひとり残らず知っているようだった。

ジョスリンがひそかに婚約してから、すでに一週間ほどが経っていた。しかし、あれから婚約者と会ったのは一度だけ。それもたったの二分——たぶん二分だったと思う——ミセス・トレヴァーの夜会に出た際、応接室で立ち話をしただけだ。

「お披露目の舞踏会がある日の午前一一時、ハノーヴァー・スクエアのセント・ジョージ教会で」ジョスリンは小さな声で言った。「メイドと一緒に来てくれ」

「でも、その日はとても忙しいのよ」ジェーンが反論した。

「それはそうだろう。何しろ結婚するんだからな」

彼女はため息をついた。

「わかったわ。でも、ハリエットおばさまには翌日まで絶対に内緒よ。舞踏会を成功させようとあんなに骨を折ってくださっているのに、すべてが台なしになってしまうわ」

「結婚初夜を花嫁なしで過ごせというのか?」ジョスリンは目を吊りあげた。

けれどもジェーンが何か言いかけたところで、すでに二分経ってしまったようだ。誰かがそばへやってきて、ふたりに木からおりられなくなった猫の話をしはじめた。最初にふたりの紳士が猫を助けに木にのぼり、彼らを助けにまた別の紳士がのぼり、その人は高所恐怖症で……。

ジョスリンは途中で聞くのをやめて、その場を立ち去った。どうせ助けに行った人と助けられた人、合わせて一〇人ほどがのぼった頃、木が重みに耐えかねて根元から折れたという話だろう。もし、その後の猫の運命について眠れないほど気になるようになったら、いつでもジェーンに話の続きをきけばいいことだ。

そして、とうとう結婚式の日がやってきた。ジョスリンの心は、不安といらだちと罪悪感と恐怖でないまぜになっていた。本当は、結婚初夜を一緒に過ごすため、ジェーンには舞踏会のあとレディ・ウェブの屋敷を抜けだしてきてほしかった。しかし彼女のことだ、きっと拒否するだろう。

結婚初夜を別々に過ごす夫婦なんて聞いたこともない。

一生みんなの笑いものになるだろう。

だが、それもしかたがない。

そもそも、こんなことを言いだした自分が悪かった。今日は結婚するには最悪の日だ。ジェーンは大切な舞踏会に集中したかったはずなのに、自分はその邪魔をした。しかも、最終決定権はいつもと変わらず自分が握っていることを示したいばかりに、言葉巧みに彼女を誘導した。

自分がすべきことはそんなことではなく、彼女を愛することだったはずだ。

アンジェリンだって、兄が厳粛な式も挙げず、きらびやかな披露宴もせずにこっそり結婚したと知ったら、きっと何千回も卒倒するだろう。彼女のことだ、自分自身の分も含めて、これまでにない最高の式と披露宴を計画したがったに違いない。

だがアンジェリンのことは、この際どうでもいい。

重要なのはジェーンだ。結婚は昨日か一昨日か、とにかくもっと早くするべきだった。今にも天井が頭の上に落ちてくるかもしれないし、ハノーヴァー・スクエアへたどりつく前に、誰かが馬車に突っ込んでくる可能性だってある。妊娠させた相手を正式な妻としてめとる前に自分が死んでしまったら、自分の息子、あるいは娘が路頭に迷うことになってしまう。

「指輪は持ったか？」ジョスリンは尋ねた。

「はい、閣下」クインシーが心臓のあたりを軽く叩いた。どうやら内ポケットに入れているらしい。

「ならば、いつまでもそんなふうに突っ立っていてもしょうがないだろう。そこに根でも生やすつもりなら別だが」ジョスリンは不機嫌そうに顔をしかめた。

しかしこのときも、秘書は彼の挑発には乗ってこなかった。しかたなく、ジョスリンはクインシーに背を向けて玄関へと向かった。玄関まで来ると、執事が扉を開けて待っている。

そのとき、ジョスリンは馬車を準備させておくのを忘れていたのに気づいた。ところが玄関を出てみると、ぴかぴかに磨きあげられた馬車と、馬丁頭に引かれた、これまたぴかぴかに磨きあげられた二頭の馬が前階段をおりたところで待っていた。

まったく。馬丁たちが馬のたてがみに白いリボンを編み込もうと思わなかったのが、せめてもの救いだ。こんな気まずい思いをするのははじめてだった。グローヴナー・スクエアのた。そのまま馬車の御者席にあがると、馬丁から手綱を受け取った。隣の席にクインシーが座った。かないだろう。とはいえ、ジョスリンはわざわざ顔をあげて、それを確かめはしなかった。窓という窓から人々が顔を出し、結婚式に向かう自分を手を振りながら見送ったとしても驚

本当はジェーンもちゃんとした結婚式がしたかったはずだ。グローヴナー・スクエアをあとにしながら、ジョスリンはそう思った。たしかに一日も早く結婚する必要があったのは事実だ。だが、ここまで内密に、しかもほとんどふたりだけでことを進める必要があっただろうか？　ジェーンだって、教会ではたくさんの人に祝ってもらいたかったかもしれない。披露宴もしたかったかもしれない。ウェディングドレスだって着たかったかもしれない。

もしかしたら自分は、花嫁なら誰でも見る夢を彼女から奪ってしまったのだろうか？

彼女に確かめることすらしなかった。

なんということだ！

ジョスリンはいつも後先を考えずに行動する質だった。自らの決定に疑問を持ったり、ほかの人間がそれをどう思うか考えたりしたこともない。

「どこかに、結婚式をせずに結婚できる方法を考えた人間がいればよかったのにな」ジョスリンは言った。

クインシーは何も応えなかった。

「結婚しようと思ったことはないのか、クインシー？」ジョスリンは尋ねた。

「ございます、閣下」秘書は答えた。「来年の夏には結婚することになっております」

クインシーが婚約！　全然知らなかった。

「そのときは一週間くらいは休みがほしいだろうな？」

「二週間いただけるとありがたいです、閣下」

「なるほど。つまり、おまえが結婚して新婚旅行へ行くのに、ぼくは給料を払うということだな？　よかろう。三週間休みたまえ。この話はこれで終わりだ」

「かしこまりました、閣下」

そのとき、馬車がハノーヴァー・スクエアのセント・ジョージ教会に到着した。たたずまいは堂々として壮麗だが、人影はまばらだ。本来なら、ふたりの結婚式の準備に追われて、明るく華やかな雰囲気に包まれているはずだった。

ジョスリンはため息をついた。

これでまた、人生の大きな後悔をひとつ増やしてしまったのだろうか？

そんな彼の目に、こちらへ向かって歩いてくるふたりの女性の姿が見えた。ひとりはジェーン、もうひとりは彼女のあとを少し離れてついてくるメイドだ。

ジェーンは淡いブルーの散歩用ドレスに、濃いブルーの丈の短いジャケットを羽織り、頭にはヤグルマソウの飾りがついた麦わらのボンネットをかぶっていた。その下にはつややかな金色の髪が見える。美しくて、いかにも健康そうだった。

ジョスリンは心臓がひっくり返りそうになった。あまり気持ちのいい感覚とは言えない。

心臓が感情に反応することなど、それまで経験したことがなかったからだ。

ジェーン！

ぼくの花嫁！

ああ、ぼくは今日、彼女と結婚する！　ジョスリンは改めてそう実感した。

そしてクインシーのほうを見もせずに手綱を預けると、道路に飛びおりた。


これでもう嘘を言う必要はなくなったと思っていたのに、ジェーンは今朝またひとつ嘘をつくことになった。今夜の舞踏会で身につけるつもりだった絹のストッキングが、どれも今にも穴が開きそうなので、新しいのを買いに行きたいとハリエットに願いでたのだ。

そうして新しいメイドのメイヴィスだけを連れ、屋敷を抜けだすことに成功した。

こんなのばかげているわ。ジェーンはハノーヴァー・スクエアに向かって歩きながら、そう思っていた。自分は今日結婚するというのに、その結婚式を今夜開かれる舞踏会の準備の合間にやってのけようだなんて。

それでもジェーンはこみあげてくる喜びを抑えることができなかった。ふたりが結婚すれば、お腹の子どもはもう大丈夫だ。この子にも父親ができる。自分を命がけで愛してくれる両親ができるのだ。ジョスリンは、息子が芸術に関心を持ってもその邪魔はしないと約束した。ジェーンはあのとき彼が本気でそう言ったと——娘については怪しいけれど——信じている。彼は父親や祖父のようには決してならない。子どもたちをありのままに受け入れ、それぞれの子が持つ個性を大切に育もうとするはずだ。

それさえわかっていれば、いつどこで結婚するかなんてどうでもいい。すべては子どものためなのだ。どんな子も両親に守られて愛される権利がある。もちろんジョスリンと結婚するのは、彼を愛しているからだ。幼い頃から両親の愛しあう姿は目にしていたけれど、こんなにも人を深く愛せるものだとは今まで知らなかった。彼も自分を愛してくれている。そのことには、もはや寸分の疑いもない。

〝今はもう、きみなしの人生など考えられないんだ。ぼくの生活の中心には、いつもきみにいてほしい〟ジョスリンはそう言ったのだ。

たしかに今日は、結婚という人生の一大事に最もふさわしい日とは言えないかもしれない。でも、それがどうしたというの？　参列者が立会人のメイヴィスとミスター・クインシーだけだとしても、かまわないじゃない。盛大な式を挙げたところで、結局ハリエットおばさまくらいしか招待する人はいない。結婚式用の華やかなドレスを買えなかったのも後悔はしていない。どうせ家で着られるような代物ではないのだから。

そんなのは何もかも、どうでもいいことばかり。

大事なのは、今日ふたりが結婚し、お腹の子が父親の庇護（ひご）のもとで一生安泰に暮らせるようになることよ。

セント・ジョージ教会に着くと、あたりに人影はなく、入り口の前に馬車が一台停まっているだけだった。ジョスリンの馬車だ。つい先日、ブライトンまでのレースにフェルディナンド卿が使った、例の二輪馬車だった。

ジョスリンもジェーンを見つけると馬車から飛びおりた。全身黒ずくめで脚はすらりと伸び、どこか不吉な雰囲気を漂わせている。彼は燃えるような目でジェーンを見つめ、手を差しだした。

「たしか」ジョスリンが言った。「教会の外で花嫁に会うのは不吉とされていたのではなかったかな？　これでは、口うるさい誰かさんから一生責められるかもしれない」

「もしそれが本当なら」ジェーンは差しだされた手に自分の手を重ねた。「死んだあとまでも責められませんようにと祈っておいたほうがいいわ。でも本当にあなたに非があるときは喜んであなたを責めるけど、そんなのはただの迷信よ。わたしたちはこれから自分たちの力で幸運を引き寄せるのよ、ジョスリン」

そう言って、ジェーンは彼に微笑んだ。

ジョスリンはしばらく眉をひそめて考えていたが、すぐに微笑み返した。

彼女は空が曇っていることもすっかり忘れた。ふたりのこれからの人生は、太陽の光に満ちあふれていた。

それとは逆に、教会の中は暗くひんやりとしていた。静かで、平穏で、厳かだった。祭壇にはろうそくが灯されている。牧師が奥から出てきて、ふたりを迎えた。

五分後、ふたりは手をつなぎ、祭壇の前に立っていた。うしろにはメイヴィスとミスター・クインシー、前には荘厳な衣装に身を包んだ牧師が立っている。

「愛する者たちよ」牧師の朗々とした声が響き渡った。何百人もの信者を前にしているときとまったく同じ調子だ。

そこにいるのが新郎新婦と立会人の四人だけであっても、そんなことは問題ではない。

重要なのは、式が滞りなく執り行われることだ。ふたりは誓いの言葉を述べ――ジェーンの声は思ったよりも落ち着いていて、ジョスリンの声は驚くほど震えていた――彼女の指に冷えた結婚指輪がはめられた。そして彼がジェーンの目をじっと見つめるあいだに、ふたりが夫婦となったことを牧師が宣言した。〝死がふたりを分かつまで、何人たりとも引き離すことはできません〟

誰かが鼻をすすった。たぶんメイヴィスね、とジェーンは思った。

次に咳払いが聞こえた。こちらはミスター・クインシーだろう。

そして、ジョスリンがまた笑みを浮かべた。

ジェーンは唇をかみ、必死で涙をこらえていた。

教会に入ってから一〇分後、すべては終わり、登記書への署名もすんだ。ジョスリンが目配せすると、メイヴィスとミスター・クインシーは外に出ていった。牧師もジョスリンと握手をし、そそくさと奥へ姿を消した。

あとにはふたりだけが残った。

「お願いだ、ジェーン」ジョスリンが口を開いた。「やはりぼくは、きみをひとりでレディ・ウェブのところへ帰したりはできない。今夜の舞踏会に単なる招待客として行くなんて絶対に無理だ。これから一緒に行って、レディ・ウェブに――」

「だめよ！」ジェーンは思わず手をあげた。そこには、さっきはめられたばかりの指輪が光っている。「発表するのは明日になってから。それも必要な人にだけ」

「ぼくの言うことには従うと、たった今誓ったばかりだろう？」

「あなただって、先週約束したでしょう」

「ぼくは約束を守ったことのない人間だ」

「これからは守ってもらうわ」

ジョスリンは意地でもあとには引かないという顔つきだ。

それを見て、彼女は笑みを浮かべた。

「ジョスリン、今日はわたしの人生でいちばん幸せな日よ。いえ、幸せなんて言葉では足りないわ。あまりに幸せすぎて、幸せに溺れてしまいそうなほど。あなたはどう？　あなたも同じ気持ちなのはわかっているけれど、言葉で聞かせてほしいの」

彼が大きくため息をついた。

「きみはどうしてもぼくに我慢をさせるつもりなんだな。たしかにきみの言うとおり、ぼくは最高に幸せだ。ということは、ぼくは特に間違ったことをしたわけではないと思っていいのか？　ぼくはきみに立派な結婚式を挙げるだけの余裕を与えなかった。きみはそのことを後悔して、一生ぼくを責めたりしないか？」

「これ以上の結婚式なんて、想像することさえできないわ。わたしのほしいものはすべてここにあったんだもの。とりわけ、あなたがね」

「そんなことを言って、あとで悔やんでも知らないぞ。これから五〇年、喧嘩をするたびにそのことを持ちだしてやるからな」

「こっちだって、そのたびに言い返してやるわ。どんなに怒っているように見えても、あなたはわたしといれば最高に幸せなんだって」

不意にジョスリンが彼女を引き寄せて抱きしめた。ジェーンも彼の首に腕をまわして抱きついた。

「公爵夫人」ジョスリンが彼女の耳元でささやいた。声がまた震えはじめている。「ああ、ジェーン、きみはぼくの妻になった。そして、ぼくの子どもを宿している」

「そうよ」

だが、もう行かなければ。ジェーンには、夜までにやることがまだ山ほどある。まずは絹のストッキングを買いに行かないと。

彼女は自分の指輪に目をやると、ゆっくりと引き抜いて、ジョスリンに差しだした。彼はそれを受け取り、ポケットにしまった。

「明日になったら」ジョスリンが言った。「すぐきみの指に戻すよ。それからは二度と外してはいけない」

「かしこまりました、公爵さま」ジェーンは笑みを浮かべた。

「素直でよろしい」彼が言う。「ジェーン、今夜はきっと、ひとりのベッドできみの夢を見るだろう。もし眠れたらの話だが」

彼女は笑いながら教会を出ていった。

やはり、明日はなかなかやってきそうもない。

アクトン・パークへ

よく晴れた気持ちのいい初夏のある日、ジョスリンとジェーンは馬車でアクトン・パークへ向かっていた。ふたりは手を取りあい、笑顔で静かに座っている。ジョスリンは、屋敷まで続くまっすぐなポプラ並木をゆっくりと馬車が進んでいくところや、使用人たちが列をなして待つ大広間へとジェーンを連れて入っていく場面を思い浮かべていた。ふたりの帰宅を歓迎するために、さぞかし大仰な支度がいろいろとされているのだろう。

別にそういうことがいやなわけではない。久しぶりに実家へ戻るのはうれしかったし、ここそがわが家であり、心のどこかではずっと戻りたいと思っていたのをようやく認めることができて喜んでいた。何より、この屋敷の女主人としてジェーンを迎えるのを心待ちにしていた。

しかし屋敷の中へ入る前に、ひととおり領地内をめぐり、子どもの頃の自分の気持ちを取り戻したいという気持ちもあった。

「少し長く歩いても大丈夫かな?」ジョスリンは尋ねた。

「わたしは田舎育ちよ」ジェーンは笑って答えた。「父は三〇分以内で歩けるところへは決して馬車を出そうとしなかった。わたしはそういう人に育てられたの」

彼は座席から身を乗りだすと、車体を軽く叩いて御者に合図を送った。ちょうどいい場所で停まったようだ。

二分後、ふたりはまだ手をつないだまま馬車を見送った。馬車は公爵家の紋章を掲げ、そろいのお仕着せを着た従僕と乗馬従者だけを乗せて、屋敷のある村のほうへと走っていく。

ジョスリンは笑った。「おそらく村じゅうの人が馬車にお辞儀をするだろう。使用人たちも馬車が近づいてくるのを見て、胸をどきどきさせるだろうな」

彼は馬車道の脇から小道に入ると、そのまま領地を囲う石壁に沿って歩いていった。見覚えのある踏み段までやってくるとジェーンの手を取り、壁をまたぐのを手助けした。もう何年も使われていないようだが、記憶の中の道は残っていた。そのまま道からそれなければ、木々に覆われたこの丘をのぼり、もう一度くだったあたりで、屋敷の前に広がる大きな芝地のふもとにたどりつくはずだ。

「なんて美しいんでしょう！」二分もすると、ふたりは古い樹木に覆われた涼やかな木陰の中を歩いていた。葉のこすれる音や小鳥のさえずり、どこからかかすかに水音も聞こえてくる。今はまだ見えないが、きっと近くに川があるのだろう。「ジョスリン、ここなのね。あなたが大自然の持つ美しさを絵筆でとらえることなど、とうていできないと知ったのは」

「そうだ。だが、言葉では試してみたよ。詩だ。あまりにも下手だったので、家を出るときに全部処分してしまったがね。ぼくがお遊びで詩を作っていたなんて想像できるかい？」

わ」

「ええ」彼女はやさしく言った。「あなたの言う〝お遊び〟がどういうものか、わたしにはよくわかっているもの。あなたには、ぜひまた昔のように〝お遊び〟をしてほしいものだわ」

そのとき不意に彼が立ち止まり、ジェーンの手を強く握りしめた。

道が木立を抜けて右に折れたあたりから、坂をくだるにつれて木々はまばらになり、その下に川が流れているのが見えた。小さな滝が落ちるあたりは泉になっていて、そのほとりにコテージが一軒ある。藁(わら)ぶきの屋根は色あせていたが、それはまさしくあのコテージだった。ジェーンは何も言わなかった。ただ、空いているほうの手で彼の腕にそっと触れた。それでもここがジョスリンの話に出てきたあの場所だとジェーンが気づいたことは、彼にもわかったはずだ。

ジョスリンはいつの間にか息を止めていたらしい。自分が大きく息を吐く音でわれに返った。

「不思議なものだな」彼は静かに言った。それはひとりごとのようでありながら、そうではなかった。今やふたりは一体となっていたからだ。「ありふれた泉とありふれたコテージ。なのに、なぜか絵のように美しい」

「そうね」ジェーンはうなずいた。「ここから見るかぎり、あたりには悪魔もいなさそうよ」

「あのまま朽ちさせてしまうのはもったいない」ジョスリンはコテージを見る目を細めた。

「猟場番人か庭師を住まわせるのにちょうどいいと思わないか?」

「そうね。家族のいる人がいいわ。のどかな感じですてきじゃない。さっそく誰かに命じて手を入れさせましょう、ジョスリン」

彼はジェーンの手を取って、自分の腕にまわさせた。「このまままっすぐ行けば、屋敷までは一キロほどだ。だが、寄り道するともう少しかかる」

彼女が問いかけるような目でジョスリンを見た。

「あの丘の上だよ」彼は右のほうを指さした。「あそこからは絶景が見渡せる。子どもの頃はよくフェルディナンドとアンジェリンと三人で、あそこを砦にして、敵軍や海賊や強盗から守るふりをして遊んだものだ。もう少し大きくなると、ひとりで頂上に座り、何時間も黙って景色を眺めていた」

「じゃあ、丘の上へ行きましょう」

ふたりは太い幹や巨大な根をよけながら、勾配のきつい道をのぼっていった。頂に着いた頃には、どちらもすっかり息が切れていた。けれど、ふもとと違って、そこでは風が吹いていた。さわやかな風を頬に受けながら、ふたりは遠くに見える屋敷や、その前に広がる手入れの行き届いた庭、後方に広がる菜園を眺めた。

一瞬、ジョスリンは胸がきゅっと締めつけられるのを感じた。果たしてそれは郷愁なのか？　それとも誇りか、愛か、希望だろうか？　おそらく、それらすべてが混ざりあったものだろう。

「ああ、ジョスリン」ジェーンが言った。「わたしもやっとここからの眺めが見られてうれしいわ。ここはまるで……どう言えばいいのかしら。おかしいと思うでしょうけれど、はじめて見る景色なのに、まるで自分の家にいるように思えるの」

「それでいいんだ」ジョスリンは彼女の体を自分のほうに向けさせると、顔を両手で包み込んだ。「ここはぼくたちふたりの家だ。これからここで家庭をもうけ、子どもを育て、みんなで愛しあい、ともに生きていく。このアクトン・パークでね」彼はジェーンの額に額をつけて目を閉じた。「ただいま。そして、おかえり。ぼくの家に」

「ジョスリン」彼女がそっとささやく。「心から愛しているわ」

あたりには草花のやさしい香りが漂い、空は抜けるように青かった。すぐそばでは一羽の鳥が声のかぎりに歌い、無数の虫たちが鳴きさざめいている。

ふたりはわが家に戻った喜びと幸福に酔いしれた。

しばらくして、ジョスリンは尋ねた。「ジェーン、ぼくたちが出会ったのは奇跡のようだと思わないか？」

「思うわ。もしあのときわたしが叫んでいなかったら、間違いなくオリヴァー卿の撃った弾があなたの心臓を撃ち抜いて、わたしがあなたを叱りに行っても意味がなかったでしょうからね」

「それは絶対にありえない。あいつの銃を持った手は、嵐に吹かれた木の葉のようにぶるぶる震えていたからな」

ジョスリンはジェーンの顔から手を離すと、今度は彼女の手を取って言った。

「おいで」

ふたりは屋敷に向かって坂をおりはじめた。自分たちの未来へ向かって。どんな未来もそうであるように、そこには困難や苦悩が待っているだろう。だが同時に、友情や笑顔や愛や喜びもふたりを待ち受けている。

そして、今感じているこの至福の時も。それはほんの一瞬で消える、つかのまの輝きかもしれない。でも、その輝きを日々の暮らしの中に見いだし、しっかりとつかまえ、心ゆくまで味わい尽くすなら、ふたりの長い人生を灯台の明かりのように照らし続けてくれるはずだ。

坂の下半分をくだる頃には、ジェーンは叫び声をあげ、どうにも笑いが止まらなくなっていた。坂のいちばん下まで来ると、ジョスリンはそんな彼女を受け止めて体を抱きかかえたまま、くるりと一回転した。ふたりの明るい笑い声が、周囲にいつまでもこだましていた。

訳者あとがき

宝石のように美しく精緻な筆致で、登場人物の心のひだを丹念に描いていくメアリ・バログ。そのすばらしさは日本のロマンス・ファンのあいだにもすっかり浸透した感があり、シリーズ物もおなじみとなって、ますますの人気ぶりです。

今回のヒロインは、昨年出版された『あやまちの恋に出逢って』のヒーローだったトレシャム公爵ジョスリン・ダドリーの妹、アンジェリン。前作ではすでにヘイワード伯爵夫人になっており、奇抜なファッション・センスとひっきりなしのおしゃべりが印象的でした。

なぜ時系列が逆になっているかというと、実は今回の作品、「アンジェリンの物語が読みたい」という熱心なファンのリクエストに応える形で、バログが後年改めて書いたものなのです。破天荒なダドリーの血をそっくり受け継いだようなアンジェリンと、ふたりの兄に〝枯れ木みたいに無味乾燥とした、つまらない男〟と揶揄(やゆ)されるヘイワード伯爵エドワード・エイルズベリーが結ばれるのにどんないきさつがあったのか、生みの親であるバログ本人があとからじっくり考えたというのですから、なんとも興味深いことです。

熱心なファンのリクエストに応えて書かれただけのことはあり、ヒロインとして再登場した今回のアンジェリンは、前作に登場したときよりもおそらく二年くらい若い計算となり、なんとも愛すべき魅力的なコメディエンヌです。

対するヒーローのヘイワード伯爵ですが、前作では実はかなりの愛妻家らしいけれど外では堅物で通っている、折り目正しい貴族院議員として少しだけ登場しました。今回は、見た目は地味でものちに義兄となるトレシャム公爵にも負けない内面の強さを備えた、アンジェリンが夢中になる頼れる男性として描かれています。

もちろん、この著者が描く登場人物がつねにそうであるように、今回のカップルも傷や弱点を抱えています。だからこそ、彼らの喜びや悲しみがじんわりと伝わってきます。二年後にはごく当たり前に幸せな夫妻として登場するふたりのなれそめということで、楽な気持ちで楽しく読んでいただければ幸いです。最後はやはり胸が熱くなる、メアリ・バログならではのすてきな物語ですから。

ところで、本書には最後にひとつ、うれしいおまけがついています。

前作『あやまちの恋に出逢って』の原作出版時に編集的な意図からあえてカットされた、田舎の領地と結婚式のシーンが復活しています。前作をお読みになった方は、ぜひこちらもお楽しみください。

二〇一五年七月

ライムブックス

夏色の初恋

著　者　メアリ・バログ
訳　者　島原里香

2015年8月20日　初版第一刷発行

発行人　成瀬雅人
発行所　株式会社原書房
〒160-0022東京都新宿区新宿1-25-13
電話・代表03-3354-0685　http://www.harashobo.co.jp
振替・00150-6-151594
カバーデザイン　松山はるみ
印刷所　図書印刷株式会社

落丁・乱丁本はお取替えいたします。
定価は、カバーに表示してあります。
 ISBN978-4-562-04473-3 Printed in Japan